KB081031

서풍기연담

西風奇緣談

三

글 청령

MM NOVEL

표지 조은아 **편집** 정다움 **마케팅** 김정훈

목 차

1장

춘삼월. 바야흐로 봄이 왔다.

허나 봄이라고는 해도 살짝 북쪽에 치우친 황도 근방은 아직 공기가 써늘했다. 근교의 농민들은 가까스로 밭을 갈면서 한 해 농사를 준비하는 무렵이었다. 존천각의 일관과 역관들은 목이 부러져라 뒤로 젖히고 하늘을 바라본다. 봄 날씨가 가볍게 가문 것이야 해마다 있는 일이지만, 비올 때를 놓치면 한 해 농사가 위태롭기에.

바로 이런 시기에 이루어지는 것이다. 문연각에서 포쇄하는 일은.

피화주를 곳곳에 배치하고 맑은 날 내리닫이를 활짝 열어 통풍을 시키고 시시때때로 사인이 서책을 뒤적거리며 상태를 살피지만, 아무리 황궁 문연각의 서책인들 세상의 뭇 왕후장상이나 절세가인이 스러졌듯이 세월로 인해 낡고 삭아지는 일은 피할 길이 없다.

따라서 문연각에서는 몇 년에 한 번 일관과 역관과 선원궁에 의뢰해 좋은 날을 잡아 서고의 서책을 모조리 꺼내 햇볕에 말리고 바람을 쐬는 일을 수행한다.

이것은 실로 대업이라 할 만했다. 문연각에 종사하는 인원만으로는 도저히 감당할 수 없는 것이다. 따라서 문연각은 조정 각 부의 사인을 빌리고 심지어 지방 관아에 일 잘하고 글 잘 쓰는 서리까지 불려 올려가며 이일을 준비했다. 물론 그렇게까지 대비했음에도 불구하고 몇십만 권인지 문연각 대사서 외에는 아무도 알지 못하는 장서를 한꺼번에 말린다는 것은 얼토당토않고, 여러 채에 이르는 서고 중 하나만을 골라 말끔하게 비워서 포쇄하는 데에도 이만큼의 규모였다.

지금 문연각으로 바삐 걸어가는 비서각 사인—성은 홍이요 명은 선, 자를 인철이라고 하는 이도 문연각이 빌리는 일손 중 하나였다.

포쇄의 일은 고되다. 문연각 사인들이 서궤를 꺼내어 오면, 넓게 펼친 붉은 비단 위에 장부에 기대된 대로 서책을 늘어놓는다. 일손은 그 앞에 단정히 앉아 서장을 넘기되 성급하게 넘기거나 또는 너무 게으름 피워 미적거리는 일이 없도록 박이 딱 하고 울리는 소리에 맞추어 한 장씩 넘겨야 한다. 나름 지루함을 덜기 위해 황제가 보낸 악사들이 악곡을 연주하지만, 궁중의 악곡이야 이런 일을 하면서 들어봤자 졸음만 더할 뿐이다. 그러는 중 때때로 벌레 먹고 상한 서책이 나오면 문연각 사인들에게 넘겨 장부에 표시를 하고 이후 새로 필사하는 일에 들어간다. 여기까지 차출되면 그야말로 고역이었다.

그러나 포쇄에 차출됨을 반겨하는 이도 있었다. 고금에 이름난 서책을 모두 망라하고 있는 문연각. 개중에는 세상에 보기 드문 명저도 있는 터이니, 서책 읽기 좋아하는 이들로서는 눈에 담을 수만 있어도 보배를 얻은 것만 같고 필사하는 일까지 맡게 되면 천하를 얻는 것과 다름없다. 필사를 하면서 자기 몫까지 한 부 더 필사하는 것은 문연각에서 눈감아 주는 포상과 다름없었다.

인철도 그런 이들 중 하나로서 포쇄에 자원한 터였다.

진귀한 고서가 좋아서? 꼭 그런 탓은 아닐지도 모른다. 무심한 얼굴에는 지루함도 즐거움도 기대도 불평도, 아무것도 찾을 수 없었다.

3년 전에는 그도 이런 얼굴이 아니었다. 장원 급제, 한림학사에 이어 비서각 사인까지. 한림원 자체가 뛰어난 문장을 짓는 인재가 갈 수 있는 곳이며 사인이라는 품계는 당하관. 똑같이 급제를 해도 주부나 주사 같은 말직에 떨어지는 이들에 비하면 장원만이 얻을 수 있는 영예였다. 그

시절 그는 청운의 꿈에 불타고 있는 한 사람의 기린아였다.

그러나 정치란 꿈만으로는 뜻을 이룰 수 없는 것을……. 다른 동기들은 같은 말직이라도 호부나 내장원과 같이 이득을 취할 수 있는 관부에 잽싸게 안착해버렸고, 그만이 사인으로 벌써 3년째. 태학이나 서재에서 준재라 불렸다 해도 조정에서는 그저 그런 심부름꾼에 불과했다는 결말이리라. 그가 생각했던 미래는 결코 이런 것이 아니었는데.

꿈꾸었던 것은—.

"안녕하십니까, 홍 사인."

"……안녕하십니까."

문연각 마당에서, 넓게 펼친 비단 위에 오뚝하니 놓아둔 방석에 앉아, 자신을 바라보는 옆자리 동무를 목도한 순간, 인철의 입에서는 평범한 인사말조차 가시덩굴을 헤치고 나오는 양 아슬아슬하게 흐트러질 뻔했다.

당상관을 의미하는 붉은 관복. 그 주홍에 대비되어 눈이 아릴 만큼 희게 빛나는 살결. 깔끔하게 틀어 올려 관을 쓰고 비녀로 고정시킨 머리카락은 햇살을 머금어 금갈색으로 빛나고 있었다. 마주 보는 것만으로 능히 숨조차 멎게 할 수 있을 듯한 푸른 눈. 궁중의 연회에서 내로라하는 가기들도 얼굴을 가리고 달아날 법한 용모의 그 남자는—.

"전회 전시의 선배이신데, 제대로 인사조차 드리지 못해 죄송합니다."

"당치도 않은 말씀을. 랑께서는 저 같은 쭉정이 장원과는 급을 달리하는 분이시지요."

"부끄러운 이름이 퍼져버렸습니다. 얼굴을 들 수 없군요."

"과언이십니다. 이 불초한 몸은 만년 사인이요, 예부랑께서는 어엿한 당상관. 랑과 견주신다면 이쪽이야말로 쥐구멍에 들어갈 수밖에 없습니다."

"나라를 위해 살아가는 관인에게 높고 낮음이 있겠습니까."

차라리 책상물림만은 자신 있다든가, 그랬다면 한 줌의 자존심은 챙길 수 있었으련만. 인철이 장원으로 등과하고 3년 후, 새로이 장원으로 등과한 이는 세상에서 삼재라 불리는 인물. 황이자의 자리를 표표하게 던지고 일개 서인으로서 출사표를 던진 건영이었다.

스스로 퇴출을 자처했다고는 하나 한 사람은 존귀한 황실의 일원이요 다른 한쪽은 지방의 한미한 집안. 같은 장원이라고 해도 둘 사이에는 하늘과 땅만큼의 거리가 있다.

장원조차 되지 못하는 사람들이 듣는다면 울분이 치밀 만한 대화였지만 다행인지 불행인지 주위에 들을 만한 사람은 없었다. 정확히 이르면 아무도 그들 주위에 앉고자 하지 않았다. 기탄없이 이야기하는 자리라면 모를까 반듯하게 앉아 서장을 넘기는 일인데 저 우수하고 몸가짐 바르기로 이름난 예부랑 옆이어서야 가시방석일 따름인 것이다.

그 기분은 인철 또한 꼭 같다. 하지만 굳이 다른 곳으로 떠나지 않음은, 그저 사소한 궁금증 때문에.

"한데 예부랑께서는 무슨 연유로 이런 곳에?"

"문연각의 장서라니 기필코 한 번 읽고 싶어서요. 문연각에는 금이나 은보다도 귀한 것이 묻혀 있다고들 하지 않던가요."

"그렇습니까."

"공께서는 어찌하여?"

"이를테면 기분전환에 불과하지요."

굳이 이런 고역에 동원되지 않아도, 황이자인 그가 문연각의 서궤를 열기란 손 쉬울 터였다. 그러나 지금은 한낱 관리의 신분이라는 고집인가. 청렴함도 정도가 있다. 인철은 쓰게 웃으며 자신에게 주어진 서책을 펼쳤다. 허송세월하고 있을 겨를이 없다. 문연각의 관리들이 눈을 부라리고 있다. 두 사람은, 아니 마당의 모두가 정해진 소리에 맞추어서 서장을 넘겼다.

바람이 창공을 가로지른다. 오래된 서책과 먹물의 냄새가 아주 옅게 묻어났다. 고역이라고 해도 결국 그는 서책 만지는 일만큼은 좋아하는 것이다. 왜냐하면 책 속의 세계는 사람의 세상보다도……

"무슨 재미있는 글귀라도 찾으셨습니까?"

별안간 옆 사람이 말을 걸어왔다. 만년 사인으로 있다 해도 조정에서의 처신쯤은 몸에 익혔다. 인철은 성가시다는 심기를 굳이 표정에 떠올리지 않고서, 동료나 가족 친지들이 재상처럼 근엄하다고 평하는 얼굴을 예부랑에게로 향했다.

"천상문의 유고입니다. 딸에게 보내는 고별시로군요."

"아, 정말 진귀하군요! 천상문은 전 왕조 때 화하를 침략한 이족에게 끌려가서 2년이나 모진 고문을 겪으면서도 절개를 버리지 않은 의인이지요. 그가 딸에게 남긴 고별시라니…… 베낄 수 있겠습니까?"

"아직 말끔한 것을 보아 필사는 못 하겠군요."

"그럼 외울 수밖에 없군요. 제가 상구를 외울 터이니, 홍 사인께서는 하구를 외워주시겠습니까?"

관옥 같은 얼굴이 불쑥 다가왔다. 인철은 무심코 몸을 뒤로 뺄 뻔했으나 마지막 분별을 쥐어짜 견뎌냈다.

기겁할 이유는 없다. 상대가 헝클어진 머리카락과 더러운 차림새로 유명했던 옛 현인도 아니고 역병을 앓고 있음은 더더욱 아니다. 구태여 따지자면 그 반대. 그런데 왜 그가 다가오는 데에 놀랐을까.

인철은 오로지 천상문의 시구를 필사적으로 외우는 것으로 흙탕물을 한바탕 휘저은 듯한 머릿속을 다스리고자 했다. 진정되었는지 어떤지 박이 울리기 전에 외우는 데에만은 성공했다.

"죄송합니다. 큰 폐를 끼쳤군요."

"아니오, 천만에요. 하지만 놀랐습니다. 대개 천상문이라고 하면 절의를 드러낸 시문으로 유명하지 않습니까. 이런 사사로운 시에 흥미를 가지실 줄은……."

"절개로 이름난 선비이기에 이런 도타운 정을 품었다는 일면이 뜻밖이라 훌륭하지요. 그의 정적인 도사원도 그와 같지 않습니까?"

호리족—아마 지금 서쪽에서 세력을 떨치고 있는 기족의 선조쯤 되리라. 변방의 강포한 오랑캐가 쳐들어왔을 때 맞서 싸우기를 주저하지 않은 천상문에 비해 당시의 재상 도사원은 오랑캐에게 허리를 굽혀 굴종하기를 서슴지 않았다고 한다. 한 사람은 만고에 칭송받는 의로운 선비요, 다른 한 사람은 천세에 더러운 이름을 전하는 죄인. 그 악당의 이름이 산호처럼 영롱한 입술 사이에서 흘러나오자 인철은 암암리에 당황했다.

"도사원의 어디가 그와 같다는 말씀이신지 이 짧은 식견으로는 도무지 알 수 없습니다."

"도사원은 재상의 지위에 있으면서 저수지와 수로를 만드는 정책을 펼쳤으며 오갈 곳 없는 이들이 성곽을 쌓고 길을 만드는 일에 종사하도록 해 가난을 구제하였습니다. 관리가 고리대금을 하는 것을 금하고 대상인과 대지주가 사람들을 침탈하지 못하도록 막았지요."

"……그 상인과 지주들에게 뇌물을 받고 닭싸움에 열중해 천금을 들였다는 이야기도 있지 않습니까?"

"과연 옳은 말씀입니다. 하지만 호화사치한 생활로 치면 그 천상문조차 고래 기름으로 등불을 밝히고, 돌로 꾸민 정원의 수로에 값진 술을 흐르게 하여 즐겼다고들 하지요. 이기면 충신, 지면 역적……. 이족이 쳐들어오지 않았더라면 그의 닭싸움은 명재상의 사소한 도락으로 남았을지도 모릅니다. 아아, 이것 참. 분별없는 자의 얄팍한 생각입니다만, 근래 저도 좋지 않은 도락이라면 남 말 할 처지가 아닌지라⋯⋯."

머쓱하게 웃는 당상관의 청아한 모습에서 좋지 않은 도락에 빠진 흔적이라곤 찾아볼 길 없어, 인철은 갈수록 당황할 뿐이었다.

그야말로 구름 위의 존재. 가문이나 용모는 말할 것도 없거니와 온후한 성품과 심원한 지혜로 존경을 받아 관직에 오른 지 1년 남짓한 터에 어사의 중책을 훌륭하게 수행하고 당상관까지 이른 인재.

지금까지는 같은 종자가 아니라고, 부러 생각을 차단하고 있었다. 그러나 이렇게 옆에, 이렇게 가까이에서, 이렇게 허심탄회하게 이야기를 나누고 있는 이상 그것은 무리였다.

오로지 무용한 일을. 그렇게 생각하면서도, 인철의 입술은 기어이 떨어지고야 말았다.

"예부랑께서는 일전에 도문에 계셨지요."

"예에. 부끄러운 일이지만요."

"부끄러워하실 일은 하등 없습니다. 도사 또한 천기에 부합하는 길을 제시하여 올바른 정치에 이바지하는 것. 다만⋯⋯ 갑작스레 조정에 투신하신 진의를 감히 물어도 좋을까요."

미모의 예부랑은 고개를 비스듬히 기울여 인철을 바라보았다. 인철의 시선은 여전히 서장에 꽂혀 있었다. 낡은 야사집이 대단한 흥밋거리라도 되는 양.

"공께서는 무엇을 위해 여기에 이른 겁니까?"

경전에서 설파하는 성현의 정치, 그 도리는 결국 인철에게는 불가능했다.

그러나 저 청옥 같은 눈에는 그 길이 보인단 것인가.

"위한다라⋯ 그런 거창한 생각으로 과거를 치른 것은 아니었습니다. 죄인의 몸임은 알지만, 아무래도 가만히 있는 성미는 아니어서."

"단지 그런 이유에서?"

"예에. 창피한 노릇이나, 사람들이 말한다는 어진 정치를 위해… 그런 훌륭한 인간은 저는 되지 못합니다. 굳이 거창하게 말해본다면 일심一心이 있다면 어디든 봉래고 정토이며 성현의 나라라는… 그런 마음가짐으로 어떻게든 해보자 하는 기분이 들었다고나 할까요."

"과문한 탓에 무슨 말씀이신지."

"막말하자면, 사람이 성현의 나라를 따르는 것이 아닙니다. 성현의 나라가 사람을 따르는 것이지요."

낭랑한 목소리. 미목수려한 용모. 실로 옛 성현의 나라를 묘사한 도자기 문양이나 그림에 그려질 법한 모습으로, 젊은 관리는 터무니없는 말을 뱉었다.

인철은 그를 향해 몸을 돌린 채 입을 딱 벌리고 아연실색, 그대로 굳어져버렸다. 딱 하고 박 소리가 울리자 상대방이 요령 있게 대신 서장을 넘겨주는 모습도 그저 망연히 보고만 있을 따름이었다. 그는 손쉽게 인철 몫까지 일을 해치운 뒤, 온화한 얼굴에 어딘지 장난스러운… 한편으로는 진지한 기색을 띠웠다.

"도문에서는 무수한 신령을 굽혀 섬깁니다. 개중에는 날짐승과 길짐승을 닮은 이도, 물과 불의 신령도 엄연히 있습니다. 대저 봉래라고 하면 심산유곡을 떠올리지만, 불의 신령에게도 똑같이 심산유곡일까요? 깡그리 타버리기 십상. 불의 신령에게는 오히려 산불이나 용광로가 봉래의 형상이겠죠."

율령에 따르면 산에 불을 낸 자는 사형이라고 합니다만. 농담처럼 읊조리는 정엽의 얼굴을 인철은 자신이 민망스러울 만큼 쳐다본다는 사실을 깨닫고 가까스로 고개를 돌렸다.

인철의 동요는 아랑곳하지 않고 음률은 바른 소리를 연주했다. 바람은 절기에 맞는 산뜻한 기운을 띠고 뺨을 어루만져 발갛게 물들였다. 무수한 담과 성벽으로 둘러쳐진 황궁의 하늘이지만, 오늘 여기서만큼은 온통 푸르게 펼쳐져 있다.

어디엔가는 훌륭한 세계가 존재한다고 믿었다. 자신의 기량이 따르지 못하는 것뿐이라고.

감히 성현의 높은 뜻과 귀한 말을 스스로의 처지로 끌어내린다니, 태학이 아니라도 용납될 리 없다. 그런데도…….

따악—박 소리와 함께 인철의 손가락은 자연히 서장을 더듬었다. 그러나 그가 맡은 서책은 이미 마지막 장이 넘어간 터였다.

"아, 끝났군요. 고생하셨습니다."

"아니오. 천만에요. 예부랑께서는?"

아무리 문연각 포쇄가 중해도 다른 관청 관리를 온종일 빌릴 수야 없다. 그들은 맡은 서책의 포쇄를 끝내고 주섬주섬 일어났다. 제법 오랜 시간을 정자세로 앉아 서장만 넘기고 있던 탓에 뼈마디가 뻐근하다. 아직 겨울 기운이 다 가시지 않은 바람을 맞아 손발은 물론이거니와 온몸이 싸늘하다. 원래 업무에 전력하기 위해서는 군불을 쬐고 따뜻한 차를 마셔 몸을 녹여야 하리라.

인철은 부모 친지나 관청의 동료들에게마저 근엄하다고 일컬어지는 남자였다. 연회에서 마음에 드는 기녀를 불러 곁에 두거나 농을 주고받는 일조차 하지 못했다. 분명 같은 선상에서 볼 수 있는 일은 아닐 텐데도, 인철이 이 말을 꺼내는 데에는 그 이상의 용기가 필요했다.

"같이 차라도 한 잔 하시겠습니까?"

"기꺼이, 라고 말씀드리고 싶지만."

흔연히 웃던 청년이 문득 소문小門 쪽으로 시선을 던졌다. 소문에 사람 그림자가—꽤 큼직한 사람이 서 있었다. 장군의 복색을 늠름하게 차려

입은 훤칠한 사내. 머리카락만큼은 예법대로 관을 쓰고 비녀를 꽂아 고정시키지 않고 늘어뜨려 풀어헤친 채였다.

"좌우림상장군?"

"선약이 있어서요. 나중에 뵙겠습니다."

"알겠습니다. 오늘은 노고가 크셨습니다."

역시 안 되나. 손끝의 거스러미처럼 희미한 낙담이 인철의 내심을 긁었다.

그렇게 생각한 순간, 앞서 가버리나 했던 청년이 불현듯 뒤를 돌아보았다. 예의 바르게 정돈된 얼굴에 깃든 표정은 소년처럼 수줍어하는 듯한 미소.

"다음에 함께 해도 좋을까요?"

"무, 물론입니다."

"네, 기대하겠습니다!"

맑게 갠 하늘의 푸른빛이 유난히 선명하게 인철의 눈에 들어왔다.

황궁은 그 드넓은 규모에 비해 전각을 관리하는 이가 많지 않았다. 외조에서 일하는 가장 밑바닥의 이속도 나라의 녹을 먹는다. 숱한 전각과 당청을 쓸고 닦는 것은 궁녀와 내관의 몫이나, 황제와 그 근친을 모신다는 이유에서 지나친 정결함을 요구받는 처지가 궁녀다. 궁녀와 내관을 늘리면 그들의 한이 천기에 미친다 하여 금상 황제는 그들의 수를 최소한으로 제한하고 있었다.

만약 선대 황제—내조에 거느린 후궁만도 천을 헤아렸다던, 그 광포함과 황음 때문에 조카에게 베어진 황제 시절이었다면 결코 황궁에서 이런 일을 저지르지는 못했으리라.

희미하게 먼지 냄새가 밴 공기를 맡으며, 등불 하나 없어 어둑어둑한 실내에서 격자의 울퉁불퉁한 감촉을 등 언저리에 느끼면서 정엽은 안도인지 자조인지 모를 생각을 뇌리에 떠올리고 있었다.

침묵뿐이다. 평소에 쓰지 않는 전각에 감도는 소리란. 아니, 귀를 기울이면 분명히 들린다. 옷자락이 스치는 소리. 맨살이 부딪치는 소리. 그리고 사냥에 몰두한 짐승이 내는 듯한 거친 숨소리.

"……!"

어깨를 아픔이 달렸다. 정엽의 흰 살결을 탐욕스럽게 걸터듬던 입이 별안간 이빨을 들이대었던 것이다. 아슬아슬하게 살점을 뜯지 않을 정도로만 맛본 후, 그 입은 나지막하게 속삭였다.

"그 녀석을 생각해?"

"……아니오, 어처구니없어 하고 있습니다. 제가 말을 거는 모든 사람들에게 질투하는 당신의 행각에 대해서."

"…….."

어쩌면 그도 마음속으로는 인정하고 있을지도 모른다. 그러나 늑대가 고기를 뜯듯이, 자연스러운 본능이라고 강변하기라도 하는 양 정엽을 격자 벽에 밀어붙인 채 단단하게 겹겹이 둘러싼 관복의 옷자락을 풀어헤치고 가차 없는 애무를 퍼부었다.

황궁에서, 뿐만 아니라 어디든 남의 이목을 끌 수 있는 곳에서 이런 행위를 하는 것을 정엽은 결코 허용하지 않았다. 그러나 이곳에서는 정엽이 따끔한 맛을 보여주려 해도 더 화근이 되기 십상일 터였다. 아무리 청소도 하지 않아 먼지가 뽀얗게 쌓여 있는 전각이라 해도 폭음이 터지거나 비명이 울려 퍼지면 돌아보지 않을 리 없으니까……. 어쩌면 그런 부분까지 계산해서 이곳으로 끌어들인 것일지도 모른다. 들짐승은 아무런 속셈 없이 자연스럽게 살아가는 양 보이지만 활을 든 사람에게는 접근하지 않고, 여자와 아이만 노려 습격하는 등 본시는 교활하다. 이 남자도 꼭 그러하다.

정엽은 손을 뻗어 아무렇게나 늘어뜨려진 까만 머리카락을 부드럽게 어루더듬었다. 쥐어뜯는 듯이 애무하는 그의 손길과 아주 대조적인, 어린아이나 작은 동물을 달래는 것만 같은 손짓. 검은 털의 짐승은 바짝 세운 이빨과 발톱을 미미하게 늦추었다. 기분 좋은 맹수처럼 가늘어지는 눈을 들여다보며, 정엽은 숨이 가빠 도막도막 끊어지려는 목소리를 가까스로 가다듬었다.

"늘 생각하지만, 저는 참으로 신용할 수 없는 인간인 것 같군요."

"……."

"제가 이런 일을 허락하는 사람은 당신밖에 없다고 누누이 말씀드리는데도… 도무지 믿어주시질 않으니까요."

"안 믿는 게 아냐. 아니지만……."

중원의 옷은 답답할 정도로 몇 겹이나 걸쳐져 있다. 아무리 손가락으로 잡아 뜯어도 그가 갈망하는 하얀 살결은 좀처럼 드러나지 않았다. 그 현실에 미치도록 초조해하며 소그드는 비단으로 지은 관복을 긁어내렸다.

믿지 않는 것이 아니다. 오히려 정엽이 비수를 제 목젖에 들이대어도 눈썹 하나 움직이지 않을 자신이 소그드에게는 있었다. 정엽이 자신의 목젖을 갈라버리지 않을 거라는 믿음―아니, 설령 갈라버린다고 해도 유감스러워 하지 않을 믿음.

하지만 정엽이 다른 사람과 정답게 이야기하는 모습을 보는 것은 전혀 다른 문제였다. 신의에 대한 배반, 그로부터 짜내어지는 분노. 그런 것이 아니라 창자가 뒤틀릴 만큼 절박한 굶주림과 닮은 감각이 심장을 엄습한다. 갈증에 목이 탄 짐승이, 맑은 샘물을 양껏 들이키는 다른 짐승을 볼 때와 흡사한 분노가 녹인 쇳물처럼 혈관으로 흘러들어갔다.

오로지 씹어 삼켜야 하고, 오로지 들이켜 마셔야 하는… 그런 충동으로 소그드는 정엽의 몸을 탐했다.

"아, 아……!"

정엽은 꽉 움켜쥔 주먹을 입에 가져가 터져 나오는 소리를 눌러 죽였다. 드디어 허리띠를 벗기고 문관복의 자락을 헤친 뒤, 바지 자락의 끈을 끊어낼 듯 끌러낸 소그드가 정엽의 양물을 맨살 그대로 드러내어 입에 덥석 물었던 것이다.

"아… 하……."

흥분하고 있다. 엷은 체모에 둘러싸인, 흰 피부이기에 더욱 두드러져 보이는 불그레한 양물이 소그드의 혀끝에 단단한 감촉을 전해주었다. 솟구친 해면체가 혓바닥을 부드럽게 간질인다. 힐끗 올려다 본 정엽의 얼굴은 붉게 상기되어 황홀한 듯 눈을 내리감고 속눈썹을 가늘게 떨고 있었다. 침상이 아니면 볼 수 없는 얼굴. 얼마 되지 않는 거리에서 서간을 가득 안고 오가는 서리들의 기척이 느껴지는, 바로 이곳에서.

"저만…… 먼저 가버리는 건, 싫습니다……."

그 얼굴이 애처롭게 도리질을 쳤다. 소그드는 폐부가 터지도록 숨을 몰아쉬면서 정엽을 거머잡고 있던 손을 풀었다. 하얀 손이 뻗어 나와 소그드의 무관복에 손가락을 감았다. 소그드는 황홀한 기분으로 그 손가락이 옷 속을 파고들어 맨살을 어루만지는 감각을 만끽했다. 메질한 무쇠처럼 단단한 몸을 샅샅이 훑고, 아로새겨진 흉터를 하나하나 셀 듯이 매만졌다. 특히 배에 새겨진 가장 큰 상처를 집요하게 파헤치던 손가락은 이윽고 분기탱천한 소그드의 양물을 감싸고…….

"……!!!"

아픔이 너무 크면 비명조차 나오지 않는다. 정엽은 그런 심산이었을 터이나, 그렇다고는 해도 조금이라도 소음이 새어나오면 주변 전각의 서리가 벌떼같이 몰려들 이 황궁에서 실로 대담한 행각이 아닐 수 없었다.

몸을 낫 모양으로 구부리고 무너지는 소그드를 거들떠보지도 않고서, 정엽은 표표히 몸을 바로잡고 옷차림을 가다듬었다. 옷깃을 정돈하고 허리띠를 다시 맨 다음 흐트러진 머리채에서 비녀를 빼어 다시 틀어 올리는 손놀림은 실로 신속. 하지만 사내로서 도저히 버틸 도리가 없는 고통을 감내하던 소그드가 가까스로 목소리를 내게 되기까지의 시간으로 충분했다.

"……잡아 뽑아버리는 줄 알았어."

"사실, 그럴까 진지하게 생각했습니다."

"다시는 못 넣어도 괜찮아?!"

"저는 불만 없습니다만."

"지금껏 그렇게나 즐겁게 해줬는데……!"

"과하면 아니한 것만 못하다고들 하지요."

변방의 용자라 칭송받는 청년의 힘없이 구겨진 모습을 본 정엽은 피식 웃고는 손을 뻗어 그의 어깨를 부축했다. 그리고 스스로 했던 것과 마찬가지로 능숙한 손놀림으로 소그드의 외견을 말쑥하게 바꾸어 놓았다. 어떤 재주 좋은 시녀라 해도 이렇게 깔끔하게 해낼 수는 없을 것이다. 소그드는 한심스레 울상이 된 얼굴 안에서 내심 감탄하다가 문득 몸을 굳혔다.

옷 매듭을 단단히 조여 매는 손가락을 멈추지 않고서 정엽이 살짝 발돋움을 하여 일그러진 입술에 입을 맞추었던 것이다.

"자, 우선 이것으로 참으십시오."

잔잔한 호수처럼 평온한 얼굴이 소그드로부터 떨어져 멀어진다. 그러나 보일 듯 말 듯 떨리는 속눈썹, 산호 세공처럼 고운 광택이 흐르는 입술은 호수의 수면 아래도 마찬가지로 고요하리라고 믿을 수 없게끔 하였다.

"집에 갈 때까지만 참으면 돼?"

"더 오래 참으셔야겠군요. 오늘은 형님을 방문하기로 약속했기에. 잊으셨습니까? 당신도 초대받았을 텐데요. 저의 조카 은의 백일 잔칫날이니까요."

"잊고 싶어……."

"자, 자. 무정한 말씀 하지 마시고."

"누가 무정한 건데!"

이때에 그들은 몰랐다. 한 치도 어긋남 없는 일상. 불길한 전조조차 느낄 수 없는 매일. 태평성대.

그러나 해를 가리는 구름은 언제나 돌연히 몰려온다. 하늘의 가장자리에서부터.

고즈넉한 초원의 아침.

비가 내리지 않아 가죽신의 밑창이 말라 떨어져나갈 정도로 메마른 계절이지만 지금 이 목초지만큼은 그런 악명을 피해갔다. 아리야 아얄로리 오드카리 강 근방의 목초지는 이 초해에서 살아가는 여러 부족들에게 금싸라기 같은 땅으로, 피를 흘리며 빼앗고 빼앗길 가치가 있는 곳이었다.

지금 이 목초지의 소유자는 기족의 족장이었다. 단순히 말을 잘 타고

활을 잘 쏘는 용사들이야 강바닥의 모래만큼 많지만 초원을 오가는 이국의 상인들에게 안전을 보장하는 대신 거래를 트고, 저 남쪽의 강대한 국가 화하에게 장남을 볼모로 보내는 대가로 반석과 같은 결속을 맺을 수 있었던 것은 초원에서 피고 진 무수한 부족과 무수한 용사들 중 오로지 그뿐이었다. 그의 덕분으로 기족은 명실공히 초원의 지배자였다. 기족이 키우는 양은 초원을 뒤덮을 정도요, 좋은 목초지는 모두 기족의 소유가 되었으며 기족 사람들의 궤짝에는 비단과 황금이 쌓여간다는 형편이었다.

그야말로 전설에서 일컫는 황금의 대족장이라고 수군대는 이도 있다. 그러나 실상 족장의 생활은 황금과는 거리가 멀었다.

과거 초원을 지배한 자가 그 외에 없었던 것은 아니나, 남쪽의 고대광실과 능라비단에 현혹되어 그들의 생활 방식을 답습한 결과 권력을 잃고 바로 그 장대한 궁성에서 불타 죽은 이조차 있었다. 초원의 삶을 그대로 지켜나갔지만 초원을 가득 채운 양 떼와 준마, 끝없이 줄지어 따르는 재물을 실은 수레를 욕심내어 독차지하다가 아랫사람에게 목이 떨어진 자들도 있다. 비록 글로 역사를 남기는 관습은 없지만 여러 노래와 이야기로 옛일을 들어 알고 있던 족장은 절대로 그와 같은 결말을 따르지 않기로 마음먹었다.

그리하여 해도 들지 않은 시간에 말과 양을 돌보러 일어난 것은 다른 누구도 아닌 족장 본인이었다.

기족은 강을 두려워했다. 기족뿐만이 아니다. 초원에 사는 어떤 부족이든 강의 은혜를 간절히 바라는 한편 더없이 사위스러워했다. 강은 로스의 것이다. 중원 화하라면 용이라 부를 저 신령은, 때려눕히는 듯한 햇살에 모든 것이 말라붙는 가을, 그리고 세 살 난 송아지 꼬리도 얼어붙는 겨울을 견뎌야만 하는 이 가혹한 땅에서 한없이 맹포했다.

로스는 자신의 터전인 강을 더럽히는 자는 누구도 용서하지 않았다. 타고나기를 네 발로 기는 족속이 아닌 다음에야 강에 입을 직접 대고 물을 마시는 행위는 엄금이었다. 더러운 옷을 강물에 그대로 담가 빠는 것도 마찬가지. 강에서 물을 드는 행위는 경건해야 했다. 일련의 금기를 범한다면 그자에게는 끔찍한 주벌誅罰이 내리리라.

그렇기에 기족의 족장은 고지식하게 자신이 마실 물을 강에서 떴다. 바퀴를 단 커다란 나무통을 정성스레 닦고, 거대한 짐승의 내장으로 만든 주머니를 꺼내어 킁킁 냄새 맡았다. 언제 적의 습격을 받아 몸만 달랑 말에 올라 달아나야 할지 모른다. 그런 때에 물 한 모금 마시지 못하고 쫓기는 것은 악몽 같은 일이다. 기족의 패권에 도전하는 자는 이미 없는데도, 반평생을 싸움으로 보낸 족장은 어디까지나 신중했다.

모든 준비를 마치고…….

족장이 모전천막을 나서려고 자신의 장화를 신었을 때, 그는 등자를 다루는 데에 지장이 없도록 발을 빈틈없이 조이면서 코가 하늘을 향해 치솟아 있는 자신의 길든 장화로부터 전혀 색다른 감촉을 느꼈다.

딱딱한 가죽이 아닌, 물컹한, 마치 물로 채운 양의 오줌보를 밟은 듯한… 그러나 양의 오줌보 따위가 아님을 족장은 다른 어디도 아닌 코로 알았다.

비릿한 냄새. 비릿하고 알싸한 냄새. 피와, 양의 젖과, 독한 술.

젖은 신성한 것이다. 그 혜택은 양뿐만 아니라 사람과 다른 짐승의 새끼에게까지 돌아간다. 초원의 사람들은 그 존재에 경의를 바치려는 양 '젖빛처럼 희다'라는 말을 모든 좋은 것에 갖다 붙였다. 좋은 신은 하얀 신이요, 좋은 계절은 하얀 달이다. 신에게 바치는 공물로 가장 값진 것은 천신들이 거하는 하늘처럼 푸른색, 혹은 양털처럼 하얀 비단 천.

그것이 독한 술과 피로 더러워진다. 그리고 땅에 흘러 대지를 노엽게 하고, 강물에 섞여 로스를 격분케 한다.

기족의, 아니 초원의 사람들에게 대대로 전해 내려오는 극악한 저주.

족장은 숨이 턱 막히는 것을 느꼈다. 단순히 놀라서가 아니다. 그의 단단한—몇 번 부러진 적 있는—갈빗대, 빗장뼈 안쪽을 차가운 손가락이 움켜쥔 듯한 감각이 엄습한 탓이다.

단순히 금기를 범하여 이 지경까지 이른 것이 아니다. 족장이 모르는 사이에, 겨울을 나기 위해 벽처럼 높이 쌓아올린 말똥처럼 차곡차곡 준비한 일이다.

누가? 왜? 어떻게?

족장은 쓰러져 의식을 잃은 순간까지, 그 의문을 수없이 되물었다.

기족의 족장이 쓰러졌다는 소식은 순식간에 황도로 전해졌다. 기족의 파발은 여러 마리의 말을 끌고 갈아타면서 한 시도 쉬지 않을 듯이(물론 최소한의 휴식은 취했으나 그의 질풍 같은 질주를 지켜 본 사람들은 사실과 무관한 이야기를 퍼뜨렸다) 달려 황도에 이르렀고, 그의 존재를 역참 가까이에 있던 도관에서 전음술로 선원궁에 알리지 않았더라면 조정은 한심하게도 우왕좌왕하는 모습을 보일 뻔했다.

사신을 맞이하는 예법 같은, 실제로는 전혀 도움 안 되는 일에 열을 올리는 조정을 내버려두고 황제는 실질적인 일에 돌입했다. 정말로 해야 할 일은 어림원의 작은 정자에서 이루어졌다. 격자문 너머로 엿보이는 봄의 절경도, 천금에 값하는 다기와 차도, 이 자리의 누구에게든 감동을 주지 못했다.

"알아야 할 것은 하나뿐일세. 그대의 아버지가 없다 해도, 우리 화하와 기족의 맹약은 이어질 수 있는가?"

수백, 어쩌면 수천 년 이상 이어져 내려온 원망과 반목. 그것이 또다시 시작되겠냐고 묻는 황제의 어조는 어울리지 않을 만큼 담담했다. 그에 답하는 소그드 또한 태연하기는 마찬가지였다.

"아마 어렵겠지요. 아버지는 화하와 화평해서 대상의 무역을 독점했습니다. 그 덕택에 우리 부족은 넉넉하고 편안해졌다죠. 하지만 장사할 머리가 안 되는 놈들은 다른 부족이나 화하 땅을 이따금 습격해서 여자와 노비와 값비싼 물건을 잔뜩 가져오던 시절을 그리워하고 있어요. 그때가 몸뚱이 하나로 뭐든지 할 수 있었다면서 떠들고 다니는 녀석도 있고, 조상 대대로 내려온 관습이라면서 정색하고 뇌까리는 노인네도 있죠. 내가 있을 적부터 그런 판이었으니 뒷일은 알 만할 겁니다."

"그들이 세력을 얻을 가능성은?"

"놈들이 부족을 좌지우지하지야 못하겠지만, 서로 물고 뜯고 싸우게 만들어 줄 수는 있을 테죠. 근데 왜, 그러면 폐하한테는 좋지 않아요?"

기족이 분열된 틈을 타서 어부지리를 노릴 수 있다는, 기족 입장에서는 너무나 참혹한 말을 소그드는 태연하게 내뱉었다. 그러나 그에 대한 감상은 황제의 얼굴에 드러나지 않았다.

"기족과의 화평이 이루어진 덕택에 변방의 수역을 면제하고 군역세를 삭감했는데 그것을 도로 늘려서 욕을 먹고 싶지는 않네. 무엇보다 사분오열된 기족을 쳐서 무슨 이득이 있지? 화하의 어떤 왕조도 그 땅을 화하의 것으로 삼을 수는 없었다. 토지가 다르고 천기가 다르고 살아가는 방식이 너무도 달라. 끝내 백성들의 원성과 텅 빈 국고만 남기고 후회하게 될 것을. 화하 사람은 역사로부터 배우는 것이 있어야 한다고 말하지."

"지금 저더러 역사 공부하라고 잔소리하시는 건가요?"

"그대보다 그대의 말에게 권하는 편이 결과를 기대할 수 있겠지. 어쨌든 결론은, 이쪽에서 손쓰지 않으면 안 된다는 거로군. 그대가 가 주게. 그대의 고향으로."

"……."

대답은 바로 돌아오지 않았다. 그러나 미미하게 굳어진 소그드의 표정만으로도 황제는 대답을 들은 것이나 다름없었다.

"싫은가?"

"제가 가봤자 별 소용없을 텐데요. 저는 고향 녀석들에게 그다지 인망이 없거든요."

"상관없네. 지금 필요한 인재는 그들의 마음을 읽을 수 있는 인물이면 족해. 말을 옮기는 것은 내 아들의 몫이네."

이번에 소그드는 다른 이유에서 굳어졌다. 황제가 사적인 자리에서 '내 아들'이라고, 무한한 자부심과 다소간의 우울함을 섞어 부르는 사람은 딱 한 명뿐이었다. 장자인 현성은 '황태자'이다. 아직 성년이 되지 않은 아이들은 생모의 거처 궁호를 따서 '춘양궁 황자'니 '청리궁 황자' 등으로 부르며 선을 그었다. 황제가 진정한 아들로 생각하는 단 한 사람은 소그드가 잘 아는, 아니, 잘 아는 것을 넘어서…….

"정엽이랑 같이 보내줄 겁니까!?"

"자네 부족의 상황을 대부분이 만족할 정도로 원만하게 해결하려면 정엽 정도의 수완이 있지 않으면 안 되네. 더하여 자네 아버지를 쓰러뜨린 것이 저주라면 도사의 재간도 있는 인물이 낫겠지."

"우와아, 고맙습니다!"

매우 심각한 사안임에도 불구하고 어린아이처럼 좋아하는 소그드를 마주한 황제는 빙긋이 웃었다. 천진난만하다고까지 형용할 수 있는 그 모습을 보고서 두 사람의 참된 관계를 짐작할 수 있는 이는 없으리라.

그 후에도 뭐라 몇 마디 오갔지만 소그드는 기억하지 못했다.

언젠가 고향의 푸른 하늘을 보여주겠다고 약속했다.

그 약속이 이루어지는 것만이 오로지 기뻤다.

―그러나 황제가 무엇을 더 당부하고자 했는지, 소그드는 잘 들어두어야 했다고 후회했다.

자신의 저택에 돌아왔을 때 그는 정원에서 말을 몇 마리 보았다. 그 자체는 이상한 일이 아니었다. 소그드는 로그모와 새끼들을 정원에 풀어놓곤 했으니까. 다만 기이한 점이 있다면 땀에 젖고 극도로 지쳐 보이는 말들이 분명 눈에 익은…….

"나, 나리!"

사색이 된 하인들이 허둥지둥 뛰어왔다. 명문가에서는 주인이 돌아오면 문지기가 큰 소리로 귀가를 알리고, 마구간지기가 고삐를 받아들고 말과 수레를 건사하며, 집사가 다가와 하루에 일어난 일을 보고하고 주인의 분부를 받든다. 그러나 소그드는 그런 절차 따위 개의치 않았다. 그는 무인지경을 지나듯 저택으로 돌아와 말부터 돌본 뒤 하인들을 내버려두고서 침실이든 어디든 가고 싶은 곳으로 훌쩍 가버리곤 했다. 하인들도 이제 슬슬 그런 방식에 익숙해졌다. 그러나 오늘만큼은 그래선 안 되었다.

"나리, 돌아오셨습니까!"

"보면 몰라. 저 말은 뭐지?"

"관아에서 관리들이 와서 기족의 사신이니 잘 대접하라고. 화, 황명이옵니다!"

동향이니 그대가 맡아주는 편이 그쪽도 편하겠지—황제가 그렇게 말한 듯한 기억이 있다. 사신? 누구?

하지만 답은 다른 누구도 아닌 소그드의 입에서 나왔다.

아마 하인들이 어찌어찌 객실로 안내하여 그곳에서 쉬던 참에 소그드의 귀가를 눈치채고 나온 것이리라. 대청마루에 우뚝 서 있는, 이미 어스름이 내린 무렵 하인들이 바지런히 켜 둔 등불에 비친 얼굴은 소그드도 익히 아는 것이었기에.

"진메이."

남들보다 껑충 높은 곳에 자리한 야윈 얼굴이 우울한 듯한 표정을 담고 소그드를 응시했다.

정엽을 만나기 전, 소그드는 실로 분방하게 남자를 유혹했다. 개중에는 질색하는 자도 있었다. 어영부영하다가 넘어온 자도 있었다. 흥미로 받아들이는 자도 있었다. 어쨌든 대체로 만남도 헤어짐도 깔끔하게 끝났다.

그러나 그렇지 못한 경우도 있었다. 원망하거나 뒷담으로 끝내면 무난한 편이지만, 칼부림으로 비화되는 일도 이따금 벌어졌다. 진메이도 그런 경우였다.

차라리 남들처럼 울부짖거나 미쳐서 덤벼들었다면 이해할 수 있었을 것이다. 그러나 진메이는 처음부터 끝까지 물끄러미 쳐다볼 뿐, 어떠한 거동도 보이지 않았다. 하지만 나날이 무게를 더하는 그 시선을 더 이상 신경 쓰기 싫어서 이별을 고했을 때, 진메이는 어떠한 내색도 않고 딱 한 번 단도를 내질러 소그드의 뱃가죽을 뚫어버렸다.

"혜… 오래간만이네. 턱은 괜찮아?"

소그드는 제가 생각하기에도 맥 빠지는 목소리로 진메이에게 인사를 건넸다. 정말 한심스러운 내용이라고 스스로도 감탄하면서.

소그드라고 가만히 있었던 것은 아니다. 상처를 싸매자마자 진메이에게로 달려가 턱을 후려쳐버렸다. 만약 진메이가 또다시 죽자 사자 달려들었다면 소그드도 아예 죽여 버리고 개운해질 수 있었을 터였다. 하지만 진메이는 당연한 것을 받아들이는 양 잠자코 나동그라졌고, 그 뒤로 그 일에 대해 언급하는 일조차 없었다. 부러 다가와서 이야기를 나눈다거나 하는 일은 없었지만 그렇다고 대놓고 피하지도 않았다. 부족 사람들에게는 소그드 쪽에서 농락한 끝에 손찌검까지 해서 끝난 사이로 보였기 때문에 소그드의 평판이 땅을 쳤지만, 이미 끝장난 평판이라 소그드도 신경 쓰지 않았다. 다만 태어난 의문은 의식의 수면 아래 잠겨들어 오랫동안 떠돌고 있었다.

'저 녀석 머릿속은 어떻게 돌아가는 거야?'

본래 남의 일을 개의하지 않는 소그드이기에 그때는 그렇게 끝낼 수 있었다. 하지만 지금은 다르다. 신경 써야 할 사람이 있다.

"족장의 일을 전하러 왔다."

몇 년이나 늦어버린 턱의 안부는 아예 무시하고서, 진메이는 언제나 그렇듯 나지막하게 가라앉은 목소리로 고했다. 그 목소리의 음색이 달라지는 것은 침상 속, 그리고⋯⋯.

"아, 들었어."

"어떻게 할 거지."

"조만간 갈 거야. 딱히 아버지가 보고 싶어서는 아니고, 일이라서."

"그래. 나도 같이 돌아간다."

으아아아아아. 소그드는 비참한 소리를 내지르고 싶은 충동을 가까스로 참았다.

진메이와 함께 그 먼 길을 여행하는 것도 버거운데, 그곳에 정엽이 함께한다면……

이런 가시덩굴과 불구덩이를 아우르는 곤경을 소그드는 지금껏 경험해 본 바 없었다. 그는 진메이의 시선을 아랑곳하지 않고 지끈지끈 아파 오는 이마를 한 손으로 감싸 쥐었다.

❦〇❦

"두 분이 아는 사이이신 줄은 꿈에도 생각지 못했습니다."

정엽은 화사한 얼굴로 웃으며 말했다.

황궁과 조정에서 한 방 ϧ 떨어진 곳은, 조정 신료들을 과녁 삼아 장사하는 가게가 줄지은 이름하여 나성가였다.

사실 황궁에서 관인들에게 제공하는 식사나 차는 꽤나 부실한 축에 속했다. 일하는 이가 한둘이 아닌데 어찌 모두에게 산해진미를 대접할 수 있겠는가. 잘 먹을 때는 연회가 베풀어지는 경우나 혹은 황제가 하사하는 어찬을 부서 모두가 맛볼 때. 그 외에는 밥 한 그릇에 짠지 한 첩 얻어먹기도 쉽지 않은 것이다.

하여 조정의 신료들은 집에서 도시락을 싸오지 않는 바에는 바로 이 나성가까지 걸음을 하여 주린 배를 채우거나 망중한을 즐기곤 했다. 태학 앞과 비슷하게, 그러나 조금 더 호화롭게 단장된 찻집과 여러 진기한 고서를 구비한 서방, 값진 붓과 귀한 서지를 파는 문구방. 벗을 대접하기 위해 장려한 원림을 구비하고 천금에 값하는 붓과 벼루를 갖추었으며 비단으로 표지를 지은 서책으로 서재를—그 이상으로 서광을 가득 채우고 있는 왕공귀족이라도 이 나성가의 분위기를 즐기러 행차하는 일도 있었다. 물론 천하절색의 미녀와 신묘한 곡조가 맞이해주는 홍루방으로 걸음하는 이도 적지 않았지만.

"단순히 아는 사이라 해도 좋을지…….."

정엽의 밝은 표정과 대조적으로 인철의 얼굴에는 수심이 어려 있었다. 그렇게까지 형용하는 일은 다소 과장일지도 모르나.

"물론 단순히 아는 사이일 리가! 우애는 형제와 같고 한날한시에 죽기로 한 물과 고기에 비견하는 사이지. 그렇잖은가?"

차안 밑으로 뻗어온 버선발이 인철의 무릎을 쿡쿡 찌르자, 그 얼굴은 확실히 찌푸려졌다. 단정히 정좌한 정엽과 인철과는 대조적으로 두 다리를 편하게 내뻗은 사람. 그 사람이야말로 바로 호부 낭청 기염. 약속한 대로 정엽과 퇴궐하여 나성가로 향하려던 인철을 기염이 솔개가 병아리를 낚아채듯 끼어든 것이다.

"낭설은 퍼뜨리지 말아주시겠습니까."

"낭설이라니 섭섭해서 가슴이 찢어지는군! 태학에 막 들어와 앞뒤 분간도 못하던 자네를 어미닭이 병아리를 품듯 돌본 이가 바로 나 아닌가!"

"경전이랍시고 외설스러운 잡서를 건네고, 홍루방에 데리고 가서 신참 기녀 머리를 올려주게 만든 일을 두고 그렇게도 말하는가 보지요."

"세상 공부일세, 세상 공부."

"……본가의 아버님께서 제 머리채를 잡기 위해 상경하시고 처가 식음을 전폐한 소동을 수습하러 뛰어다녔으니 참으로 장렬한 세상 공부였습니다."

"와하하. 두 분 제수씨는 잘 계시나?"

"예에. 연향도 시골 생활이 퍽 즐거운 듯하고 처—정작도 오체투지한 남편을 꼴사납다 버리지 않아주었으니 고마운 노릇입니다."

벌써 사 년 전의 일이던가. 결국 기녀 머리 올리는 데에 써버린 노자와 성실하던 남편이 첩을 두었다고 몸져누운 아내, 벌집 쑤셔 놓은 꼴이 되어버린 본가며 어느새 인철의 첩이 되어버린 기녀 연향의 일은 기염이 도술이라도 부린 양 해결해주었다. 당시에는 혼비백산했지만 지금은 실소하면서 떠올리는 추억.

하지만 오늘은 그런 옛이야기를 하기 위해 서둘러 일을 정리하고 나선 것이 아니다. 인철은 한심스러운 심경으로 앞에 앉은 정엽에게 시선을 돌렸다. 그리고 꽃이 만개한 모습으로 즐겁게 웃는 정엽을 목도하여 그만 얼이 빠지고 말았다.

"과연 말씀하신 대로의 우애입니다. 저도 기염 공의 도움을 많이 받았지요. 송구한 일입니다."

"그 말대로. 힘껏 감사해주게."

"인철 공도 아실 테지요. 기염 공께서 인철 공이 과시라는 막중한 대사를 앞두고 너무 긴장해서 일을 그르치지 않도록, 그리고 부인 되시는 분이나 가족 친지들의 얽힌 실타래 같은 문제가 이 소동으로 하여금 해결되도록 마음 써주신 것이니까요. 소실 되시는 분도 필시 기녀로 살아가기에는 말로 다 할 수 없을 만큼 딱한 사정이 있었을 터. 정말이지 훌륭하신 배려입니다."

인철은 정엽의 말을 듣고 비로소 깨달았다. 왜 기염이 그 난장판을 만들었는지, 그 까닭을. 그리고 또 한 가지—놀란 얼굴로 돌아보자, 인철은 기염의 얼굴에서 난생 처음 보는 표정을 발견할 수 있었다.

"……정엽 공의 말씀을 들으니 눈이 씻긴 듯합니다. 기염 공의 어진 처사, 알아보지 못해서 부끄러울 따름입니다."

"제가 처음 조정에 들었을 때도, 까닭 없는 핍박을 받지 않게끔 얼마나 애써주셨는지. 하해 같은 은혜를 갚을 방도가 어리석은 머리로는 떠오르지 않아서……."

"항복이네, 항복. 내가 잘못했으니까 놀리는 일은 적당히 해주게!"

과연. 인철은 차안 위에 납작하게 엎드린 선배의 뒤통수를 일별한 뒤 정엽과 마주 보고 싱글싱글 웃었다. 이 배배 꼬인 사내는 자신의 선의를 적나라하게 파헤치거나 극진한 감사 인사를 못 견뎌하는 것이다.

"에에잇, 재미없군. 독수공방하게 될 처지를 크게 웃어주러 쫓아왔건만."

"독수공방? 무슨 뜻인지는 둘째로 하고 기염 공이 남의 말 할 처지는 아니지 않습니까? 그 나이가 되도록 처자도 두지 않으시고."

"정엽 공은 나와는 다르네. 대단한 헌헌장부와 동거하고 있단 말씀이야."

인철은 쓴웃음을 지었다. 삼재라 이름 높은 예부랑이 이 황도에서 지낼 만한 거처도 구할 수 없는 검박한 기질이라 좌우림위 상장군에게 의탁하고 있음은 소소한 화제였다. 그 자체는 이상한 일이 아니다. 황도는 집값도 비싸고 쌀값도 비싸니, 인철 또한 조정 관리의 품위를 가까스로 해치지 않는 수준의 셋집에서 지내고 있으니까. 하지만 그렇다고 해서 부부 취급하는 것은 악질적인 농담이 아닌가 하고 인철은 생각했다. 다행히 정엽은 그다지 기분 나쁜 기색이 아니었다.

"독수공방일지 아닐지는 모르는 노릇입니다."

"……."

기염의 표정이 바뀌었다. 교제한 기간이 있는 인철마저도 몇 번 보지 못한 놀라움을 담고.

그리고 인철도 기염이 오늘 따라붙은 연유가 단순히 놀리고자 해서가 아님을 깨달았다. 인철 또한 조정에서 해를 묵혀온 몸. 무엇이 화제가 되고, 무엇이 현안인지쯤은 포착하고 있다.

"설마, 정엽 공이 기족에게 가는 문안사로?"

"부사이지요. 정사는 십중팔구 그분이 될 것이고."

좌우림위 상장군… 기족 족장의 아들이 정사로 간다는 구설은 인철도 이미 들은 바 있었다.

이제 쓸모가 없으니 그 자신이 태어난 야만으로 돌아가라는 것인지, 아니면 족장의 자리를 이어받게 해 세세연년토록 화하의 속국으로 만들려는 심산인지, 황제의 의중은 여러 관리들이 멋대로 도마에 올리는 이야깃거리였다. 인철은 그런 주제에 열중하지 않았다. 신중한 신하들이 대개 그렇듯, 문안사의 부사가 임명되어야 알 수 있는 일이라 판단한 것이다.

"공이 부사로 가게 된다면, 상장군은 다시 돌아오겠군."

무리한 인사는 아니었다. 예로부터 화하의 제왕은 자신의 친인척을 제후에 봉하여 변방을 지키도록 했다. 하물며 지금 외교를 맡은 관부, 예부에는 황이자가 낭관으로 자리하고 있다. 과시에 장원 합격의 재주를 뽐냈다고는 하나 어사에 낭관에 이제는 문안사 부사. 도를 넘은 임용이라 떠들어대는 이들도 있겠지만 설령 그런 자들도 정엽의 능력에 정면으로 이의를 제기하지는 못하리라.

그 사실을 알고 싶었던 것인가. 새삼 기염을 돌아본 인철은 그 얼굴에서 기쁨을 감지하고 다소 놀랐다.

"시운이 어떻게 흘러갈지는 알 수 없는 법이나 저야 그럴 각오입니다. 그나저나 기염 공께서 걱정해주시다니. 상장군께도 꼭 전해드리겠습니다."

"관두게. 관심도 없는 사내의 염려 따위 징그럽다고 진저리를 치실 것이야."

"소 상장군과 기염 공께서는 친분이 깊으신가 보군요?"

"아주 유쾌한 분일세. 어떤가, 정엽 공. 지금 소 상장군을 청하여 인철 공과도 대면케 해주는 것이."

"글쎄요. 아주 분방하신 분이라 어떨지."

인철에게는 추호도 고의가 아니었지만 그의 일로 비롯해 정엽과 소그드 사이에 어떤 실랑이가 있었는지, 기엽도 인철도 정엽의 웃는 얼굴만 봐서는 짐작하지 못했다.

"그러고 보니 상장군 저택에 지금 기족의 사신이 와 있다는데 혹시 만나보셨소?"

"아니오, 아직입니다. 저도 상장군도 번다한 터라."

"한 번 만나 뵈었으면 좋겠구면."

"기엽 공께서 변방의 일에 그리 흥미 깊으신 줄 몰랐습니다."

"번번이 비꼬지 말게, 인철 공. 그 사람들은 꽤나 재미있는 이들일세."

별생각 없이 시시덕대던 기엽과 인철은 불현듯 정엽의 표정이 묘한 것을 보고 입을 다물었다. 웃음을 참지 못하겠다는 표정은, 마치……

"무슨 일인가? 정엽 공."

"아니오, 우연히 들은 일이 생각이 나서."

"무슨 일을 들으셨기에?"

"문안사의 제술관을 정하는 건에 대해서였습니다. 제술관은 화하의 문예를 널리 퍼뜨리는 직책. 하지만 행선지가 변경 기족의 영토이니만큼 자신의 문명을 믿고 그들을 지나치게 업신여기는 이가 제술관이 되어서는 모처럼 맺은 화의를 그르칠 소지마저 있겠지요. 따라서 기족을 얕잡아보는 마음을 품지 않으며, 실질강건한 문풍을 따르고, 수완이 뛰어난 분이 제술관을 맡는 것이 좋다는 논의가 있더군요."

인철은 이번에도 눈치채는 바가 한 발 늦었다. 점점 입이 크게 벌어지는, 그야말로 아연실색한 기엽의 얼굴을 보고 놀란 탓이기도 하지만.

"그 뉘신지는 알 도리 없으나 참으로 딱한 자로군! 그런 먼 곳까지 걸음 해야 한다니 말일세. 아하하하하하하하."

"더하여 처자가 있어 오래 생이별하면 가엾다는 이유에서 관록이 있으면서도 독신인 드문 분이 괜찮을 듯하다고 하더군요."

"내가 왜 이제껏……! 아니, 갑작스럽지만 이 기엄 장가가기로 했네. 조만간 혼례를 올릴 작정인지라!"

"호오, 그런 경사라니오. 상대는 어떤 분이신지요?"

"젠자아아아아아앙!"

기엄은 이 고상한 찻집에 개점 이래 한 번도 나온 적 없었을 속된 말을 외치며 비참하게 차안 위에 고꾸라졌다. 그런 기엄이 뵈지도 않는다는 양 차를 한 잔 더 따르는 정엽에게 비로소 인철이 당황해서 물었다.

"설마 기엄 공께서 문안사 제술관을 맡게 되시는 겁니까?"

"그야 모르지요. 저는 다만 이미 낙점되어 있는 거에 대해 조언을 권유받아 사실대로 답했을 뿐."

"은혜를 이리도 원수로 갚긴가!"

"전혀 그런 뜻은 없었습니다만, 바라신다면 상장군과 친근하게 지내시는 모습에 질투를 느껴서… 라고 생각해주셔도 무방합니다."

"으어어어어어… 귀찮아……."

"귀찮다는 이유로 훌륭한 재주를 썩히는 것도 적당히 하십시오. 참, 인철 공."

터무니없는 농담을 주고받은 두 사람을 얼이 빠진 채 쳐다보던 인철은 정엽이 갑작스레 화살을 자신에게 돌리자 화들짝 놀랐다. 기엄을 상대할 때와 달리 그 미목수려한 얼굴은 진중한 빛을 띠고 있었다.

"금방 알게 되시겠지만 지금 말씀드리는 이유는 후에 어떤 오해를 하시는 일이 없고자 함입니다. 이번에 제가 문안사 부사로 임명되는 고로, 자연히 예부 낭관의 자리가 비었습니다. 언제 돌아올지 모르니 그 자리를 맡을 사람이 있어야 하지요."

"……제가?"

"예."

기묘하게도, 인철은 당장 기쁘다고 느낄 수 없었다. 6품하의 사인에서 3품하인 낭관이라면 무려 여섯 품계를 오르는 어마어마한 출세. 하지만 그러한 대우는 인철이 우수한 덕일까.

돌연 묵묵부답이 된 인철에게 정엽은 빙긋이 웃음을 던졌다. 조금은 서글픈 미소를.

"제가 추천하여 성사된 일이 아닌가… 그리 생각하시겠지요."

"부정할 도리가 없군요."

"그렇지 않습니다."

"정엽 공……."

"당신의 견실한 견식, 낭중지추처럼 반드시 드러나는 것이니. 저 같은 자가 감히 입을 떼지 않아도 향기로운 방초처럼 세상에 알려지기 마련입니다."

기염이 아니라도 저 아름다운 얼굴, 낭랑한 목소리가 쏟아내는 찬사는 확실히 견디기 어렵다. 인철은 붉어진 얼굴을 숙여 찻종만 내려다보았다.

"저는 관계치 않습니다. 어차피 정녕 제 능력에 과중한 일이라면 제가 욕을 먹을 뿐이고, 잘 해낸다면 상찬을 받겠지요. 어디까지나 저의 노력 여하."

"훌륭한 말씀이십니다."

"에에잇! 이렇게 된 이상 한 판 거하게 벌이지 않으면 이 울분을 풀 길이 없네! 정엽 공, 상장군이고 기족의 사신이고 누구든 불러주시게!"

"참, 저도 최근 뵌 일이 없다는 데도……."

"그렇게 난동을 부리실 요량이면 차라리 경조윤을 부르는 편이 낫겠습니다."

"무정하시구만!"

등불을 어둡게 한 침실 속에서 거친 숨소리만이 다급하게 울려 퍼졌다.

지금 좌우림상장군의 저택 별채에 들어가려는 하인은 문고리에 손을 댄 순간 급한 볼일을 깨닫고 서둘러 뒤돌아 떠나가리라. 그것은 결코 우연도 변덕도 아닌 한 장의 부주가 자아낸 조화. 이 별채에서 지내고 있는 이는 능히 그럴 재주가 있었다.

도대체 왜? 시종을 보내어 그가 신세지는 좌우림상장군에게 잠시 왕림해 주십사고 청할 때부터 이 장면을 예측했기 때문이리라. 두 사람의 몸이 얽히어 어떤 춘화보다도 질펀하고 추잡한 광경을 그려냄을.

"아흑, 앗, 앗!"

정엽은 침상에 엎드리다시피 하여 짐승이 흘레붙는 듯한 행위를 그저 견뎠다. 땀에 젖은 손아귀 안에서 수놓은 비단 이불이 구겨졌다. 미처 다 벗어버리지 못한 아랫도리와 포가 몸에 휘감겨 불쾌하다 여겨질 만큼 거추장스러웠다. 하지만 그 모든 불쾌감과 언짢음을 압도하는 감각은, 연신 안을 도려내는 것의 존재감.

"앗, 앗, 아앙!"

"……"

정엽이 평소답지 않은 애타는 비명을 올려도 소그드는 일언반구 답하지 않았다. 전언을 받고 한달음에 별채로 달려와, 인사말을 채 주고받기도 전에 옷도 벗기는 둥 마는 둥 침상에 엎어뜨려 자신의 욕망을 밀어붙이는 형상은 흡사 범하는 모습. 그럼에도 불구하고 정엽이 노여움을 표하지 않음은, 한편으로는 관청에서의 일 이후로 떠다박지르듯이 상대해 주지 않았기 때문에 쌓이고 쌓였음은 능히 짐작할 수 있는 일이라……. 그리고 소그드의 행위가 단순히 자신의 욕망을 채운다기에는 너무도 절박하고, 섬세하고, 집요했기에.

"핫……!"

남자다운 선을 그리는 입술이 어미의 젖을 찾는 어린 짐승처럼 정엽의 살결을 끈덕지게 물고 빨았다. 오싹 저려하는 정엽의 등을, 음탕하게 풀어헤친 침의 아래서 애처롭게 떨리는 그 윤곽을 소그드의 손가락이 뼈마디 하나하나 셀 듯이 긁어내려갔다. 다른 한 손의 엄지와 검지가 정엽의 가슴 돌기를 쥐고 꼬집으며 굴리고 있어, 전신 곳곳을 희롱당하는 정엽은 도무지 정신을 차릴 길 없었다.

"그, 그, 만… 적당… 히, 해주십…… 읏……!"

나중에 차분히 떠올리면 수치심을 참기 어렵다는 걸 알면서도, 일순이라도 빨리 당장의 괴롭힘을 면하기 위해 정엽은 치부에 힘을 주고 허리를 움직였다.

"하하……."

줄곧 침묵을 지키던 소그드의 입에서 거친 숨소리에 섞여 웃음소리가 흘러나왔다. 아직도 기교는 다소 부족하지만, 자신의 것을 삼킨 안쪽이 꾸불꾸불 조여드는 감각과 하얗고 탄력 있는 엉덩이가 샅에 애원하듯 달라붙는 광경은 능히 뇌수를 태우는 쾌감을 가져다주었다.

하지만 아직 져 줄 생각은 없다. 소그드는 하얀 등줄기에 달라붙었다.

"아윽……!"

육식동물의 그것 같은 이빨이 정엽의 어깻죽지를 파고들었다. 소그드의 혀는 희미한 피 맛을 감지하고 병 주고 약 주는 양 상처자국을 핥았다. 그동안에도 손가락은 쉬지 않고 정엽의 가슴팍을, 배를, 옆구리며 허리 언저리를 어루만졌다.

분명 어느 곳도 쾌락이 솟구치도록 만드는 급소는 아니었다. 그러나 집요하게 더듬고 깨물고 빨아들이기를 계속하자 기묘한 감각이 정엽의 살 위를 번져나갔다. 타액으로 젖은 살갗에 뜨거운 숨결이 닿은 것만으로도 몸 속 깊은 곳이 떨리는데, 하물며 손가락이, 이빨이 후벼내면 어떻겠는가.

"윽, 흐응, 으응!"

기분이 좋다. 그러나 아무래도 결정적인 자극은 되지 못했다. 쾌감의 급소란 급소는 죄다 들쑤셔지는데 잔혹하게도 결정적인 데에는 이르지 않는다. 정엽은 이를 악물고 침상에 이마를 대고선, 자유로워진 두 손을 자신의 양물에 가져갔다. 그쪽이 멋대로 한다면 이쪽도 멋대로 하리라.

"아—!"

제멋대로를 따진다면 소그드를 빼놓아선 안 된다. 소그드는 정엽이 스스로 욕망을 풀어버리려고 하는 기미를 보이자 가차 없이 허리를 밀어붙였다. 정엽은 하릴없이 침상 위에 내동댕이쳐졌다. 머리채가 어지러이 흐트러졌다. 언제나 단정하던 얼굴도 난잡하게 풀어졌다. 침상 끄트머리에 무릎을 대고 가까스로 몸을 지탱하는 다리는 한심스러울 만큼 떨리고 있었다. 그저 추접스러운 본능이 이끄는 대로 허벅지를 벌리고 엉덩이를 들썩거리며 사내의 것이 더욱 깊숙한 곳을, 더욱 쾌락을 끌어내는 곳을 찔러주도록 무언의 요구를 거듭할 뿐.

"아우, 아, 아응! 아, 하……!"

그러다 절정에 도달했음을, 오로지 쾌감에 부대끼고 있던 정엽은 다소 늦게 깨달았다.

허벅지의 살갗을 타고 미지근한 액체가 흘러 떨어졌다. 필시 침상도 더러워졌으리라. 어떻게 어리숙한 하녀가 눈치 못 채도록 구슬릴 것인가. 골머리를 앓는 정엽의 기분은 아랑곳없이, 소그드는 완만하게 허리를 움직이면서 잠시 여운을 즐겼다. 이윽고 소그드가 비로소 말을 토했다.

"목덜미는 건드리지 않았으니까 괜찮지?"

"등은 마음대로 해도 괜찮다고 말한 적도 없습니다만……."

관복의 비단 옷깃으로 단단히 두르고 있다 해도 소그드가 난행의 흔적을 남기면 보일 염려가 있다. 그래서 주의를 주었던 것이지만 이런 꼴을 당한 참에 아무래도 좋다. 정엽은 화낼 기력도 없다는 투로 대꾸했다. 하지만 그러한 태도는 소그드에게 있어 만족감을 더할 뿐이었다. 본디 백옥처럼 뽀얀 정엽의 등은 온통 새빨갛게 물들어, 더욱 짙은 빛깔의 순흔과 이빨 자국이 곳곳에 새겨진 처참한 모습이었다. 정엽이 이 꼴을 환히 볼 수 있었다면 지독한 경을 쳤을 터임을 소그드는 구태여 떠올리지 않았다.

그 멋진 광경이 침의로 가려지는 모습을 보고 소그드는 퍼뜩 놀랐다.

"더 안 할 거야? 오래간만이잖아."

"일단 이야기부터 하지요. 이대로 당신이 하고 싶은 만큼 하게 내버려두면 밤을 새도 모자랄 겁니다."

"아……."

소그드는 탄식 비슷한 소리를 토했다. 자신도 해야 할 말이 있음을 비로소 떠올린 탓이다.

정엽은 침의를 정돈하고 침상 한구석에 기대어 앉았다. 본래대로라면 제대로 상에 앉아 차라도 대접해야겠지만 지금의 그는 그런 예의범절조차 챙길 맘이 생기지 않을 만큼 나른했다. 아직 상기된 얼굴로 다소 방만하게 팔다리를 늘어뜨린 그 모습이 소그드로 하여금 또다시 욕망과 고민 사이에서 방황케 만든다는 것을 모른 채 정엽은 자신의 용건을 챙겼다.

"이번에 제가 기족 족장의 신병에 대한 문안사… 그 부사를 맡게 되었다는 소식은 들으셨습니까?"

"어, 응."

"당신은 정사이고요."

"그야 뭐."

"본격적으로 출발 준비를 하고, 사행길에 오르면 이런 이야기를 나눌 시간도 없을 테지요. 예. 당신의 아버님에 대해 듣고 싶습니다."

소그드는 눈을 둥그렇게 떴다. 아버지? 내가 이야기한 적 없었나?

"뭘 말할 게 있겠어. 아버지는…….."

"당신과 똑 닮았다는 말씀이지요. 하지만 당신의 아버님은 족장이십니다. 그 차이는 크지요."

방금 뜨거운 정사를 나누었으면서, 지금 소그드를 응시하는 정엽의 시선은 냉랭하게 여겨질 만큼 차분했다. 그 얼음과도 같은 푸른빛을 녹여버리고 싶다고 생각하면서 소그드는 일단 정엽의 질문에 성실하게 응하고자 했다.

"그야 아버지는 책임지려고 하긴 하지."

"당신 부족 사람들도 아버님의 그런 부분을 신뢰하고, 그리하여 따르겠지요. 한데……."

"아, 네가 아버님이라고 부르니까 무지 가족 같다."

"……상관없는 이야기는 나중에. 한데 이 건으로 부족의 결합이 깨어질 정도로 아버님께 반발하는 이들도 있는 겁니까?"

"굳이 따지자면… 아버지의 다른 부인들, 그 여자들이 낳은 애들."

정엽은 불현듯 소그드의 눈을 들여다보았다. 궁중 암투가 벌어지는 황궁에서 태어나 자란 그이건만, 소그드의 눈에서 다른 감정은 읽을 수 없었다. 소그드는 사막의 모래바람처럼 건조하게 자신의 가정사를 술술 풀어놓았다.

"나의 어머니는 카톤, 족장의 부인 역할을 전혀 하지 않았거든. 그리고 아버지는 부족의 결속을 다지기 위해 부인을 더 들일 수밖에 없었지. 둘째 부인은 그래도 괜찮아. 넷째 부인도 다른 녀석한테 갔으니까 상관없고. 하지만 셋째 부인인 우르마이는 골치 아팠어. 어머니의 자리를 노리고 있거든. 그 여자의 아이들… 초톤 같은 녀석들도 사사건건 내 발목을 걸고넘어졌지."

나중에는 아무도 호응하지 않으니 꿀 먹은 벙어리가 되어버렸지만— 남의 일처럼 이야기하는 소그드를, 정엽은 복잡한 심경으로 바라보았다. 소그드가 말하는 족장의 일가는 정엽의 가족과 닮은 데가 많았다. 그리고 그러한 관계가 얼마나 상처가 되는지 정엽은 뼈저리게 알고 있었다. 하지만 소그드의 반응은 달랐다. 이럴 때마다 정엽은 소그드와 자신……아니, 소그드와 여느 사람들의 간극을 뚜렷하게 느끼곤 했다.

"그 말씀만 들으면 아버님을 해하려 시도한 자가 누구인지는 명백할 성 싶군요."

"그건 우리 부족 사람 누구나 다 알아. 우르마이도 잘 알지. 한창 설치려 할 때 아버지도 못박아두었어. 그러니 그 여자네도 섣부른 짓은 벌이지 않을 거라 생각하는데."

"만일의 일이 벌어지면 가장 먼저 혐의를 쓸 터이니, 정신이 나가지 않았다면 혐의를 피할 만반의 준비가 되어 있다는 뜻이겠지요."

"아아, 나도 그럴 거라 생각해."

"가족 관계는 구체적으로 어떻게 되시는지요?"

"어머니는 나밖에 안 낳았고, 둘째 부인인 야르갈란은 딸만 둘이야. 네르센과 야르기라고 하는데 모두 부족의 용사나 명망 있는 남자와 맺어졌지. 우르마이에게는 남자가 초톤과 바르스와 보르게드, 여자는 가르디와 사르네와… 메이싸던가. 네 번째 부인은 리시인데, 아버지가 부족의 용사와 맺어줬어. 초원에서는 자신의 아내를 자신을 따르는 용사에게 보내는 일이 엄청 신뢰한다는 표시야. 하지만 바브가이가 그런 신뢰를 바탕으로 못된 짓을 할 녀석은 아냐."

"그 외에 미심쩍은 사람은 없습니까?"

"당장은. 떠나온 지 좀 되었기도 하니까."

"……당신의 어머님께서는?"

소그드는 놀란 눈으로 정엽을 다시 보았다. 정엽의 표정이, 눈동자가, 괴로워하는 것처럼 보였기 때문이다. 소그드가 한 번도 느껴보지 못한 종류의 괴로움이 깃들어 있었다.

"그 사람이 뭔가 하지는 않을 텐데. 내가 있는 동안에도 쭉 그랬으니까."

부족의 카톤 노릇을 하지 않음은 차라리 이해할 수 있다. 그러나 이제는 스무 해도 넘게 헤아리는 시간. 그녀는 누군가와 이야기를 나누지도 않았고 밖에 나와 돌아다니지도 않았으며 아무것도 요구하지 않았다. 오로지 자신의 천막에 들어앉아 비단에 수를 놓을 뿐인, 시체와 다를 바 없는 삶.

그런 여자를 족장은 완고하게 카톤의 자리에 앉혀놓았다. 전쟁을 하여 얻은 전리품에서 가장 큰 몫을 떼어 받는 이는 그녀였으며, 남양 상인이나 화하와의 거래, 좋은 말과 양을 팔아 얻는 이익을 가장 많이 가지게 되는 이도 그녀였다. 자신 앞에 날라져 온 궤짝에 아무리 많은 금은보화와 비단이 그득해도 돌아보는 바 없었건만.

만약 족장이 그녀를 버릴 수 있었다면, 혹은 그녀가 아집을 버릴 수 있었다면 우르마이도 그토록 욕심 사납게 굴지 않았을지도 모른다. 하지만 족장은 그렇게 하지 않았다. 족장은, 소그드의 아버지 일루베신은—.

짧은 순간 소그드의 머릿속을 오간 일련의 생각을 뜻밖의 물음이 끊어내었다.

"아버님께서 젊은 시절 화하의 땅을 약탈하다가 데려온 분이라고 하셨지요. 어느 성읍이었습니까?"

"삭주… 던가. 이름은 확실히 모르지만 직접 가보면 알 거야. 우리 부족이 대대로 털러 다니던 곳이거든."

"관청에서는 일력에 무슨 일이 일어났는지 쓰지요. 장소만 분명히 알 수 있다면 옛 일력을 거슬러 올라가 무슨 일이 일어났는지, 그리고 어머님께서 어느 가문의 규수였는지 알 수 있겠군요."

정엽은 입을 다물었다. 그리고 소그드를 잠시간 응시했다. 소그드가 간도 쓸개도 모조리 내주고 싶게 만드는 얼굴로.

"소그드. 당신의 어머님께 본래 사시던 곳으로 돌아갈 뜻이 있는지 여쭤볼 수 있겠습니까?"

"엉? 어… 물어보는 거야 얼마든지. 아버지가 성가시게 굴지도 모르지만, 아파서 누워있는 거라면 의외로 간단히 이루어질지도 몰라. 그런데 왜?"

"저는 그토록 오랜 세월 마음을 닫고 스스로 상처 입힌 사람이 있음을 원치 않습니다. 그 사람이 당신의 어머님이라면 더욱."

소그드는 아직도 정엽의 말이 무슨 의미인지 이해하지 못했다. 하지만 한 가지는 분명히 깨달을 수 있었다. 정엽이 자신을 걱정하기 때문에 얼굴도 못 본 여자를 염려한다는 사실을.

어리둥절한 소그드에게 여전히 슬픈 얼굴의 정엽이 불현듯 물었다.

"당신은 괜찮으십니까?"

"아? 뭐가?"

"그분은 당신을 그토록 오래도록 버려둔 사람입니다. 그분을 위해서 뭔가 하는 것이… 언짢지 않습니까?"

"아니, 난—."

그리고 소그드는 가까스로 알아차렸다. 그는 아연한 얼굴로 정엽과 마주 보다가 문득 혀를 다시 움직였다.

"그래야 하는 거잖아?"

"네?"

"날 낳았으면서도 날 팽개친 여자. 죽어라 미워하든가 불쌍하게 여기든가, 그건 내가 할 일이잖아? 그런데 지금까지 생각도 못 했어."

"글쎄요."

정엽은 애매하게 웃으며 무마하려 했다. 그러나 소그드가 걱정하는 바는 다름 아닌…….

"싫어지지 않았어?"

"싫다니, 무엇이…….

"내가 말이야. 남의 마음 헤아리지 못하는 괴물이라고."

괴물. 소그드는 지금까지 숱하게 그 말을 들어왔다. 전쟁터에서 만난 화하의 병사에게도, 다른 부족의 전사들에게도, 이복동생인 초톤에게도.

하지만 정엽이 말한다면 그 단어의 무게는 전혀 다르다.

눈에 띄게 의기소침해진 소그드를, 정엽은 놀란 얼굴로 돌아보았다. 이윽고 그의 얼굴에 봄바람 같은 미소가 번졌다.

"이 저택의 정원에는 우물이 있지요. 하인의 아이가 떨어져 빠질 것 같습니다. 어찌하시겠습니까?"

"어, 붙들어야지?"

“그것이야말로 사람에게 마땅히 있는 마음. 화하에서는 측은지심이라 합니다.”

“헤에.”

“당신도 사람입니다. 사실 저는 딱히 사람이 아니라도 상관없습니다만.”

이 의연한 짐승을 사랑해버렸으니까.

“……사랑해!”

정엽이 미처 꺼내지 못한 말을 소그드는 대뜸 내뱉으며 달려들었다.

결국 소그드는 진메이에 관한 이야기를 꺼내지 못했고…… 실컷 저질러버린 다음 날 아침에야 가까스로 떠올려 우물쭈물 입에 담았기에, 밤새 시달려 언짢은 정엽에게 호되게 혼이 났다.

2장

"하~아……."

한숨이 절로 나온다. 하지만 냉정하게 생각하면 내쉰 만큼 이 매캐한 공기를 들이마시게 된다. 기염은 자신을 추스르고 어떻게든 참지 않으면 안 되었다.

황궁의 앞마당은 수레로 가득 차 있었다. 그 수레들의 바퀴가, 그리고 수레를 끄는 말의 말발굽이 토해내는 먼지로 날씨가 흐려 보일 지경이었다.

화하는 천하를 주재하는 황제의 나라. 따라서 다른 나라, 다른 민족을 방문하는 사절은 빈손으로 갈 수 없었다. 다른 나라에서 금은과 같이 취급 받는 비단과 차 따위를 수레에 그득그득 쌓아간다. 그리고 그 목록을 관리하는 사람이 제술관. 개수를 세고 품목을 점검하며 장부를 작성하는 일이야 서리가 하겠지만 책임을 맡은 자로서 뒹굴고 있을 수만은 없었다.

'성가시구만.'

기염은 접었다 펼 수 있는 휴대용 상 위에서 내심으로 중얼거렸다. 윗사람의 입장이 되니 언제나 하듯이 사지를 마음껏 늘어뜨리고 태평하게 앉아 있어선 안 된다.

그래서 싫었던 것인데. 무엇에 홀린 끝에 이런 데서 이런 꼴로… 기염은 소매로 먼지를 가리는 시늉을 하곤 슬며시 하품을 했다.

부모의 우환거리. 가문의 수치. 태학에서 모범이 되지 않는 늙다리. 그런 삶으로 충분했을 터인데. 그러나 본디부터 성실한 이가 곤경에 처하는 꼴을 보면 근질근질한 고질병이 있었다. 지금 이렇게 관인으로 거드름 피우게 된 까닭도 그 병 탓이리라.

하지만 이렇게 앉아 있는 지금도 마음속 깊숙이 물러나 앉아 있는 또 다른 기염이 속삭인다.

관인의 관과 수놓은 흉배를 단 관복. 자신이 지나가면 고개를 숙이는 아랫것들. 관인이라는 사실만으로 손바닥 뒤집듯 태도를 바꾸는 무리들.

이 모든 것이 무슨 의미가 있단 말인가 하고……

돌연 기염은 고요해진 주위를 깨달았다. 둘러보자 자신을 응시하는 일꾼들의 놀란 시선이 느껴졌다. 자신? 아니, 뒤다.

"……!"

너무 놀라 상에서 떨어질 뻔했다. 아무런… 적어도 기염이 눈치챌 수 있는 기척 없이, 바로 그곳에 훤칠한 청년이 서 있었다. 상에 정좌한 기염에게 까마득히 높은 곳에 자리한 얼굴은 아무렇게나 늘어뜨린 머리카락으로 가려져 용모를 분간하기 어려웠다. 삭정이처럼 메마른 사지를 감싸고 있는 옷차림은 기염이 몇 번 보아 알고 있는 변방의 것. 이 옷을 아무렇지도 않게 입고 다닐 만한 사람을 기염은 단 두 사람밖에 알지 못한다. 따라서 답은 금방 나왔다.

"기족의 사절… 진메이 공이십니까?"

"왜 출발할 수 없나."

앞도 뒤도 다 잘라먹고 본론만 이야기하는 것은 기족의 기질인가. 기염은 싱긋 웃었다.

"보시다시피. 짐을 준비하는 일이 끝나지 않아서 말이지요."

"이런 것은 다 필요 없다. 급한 일이다."

"그야 족장님의 급환이니 서둘러야 함은 전해 들었습니다. 그러나 이도 줄이고 줄인지라… 더군다나 용태가 안정되어서 당장 불상사가 생기지는 않는다고 저희 조정을 안심시킨 분은 다름 아닌 진메이 공이 아니셨는지요? 어찌되었든 저는 위에서 내려온 명에 그저 따르는 몸. 오로지 분골쇄신 이렇게 정성스럽게 준비했는데 필요 없다시니."

기염은 짐짓 몹시 서글픈 표정을 지어 보였다. 그러자 머리카락에 가려 거의 보이지 않는데도 불구하고 당혹해하는 상대의 감정을 감지할 수 있었다. 같은 기족이라고는 해도 이 청년은 기염이 아는 인물과는 달리 근골은 없는 듯했다. 뭐, 소그드만큼의 근골이 있어 봤자 화하의 골칫거리만 늘어날 뿐이다.

"우리끼리 먼저 출발하면 된다."

"호오. 그런 고마운 말씀을. 한데 갑작스럽지만 듣자 하니 공의 나라에는 말 달리기 경주가 있지요?"

"그런데?"

"공의 말이 탁월하다고 자신하는데 다른 말이 앞질러버리면 어떤 기분이 들까요?"

내심 못 알아들을지도 모른다고 우려했지만 다행히도 이해한 모양이었다. 청년은 우두커니 서 있었다. 무어라 말해야 할지, 어떻게 해야 할지 모르는 기색이었다. 기염은 이번에는 몹시 공손한 낯을 꾸몄다.

"이거 송구합니다. 혹시 저희 쪽의 대접에 무엇인가 부족함이라도 있었는지요? 기분 상하실 만한 일이 있다면 무엇이든 말씀해주십시오."

"……그런 일은 없다."

"하지만 이렇게 재촉하시는 데에는 까닭이 있겠지요? 바로 그 부분을 어떻게든 하는 일이 제술관의 업인지라."

기염의 간곡한 목소리와 표정 아래 깔린 본심을 청년은 깨닫지 못하고 오로지 당황하고 있었다. 거지반 가린 얼굴과 아직 서툼이 묻어나는 화하말을 구사하는 목소리도 감정을 억누른 채였지만 산전수전 두루 겪은 화하의 관인은 느낄 수 있었다.

본심? 당연히─이 녀석은 재미있겠군, 이다.

그토록 먼 길을, 갖가지 의무를 온통 뒤집어쓰고서 어기적어기적 나아가야 하는 고행이라면 즐길 거리 하나쯤 덧붙여서 나쁠 일은 아니잖은가.

느닷없이 진메이가 뒤를 확 돌아보았다. 그리고 배후의 광경을 확인하고는 망설임 없이 걸음을 옮겼다.

"진메이 공?"

아연한 기염이 붙잡으려고 상에서 몸을 일으켰으나 미처 내려서기도 전에 진메이의 모습은 저만치 멀어진 참이었다. 그 뒷모습을 잠시 응시하다가 기염은 시선을 되돌렸다. 자신의 정면, 진메이가 돌아보았던 그곳을.

"노고가 크십니다."

일꾼들의 경악, 또는 동경 어린 시선을 한 몸에 받고 있는 그는 다름 아닌 정엽. 용모는 절세의 가인이요 자질은 삼재의 군자. 황제의 익애를 받으면서도 밑바닥에 몸을 던져 나라를 위해 헌신하는 현인.

"부사께서 어찌하여 이곳에……."

"사절의 크고 작은 일은 저의 책임. 번다하여 계속 붙어 있질 못해 죄송한 터에 기염 공께만 일을 떠맡김이 마음 쓰여 왔습니다. 방금 이야기를 나눈 분은 진메이 공?"

"뭐, 그렇지요. 무슨 일 있으십니까?"

조정에서, 혹은 소그드와…… 짚이는 데가 있어 기염은 목소리를 낮추었다. 그러나 빙긋 웃고는 마찬가지로 목소리를 낮춘 정엽의 대답이 실로 뜻밖이었다.

"지금은 필시 저 때문일 겁니다."

"허어?"

"저와 연적이라서요."

"……."

일순 침묵한 기염은, 다음 순간 와락 일어났다. 하지만 다리가 꼬여버렸기에 장렬하게 상 아래로 추락하는 결과를 낳았다.

좌우림위는 황제를 호위하는 군단. 그를 지휘하는 상장군의 처소는 마땅히 호화로웠다. 단순히 자단목이나 능라 자수 휘장처럼 값비싼 세간살이를 아낌없이 늘어놓은 데서 그치지 않고 황제가 하사한 어물御物이 곳곳에 굴러다니는 형편이다. 이 화하에서 어물이란 천금으로도 값할 수 없는 존귀한 물건이었다.

그러나 정작 내실의 주인은 은을 아로새긴 흑각궁이나 황금 마구, 금사 이부자리 등은 거들떠보지도 않고 침상 밑에서 낡고 손때 묻은 고리짝을 끄집어내었다.

초원에서 늘 쓰던 물건들. 강가의 버드나무와 산양의 뿔을 조합하여 만든 각궁. 양의 오줌보를 손질하여 만든 물주머니. 정성껏 무두질해 손에 착 달라붙는 가죽 마구, 부족 여자들이 꿰매준 몸통에 가죽 바닥을 붙인 장화. 소그드가 이 모든 것을 바리바리 꾸려 초원으로 간다면 누굴 만나지도 의지하지도 않고 반년은 너끈히 살아갈 수 있으며, 백여 명은 능히 싸워 거꾸러뜨릴 수 있는 준비가 된 셈이었다.

소그드는 그 모든 것을 점검하고 매만져 준비를 갖추고, 다시 궤에 넣어 가죽 끈을 비끄러매었다. 그렇게 떠날 준비를 하고 있는 터에 내실 밖에서 소란스러운 소리가 전해져왔다. 그는 놀라지 않았다. 오늘 벌써 두 번째였던 것이다.

"들어오라고 해."

소그드는 벌써 두 번째… 아니, 숱하게 곤경을 겪어 온 하인들에게 소리쳤다. 소음이 다소 잦아드나 싶더니 이윽고 훤칠한 모습이 내실의 문지방 앞에 나타났다.

두말할 나위 없이 진메이였다. 여전히 후리후리하고, 속을 알 수 없으며, 부르는 노래의 반절도 말하지 않는 청년. 그는 이날 아침 조정으로 불려가서 문안사의 구성과 일정에 대한 제반 사항을 전달 받은 참이었다. 그리고 지금까지 피해 온 일이 무색하게 소그드한테로 들이닥쳐 한 가지 요구 조건을 냅다 밀어붙였다. 남의 일처럼 사절단의 다른 녀석들에게 물어보라는 답을 되돌려준 소그드는 표정이 없는 진메이의 얼굴을 보고서 결과를 눈치챘다.

"봐. 안 된다잖아?"

"네가 언제부터 화하인의 말을 천금처럼 받들었지?"

"일단 나, 그 황제의 장군이라는 입장인데. 황제의 명령을 받아 사절로 가는 것이기도 하고. 도대체 왜 그러는 거야? 서두를 필요는 없잖아. 아버지가 버틸 수 있다고 말한 건 너고, 나도 우리 부족 뭐들의 재주며 아버지의 끈덕짐 정도는 믿고 있어."

진메이는 우두커니 선 채 소그드를 응시했다. 자못 태평한 얼굴을 짓고 있지만, 시위에 매긴 화살처럼 날카로운 시선은 결코 허술한 변명으로 그가 납득하지 않을 거란 사실을 분명히 하고 있었다. 일견 무표정한 얼굴 아래 얼마나 거센 생각의 격랑이 일었을 것인가. 이윽고 머리카락 뒤에 도사린 진메이의 눈에 결연한 빛이 서렸다.

"너와 하고 싶은 이야기가 있다. 화하인들에게 방해받지 않고."

"그럼 지금 여기에서 말해. 질질 끌지 말고. 의자라도 꺼내 와서 앉지 그래?"

소그드의 권유에도 불구하고 진메이는 미동도 하지 않았다. 초원에서 이따금 만날 수 있는 석인石人. 그 불가해한 눈동자와 같은 눈빛이 소그드를 꿰뚫고자 했다.

"초원으로 돌아와라. 돌아와서 너의 아버지의 자리를 이어."

신내림을 받은 무당의 예언 같은 어조가 자신을 지목하고, 창날 같은 손가락이 자신을 가리킴에도 소그드 또한 미동도 하지 않았다.

"영험한 조류말은, 바로 영험하기 때문에 물가로 끌고 가 억지로 물을 마시게 할 수 없지."

"……."

"그보다는 네가 어울리지도 않게 사람 부추기는 소리를 하는 게 신기한데. 늙은이들이 뭔가 부추기기라도 했어?"

"이건 전적으로 내 뜻이다. 오랫동안 품어 왔던 뜻이지."

"……."

"너는 모른다. 아니, 알면서도 무시하고 있어. 너의 아버지가 죽으면 기족이 얼마나 큰 환란에 빠지게 될지."

"내가 족장이 되면 더 엉망진창이 될걸. 될 생각도 없지만, 되고 싶다고 해서 될 수 있는 것도 아니고."

초원에서는 첫째 아들이 부친의 모든 것을 이어받는 풍습이 없다. 하물며 족장이라는 자리는 설령 자식들이라고 해도 보장받는 것이 아니다. 대저 초원의 족장은 부족의 가장 뛰어난 용사가 오르는 자리.

"네가 족장이 되겠다는 뜻만 보이면 따를 녀석들은 얼마든지 있다. ……정말 너에게는 아무것도 아닌 건가? 기족도, 우리의 초원도?"

처음으로 그 목소리에 감정이—고통 같은 감정이 묻어났다.

소그드는 멋쩍어하는 모습을 보이지 않았다. 시선을 피하지도, 고개를 숙이지도 않았다. 그는 그 초원 위로 펼쳐진 푸른 하늘을 응시할 때와 다를 바 없는 눈으로 진메이를 올려다보았다.

"가족이야 어찌되었건, 나는 지금도 초원의 꿈을 꿔. 아마 앞으로도 언제까지나 꾸겠지."

"……."

"하지만 나는 아버지와 달라. 가장 소중한 것이 무엇인지 착각할 마음은 없으니까."

소그드는, 그리고 말을 전한 바토르나 아르지도, 굳이 진메이한테까지 감추지는 않았다.

소그드의 가장 소중한 것. 그것은—.

"나는 대답했으니 너의 대답도 듣고 싶은데."

"내 대답이라니……."

"너는 너의 뜻에 따라 나를 족장으로 추대하려 한다고 말했지. 네 뜻은 뭐지?"

진메이는 말문이 막힌 얼굴로 소그드를 마주 보았다. 줄곧 감추어왔던 소망이 서서히 드러났다.

"나는…… 네가 황금 대족장이 되길 바랐다."

"네가 부르는 노래의?"

"……."

"그걸 위해서 몸까지 바치기로 한 건가?"

"……."

진메이는 더 이상 일언반구도 하지 않았으나 소그드는 모든 물음의 답이 긍정임을 미루어 알 수 있었다. 지난날 진메이가 소그드의 제안에 군

말 없이 응했던 이유도, 그리고 칼로서 결별에 답해버린 이유도.

진메이의 시선은 다름 아닌 족장이 되려고 하지 않는 소그드를 향한 책망이었다.

"그렇게까지 해서 내가 족장이 되면, 넌 무엇이 돼?"

"……."

여전히 답은 돌아오지 않는다. 소그드는 쓰게 웃었다. 어차피 될 생각도 없는 노릇, 물어봤자 무의미하리라.

"남첩 같은 걸 하기엔 넌 너무나 훌륭한 노래꾼인데 말이야."

침묵조차 남기지 않고……

진메이는 등을 돌려 내실을 떠났다.

변경으로 가는 길은 까마득히 멀다. 그러한 감상은 걸음마보다도 말타기를 먼저 배운다는 기족에게도 다를 바 없었다. 더군다나 과거에 이 길을 역으로 지났을 때에는 전원 말을 탄 데다 이동에는 이골이 난 기족의 동료들과 온 것이다. 당장의 여정을 재촉하는 데에는 아무런 보탬도 되지 않는, 무겁고 거치적거리는 짐이 가득 실린 수레를 뒤에 줄이어 따르게 하니 그 차이는 더욱 크다.

"돼지 걸음이로군."

소그드는 그로서는 드물게 탄식했다. 그러나 우울한 기분을 씻어주는 장면이 소그드의 시야에 들어왔다.

다그닥 다그닥……. 화하의 문관복은 말을 타기에 적당한 차림새가 아니다. 그럼에도 불구하고 지금 말을 타는 이는 휘날리는 포 자락이나 길게 늘어진 소매가 거추장스럽지 않다는 양 가볍게 달리고 있었다. 오히려 펄럭이는 희고 붉은 띠, 검은 옷자락은 상서롭다 여겨지는 오색구름처럼 그의 몸을 둘러쌌다. 평온하게 말을 달리면서도 지평선으로 선명한 시선을 던지는 그 사람은…….

"입에서 침 떨어지겠습니다."

반은 농담인 핀잔이라는 걸 알면서도 소그드는 부러 입가를 문지르는 시늉을 했다. 그러고서야 옆으로 다가온 또 다른 기수를 바라보았다. 기수라고는 해도 소그드는 물론이거니와 정엽한테도 댈 바가 아니다. 그러잖아도 말 타는 것이 능숙하다고는 평하지 못할 상인데 성가신 문관복을 걸친 채이니 그 형상은 말에 비끄러맨 허수아비와 같았다.

"피곤한 것 같네."

"소생은 어쨌든지 간에 책상물림의 서생. 장군과 비교하지 마시죠."

"그건 그렇고 말투가 왜 그래?"

"장군께서는 지금 소생의 직속상관. 남들 눈도 있는데 허물없이 대할 수야 없지요."

"너희 화하 녀석들은 이상한 데에 구애받는단 말이지."

만약 기염이 스스로 말한 대로 수레의 흔들림에 부대끼는 통에 지쳐서 말을 타러 나온 참이라면 이쯤에서 수레로 되돌아가고도 남았으리라. 그러나 그의 목적은 과연 그가 말한 바와 달랐다.

"그렇게 정엽 공만 뚫어져라 쳐다봐도 괜찮습니까?"

"안 될 게 있어?"

"……진메이 공이 눈치챈다면?"

그 한마디 말, 은근하게 낮춘 목소리, 다소 울적한 듯한 시선의 움직임으로 소그드는 기염이 자신과 진메이의 관계를 안다는 사실을 짐작했다. 그는 본시 감추지 않았다. 감추어야 할 일도, 말하지 않는 경우는 있을지언정 거짓말을 꾸며내어 가리려 들지는 않았다. 더군다나 진메이의 일을 소그드에게 들은 이는 정엽뿐이다. 따라서 그 사실을 안다면 정엽이 의논하는 자라는 뜻이요, 정엽이 신뢰하는 자라면 소그드에게도 마찬가지.

"눈치채면 왜?"

"장군이 진메이 공에게 당했다는 일을 정엽 공 또한 당하기라도 하면……."

"진메이는 그런 짓 안 해. 우선 정엽의 털끝이라도 건드리면 내가 죽여버릴 거고."

"자아아앙군의 잘못인데 왜 진메이 공이 뒤집어써야 하는 겁니까. 결국 아랫도리 잘못 놀려서 이 꼴이 나게 만든 이는 장군이시지 않습니까?"

"그건 나도 반성하지만 말야. 그런데 넌 왜 우리 일에 열 올리는 건데?"

부루퉁한—말을 타는 고난 때문인지 남의 치정 싸움에 휘말린 불평 탓인지 알 수 없는 표정이 미미하게 변했다. 그는 보일 듯 말 듯 소그드로부터 시선을 비끼며 대꾸했다.

"일이라는 겁니다. 진메이 공은 사절로서 화하의 사정을 기족에게 전할 수 있는 아주 중요한 눈과 귀. 그런 사람과 척을 져서 좋을 것이 무엇 있겠습니까."

"척지지 않았다니까."

"그렇게 말하는 이유는?"

"이유를 들라면, 없지만."

고삐를 잡고 있지 않았더라면 기엽은 기어이 머리를 싸쥐었을 터이다. 끙끙 앓는 소리를 내는 그를 곁눈질한 소그드가 툭 내뱉었다.

"그렇게 신경이 쓰이면 네가 가서 친한 척을 해 보지그래. 그런 거 잘

하잖아?"

"화하 사람이라면야 무슨 생각을 하고 있는지 대략 짐작이 가지만, 기족한테도 이 좁은 소견이 통할는지."

"나한테는 넉살 좋게 달라붙었으면서."

"오해 살 발언은 그만둬주시지요! 정엽 공한테 깡그리 고해바칠 테니까요!"

"뭘 고할 건데 뭘?!"

잠시 (두 사람에게만) 급박한 소동이 일어난 후, 소그드는 하마터면 말에서 떨어질 뻔한 기염의 옷깃을 붙잡아 도로 끌어올리면서 구시렁거렸다.

"할 말 없으면 노래에 대해서 물어봐."

"노래?"

"진메이는 부족의 노래꾼이야. 화하에는 없는 거니까, 궁금해서 묻는 것도 이상하지 않잖아."

"노래가 화하에 없다니 무슨 당치 않은 말씀을."

"평범하게 부르는 노래는 초원에도 화하에도 있지만 진메이 같은 노래꾼은 특별해. 그들의 노래는 신에게서 받는 거거든."

"허어……."

"기족에게는 귀중한 거니까 우스개로 삼지는 말고. 진지하게 물어보면 이야깃거리는 될걸."

"그 노래라 함은 저도 궁금하군요."

이번에는 소그드가 말에서 떨어질 뻔했다. 기염의 솔직한 감상으로는 원숭이가 나무에서 떨어지는 편이 덜 놀랍다.

하지만 소스라친 이는 기염도 마찬가지였다. 손 닿을 만한 거리에 다른 누구도 아닌 정엽이 선녀 같은 미소를 짓고 홀연히 서 있었던 것이다. 한데 그 미소가 더 무섭게 여겨짐은 웬일일까.

"하지만 제가 묻기에는 민망한 일이겠지요. 기엽 공, 나중에 어떤 노래인지 귀띔해 주실 수 있으십니까?"

"허어, 뭐, 그야, 얼마든지."

"그리고 소그드."

"아, 어, 응?"

"앞으로 중요한 일이 많이 있으니 경거망동은 삼가시기 바랍니다."

기엽은 이 두 사람과 교제한 기간이 길지는 않았다. 그러나 이미 진즉부터 확신하고 있었다. 소그드는 자신의 어떤 행동도 수치라고 여기지 않았다. 부끄러움이라곤 모르는 듯이. 정엽은 자신의 어떤 행동도 대의에 어긋나게 하지 않았다. 사욕이라는 말을 모르는 듯이.

허나 기묘하게도, 지금 소그드는 까마득한 옛날 일로 몸 둘 바를 몰라 하고 정엽은 웃는 얼굴로 소그드를 압박하고 있었다.

'사랑이란 굉장한 거로군.'

마침내 말에서 어기적어기적 내리며 기엽은 속으로 뇌까렸다.

변방 3주라 불리는 연주, 한주, 삭주를 지나면 드디어 끝없는 초원의 대해에 도달한다. 매우 값진 하사품을 바리바리 싣고 가는 것이기에 호위도 엄중하게 둔 여정이었으나 이렇다 할 불상사는 일어나지 않았다. 다만 소그드의 외가를 찾아간 것만이 이야깃거리였지만 기엽은 딱히 논평하지 않았다. 그리고 남의 일을 무턱대고 떠드는 사람은 아니었던 것이다. 아마도.

기엽은 자신의 생각에 골몰해 있었다. 지금도 뚝뚝하게 행렬의 선두나 맨 뒤에서 누구와도 이야기 나누는 일 없이, 마치 없는 사람인 양 동행하고 있는 청년을 어떻게 테두리 안에 끌어들일지.

초원의 신성한 노래에 관하여 묻는다? 나쁠 데 없는 권유였다. 하지만 너무나 무미건조했다. 하늘에서 선녀가 날아 내려오고 강에서 거북이 떠올라 머리를 조아리는 정도의 기연을 바라는 것은 아니지만, 경전 구절만큼이나 심심하지 않은가.

따라서 호위를 대부분 돌려보내고 (기족의 땅에서 기족의 물건을 도적질할 간 큰 녀석은 없다는 것이 소그드의 설명이었다) 한산해진 야영지에 어스름이 내릴 무렵, 기염은 하사품 속에서 슬쩍한 금을 가지고 자신의 막사를 나섰다.

동행한 참근이나 차인들에게 들킬 걱정은 하지 않아도 되었다. 대부분 긴 여정에 지쳐 밤에는 곯아떨어질뿐더러, 설령 들킨다 해도 얼마든지 말로 무마시킬 자신이 기염에게는 있었다. 그렇다면 정엽과 소그드는? 사연을 안다면 당연한 일이지만, 기염이 목적으로 하는 곳은 두 사람의 막사에서 가장 먼 곳에 자리하곤 했다. 그래서 기염은 누구에게도 방해받지 않고 초원의 풀 위에 주저앉을 수 있었다.

한때는 천하를 주유하며 나름 연륜을 쌓아왔다고 자부하는 기염이지만 눈앞에 펼쳐진 풍경은 지금껏 한 번도 본 적 없는 종류였다. 까마득하게 뻗어나가 하늘과 맞닿은 대지. 지평선까지 어디나 빠짐없이 채우고 있는 무성한 풀. 기염의 고향을 비롯해서 화하의 어느 지방이든 이만한 평지를 손대지 않고 놔두는 일은 있을 리 없건만, 이렇게나 넓고 고요하고 적막하기만 한 대지가 있다니.

달을 가리는 도선의 성곽, 혹은 고산준령의 능선도 없어 휘황한 달빛만이 사위를 채우는 가운데.

기염은 망설임을 억누르고 살며시 금의 현에 손가락을 가져다대었다.

불 꺼진 장명등을 환한 달로 대신하고
붉은 옷에 금실 자수를 놓으며 지새우는 밤.
님 떠나는 날 부채는 슬픔을 가리지 못했고

수레 소리에 석별의 말 묻혀 전하지 못했더라.

그대의 점박이 말은 수양버들에 매여 있는데

어느 때 서풍이 기이한 인연을 실어오려나.

아마 정엽처럼 고상한 취향의 귀인이라면 들어보지도 못했을 터. 기루에서나 연주하는 속된 곡조에, 기녀들이 옥구슬 같은 목소리로 구성지게 노래하는 애달픈 연가였다. 하지만 이런 노래야말로 궁중의 우아하고 정돈되어 있기만 한 음률보다 사람의 가슴에 울리는 법.

변경의 공기는 땅거미가 내릴 무렵 벌써 차가워졌다. 별생각 없이 가볍게 걸치고 나온 기염에게는 뼈에 닿는 씨늘함. 한 곡 마치고 나자 푸엣취, 하고 한심스러운 소리로 재채기가 나왔다.

"킁…… 훌쩍."

추위와 더불어 의문이 기염을 엄습했다. 나는 대관절 무엇을 하고 있지? 마치 마음이 떠난 기녀의 눈길을 끌기 위해 밤새 기루 아래서 피리를 부는 멍청한 서생 같잖은가.

사절 청년은 이미 소그드에 대하여 모든 감정을 잃었고, 그에 관련된 어떠한 일이라도 신경 쓰길 원치 않는 처지에 이르렀는지도 모른다. 혹은 자신의 뜻이 짓밟힌 데에 분노하여 진실로 악의에 불타고 있을지도 모른다. 어쩌면 소그드에게 한 권유는 모두 거짓이었고 사실은 소그드의 적에게 사주를 받아 음모를 획책하고 있을지도 모를 일이다.

그렇다면 어느 쪽이든 기염이 가까워지려고 해봤자 무의미, 아니 그 이상으로 역효과일 뿐.

체신도 생각지 않고 살아온 기염이 몸을 일으키며 내쉰 한숨은—간신히 비명이 되길 면했다.

도대체 언제부터 서 있었는지 짐작도 가지 않지만, 어쨌든 눈앞에 검은 그림자가 우뚝 서 있었다. 기염이 비명을 지르지 않음은 오로지 한숨을 쉬느라 폐부의 공기를 비운 탓. 혼비백산이란 말로는 다 설명할 수 없는, 기염을 내려다보는 형형한 검은 눈은 요행히 경멸을 담고 있지 않았다.

"뭘 하고 있나."

"다, 달빛이 참으로 훌륭해 한 곡 연주를……."

"그렇게 벌벌 떨면서?"

"연주를 시작했을 때엔 참을 만했소이다."

코를 훌쩍이면서 대꾸하는 기염의 말을 진메이가 얼마나 믿어줄지는 알 도리가 없었으나.

하지만 말을 주고받으면서 기염의 머릿속은 제법 차분해졌다. 그는 자신의 목적을 떠올리고 그에 이르기 위한 계단과 다리와 발판을 착착 쌓아올렸다. 그 재료로 예의범절이라든가 체면, 도의 따위는 그다지 쓰지 않았다.

"이 곡이 마음에 드시는지?"

"……뭘 노래하고 있는 건가?"

"서쪽 변방으로 떠난 이를 그리워하는 여인의 노래이지요."

"나쁘진 않군."

"이 나라의 노래는 어떻습니까?"

기염은 자연스레 금을 내밀어 권했다. 십중팔구 진메이가 화하의 금을 연주할 수 없음을 짐작하면서. 과연 진메이는 고개를 저었다. 하지만 그가 대답한 이유는 뜻밖이었다.

"나는 신의 노래를 부른다. 다른 나라의 노래로 섣불리 부르고 싶지는 않아."

"신의 노래?"

"이 땅의 여러 생명을 구하기 위해 신의 자리를 버린, 위대한 황금 대족장의 이야기다."

초원이 어둠에 잠기어 가는 밤. 하늘과 땅을 나누는 것은 오로지 찬연한 달이 쏟아내는 빛뿐. 그 달빛을 머리에 인 이방의 청년이 입에 담는 태고의 이야기.

"그것이야말로 듣고 싶군요."

빠져들게 해보리라 마음먹었다. 하지만 풍덩 빠져든 이는 어느 쪽인가…….

기염은 일어섰다. 열정으로 빛나는 눈빛, 열기로 가라앉아버린 목소리를 듣고 진메이는 당혹스러운 표정을 감추지 못했다. 그가 머리카락으로 얼굴을 거지반 가리고 있지만 않았다면, 그리고 밤이 충분히 내려앉지 않았다면 영락없이 드러났으리라. 그는 비스듬히 시선을 피하며 대꾸했다.

"아무 때나 어디서나 부를 수 없어."

"오, 그렇다면 언제 어디서 가능할까요?"

"내일 출발해야 하니까 일단 잔다."

"함께 돌아가도 좋겠습니까? 이렇게 어두워지니 늑대 같은 종류가 염려되어서."

"……."

기족이 경모하는 아름다운 천신, 하얀 여인은 크고 작은 두 그림자가 걸어가는 광경을 다정한 눈으로 내려다보았다.

까마득한 옛날, 비로소 세상이 생겨난 때에.

텡그리 천산이 조그만 모래더미이고, 아리야 아얄로리 오드카리 강이 가느다란 물줄기였을 무렵.

하늘이 열리고 무수한 천신이 태어났다.

배고픔도 괴로움도 늙어감도 죽음도 없는 하늘 세계에……

천신들이 안락한 지복의 나날을 구가하던 중—한 천신, 게렐 오드가 어느 날 우연히 지상을 내려다보았다. 그리고 그는 대경실색했다. 지상은 망고스에게 잡아먹히고, 서로 싸우고, 병들어 비참하게 죽어가는 인간들로 가득 메워져 있었던 것이다.

게렐 오드는 즉시 천신들에게 호소했다. 어찌하여 저들을 구하지 않는가? 구하지 않고 거들떠보지도 않는데 어째서 우리는 저들의 제물을 흠향하고 성스러운 하닥천을 받아 챙긴단 말인가?

그러자 가장 고귀한 천신, 첼메그 첸케르 텡그리는 엄숙하게 선언했다.

잘 말해주었다. 이 업이야말로 천신이 행할 수 있는 가장 숭고한 일이니 이 업을 이루는 천신이야말로 마땅히 이 하늘의 최고 천신이 되리라. 하지만 그를 위해서는 고난도 산처럼 높아야 할 터, 이 업을 떠맡을 천신은 지상에 내려가 신위를 잃고 일개 인간이 되어 모든 창생을 이끌어야 하리라.

모든 천신이 두려워하고 꺼려하고 외면했다. 그러나 그 가운데서 첼메그 첸케르 텡그리의 막내아들, 거룩한 아리온 호탁트가 불현듯 무리 중에서 나섰다. 마치 유성처럼—.

아리온 호탁트는 지상으로 떨어졌다.

작고 추한 코흘리개 소년에서 온 초원에 쩌렁쩌렁 이름을 떨치는 대족장에 이르는 전설.

그를 두고 초원의 사람들은 황금 대족장의 노래라 부른다.

이야기에 귀를 기울이던 정엽은 들릴 듯 말 듯 한숨을 내쉬었다.

지금 자신이 앉은 곳이 좁고 덜컹거리는 수레 안이라는 사실을 잊게 만드는 장엄한 이야기.

　더군다나 수레의 작은 창 너머에는 초원이 펼쳐져 있다. 바로 이 이야기의 무대가……. 오래되어 냄새나는 수레의 나무 벽이 가로막고 있어도, 정엽은 무성한 풀이 넘실거리는 바다와 그 위를 휘감아 도는 바람의 향기를 맡은 듯한 기분을 느꼈다.

　"아, 끝났습니까?"

　그는 이야기가 더 이어지지 않음을 깨닫고 심히 유감스런 얼굴로 눈을 떴다. 아무리 여행용의 간소한 수레라 해도 화하의 사절이 타는 물건. 빠듯하게나마 마주 앉은 사람은 퍽 의기양양한 얼굴로 어깨를 폈다.

　"내가 들은 이야기는 여기까지일세. 뭣보다 이건 노래 자체도 아니지 않은가. 그 노래는 특별해……. 신의 탄생부터 승천까지, 그야말로 신을 지금 이곳에 다시 이르게 하는 노래라네. 따라서 아무 때나 아무 데서나 부를 수 없지. 신이 임할 만한 성스러운 곳에서, 경건한 마음으로 들어야 한다네."

　"이거 참, 아쉽다고 해야 할지 안심이라고 해야 할지. 저도 반드시 듣고 싶은데 어떨까요?"

　정엽이 말하는 바를 기염은 이미 짐작하고 있었다. 애초에 기염이 그 노래꾼에게 접근한 까닭도 그가 정엽에 대해 품은 속내를 알고자 함이었으니까. 만에 하나라도 기족의 사절이 화하의 사절을 (치정 때문에) 찌르기라도 하면 큰일이다. 그러나.

　"아마 괜찮을걸세. 소그드 공의 말대로였네. 그는 원한을 공에게 전가시킬 만한 사람이 아니야."

　근거를 대라고 묻는다면 곤란할 터였다. 하지만 며칠 졸졸 쫓아다니면서 그는 직감했다… 아니, 확신했다. 노래에 관하여 캐묻는 한편 소그드와 정엽의 이야기를 슬쩍슬쩍 흘리면서.

노래꾼 진메이는…….

"말씀을 듣자 하니 기염 공께서는 그분이 대단히 마음에 드신 모양이군요. 너무 장난치시면 곤란합니다?"

기염이 퍼뜩 고개를 들자 그곳에는 빙그레 미소 짓고 있는 정엽의 얼굴이 있었다. 여느 사람들이 보기에는 그저 온화하고 청정한 웃음이겠지만 그와의 사귐에 있어 나름대로 이골이 난 기염으로선 괜스레 뒤로 물러나고 싶은 표정이었다.

"장난이라니 지나친 말이 아닌가. 이래 봬도 공과 상장군을 위해 이 한 몸 아끼지 않고 달려들었거늘. 흠, 말이 나왔으니 말인데 상장군은 이런 이야기를 해준 적 없나?"

"아아, 예에. 제가 채근하지 않으면 할 필요도 못 느끼는 듯합니다. 아마 그는 텡그리나 망고스 같은, 우리말로 하자면 신령이나 요괴 같은 등속은 아무래도 길가의 돌멩이나 다름없이 대수롭잖게 여기는 것이겠지요."

"허어."

"기염 공도 그렇지 않습니까?"

단지 정엽을 돕겠다는 이유만으로 존엄한 황궁에서 요괴 소동을 일으킨 책사가 부정했다.

"아아아아니, 무슨 말인가! 이 몸은 조상의 제사도 절기마다 정성을 다해 치르는 양식 있고 건전한 사람이네만!"

"소그드와 같은 축에 드는 게 싫다고 그렇게까지 힘주어 말씀하실 필요는 없지 않겠습니까?"

"너무 놀려먹지는 말아주게… 으음."

기염은 불편한 듯이 몸을 뒤척였다. 무릎이 맞닿기 직전의 좁다란 수레 안이 아무래도 불편한 탓이다. 여기에 들어오기 위해 소그드의 끝없는 불평과 얄팍한 방해 공작을 헤쳐 온 과정을 생각하면 더욱 피로하다.

"슬슬 나가도 되지 않은가?"

"기족의 영지에 닿을 때까지만 참아주십시오. 화하의 사신은 위엄을 보여야 한다, 종사관이 그렇게 잔소리하고 있으니까요."

"닿을 때까지인가."

"예. 기족의 땅에 가면 기족의 법을 따라야겠지요?"

정엽은 그믐달처럼 흰 입술에 새하얀 손가락을 가져다댔다. 기염은 노인네같이 허허 웃으며 짐짓 창밖을 내다보았다.

기염에게 비역하는 취미는 없다. 비록 독신으로 지내고 있지만 이는 궁상맞은 태학생에게 딸을 보내기 싫어하는, 혹은 입신출세한 관인과 인연을 맺고 싶어 하는 집안들에 대한 나름의 화답이고 인철을 끌고 갔을 때에 그랬듯이 기루에 드나들기도 한다. 그렇다고 해서 소그드와 정엽을 이해하지 못함은 아니다. 특히 정엽의 이런 표정을 볼 적에는.

"그럼 나는…."

일개 제술관은 빠지겠다는 의사를 타진하려 할 때.

부오오—.

아득히 멀리서 상象이 우는 듯한 소리가 울려 퍼졌다.

뿌우—.

이에 답해 아주 가까이에서도 비슷한 소리가 높아졌다. 정엽은 이미 그 소리를 들어 알고 있었다. 동해에서 채집하는 소라고둥으로 만든 화하의 그것과는 다른, 천산의 큰 산양 뿔을 다듬어 만든 소그드의 사냥용 뿔피리.

"도착했나 봅니다. 자, 화하의 사신은 기족을 놀라게 할 수 있을까요?"

정엽은 어린애 장난인 양 두 팔을 펼쳐 기염에게 선보이는 모습을 해 보였다. 기염은 쓴웃음을 지었다.

"아무렴, 놀라 자빠지게 할 걸세."

기족에게도 양식 있고 건전한 사람은 많다. 그들은 화하의 문안사가 도래함을 전해 듣고—사람을 얽매는 화하의 역참과 달리 기족은 중요한 소식이 와 닿으면 누구라 할 것 없이 말을 달려 전했다—미리 준비를 갖추었다. 기족의 군영을 표시하는 히모리 깃발이 하늘을 메울 듯이 펄럭이고, 들판을 빼곡히 채운 기족의 모전천막은 새로 만들어 눈처럼 흰 에스기로 새롭게 둘렀다. 그리고 지금 기족의 용사들이 좌우로 벌려 섰다. 족장의 천막으로 향하는 길을 가리키기라도 하는 모습으로.

그러나 불운하게도 화하 문안사의 정사… 좌우림위 상장군이며, 한때 기족 전사단의 우두머리였던 사내는 자타공인 양식이나 건전함과 일절 관계가 없었다.

"어어어어어—이!"

비로소 지평선에 나타난 사신 행렬에서 한 기의 기마가 쏘아붙인 화살처럼 튀어나왔다. 기마는 드넓은 초원을 순식간에 가로질러 환영 대열에 이르렀다. 기족의 전사들은 당혹을 감추지 못했지만 다가오는 기수의 얼굴을 확인하자 즉각 납득하고 말았다.

"소그드!"

아우성이 높아지는 가운데 몇 사람이 부르짖은 그의 이름만이 묘하게 겹쳤다. 소그드는 즐거워하는 웃음을 터뜨리면서 그에 화답해 가슴이 터져라 외쳤다.

"잘들 있었냐아아아아아! 오래간만이다!"

그는 말을 달리는 그대로 한 손을 들어올렸다. 우왕좌왕하는 무리 중한 남자가, 여전히 우왕좌왕하면서 무심코 손을 마주 들어올렸다. 그 손을 소그드는 냅다 마주쳤다. 두말할 나위 없이 말 위에서, 전속력으로 달리며.

"으—."

"여전히 멍청한 얼굴이로군, 바브가이! 제드, 지난번에 질질 짜던 눈물은 말랐어? 혼례에 못 가서 미안하다, 살키! 아르지, 부인이랑은 잘 지내냐!"

무리 속에 뛰어들어 마치 그를 거머잡으려는 듯이 뻗어오는 손들을 피하고, 악다구니에도 반가운 인사에도 어김없이 답하며 종횡무진 달리던 소그드를 멈춘 것은…… 그의 귀를 잡아채려던 주름진 손이었다. 이 손에 귀를 잡히지 않게 된 지는 오래이나 소그드는 싱긋 웃으며 바로 말을 멈춰 세웠다. 그리고 정감 넘치는 인사를 상대에게 건넸다.

"안 죽었네, 하스?"

"네 녀석이 어떤 사고를 칠지 모르는데 냉큼 에를릭 칸에게 가겠느냐. 뭘 하고 있나, 멍청이들! 썩 다시 대열을 짓지 못해!"

하스의 호통을 듣고 소그드에게 떼 지어 몰려들던 젊은이들은 구시렁대면서 자신의 자리로 되돌아갔다. 반평생 지금의 족장에게 봉사하며 기족의 번영을 위해 몸 바쳐 온 장로의 말에 거스를 배짱 있는 자는 없었다. 심지어 천하의 소그드마저도.

"팔팔하구만. 흠, 아버지는?"

"직접 보거라."

"어차피 정엽이랑 같이 만날 건데. 그렇게 말하는 건, 아버지가 남들에게 못 보여줄 지경이 된 거야?"

앞장서 말을 걷게 하던 하스는 굳이 뒤돌아보지 않았다. 소그드의 얼굴이 평연함을 알기에. 그리고 그 사실을 확인하기 싫었기에.

자신의 아버지가 죽어, 썩어, 백골이 되었어도… 사람으로서 자연스러운 감정보다는 살아있는 척 할지도 모른다는 차디찬 예측을 앞세우는 소그드를 확인하는 것이.

노인은 더 이상 대답하지 않고 각별히 큼직한 모전천막 앞에서 내렸다. 그리고 손으로 문을 가리켰다. 소그드는 멀뚱히 그 손짓에 따랐다.

문을 열고 들어간 안에서…….

"팔푼이 아들놈이 돌아왔군."

소그드와 너무나 닮은 음색의 목소리가 그를 맞이했다.

언제 날뛰는 소그드한테 실컷 휘둘렸냐는 양 차분하며 당당하고 용맹하게 기족의 전사단은 사신 행렬을 맞이했다.

기족도 잘 알고 있었다. 천방지축인 소그드가 아니라 지금 수레에서 내리는 인물이 진정 화하 황제의 수족임. 따라서 그들은 용맹하되 난폭하지 않게, 당당하되 업신여기는 것처럼 보이지 않게, 차분하되 냉정하지는 않은 모습으로 사신을 맞이하리라 다짐하던 참이었다.

그러나 어떠한 심산도 모습을 드러낸 사신을 보는 순간 모두 정지해버렸다.

아리야 아얄로리 오드카리 강의 로싱칸은 때로 아름다운 여인의 모습을 한다고 전해진다. 그 살결은 눈보다 희고, 눈동자는 하늘을 담은 강물의 빛깔이며, 어떤 사내라도 그 미모를 목도하면 굴할 수밖에 없다던가.

지금 기족 사람들 눈앞에 선 청년은 청년이란 사실만 제하면 영락없이 아리야 아얄로리 오드카리 강의 화신. 모두의 혼을 빼앗기에 충분했다.

"환대에 감사드립니다. 기족과 화하의 우애가 하늘의 드높음과 초원의 드넓음과 함께 영원하기를. ……하고 문안사 정사 좌우림위 상장군 소그드 공을 대신해서 전합니다."

"천만, 흑, 이쪽이야말로 황제… 폐하의 후의에 감사드립니다. 문안사 여러분께 족장님의 정정한 모습을 보여 드릴 수 있게 되어 또한 기쁩니다."

소그드와 함께 화하에 다녀와 정엽의 존재를 아는 이들도, 이렇게 가까이에서 화사하게 웃는 정엽을 보는 것은 처음인 터였다. 대표 자리를 떠맡은 바토르는 잠시 말을 잇지 못하고 있다가 아르지가 칼집 끝으로 쿡 찌르자 간신히 정신을 차리고 입을 열었다. 남쪽의 '두 발 달린 양'들에게 야만이라고 얕잡아 보이지 않기 위해 기족의 머리깨나 쓴다는 이들이 모여 궁리한 환영 문구는 엉망이 되었지만, 정엽은 소그드가 기족 백명쯤 말에서 떨어뜨리리라 자신하는 미소를 머금고 말을 이었다.

"저는 문안사 부사, 성은 건이요 이름은 영이라 합니다. 족장께서 정정하시다니 그 무엇보다도 기쁜 소식이군요."

"소그드… 아니, 정사께서는 벌써 아버님을 만나고 계십니다. 어, 부자의 정을 나누는 일이 우선이라 여겨 그만 버, 법도에 맞지 않게……."

"부모 자식의 정이야말로 천지간에 으뜸가는 법도이지요. 마음에 둘 일이 아닙니다."

마찬가지로 응대하는 역을 맡은 아르지는 쓴웃음을 감추느라 고생깨나 했다. 버젓한 환영 의례는 다른 누구도 아닌 소그드에 의해 박살이 났다. 문안사의 인사말은 기족을 배려하길 꺼려하지 않고 기족의 마음에 닿는 말로 조촐하게 차려져 훌륭했다. 그에 반해 기족 측에서는…… 정성 들여 떠올린 문구는 입술 위에서 엉클어졌다. 어디 한번 화하의 사신 앞에서 체면을 세워보겠다는 전략은 된서리를 맞았다.

그러나 상대의 내심은 개의하지 않고서 정엽은 오로지 족장의 천막을 향해 똑바로 걸어갔다. 그 안으로……

"화하 황제 폐하의 칙명을 받들어 문안사 부사로 임명된 예부랑 건영이라는 자가 기족 족장 일루베신 공을 뵈옵니다."

"말이 길군. 너와 가까운 이들은 너를 뭐라고 부르나?"

화하의 예법을 철저하게 따른다면 윗사람을 만날 때 길게 읍한 뒤 인사가 끝나면 고개를 들어야 한다. 그러나 지금 정엽은 그 예법을 잊고 말았다.

소그드는 늘 자신이 부친과 똑 닮았다고 이야기하곤 했다. 사려 깊은 정엽조차 그 말이 수사가 아닌 더할 것도 덜할 것도 없는 진실이라고는 생각하지 못했다.

기족의 관습으로 상석인 둥근 천막의 북면, 호랑이 가죽을 씌운 호상에 한 사내가 앉아 있었다. 그는 옆에 시립하듯 선 소그드에게서 주름살을 몇 금 더한, 참으로 쌍둥이 같은 용모였다. 비단으로 지은 기족의 옷 ─델과 끝이 구부러진 승마용 장화. 길게 늘어뜨린 검은 머리카락. 명백히 다른 것은 이마 한복판을 가르는 황금관뿐. 그저 둥근 테에 불과하여 화하의 면류관에 비할 바는 아니겠으나 간소함이 그의 위엄을 해치는 바는 추호도 없었다.

그렇다. 더욱 다른 점이 있다. 정엽 스스로 말했듯이 족장 아닌 자와 족장인 자의 차이. 기족의 운명을 어깨에 지고, 초원 열두 부족을 복속케 하고, 저주나 병마조차 쓰러뜨리지 못한 사내가 표표하게 어깨를 편 채 앉아 있었다.

"정엽이라고 합니다."

"아아, 나는 일루베신. 화하의 사신이여. 어서 오거라."

한바탕 소동 뒤에 이어진 의례는 다행히 평범하게 이루어졌다. 인사를 나누고, 안부를 묻고, 선물을 전하고…… 그러고 나서야 사신단은 모전 천막을 나섰다. 하지만 하루 일과가 끝난 것은 아니다. 밖에는 그들을 위한 연회가 기다리고 있다.

"너무 멀쩡하군. 설마 하지만……."

사신들에게 주어진 모전천막에 짐을 옮기면서, 기염은 정엽을 향해 구시렁거렸다. 양지 바른 곳보다 그늘진 곳을 눈여겨보면서 살아온 그는 지금 이 상황을 도무지 액면 그대로의 길조로 여길 수 없었다.

"족장이 소그드 공이 보고 싶어서 병을 칭해 불러들인 걸까? 하지만 첫째로 진메이 공이 거짓말을 하는 기미가 없었고, 둘째로 부친을 꼭 닮았다는 소그드 공의 인품으로 보아 족장이 돌연 마음이 약해져 아들이 그리워졌다는 그림도 그리기 어렵지. 끄응, 정엽 공은 어찌 생각하나?"

"지금으로선 어떤 누각도 세우기 어려울 듯합니다."

궤를 내려놓으며 정엽은 차분하게 답했다. 기염은 눈을 깜박였다. 기염의 질문으로부터 정엽의 대답까지는 실로 눈꺼풀을 한 번 깜빡거릴 만한 사이가 있었다. 기염이 아는 명석한 정엽이 이런 당연한 문제에 이토록 어물거리는 경우는 상당한 동요가 있지 않은 한 불가능하다. 그리고 기염은 짐작 가는 바가 있었다. 그 또한 문안사의 제술관으로서 같은 것을 봤으니까.

"족장이 소그드 공과 그야말로 쏙 빼다 박아 마음 쓰이시나?"

"닮았지만, 닮지 않았습니다."

그 말에 담긴 의미는 정엽만이 알 터였다. 그러나 그 무게만큼은 어렴풋이나마 느낀 기염은 터무니없는 가능성을 떠올리지 않을 수 없었다.

"이것이야말로 설마이네만, 공은……."

"아버지한테 반했어?"

……그리고 그런 무시무시한 말을 태연히 입에 담는 이가 다름 아닌 소그드다. 무인지경인 양 천막 안으로 성큼성큼 걸어 들어온 소그드는 감정을 드러내지 않는 얼굴을 하고서 정엽 앞에 우뚝 섰다. 정엽 또한 이렇다 할 표정 변화는 없다. 이 천막 안에서 전전긍긍하는 이는 기염뿐이었다.

"발길질을 당할지 주먹으로 맞을지 결정하시면 대답하기로 하지요."

"그만둬주게에. 문안사 정사의 얼굴이 피떡이 되면 나더러 어떻게 장계를 쓰라는 건가!"

"두들겨 패는 게 전제야?"

"그리고 우선 아버님의 기호부터 고려하시지요."

"그야 아버지는 여자 좋아하지만."

"그렇다면 무엇이 걱정이십니까?"

"그게 말이지."

소그드는 뺨을 긁적거렸다. 가급적 성사시키고 싶지 않은 일이었지만, 옹졸하게 정엽을 따돌리는 짓 또한 그의 성미가 아니었다.

"아버지가 오늘 연회가 끝나면 나더러 밤에 찾아오래."

"그렇습니까?"

"그래."

"……저도?"

"그래."

"아버님께서 그런 말씀을 하셨다고요?"

"당연히 그런 말은 안 했지. 하지만 아버지가 나와 무슨 일을 의논하려 들던 간에 나는 너와 함께할 거니까."

언제나 자신을 죽이는 데에 익숙한 정엽조차 부끄러운 낯을 감출 수 없는 말을 태연스레 입에 담는다. 여기에 난데없이 기염이 추가타를 가했다.

"존친께 반려를 소개시키고 싶은 모양이구료."

"응."

"……기염 공."

정엽은 머리를 싸쥐고 싶은 것을 가까스로 참았다. 황제의 사신으로 흠잡을 데 없이 단장한 모습이, 특히 관이 흐트러지면 난처하기에.

그러나 정말 큰일은 바로 이 초원의 정세. 상견례 같은 뒤숭숭한 단어는 어떻게든 묻어야 한다. 정엽은 이 판국에 첫 수도 두지 않고 물릴 생각이 추호도 없었다.

성대한 연회가 끝났다. 초원의 밤이 깊어갔다. 소그드가 족장을 밀회하는 일은, 밀회라고 일컬을 필요조차 없을 만큼 간단한 일이었다. 부자가 오래간만에 회포를 푼다고 하면 그만이다.

그러나 화하의 문안사 부사가 족장의 침소로 숨어든다고 하면 이야기는 다르다. 성미 급한 기족의 용사 중에는 '남쪽의 두 발로 걷는 돼지가 족장의 몸에 감히 해를 끼칠지 모른다'며 길길이 날뛸지도 모르는 노릇.

그리하여 정엽은 자신이 가진 재주를 총동원할 수밖에 없었다. 과연 족장이 불의한 일을 당한 건으로 신경이 잔뜩 곤두섰을 기족 주술사들의 술수를 파훼할 수 있을까?

누군가가 그리 묻는다면 정엽은 점잖게 입을 다물 터였다. 그는 족장의 거처 문을 열고 들어서는 행위로밖에 답할 생각이 없었다.

연회용의 대천막이 아니라 족장의 사저. 정엽이 여기까지 오면서 이따금 본 기족의 여느 살림집과 다를 바가 없는 세간살이였다. 족장은 문에 들어서서 오른쪽, 화하의 상과 크게 다르지 않은 상 위에 걸터앉아 있었다. 소그드는 그 앞에 접고 펴는 호상을 두고 올라앉아 있다. 그 거리에서 이렇다 할 불화나 적대감은 느껴지지 않았다.

그러나 정엽이 느긋하게 확인할 수 있었던 실내 풍경은 거기까지였다. 정엽이 들어서는 동시에, 그가 인사말조차 입 밖에 낼 여유를 주지 않고 족장이 흑철궁을 집어 들어 정엽을 겨누었던 것이다. 필시 숨 한 번 들이마실 시간이면 화살이 쏘아져 정엽의 팔이나 다리를 꿰뚫었을 터였다.

정엽이 그런 험악한 꼴을 면한 것은 순전히 소그드가 팔을 뻗어 칼집으로 흑철궁을 툭 쳐 날린 덕분이었다. 아들의 전횡에 족장은 눈살을 찌푸렸다. 뜻밖에도 노여워하는 기색은 없었다. 아마 소그드의 엉뚱한 짓을 여태 지겹도록 겪어 본 탓이리라.

"뭐냐?"

"정엽은 내가 불렀어. 까칠하게 굴지 마."

"남쪽 놈은 빠지라고 해라. 초원의 일이다."

"뭐 하고 있어? 어서 들어와. 아버지가 저주 때문에 왼팔과 왼다리를 못 쓰게 되어 까칠하게 굴어도 신경 쓰지 마."

정엽은 안으로 발을 내딛기에 앞서 족장이 아들을 쳐 죽이지나 않을지 염려해야 했다. 눈빛만 보면 능히 그리고도 남을 법했다. 하지만…… 반평생 아들이 치는 사고에 부대껴 온 족장도 여느 아버지는 아니었다. 그런 부친에게 자신의 옆에 또 다른 호상을 펼치며 소그드는 씩 웃어 보였다.

"괜찮다니까. 정엽은 기족에게 나쁜 일은 안 해."

"뭘 믿고 그렇게 딱 잘라 말하는 거냐."

"그야, 정엽에 관해서라면 속속들이 알고 있으니까. 속속들이."

"……그러냐."

굳이 그렇게 강조하지 않아도 될 터인데. 미처 끼어들 틈을 찾지 못하여 잠자코 있던 정엽은 조리돌림 당하는 기분으로 천천히 소그드에게 향했다. 그렇다. 족장은 아들의 기벽과 왜 그가 화하에 남겠다고 선언했는지, 나아가 정엽과의 관계까지도 알고 있는 것이다. 질렸다는 표정과 상관하고 싶지 않다고 웅변하는 말투, 그리고 괴이쩍은 것을 보는 눈빛까지도 모두 그가 간파했음을 일깨우고 있었다.

"이렇게 늦은 때에 아무런 기별도 없이 죄송합니다, 족장이시여."

"일루베신이라고 불러라. 정말로 네가 기족을 돕고 싶은 것이라면 네가 화하의 사신이란 사실은 여기서 아무런 의미도 없다. 그리고 내가 너를 사신으로 여기지 않는다면 너도 나를 족장으로 대접할 필요가 없다."

"알겠습니다. 일루베신."

정엽은 어색하게 보이지 않으려 애쓰며 소그드의 옆에 앉았다. 가까이서 본 일루베신이라는 사내는 더한층 소그드와 닮아 보였다. 예의와 격식에 얽매이지 않는 시원스런 태도도, 눈 덮인 고산준봉의 바위 위를 당당히 걷는 설표와 같은 유연한 자세도…. 그 거동에 저주로 반신이 마비된 흔적은 찾을 길이 없다. 그럼에도 불구하고 소그드와 다른 부분이라면, 소그드와 정엽의 관계를 점잖게 무시해주는 비교적 상식적인 일면.

"그래서, 왜 날 부른 거야? 몸이 안 좋아지니 귀여운 아들이 보고 싶어졌다는 망령된 말을 하려는 것은 아니지?"

소그드는 어딘지 의기양양해져서 물었다. 그의 부친은 짜증을 감추지 않는 얼굴로 답했다. 어떤 악담이 오가더라도 양자 모두 개의하지 않는다. 사이가 좋은 건지 나쁜 건지 분간할 도리가 없는 광경이었다.

"귀여운 아들이라니 얼어 죽을. 우선 말해두지만 너를 부른 건 내가 아니다. 잠시 엎어져 있었더니 하스를 비롯한 장로들이 허둥지둥 파발을 보낸 거지. 네놈을 불러봤자 뭐가 쓸 데가 있다는 거냐. 화하의 개가 되기로 스스로 맘먹은 녀석인데."

"그러면 지금은 왜 불렀어? 저주한 녀석 찾아보라고?"

"사람을 얼간이로 보지 마라. 그쯤이야 짐작하지."

"헤에?"

"전날 밤까지 신었는데도 아무 일 없었던 장화에 수작을 부린다면 언제 부리겠나? 그날 밤 나는 젊은 녀석들과 내 게르에서 술을 마셨다. 면족의 얼간이들이 우리 영지를 침입했는데 그 녀석들이 따끔하게 혼쭐을 내줬거든. 범인은 그 안에 있을 수밖에 없지."

"누구?"

"우네켄. 알르갈. 바토르. 쇼미르. 제메렌. 진메이. 아르지. 바브가이."

"흐음……."

정엽은 침묵을 고수하며 두 사람의 대화를 듣고만 있었다. 일루베신이 주워섬기는 이름 중 정엽이 아는 이름은 거의 없고, 평소 행동거지도 이해관계도 모른다. 그럼에도 불구하고 두 사람이 화하 말로 대화하는 배려에는 감사할 수밖에 없었다.

잠시 속으로 헤아리던 소그드는 미간에 주름을 잡았다.

"누구인지 알 법도 하지만 증거가 없잖아. 왜 그랬는지도 분명치 않고."

"뭐, 그건 중요하지 않다니까. 내가 바로 꼴까닥하지 않은 이상, 그리고 부족 전체가 경계하는 이상 녀석들도 경거망동하지 않을 테지. 문제는 다른 것이다."

"다른 문제?"

"뻔하잖아. 내 후계자……. 다음 족장 일이다."

정엽은 살며시 숨을 죽였다. 정엽뿐만 아니라 화하의 조정에서도 가장 관심을 기울일 화제였다. 그러나 정작 그 화제에서 가장 중요시될 인물인 소그드는 남의 일인 것처럼 무심했다.

"찍어둔 녀석 있어?"

"야브말이나 바토르, 아르지 정도일까. 하지만 야브말은 내 딸의 남편이라는 것 외엔 장점이 없고, 아르지는 과단성이 부족하지. 다음 다음 대에 지지를 받을 수 있다면 딱 맞춤할 거다. 그런 의미에서 가장 쓸 만한 녀석은 바토르인데…… 그 녀석은 아직 자신만의 전망이 없어. 너라는 얼간이를 흉내 내면 기족의 훌륭한 전사인 줄 안단 말이다."

"바브가이는? 리시를 데려갔으니 꽤 명분이 있잖아."

"너는 바브가이를 모르는 거냐? 그 녀석은 갈 길을 귀띔해주면 일직선으로 달릴 뿐이야. 스스로 길을 걸어갈 재주는 없어."

"다른 자제분께서는?"

그제야 정엽이 입을 열었다. 무엇보다도 그의 의문은 다른 데에 있었지만 소그드는 둥그런 눈으로, 일루베신은 비뚜름한 눈을 하고서 정엽을 돌아보았다.

"이 멍청이 외에 다른 아들 말인가?"

"예."

"자신이 싫은 일은 죽어도 하지 않는 멍청이는 제쳐 두고, 다른 녀석들은 그릇이랄 것이 못 돼. 내 세 번째 카톤, 우르마이가 나를 죽어라 미워하는 데엔 그런 연유도 있지. 네 자식들은 글러먹었다고, 딱 잘라 말했거든. 지금 생각하면 조금은 부드럽게 이야기해서 납득시킬 수 있었을지도 모르지만… 다 지난 일이지."

"그러니까 아버지가 바보란 거잖아. 처음부터 어머니한테……."

표변은 너무나도 순식간이었다. 그래서 정엽이 뭐라 할 틈도 없었다.

목침이 허공을 갈랐다. 짐승 가죽으로 둘렀다고는 해도 딱딱한 나무토막. 정통으로 머리를 맞추면 사람 하나 잡을 만했다. 그러나 지척에서 가해진 일격을 소그드는 손을 들어 가로막아 받아냈다. 그 얼굴에는 놀라움의 파편조차 깃들지 않았다. 이 부자지간에는 일상이란 분위기였다.

"그래서 무리하게 다른 분을 양자로 들이시려는 뜻인지요?"

용에게는 역린이라는 급소가 있다. 초원의 비슷한 종자인 로스보다는 훨씬 자애로우며 현명하다고 여겨지는 용도, 그 부위를 침범하면 수라 나찰과 같은 형상으로 화해 분노를 세상에 쏟는다. 용으로 견주어지는 황제도 마찬가지. 초원의 족장 또한 그런 급소가 있더라도 이상한 일은 아닐 터이다. 따라서 정엽은 분노를 가라앉히기 위해서라도 말을 돌렸다.

"그래. 너도 알겠지만 유일하게 변변한 아들은 또한 다시없는 멍텅구리이기도 해서 말이지. 애초에 핏줄은 이 초원에서는 아무런 의미가 없어. 내 전대의 족장은 대대로 족장 자리를 물려받았지만 그게 오히려 편법이지. 나는 부족의 총의에 의해 이 자리에 올랐다. 그것이 초원에서 본래 족장을 뽑는 방식이지. 그런데 다음 족장이 내 핏줄이라는 이유만으로 덜컥 자리에 오르면 웃기는 일 아닌가?"

화하에서는 말한다. 초원의 오랑캐들은 바로 그러하기에 다툼과 혼란을 면치 못한다고. 정실의 첫째 아들이 자리를 이어받는 것, 바로 그것이 하늘의 도리라고……. 하지만 정엽은 그 말에 고개를 끄덕이지 못했다. 늑대에게 하늘을 날라고 하지 못하고, 소에게 고기를 뜯으라고는 하지 못할 터이기에.

"그건 아무래도 좋아. 몇 번이나 묻잖아. 그래서 나한테 부탁하고 싶다는 게 뭐야?"

자신을 깔아뭉개는 말은 귓등으로도 듣지 않고, 목침을 허공으로 던졌다 받았다 하던 소그드가 돌연 그것을 부친에게 다시 던지며 물었다.

"목이 마른데."

문득 일루베신이 자세를 바꾸어 상의 난간에 기대었다. 정엽은 비로소 그 미미한 동작에서 그가 처한 불편을 감지했다. 틀림없이 후유증이 심하게 남았으리라. 좌반신을 마음대로 움직이지 못할 뿐만 아니라 뼈마디까지 지독스레 쑤실 게 틀림없다. 하지만 일생을 싸움터에서 보내고, 기족을 초원에서 제일가는 실력자로 끌어올린 사내는 자신이 퇴물로 전락하는 고통을 힘든 하루 끝의 피로처럼 대수로이 다루고 있었다.

"초대 받은 쪽은 이쪽인데 왜 내가 대접해주어야 하는 거야?"

소그드는 가볍게 투덜거리며, 하지만 자기 천막이기라도 한 양 능숙하게 문 옆에 매달린 가죽 부대에서 마유주를 떠서 가져왔다. 그의 커다란 손은 세 그릇쯤 어렵지 않게 날랐다. 정엽도 가볍게 고개를 끄덕여 감사를 표한 뒤 그릇에 입을 가져다댔다. 화하에서라면 상했는가 의심받을 만큼 시큼한 맛에 알싸하게 목구멍을 넘어가는 감촉. 초원을 가로질러 오면서 몇 번이나 대접받은 이 음료를 사절 일행 중에는 진저리를 치며 싫어하는 이도 있었지만 정엽은 이럭저럭 즐기는 편이었다.

일루베신은 두말할 나위도 없이 마유주, 이 땅에서 아이락이라 불리는 음료를 달게 받아 마셨다. 비록 왼손을 안 쓰긴 하지만, 그의 동작에 부자연스러운 구석은 찾아낼 수 없었다. 그러나 참으로 자유로운 것인가. 가슴에 담긴 포부가 실로 활개 치는 매와 같던 그에게 저주받아 마비된 몸은 맹금을 가둔 새장을 연상시켰다.

"네 녀석이 새로이 족장이 될 놈을 도와 내 바람을 이루어줬으면 했다. 하지만 가망 있는 놈이 없다면 상관하지 않아도 좋아."

"바람?"

"나는 초원의 열두 부족을 모두 짊어지는 대족장을 만들려고 했다."

"……만든다고?"

"뭐, 딱히 내가 되려고 하는 건 아니니까."

"지금 아버지라면 충분히 할 수 있지 않아?"

소그드는 고개를 갸우뚱 기울였다. 설령 족장이 나서지 않거나 소그드가 없더라도, 지금의 기족에게는 그런 저력이 있다. 화하와 대상 간의 무역을 중개하면서 교역로의 부는 모두 기족에게 집중되었다. 기족이 변방의 치안을 맡아 다른 부족이 약탈을 하지 못하게 되면서 그들의 힘은 현저히 줄어들었다. 더군다나 바토르, 아르지, 제메렌, 바브가이 등은 어디에 내놓아도 부끄럽지 않은 용사들이다. 기족의 전사단이 초원 전체를 유린하는 일도 꿈만은 아닐 텐데도.

일루베신은 웃었다. 아니, 이를 드러냈다.

"전부 다 작살내란 말이지. 하지만 지금껏 그렇게 대족장이 되어서 끝까지 간 놈이 있기나 하던가?"

"그야 그렇지."

"대족장이 되려면 무쇠와 같은 전사들이나 줄지어 선 카톤과는 다른 것이 필요해. 나는 그걸 황금 대족장의 노래에서 찾았지."

황금 대족장의 노래. 초원에 발붙이고 살아가는 이들이라면 모를 리 없는데도, 굳이 구구절절 입에 올림은 정엽을 생각한 소그드의 배려일 터였다.

"황금 대족장도 결국 치고받고 싸워서 이기잖아. 서쪽의 부족이며 남쪽의 성곽이며 북쪽의 망고스를……."

"그래. 망고스는 전사만으로는 이길 수 없지."

"……그걸 잡으려고?"

소그드의 얼굴에 비로소 놀라움이 깃들었다. 그러나 드러나지만 않았다 뿐이지 정엽은 더욱 놀랐다. 소그드는 이미 화하에서 이름난 요괴를 여럿 물리친 바 있다. 그런 그가 놀랄 만한 요괴—망고스란 대체 어떤 괴물이란 말인가.

"그래. 잡으려고 했었지."

일루베신의 입술이 또다시 일그러져 이빨을 드러내었다. 이것도 차이라면 차이다. 철저하게 교섭이나 계산과는 거리를 두며 살아온 아들과 달리, 그의 얼굴에는 초원의 다툼과 알력이 정과 끌로 쪼아 만들어낸 냉소가 새겨져 있었다.

"죽으면 대족장 못 하잖아?"

"적어도 한 명만 살아있으면 돼. 대족장이 될 녀석 말이지."

그리고 그의 심산에서는 그 자신의 목숨마저 장기말이었다. 정엽이 밀랍 같은 얼굴로 바라보는 가운데 소그드는 여전히 태연하게 대꾸했다.

"그치만 이제는 못하겠네. 그런 몸으로 해봤자 죽을 위기고 뭐고 그냥 죽을걸."

"그래. 내가 너에게 부탁하고 싶은 일이 그거다."

그 자신도 죽을 각오를 하지 않으면 도전할 수 없는, 그야말로 사지를 걸어 들어가는 일을 아들에게 요구하는 아버지의 얼굴도, 그러한 요구에 직면한 아들의 얼굴도 지극히 평온했다.

"나 혼자서 하라는 소리는 아니지? 다음 대 족장으로 어울리는 녀석."

"그래. 좀 더 생각해봐야 하겠지만, 기왕이면 네놈이 목숨을 걸어도 아깝지 않은 녀석으로 해라."

"아, 그거 나한테는 정엽인데."

"기족의 족장으로 가장 어울리는 녀석 말이다."

정엽은 얼굴에서 불이 날 것 같다고 생각했지만 애써 얼굴을 돌리거나 하지는 않았다. 덕분에 정엽은 가까스로 놓치지 않을 수 있었다. 일루베신의, 아들과 똑같은 검은 눈동자에 극히 찰나 스쳐 간 감정을.

"할 거냐?"

"해야지. 썩어도 늑대고 나는 기족의 전사야. 기족한테 필요한 일쯤 해. 아, 그리고 나 죽을 생각 털끝만큼도 없으니까."

"무슨 자신감이지?"

"정엽이 와줬잖아. 정엽은 화하 황제의 둘째 아들이고 선원주의 궁주였으며 위로는 번개를 두르고서 하늘 끝까지 뛰어오르고, 아래로는 지하 세계도 제집처럼 드나들면서 죽은 자도 되살려. 그런 정엽과 같이 가는데 오히려 어떻게 죽을 수 있는지가 궁금할 지경인걸."

정엽은 이번에야말로 고개를 숙였다. 지금껏 정엽을 화하의 고운 옥돌, 추임새 넣어주는 남방의 앵무새 정도로 여김이 역력했던 일루베신이 정엽을 정면으로 응시했다. 소그드의 증언만으로 감안하면 진정 황금 대족장에 어울리는 이는 다른 누구도 아닌 절세의 용모를 지닌 이 청년이리라.

"그런 녀석이 왜 이 멍청이의 뒤나 닦아 주고 있는 거지?"

"아드님에 대한 평가가 대단히 박하십니다만……. 화하에서 아드님은 유래 없는 영웅으로 칭송받고 계십니다."

"다들 뭘 잘못 먹었구만."

"훌륭하신 아버님을 쏙 닮으신지라."

"……그중에서 네가 제일 안 좋은 부분을 먹었구만. 예쁘장한 얼굴로 눈썹 하나 까딱하지 않고 잘도 그런 소리 지껄이지 마라."

일루베신은 기염처럼 경기를 일으키지는 않았으나 구겨진 표정으로 정엽의 일격이 자아낸 효과를 웅변하고 있었다. 그럼에도 그의 혀가 뱉어내는 말은 여전히 날카로웠다.

"멍청이 아들놈은 잠시 입 다물고 있거라. 직접 듣고 싶어졌다. 정엽이라고 했나. 너는 왜 우리 기족을 돕는 거지?"

"첫째로는 부황… 화하의 금상황제의 뜻입니다. 기족이 득세한 이래 변방은 평안합니다. 당신에게 무슨 일이 있다면, 그래서 기족의 세력이 약해진다면 그대로 변방의 혼란으로 이어지겠지요."

"기족이 지나치게 힘을 키워 화하를 치리라고는 생각지 않나?"

"지금껏 무수한 화하의 제왕들이 초원을 정벌해 변방을 안온케 하고자 했습니다. 그 결과는 역사를 글로 남기지 않는 기족도 능히 기억할 겁니다. 초원에 화하의 삶의 방식을 억지로 심을 수는 없습니다. 그렇다면 기족은 어떻습니까? 화하의 고산준령과 옥토비답, 끝이 보이지 않는 유장강을 넘어 덥고 습하고 우림이 우거진 교주까지 취할 수 있을는지요? 바다에 면한 해안에 도달해 서쪽으로부터 오는 해적을 막을 수 있겠습니까? 성과 곽을 쌓고 채반을 먹는 일은 기족에게 맞을까요?"

그 아름다운 얼굴에 떠오른 표정은 오만이나 경멸이 아닌 그저 절대적인 자신감, 낭랑하게 말하는 목소리는 불변의 진리를 노래하는 것만 같았다.

"풀은 그래도 견딜 만해. 그치만 바닷것은 도저히 못 먹겠어. 특히 그 벌레처럼 생긴……."

"경단으로 만들면 곧잘 드시지 않습니까?"

"그건 벌레의 등갑 같은 딱딱한 부분이 없잖아."

"너는?"

짧은 말 한마디이지만 소그드와 정엽을 일시에 입 다물게 하기엔 충분했다. 정엽은 다시 아들로부터 부친을 향해 시선을 돌렸다.

"저는 화하 황제의 명을 받듭니다."

"유감이지만 나는 아들이라고, 아랫것이라고 무조건 말을 들어먹지는 않는 녀석을 거느리는 복을 타고 나서 말이지. 그 말로 그러려니 받아들일 수가 없다. 너는 화하 황제의 꼭두각시 인형이 아냐. 너의 말을 해라."

눈빛조차도 닮았다. 바로 육식동물의 눈. 하지만 소그드가 기갈에 시달려 광포하기까지 한 짐승의 눈이라면, 일루베신은 인간조차도 가로세로 재는 야수의 교활함이 서려 있는 듯했다. 정엽은 이미 소그드에게 들어 알고 있었다. 초원의 '노인'—늑대는 눈앞에 나타난 인간이 활을 가지고 있는지, 여럿이 떼 지어 다니는지 죄다 간파하고 위험을 느끼면 모습을 감춘다고. 바로 그러한 천혜의 지혜.

"저는 갇혀 있는 것이 싫습니다."

"갇혔다고?"

"화하는 오만스레 제도를 쌓아올리고, 초원의 사람들은 철마다 맡긴 빚을 받아내는 양 변경주를 약탈해왔지요. 그런 관계가 수천 년에 걸쳐 이어졌습니다. 그 감옥이 저는 싫습니다. 제게 바람이 있다면 그 사슬을 벗어나는 겁니다."

지금껏 누구도 의문을 품지 않았다. 화하가 초원의 부족을 업신여기고 초원이 화하를 멸시함은 대나무가 곧게 자라고 새가 지저귀며 호랑이가 고기를 탐함과 같이 자연스러운 일이라고.

그러나 정엽은 그 역사를 정면으로 고개를 가로저어 부정했다.

"그렇군."

일루베신은 그 뒤에 이어지는 '나쁘진 않아'라는 감탄사를 억지로 눌렀다. 일루베신은 아들과 마찬가지로 대부분 직감에 의지했고, 자신의 생각을 말이나 글로 분명히 한 적도 없었다. 그러나 지금 정엽의 말은 그의 뜻과 정확히 일치하고 있었다.

자신은 이렇게 되도록 바꾸지 못했다. 비로소 바꾸려 시도하자 대뜸 이런 꼴이다. 그러나 체념하고 한탄하며 주저앉아 있기에는 그의 성미에 영 맞지 않았다.

"그럼 둘이 의논해서 한 놈 골라라."

"겸사겸사 아버지를 저주한 녀석도 찾고 말이지."

"나한테는 해코지를 해도 상관없다. 그만큼 돌려줄 작정이니까. 하지만 다음 대에는 해가 가지 않도록 주의해야지."

결코 온화한 화제는 아니었지만 정엽은 이 순간이 싫지 않았다. 밤새 도록 배석해 있어도 불만 없었으리라. 그러나 저주가 할퀴고 간 일루베 신의 몸은 그리 오래 손님을 맞을 수 있는 상태가 아니었고, 정엽은 그 사실을 분명히 감지했다. 그리하여 그는 마지못해 소그드를 채근했다.

"일루베신은 정양을 해야 하는 몸입니다. 너무 늦게 폐 끼쳐선 안 되 겠지요."

"병자 취급하지 마라."

"본인은 이렇게 말하는데?"

"일루베신, 저는 관직에 오르기 전에 도사… 기족의 말로 뵜었습니다. 부족하지만 의술도 배웠지요. 제가 당신이 쉬어야 한다고 판단하는데 저 의 뜻을 의심하시는지요?"

"……못 믿는 것은 아니다만."

"좋은 밤 되시길."

소그드의 엉덩이를 걷어차다시피 하여 나서는 정엽의 등을 향해 일루 베신이 딱 한마디를 던졌다.

"멍청한 아들놈 돌보느라 고생이 많다."

"……천만의 말씀을."

아리야 아얄로리 오드카리 강의 수면에 안개가 피어올랐다. 메마른 초 원에서 안개란 흔한 광경은 아니지만, 강 주위에서는 완전히 희귀한 현 상도 아니었다. 칼로 그으면 벤 자국이 남을 만한 안개. 이 안개에 휩싸 인 기족의 영지에서는 아무리 밤잠 없는 노인도 졸음을 느꼈다. 심지어 기족의 뷔들이 족장을 사악한 저주와 악령—무마 퍼두리로부터 지키기 위해 풀어놓은 영신靈神 옹고드와 술데도 일순 잠들었다.

정엽은 안도했다. 그는 화하 도사의 부주를 지금은 쓰기를 삼갔다. 부 주가 이 땅의 신령들에게 어떻게 받아들여질지 짐작도 하지 못했으므로.

대신 그는 연회 전 길지 않은 휴식 때에 선원궁에서 할 때와 마찬가지로 제물을 준비하고 제문을 읊으며 제례를 올렸다. 이국의 말, 이국의 예식을 이 땅의 신령들이 흡족하게 흠향했는지는 알 도리 없으나 적어도 정엽이 안개를 부르는 주를 읊고 수인을 맺자, 아주 약간의 위화감만을 남기고 대기는 정엽의 의사에 따라 주었다. 덕분에 정엽이 아무리 영지 안을 오가도 아무도 눈치채지 못했다. 소그드가 느닷없이 정엽을 붙잡아 입 맞추는 광경조차 보는 눈이 없다.

"……."

안개가 소리까지 막을 수는 없었기에 정엽은 잠자코 있었다. 하지만 발을 들어 소그드의 장화 발부리에 얹고 지그시 내리누르는 응징은 잊지 않았다.

"뭘 하시는 거죠?"

"우리 아버지 너무 티 나게 좋아하는 거 아냐?"

"저야 그렇다 치고 아버님의 기호를 마음대로 정하셔도 되는 건가요? 굉장한 꾸지람을 들으실 듯합니다만."

"꾸지람은커녕 맞아 죽겠지. 하지만 너는?"

정엽의 마음은 정말이지 털끝만큼도 흔들리지 않았냐고―소그드의 눈동자가 안타까울 만큼 호소하고 있었다.

정엽은 그 얼굴을 물끄러미 올려다보았다. 거짓이나 기만은 통하지 않는다. 누구보다도 정엽 스스로가 그 사실을 뼈저리게 안다.

"흠모의 감정은 있습니다. 무엇보다 그분은, 생각 이상으로 당신과 닮았고… 당신과는 닮지 않았으니까요. 그분이라면 저의 벗도 주군도…… 적조차도 될 수 있겠지요."

"……."

생각 이상임은 소그드도 마찬가지. 정엽은 평소처럼 부정하기는커녕 담담히 느낀 바—연심과도 비슷한 기분을 토로하였다. 그러나 소그드가 이성을 잃고 날뛰기 직전 정엽은 손을 뻗어 소그드의 뺨을 어루만졌다.

"하지만 저의 연인만은 될 수 없지요. 적이 되느니 목숨까지도 끊을 수 있는 사람은…… 다른 사람, 단 한 사람뿐입니다."

"지금이라도 끊을 수 있어."

"약속하셨지요? 다시는 저에게 그때와 같은 꼴은 당하지 않게끔 해주시겠다고."

"엄청 하고 싶어졌어……."

"그 약속도 하셨을 겁니다. 이 임무가 끝나기 전에는 참으시겠다고."

진메이 때문에 제 발 저려서, 그리고 다른 이들에게 발각되어 구설에 오르지 않도록 절제하기로 한 다짐을 소그드는 크게 후회했다.

3장

문안사의 수행원들에게 앞으로의 일은 대단한 관심거리였다.

만약 알려진 대로 족장이 오늘내일하는 판국이었다면 문안사의 일은 대단히 바빠졌을 터였다. 현재 문안사 정사를 맡고 있는 좌우림상장군이 족장의 자리를 이어야 할지도 모르거니와, 설령 그렇지 않더라도 초원의 판도가 어떻게 굴러갈지 알기 위해 예의 주시해야 할 처지였다.

하지만 (적어도 대외적으로) 그가 건재함이 분명한 이상 그런 무리는 할 필요 없다. 가족친지를 떠나 이토록 먼 길을 여행해, 입에 맞지도 않는 음식과 물을 감내해 온 수행원들은 상당한 기대에 부풀었다.

그러나 그들의 간절한 기원을 한 몸에 받고 있던 문안사 부사—이 인선이 알려졌을 때 정사의 임무가 막중하리라 여긴 이는 아무도 없었다—가 접견 다음 날 아침 자신의 거처에서 모습을 드러내었을 때, 그 모습을 본 화하 수행원들의 심정은 혼비백산 그 자체였다.

"안녕히 주무셨습니까."

"허어. 그 모습은 뭐… 어찌된 곡절입니까?"

삼재의 준재이자 황이자에 선원궁 궁주였다고 하는 터무니없이 고귀한 이에게 어쨌든 말이라도 붙일 수 있는 이는 제술관 기염뿐이다. 모두를 아연실색하게 한 그 모습이란 다름 아닌 정엽의 옷차림.

정엽은 델이라고 불리는 초원의 옷을 걸치고 있었다. 목을 감싸는 높은 옷깃에 소매는 손을 덮을 만큼 길었지만 맞춤하게 접어, 길고 섬세한 손가락을 아낌없이 드러내고 있다. 무릎까지 내려오는 상의 자락은 허리에 흰 띠를 둘러 거추장스럽지 않게 갈무리하고, 기족의 전통 문양을 수놓아 끝단을 화사하게 장식했다. 아래에 입은 것은 말 탈 때 거치적거리지 않도록 잘 맞는 바지. 발에는 가죽으로 무두질하고 코가 들쳐 올라간 장화. 머리카락 또한 들어 올려 비녀로 고정시켜 관을 쓰는 화하의 예식을 벗어던지고, 윤기 도는 머리채를 그대로 늘어뜨려 비단실을 꼰 끈으로 가볍게 묶었다.

초원의 여러 민족 중에는 금발벽안도 있다. 하지만 기족은 십중팔구가 흑발에 흑안. 백옥처럼 흰 살결에 미색의 머리카락, 초원의 푸른 하늘을 그대로 담은 듯한 눈동자를 지닌 정엽이 기족의 옷차림을 두른 모습은 그저 옷을 갈아입었을 뿐인데도 신비로웠다.

"실은 여기에서 좀 더 머무를 생각이기에. 언제까지나 화하의 복색을 해서야 이곳 분들도 어색해하시겠지요."

"무슨 말씀입니까? 문안사의 중책은……."

"그 또한 포함한 일입니다만, 황제 폐하께서는 사해의 풍속을 자세히 알고 싶어 하십니다. 애초에 우리 화하는 중원을 자처하면서도 사해 여러 나라들의 일에 대해 너무나 무지합니다. 아랫것들이 무엇을 먹고 사는지 알지도 못하고 관심도 없는 주인을 과연 좋은 주인이라 할 수 있겠는지요. 기왕 먼 걸음을 한 김에 초원의 풍물을 속속들이 전함이 폐하께는 더없는 공물이 되겠지요. 다른 분들은 화하로 돌아갈 채비를 하시면 됩니다."

사절단을 따르는 종사관, 수행원들에게는 듣던 중 반가운 소식이었다. 맞지도 않는 초원의 식료를 입에 쑤셔 넣으며, 불편한 초원의 거처에서 자고 일어나기보다는 앞서서 화하의 영토로 돌아가면 그야말로 날아갈 기분이리라. 명분도 확실하니 정엽의 말과 표정에도 빈틈은 없었다. 그러나 이에 맞서는 기염 또한 빈틈없기로는 지지 않았다.

"부사께서 귀국하실 때에는 어찌하시렵니까? 기족의 조공품을 실어 나르는 일도 대업인 데다, 행여나 부사께 무슨 변고라도 생기면 저희들의 목으로는 그 죄를 다 갚지 못할 것입니다."

기염은 온화한 표정으로 '황자인 당신에게 무슨 일 생기면 기족도 우리도 큰일이다'라는 뜻을 말 속에 뼈 있게 담았다. 자칫 살벌할 수도 있는 말을 정엽은 태연스레 받아쳤다.

"정사께서도 함께 남으시니 괜찮습니다. 본가에 남긴 여러 가지 일을 처리하신다니까요."

"……목이 두 배는 필요하겠군요."

지금 화하의 입장에서 가장 우려되는 일은 족장과 그 제일가는 소생 소그드에 대해 누군가가 해를 끼치는 일. 저주 사건은 명백한 증거이건만.

"여러분은 안심하십시오. 저도 삼재의 명성은 거저 얻지 않았습니다. 반드시 필요한 인원만 남고 돌아가 주시면 됩니다. 구태여 남겠다고 하셔도 이곳이 아닌 삭주의 관아에 기숙하면서 기다리면 될 일. 자, 여기에 황제 폐하의 성지가 있습니다."

백분 유효한 황홀한 미소에 더하여 더욱 유효한 옥새의 붉은 인. 기염은 슬며시 시선을 돌려 주위에 선 수행원들의 얼굴을 보고, 명백한 패배를 실감했다. 그러나 패배했다 해도 졌다고 생각하지 않으면 장수는 진 것이 아니다―그렇게 말한 옛 현인은 누구였던가.

"폐하와 부사의 훌륭하신 배려, 감복했습니다. 이렇게까지 배려해주신 이상 저도 분골쇄신하지 않으면 안 되겠지요. 저만이라도 시종하겠습니다."

"아니, 그런 폐를 끼칠 수는 없습니다. 폐하의 성지가 있다 해도 이 일은 분명 문안사의 임무와는 무관한 것. 문안사의 제술관인 당신에게까지 폐를 끼칠 수야 없지요."

"제술관이기에 오히려 갖가지 풍물을 기록하는 일은 저의 몫이지요. 자, 자, 이렇게 서서 이야기할 일이 아닙니다. 기왕 돌아갈 일을 결정하였으니 서두르도록 하죠. 이보게들, 움직이게 움직여. 숟가락 하나라도 놓고 갔다간 다시는 되찾을 길이 없을 터이야."

수행원들은 일제히 움직였다. 조금이라도 뒤처지면 너도 남거라, 라는 청천벽력이 떨어지지나 않을까 두려워하는 꼴이다. 개미떼처럼 이리로 몰리고 저리로 달음박질치는 수행원들을 바라보면서, 정엽은 입술만 움직여 기염에게 말을 건넸다.

"괜찮으시겠습니까?"

"속된 말에 독을 먹으려면 접시째 먹으라는 말이 있지 않나. 대신 이 값은 두둑하게 쳐서 받도록 하지."

"등골이 오싹한걸요. 무엇을 요구하실 참인지."

"최길의 감람춘작도는 어떤가? 혹은 공비연의 도원서라든가."

"언제부터 명화와 명필에 관심을 가지셨지요?"

"팔 수 있으니 말일세. 어디에 써먹는지도 모르는 서국의 물건을 슬금슬금 모으는 것보다는 건전한 취미라 생각하네만."

"의외로 쓸모가 많답니다."

두런두런 이야기하면서도 기염의 얼굴은 시큰둥했다. 정엽이 아무런 상의도 없이 일을 꾀함이 아무래도 마뜩찮았으리라. 하지만 차분히 의논하면서 일을 나아가게 할 여유가 지금의 정엽에게는 없었다.

이곳은 어찌 보면 적진이다. 심지어 누가 적인지, 누가 아군인지조차 모른다. 섣불리 행동하면 아군마저 적으로 만들지도 모를 노릇. 그러나 이 땅에서 무엇이 받아들여지고 무엇이 떠다박질러지는지 정엽은 아직 몰랐다.

하지만 그 사실이, 그 미지未知가 오히려 즐겁다.

정엽은 실로 즐거운 얼굴로 말을 이었다.

"그나저나 어떻습니까, 기염 공께서도 기족의 삶을 누려보심이."

"아니, 사양하겠네. 내가 그 옷을 입어봤자 허수아비에게 입힌 꼴이 될 테지. 나는 한 걸음 물러나서 즐기는 편이 좋아."

게다가 옷을 갈아입고 이 사람 저 사람에게 치대지 않아도, 기염에게 는 다가가고 싶은 단 한 사람이 있다. 이를 일석이조라 부르는 것이리라.

"뒤처리를 하고 있을 테니 나가서 놀다 오시게."

"어머니 같은 말씀을."

기염은 '자네 어머니가 뒤처리를 한 적은 없지 않나'라는 지적은 꺼내 지 않고, 빗자루로 엉덩이를 두드리는 시늉을 하여 정엽을 좇아내었다.

해결해야 할 골칫거리는 저주를 한 자를 찾는 일만이 아니었다.

구태여 분류하자면 소그드의 개인적인 일. 또한 소그드가 가장 흥미를 갖지 않은 일.

소그드가 이 일을 하게 된 까닭은 순전히 정엽이 강권한 탓이었다. 하 지만 권한 정엽마저도 이리함이 옳은지는 판단할 수 없었다. 그 망설임 이나 번민과는 별개로 일은 술술 풀려나갔지만……

역산하여 23, 24년 전 삭주에서 일어난 호인의 약탈 사건을 추적하고, 당시에 실종된 부녀자를 알아냈으며, 그 가족과 면담한다. 그리하여 답 은 우스울 정도로 간단히 도달했다. 삭주의 향사鄕土. 출세와도 악행과도 거리가 먼, 실로 범용한 남자. 그의 누이동생을 납치하고 부모를 근심 속에서 떠나게 만든 남자는 소그드와 꼭 닮았으므로, 그가 자신의 '외조카'와 대면했을 때의 얼굴이란 정엽에게는 쉽사리 잊지 못할 종류의 것이었다.

"뭐 하고 있어? 멍하니 서서."

"조금 생각에 잠겨 있었을 뿐입니다."

우두커니 서 있던 정엽에게 소그드가 성큼성큼 걸어 다가왔다. 장소는 기족의 숙영지 한가운데. 화하의 관복을 빈틈없이 갖춘 절세미인은 아무래도 눈에 띈다. 소그드는 그 한 몸에 모이는 시선을 신경 쓰는 기색이었다. 달리 말하면 그 외에는 무엇도 딱히 마음 쓰는 태도가 아니었다.

"그보다… 찾았습니까?"

"응. 환영해 줄지는 모르겠지만. 따라와."

소그드는 머뭇거리지 않고 발길을 돌렸다. 정엽도 말없이 어깨를 나란히 했다. 눈치 빠른 종자가 고리짝을 지고 뒤를 따랐다.

수없이 늘어선 모전천막. 초원의 부족에 따라서는 색색으로 물들인 모전으로 벽을 곱게 장식한 모습도 볼 수 있지만 기족의 경우 양털을 뭉쳐 만든 모전 그대로의 회백색을 고수하고 있었다. 그 속에서 목적지를 찾아내는 감각은, 무수한 양의 무리에서 자기네 양을 기막히게 골라내는 초원 사람의 재주라고밖에는 설명할 길이 없다.

바로 그 목적지에서 소그드는 별반 망설임 없이 문을 열었다.

"개 묶어둬. 흠, 안 키우던가. 들어가도 돼?"

안에서 돌아오는 대답은 없다. 무덤 속 같은 침묵이 이 모전천막 안을 지배하고 있었다. 소그드는 턱을 만지며 고민하는 듯하였으나 그저 찰나. 서슴없이 걸어 들어갔다. 정엽은 오로지 아연실색해 뒤따랐다.

"우와. 먼지 냄새. 게다가 어둡고."

소그드는 제 집인 양 분주하게 천창을 열어 빛이 들어오게 하고, 주변을 둘러보더니 호상을 찾아 끌어냈다. 정엽은 고리짝을 내려놓은 종자를 눈짓하여 돌려보내고는 이 모전천막의 주인을 찾았다.

정엽의 눈썰미로도 상당히 어려운 일이었다. 그녀는 실로 정물처럼 침상에 앉아 미동도 않았으니까.

여인은 대단히 간소한 화하의 옷을 입고, 아무런 장신구도 하지 않은 머리채를 쪽지어 올린 모습이었다. 아무리 와병 중이라고는 하나 족장의 아내라는 지위를 누리고 있는 여성으로는 도무지 보이지 않았다.

기족뿐만 아니라 초원 사람들에게 있어 족장의 부인은 결코 족장에게 딸린 존재가 아니었다. 족장은 자신의 권위를 보이기 위해, 용사들을 접대하기 위해 대천막을 갖는다. 그 천막의 주인이 바로 족장 부인. 그녀는 용사들을 대접하고 전리품을 나눈다. 또한 그녀가 싸움에 대해 이모저모 건네는 조언들은 절대로 무시할 수 없었다.

그러나 지금 이 여인은 아무것도 하지 않았다. 말 그대로 아무것도⋯. 그럼에도 불구하고 일루베신은 다른 아내를 부인으로 세우지도 않았다. 이에 따른 혼란과 불만을 수습하고 지금까지 꾸려 온 것만으로도 일루베신의 재주라면 재주일지도 모르나.

"잘 지냈어? 어머니."

자신의 아이조차 돌아보지 않은 여인에게 그 아들은 태연스레 말을 걸었다. 자수인가 편물인가. 무릎에 놓아둔 천 쪼가리에 손을 올려둔 채였던 여인이 찰나 고개를 들었다. 그 눈동자가 소그드를 비춘 듯하였으나 이윽고 다시 아래로 향했다.

정엽은 드러내지 않고 몸을 떨었다. 햇빛을 쬔 적 없는 여인의 얼굴은 생기라곤 없이 창백하고, 표정을 짓는 일이 드물어 주름 하나 없었다. 소그드와 닮은 데는 없다. 그야 소그드는 부친 쪽을 쏙 빼었으니 미루어 짐작할 만한 일이지만.

소그드를 떠올리게 하는 부분을 찾는다면, 다름 아닌 눈.

보고 있어도 보지 않는, 어떤 형체도 비추지 않는 먹물로 가득 찬 우물 같은 눈동자. 도저히 사람의 것 같지 않은 그것이, 이따금 격노할 때의 그를 닮음직하여…….

"나를 상대하기 싫으면 안 해도 되는데, 정엽의 이야기는 좀 들어줬음 해."

단순히 무정이라고도 표현하기 힘든 무심을 앞에 두고도 소그드는 천연덕스럽게 뇌까리며 정엽을 힐끗 바라보았다.

정엽은 자신의 차례임을, 그리고 그 무게가 얼마나 막중한지 새삼 느꼈다. 그러나 여기까지 온 이상 도망칠 길은, 도망칠 이유도 없다. 그는 마른침을 삼키고 목청을 가다듬었다.

"삭주 산음현 향사. 두씨 집안의 장녀이신 완아 소저이십니까?"

여인이 창백한 낯빛으로 표정 없는 이목구비 그대로 다시 한 번 고개를 들었다. 실로 소그드로서는 오래간만에 듣는 목소리였다.

"누구신지요?"

"성은 건이요 이름은 영, 자는 정엽. 이번에 문안사 부사로 오게 된 터에 대부인을 뵙습니다."

정중하게 예를 표하는 정엽에게 태산과 같이 부동이던 여인은 무언가 답을 하려다가 다시 손을 떨어뜨렸다. 애초에 여염의 귀한 딸이 중매도 아닌 다음에야 관인官人을, 외간 남자를 만날 수 있을 리 없다. 이팔청춘 꽃다운 나이에 규방에 숨듯이 자라온 여인에게 남자를 대하는 법은 참으로 미지일 따름이었다.

"나라의 큰일을 맡은 분이 한낱 오랑캐의 계집에게 무슨 용무로?"

가까스로 쥐어짜낸 말에 이제 와 얼굴색을 달리할 사람은 이 자리에 없다. 정엽은 침착하게 말을 받았다.

"재주 없는 몸이 소그드 공과 인연이 있어 댁의 근심을 풀어드리고자 백방으로 대부인의 친가 소식을 알아보았기에, 전하고자 황망하게도 인사를 드렸습니다."

"……안녕들 하신지요?"

"영형令兄께서는 무탈하십니다. 대부인께서…… 이곳에 오신 뒤로 혼인하여 일가를 이루셨지요. 하지만 고당高堂께서는 타계하셨습니다."

그 표정에 초지일관 변화는 없다. 이미 수십 년, 한결같이 마음을 죽여 온 여자에게 새삼 희노애락이 드러날 일은 없었다.

"불효한 몸으로 구천에 가서 두 분 얼굴을 뵙기가 두려워 여태 숨 붙이고 살았지요. 잘한 노릇이었군요."

다시금 시선이 떨어져 내렸다. 여인은 새삼 자수에 전념하려는 듯이 보였다. 그녀에게 더 이상 마음이랄 것이 남아 있을 때의 이야기겠으나.

하지만 정엽은 그리 내버려두지 않았다.

"영형께서 대부인의 소식을 알게 되면 전해 달라 부탁한 물건이 있습니다. 봐주시겠습니까?"

종자가 두고 간 고리짝을 연다. 이미 시선을 돌리거나 자리를 피할, 그만큼의 의지조차 남아 있지 않은 여인의 눈은 궤짝 안에 그득한 물건을 하릴없이 보고야 말았다. 붉은 비단에 금실 수가 빼곡한 치마. 금은으로 아로새겨진 머리장식. 공들여 꽃을 수놓은 신발.

여염의 소녀들은 신랑을 꿈꿀 나이가 되면 혼수를 짓는다. 특히 혼례복에 이르면 가장 공을 들이기 때문에 하루 이틀에 끝날 일이 아니다. 그 밖에도 원앙금침이며 침의, 사계절 입을 옷가지와 휘장 등 바느질해야 할 물건이 산더미 같아 혼례 전날 밤까지 손을 쉬지 못하는 신부도 적지 않다.

그럼에도 아름다운 혼수를 짓는 일은 신부가 될 소녀의 자랑이며, 딸

가진 부모의 비할 데 없는 책임. 미처 마저 짓지 못한 혼례 의상. 종적을 알 수 없게 된 딸을 그리며 노부인이 마무리한······.

여인이 비로소 움직였다. 마치 가까이에서 들여다보기라도 하려는 양 휘청 몸을 숙였다. 정엽은 그녀가 고꾸라질까 저어하여 무심코 손을 내밀었다. 그러나 여인은 그대로 얼굴을 들었다. 실로 먹이를 노리는 독사처럼.

"왜 이제 와서죠?"

쳐다보면 돌이 된다는, 바다 건너 서국의 뱀 요괴의 눈빛이 이러할까. 스무 해가 넘도록 굳건히 쌓아온 제방 건너편에 넘실거리고 있던 감정이 홍수처럼 쏟아져 나왔다.

"오랑캐의 계집 노릇하기가 싫어서 전부 거절했어요. 눈 감고 입 다물고 귀 막고 숨만 쉬었어요. 절개를 지켜 목숨을 끊는다 해도 혼백이 구천에서 부모님을 만나 불효한 꼴을 보일까 봐 참았어요. 정말로 숨만 붙이고 있었어요······. 모든 것을 포기했는데. 다 체념했는데! 왜 이제 와서······ 이제 와서!"

도저히 오랑캐의 아내 노릇을 할 수는 없었다.

그러나 돌아갈 방법도 모른다.

만약 일루베신이 여느 사내처럼 그녀를 폭력으로 강압하며 다루었다면, 결말은 빨리 찾아왔으리라. 어쩌면 소그드란 생명조차 태어나지 못한 채.

하지만 일루베신은 그 나름대로, 지극히 자기 본위대로 그녀를 아꼈다. 족장의 부인으로 자리를 주고 전리품을 첫 번째로 나누었으며 신년 축제에서조차 자신의 바로 옆 상석에 앉게 했다. 그러면서도 아무것도 요구하지 않았다.

아들에게 바보 취급 당할 만큼, 터무니없이 부당하고 서툴며 어리석은 사랑.

소그드라면 절대로 그리하지 않는다. 그 사실을 알기에, 정엽은 여자의 손톱이 옷을 파고들고 원망이 오롯이 쏟아져도 묵묵히 감내했다.

도망치던 자신. 쫓아오던 그. 마음이 하나로 합해지는 행복을 모른 채 돌이킬 수 없게 되는 운명이 정엽의 것이 되지 않음은 과연 어떤 조화였는지.

"무슨 짓이야?!"

노성을 터뜨려 여인을 제지한 이는 남의 일처럼 멀거니 바라보던 소그드였다. 커다란 손이 여인의 가느다란 손목을 우악스럽게 쥐었다. 여인은 짧게 비명을 올렸다. 화염이 끓어오르는 심연 같던 눈동자가 혼란스럽게 물결쳤다.

"정엽은 당신 처지를 생각해서 케케묵은 종이쪽을 산더미처럼 뒤지고, 시골 늙은이들에게 캐묻고, 사절단 다른 녀석들에게 몇 번이나 사과해가며 시간을 끌었다고. 당신이 아무것도 안 하는 동안에!"

아무것도 하지 않아.

자식으로서도. 어미로서도. 아내로서도.

천지가 뒤바뀐 그날 밤. 목숨처럼 귀하게 여겼던 만사를 저버린 여인은, 마치 얻어맞아 토해내는 듯한 소리를 목구멍에서 삼켰다. 아마도 초원에 끌려온 이래 말다운 말을 섞어본 일은 이번이 처음이었으리라. 한동안 멍하니 소그드를 바라보던 눈망울에 불현듯 눈물이 넘쳐흘렀다.

"어어? 아니 그게… 어머니가 잘못했다는 게 아니라, 나라도 강제로 끌려왔는데 그놈을 박살낼 방법이 없다면 삐쳐서 입 다물고 무시할지도 모르거든. 그냥 정엽이 그만큼 고생했고, 이제 와서라도 어머니가 돌아가고 싶으면 나도 도와줄 테니까……. 내가 참견하는 게 싫다면 기염한 테라도……."

소그드는 당황해서 주절주절 늘어놓았다. 그의 생애에 걸쳐 비웃고 욕설을 퍼붓거나 치를 떨면서 덤벼드는 적수는 줄을 이었을지언정 눈물을 보이는 상대는 없었기에. 하지만 소그드의 말은 완전히 역효과였다.

여인은 울기 시작했다. 오랫동안 갇혀서 갈 곳을 잃었던 열다섯 살 소녀가 되어.

'우와아. 어떡하지.'

소그드는 난처한 시선을 정엽에게 향했다. 그가 없었다면 소그드는 당장에 내빼고 말았으리라.

'달래주세요.'

그러나 정엽은 가차 없이, 미소 띤 얼굴에 손동작만으로 조언했다. 그 표정은 조언을 받아들이지 않을 때에 일어날 수 있는 갖가지 혹독한 일들에 관해 능히 상상하고 남음직했다.

"울지 마. 울지 말라니까. 뭐? 나는 괜찮다니까."

어설프게 모친의 옹송그린 어깨에 손을 올리는 소그드와, 그 품에 기대듯 쓰러진 여인을 보면서 정엽은 신속하게 퇴장했다.

소그드가 돌아온 때는 이미 밤이 깊어서였다.

서안을 두고 쓰기에 골몰하던 정엽은 문 열리는 소리가 들리자 바로 고개를 들었다. 잠자리 들 준비를 마쳐 의관을 모두 벗고 풀어헤친 머리카락을 가지런히 묶었을 뿐인… 살결과 몸매가 얼핏 드러나는 정엽의 모습은 피로곤비한 소그드를 자극하기에 충분했으나 사절단의 책임을 다하기 전에는 고삐가 꿰인 몸이다. 소그드로서는 빠져나갈 구멍을 파두지 않았다는 점이 오로지 후회막급이었다.

"수고하셨습니다. 자당께서는?"

"울다 지쳐 잠들었어."

"그뿐인가요?"

"고향의 일이며 부모의 일이며 내가 모르는 일을 잔뜩 늘어놓던데. 그냥 응응 해줬어."

"당신이 여인을 멀리하는 까닭은 사실 꽃 같은 미녀의 이슬 같은 눈물에 약하기 때문이 아닌가요?"

"좀 봐주라……."

소그드는 비척비척 걸어와 정엽이 앉은 침상 위에 엎드러져, 서안을 쳐 날리고는 정엽의 무릎에 얼굴을 묻었다. 정엽은 쓴웃음을 지었으나 말리지는 않았다. 패전한 장수에게 밥 정도는 차려주는 법이다.

정엽의 체온을 만끽하면서 소그드는 웅얼거리는 목소리로 말을 이었다.

"정말이지 끝도 없이 사과했어. 어미 노릇 못 해줘서 미안하다고."

"……."

"난 전혀 상관없는데. 애를 낳으면 무조건 예뻐해야 한다고 정해진 거야? 미워할 수도 있는 거잖아. 뭣보다 아버지가 멋대로 범하고 끌고 왔는데, 그렇게 낳은 아이를 싫어해도 어쩔 수 없는 거지."

화하에서는 여자아이를 가르치기로, 어려서는 효녀가 되고 자라서는 현모양처가 되어야 한다고 타이른다. 하지만 그토록 무수한 경전을 섭렵했으나 온전한 효자도 충신도 될 수 없었던 정엽은, 도리를 지키지 않는다고 타인을 나무랄 자격이 없었다.

그러니 두완아를 질책할 수도 없었다. 더군다나 그녀를 옹호하는 이가 다른 누구도 아닌 그녀가 버린 자식임에야.

사람이란, 성현이 그토록 설파했음에도 자신에게 일어나는 몹쓸 일을 마땅하다고 여기지는 못하는 법. 그러나 소그드는 남의 일처럼 긍정했다.

로스―사브다크가 바꿔친 아이. 두렵고도 꺼림칙한, 사람의 마음이 없는 마물.

정엽의 하얗고 긴 손가락이 소그드의 머리카락을 쓰다듬었다. 맹수의 갈기처럼 거친 그것을, 위로하는 양 부드럽게……. 소그드는 기분이 좋아진 짐승처럼 정엽의 무릎에 더한층 얼굴을 맞비벼댔다.

"제가 당신을 싫어한다면?"

"자다가 벌떡 일어나고 식은땀 쏟아질 것 같은 말은 하지 말아줘."

"네, 농담입니다."

그러나 미움도 증오도 태연히 받아들이고, 사람을 사랑하는 줄도 몰랐던 짐승은 단 한 사람을 위해서 화내고, 두려워하고, 눈물을 흘린다.

그러한 소그드의 됨됨이가 그리 바람직하지 않음은 정엽도 잘 알고 있었다. 가능한 한 더 많은 이들을 받아들이고 좀 더 세상이 용인할 수 있는 인연을 맺어야 한다고 생각하지만…….

"어쩌면 어머니를 우리 집에 데려와야 할지도 몰라. 괜찮겠어?"

"집주인의 뜻이라면 식객이 무슨 군말이 있겠습니까. 게다가 어머니께서는 내실에 계실 텐데요. 그건 그렇고, 어머니께 당신의 성벽性癖에 대해 말씀드렸습니까?"

"왜 이야기해야 해? 어머니랑 상관없잖아."

"놀라실 겁니다. 자책하실지도 몰라요. 화하에서는 자식을 잘 키워 후손을 번성하는 일이 무척 중요하다고 여겨지니까요. 기회 닿으면 조심해서 말씀하십시오."

"귀찮아. 또 시끄럽게 굴지 않을까."

하지만 지금의 소그드는 예전보다는 훨씬 더 남을 생각하고, 나름대로 배려하며 노력하고 있다. ……정엽을 위하여.

'나를 위해서?'

정엽은 부끄러운 노릇이라 생각하면서도, 절로 미소 짓고 있는 표정을 보이지 않기 위해 바지런히 소그드를 쓰다듬었다. 기분 좋은 고양이처럼 가르릉거리는 그를.

소그드는 아침부터 대단히 바빴다. 그를 만나러 오는 기족의 젊은이가 줄을 이었기 때문이다.

족장의 장자, 첫째가는 전사, 첫 줄에 서는 사냥꾼, 터무니없는 만행도 선행도 모두 서슴지 않는 천마의 등속. 그러나 사슬에 비끄러매어진 개와 같은 신세가 된 그가 여전한지, 혹은 변했는지는 기족 모두의 관심사였다.

"소그드, 아침 먹으러 왔다! 풀만 먹던 밥통은 멀쩡하냐?"

"내 가죽칼 빌려갔겠다! 돌려줘!"

"잘 돌아왔다. 이번에 가르보네 암말이 새끼를 낳았는데…….."

어떤 이는 시비를 걸고, 어떤 이는 놀려 먹으려 들었으며, 어떤 이는 반갑게 맞이한다. 소그드는 상대가 누구든 간에 어제 헤어진 사람처럼 한결같이 대꾸했다.

"늑대가 남쪽으로 내려간다 해서 풀을 먹지는 않지. 잘 들지도 않는 네 칼 빌려가서 미안했다. 설마 떼먹겠냐. 갑절은 잘 들게 갈아 두었다구? 그래서 가르보네 암말 새끼가 어쨌다는 거야?"

그 시끌벅적함은 이내 시비가 격투로 번지면서 더욱 가중된다. 결말은 언제나 마찬가지—겹겹이 쌓인 몸뚱이들 앞에서 소그드가 자못 즐거운 얼굴로 승리를 구가한다. 나가떨어진 사람도 구경하던 이도 모두 웃음을 터뜨리면서 소그드에게 씨름으로 설욕전을 제안하거나 말을 타러 나가자고 꼬드기거나 술을 마시자며 채근한다.

"시끄러워, 멍청이들아. 언제까지 놀고 있을 참이야?"

"저런 놈이지만 화하의 상장군이다. 너무 장난 걸지 말고 적당히 해."

"잔소리꾼 납셨구만. 어이 소그드, 이따가 보자구."

"아, 얼마든지 덤비라고."

바토르와 아르지가 들어와 소리치고 윽박지르며 달랜 끝에야 천막 안은 다소 정리가 되었다. 마지막 한 사람이 엉덩이를 걷어차이는 모양으로 천막을 나선 뒤 바토르는 어처구니없다는 얼굴로 소그드를 돌아보았다.

"누가 일루베신에게 저주를 걸었는지도 모르는데 잘도 펄펄 뛰는군?"

"저렇게 까불거리는 녀석들 중 누가 돌변해서 칼침을 찔러 넣을지는 모를 일이다. 제발 조심하라고."

아르지는 버릇처럼 어질러진 세간을 정리하면서 한탄했다. 흐트러진 머리카락을 다시 묶고 옷매무새를 고치던 소그드는 싱긋 웃었다.

"괜찮아. 죽을 정도의 칼침은 한 번 당하는 걸로 충분하니까."

여느 사람이라면 소그드의 가벼운 말 따위 귓전으로 들어 넘길 터이나 하필 들은 이가 아르지였다. 더군다나 소그드는 그런 소리를 지껄이면서 아무렇지도 않게 아이락에 젖은 델을 벗어 던졌다. 그러자 옆구리 언저리를 뒤덮고 있는 선명한 상흔이 뚜렷하게 드러났다.

"소그드. 설마 남쪽에서 무슨 일이……."

무심코 소그드 곁으로 다가가려 했던 아르지는 게르의 문간에서 인기척을 느끼고 말을 멈추었다. 소그드도 마찬가지의 기척에 반응해 돌아보았다.

"정엽!"

"실례합니다. 바쁘신지요?"

바토르도 아르지도, 화하의 문안사를 맞이하는 행렬 속에서 그의 모습을 보았다. 비록 형식상 폐적되었다고는 하나 화하 황제의 황이자이며 젊은 나이에 조정의 중신 자리를 꿰찬 데다 그 전에는 초원으로 치면 뭐… 주술사의 우두머리에 자리했다는 남자를.

하지만 그 용모를, 그 눈빛을, 그 유려한 행동거지를 이다지도 가까이에서 보는 것은 이야기가 완전히 다르다. 무엇보다도 그를 마주 보는 소그드의 얼굴은, 태어나면서부터 소그드를 알아온 두 사람조차 처음 보는 종류의 것이었다.

동요를 감추지 못하는 바토르나 아르지와 달리 정엽은 그야말로 자신의 거처로 드나드는 양 침착했다. 두 사람의 모습을 눈에 담고서 그는 부드럽게 웃으며 포권하여 인사했다. 서역의 용모에 초원의 옷차림, 기이할 정도로 매력을 풍기는 그 모습에 화하의 협객들이 하는 인사법은 묘하게도 어울렸다.

"바토르 공, 아르지 공이 아니십니까. 이제야 직접 인사드리는 무례를 용서하시길."

"아, 아니… 천만의 말이오. 황자, 아니 부사……."

"정엽이라고 불러주십시오. 지금은 황자도 부사도 아닌 일개 야인으로 있는 터이니 부디 어려워 마시고."

"어려워하지 말라는 말 자체가 무리임은 아실 텐데요, 정엽."

정엽의 색다른 복색을 보고 앞뒤 없이 기뻐진, 그래서 바토르와 아르지가 몹시 방해된다고 느껴 흰 눈을 뜨려던 소그드조차 정엽과 아르지의 대치에는 한 수 물릴 수밖에 없었다. 비록 그가 아르지에 대해서 구구절절 떠벌리진 않았지만 누가 뭐래도 상대는 정엽이다. 눈빛에서, 어조에서, 행동거지에서 소그드와 아르지의 옛 관계를 전혀 눈치채지 못하리라는 기대는 감히 품을 수 없었다.

과연 정엽은 웃음을 거두지 않았다. 거두지 않았는데도, 무섭다. 극히 찰나 소그드를 일별하는 시선이 소그드에게는 능히 공포였다. 오로지 바토르만이 이 천막에 감도는 싸늘한 공기를 의식하지 못하고서 스스로의 어깨를 감싸는 소그드를 미심쩍어하는 시선으로 쳐다보았다.

"갑자기 뭐냐. 춥냐?"

"너한테 그런 소리 들으니까 진짜 빡치려고 하는데."

한심한 이야기를 주고받는 소그드, 바토르네와 달리 정엽과 아르지는 평온한 얼굴로 일촉즉발이었다.

"당신이 걱정하는 바는 짐작하고 있습니다, 아르지. 이번에 일루베신을 저주한 자들은 화하에 대해 온건한 자세를 취하는 일도 못마땅하게 여길 거란 뜻이시지요. 그리고 저주가 완전하지 못해 일이 성사되지 못하고 경계가 삼엄하여 일루베신에게 함부로 손대지 못하게 된 지금, 그들이 일루베신을 궁지에 몰 수 있는 가장 유효한 방법은 저를 노리는 거라는 말씀이실 테지요."

"가장 유효한 방법까지는 아닙니다. 소그드에게도 지금 말할 참이었지만."

'벌써 이름으로 부르고 있어. 왠지 열 받아…' 따위의 시답잖은 소리를 바토르에게 건네고 있던 소그드는 두 사람의 시선을 느끼고 눈을 둥그렇게 떴다.

"나를 노릴 거라고?"

"당연하잖냐. 그러니 다른 놈들이랑 아무 생각 없이 뒤엉키지 좀 말란 말이다."

"뒤엉킨다니 오해 살 발언은 참아줘. 나는 그러니까… 화하 말로 정조를 지키기로 결심했거든."

정엽은 소그드를, 아르지는 바토르를 일견 무감정한 눈으로 응시했다. 하지만 그 눈빛은 두 사람을 동시에 입 다물게 하기에 충분했다.

"우르마이 부인의 이야기는 저도 들었습니다. 소그드라면 필시 하루 이틀 겪은 게 아니라고 대수롭지 않게 여기겠지만요."

"목숨의 위협을 받기로서는 일루베신도 마찬가지였습니다. 그리고 그분은 자신도 모르는 사이에 저주에 당해버렸습니다."

"제가 있는 한 소그드가 당할 일은 없습니다."

도대체 저 자신감은 어디에서 나오는 것인가. 그러나 근거가 어디에 있건 간에, 초원에서 신성하게 여겨지는 선명한 푸른 색깔의 눈동자로 똑바로 응시하면서 경전을 읽는 듯한 낭랑한 목소리로 말하는 그의 모습은 흡사 진리를 설파하는 현인과 같았다.

아르지는 그 말에 반박하기 위해서 입을 열었으나 말은 꺼내지 못했다. 아르지의 주변이 모자라서…… 결코 그 탓이 아니다. 소그드의 흉터라든가 수많은 상념이 일제히 떠올라서 머릿속이 시끄러웠던 것이다. 그 사이를 소그드는 놓치지 않고 뛰어들었다.

"늑대에게 풀을 먹이려 하지 마. 이제 와서 나한테 몸을 사리라고 해도 무리라고. 그보다 이번 일을 해결하고 싶다면 먼저 해야 할 일이 있는 거 아니야?"

"해야 할 일?"

"아버지를 저주한 녀석이 누군지부터 알아야지. 짐작 가는 데 있어?"

바토르와 아르지는 맥 빠진 얼굴로 서로 마주 보았다. 그들도 손 놓고 있었던 것은 아니다. 그러나.

"그때 일루베신의 게르에서 술을 마셨던 녀석들 중 일루베신에게 악감정을 가진 녀석은 없었어. 그랬다면 애초에 일루베신이 부르진 않았겠지."

"저주 사건이 벌어지고 나서 하는 짓도 잘 살폈지만 모두가 하나같이 일루베신을 걱정하고 네가 돌아오는 걸 기뻐했어. 저주를 꾸민 티도 안 나는걸?"

"우르마이 쪽 녀석들도 눈을 떼지 않고 있는데, 영 상태가 안 좋아. 한 날은 신경질적으로 자신들이 무고하다 주장하다가 다음 날에는 시치미 뚝 떼고 아무 일도 없었다는 양 뻔뻔하고 시끄럽게 나다닌단 말이지. 어느 쪽이든 똥 마려운 강아지처럼 안절부절못해 가지고선. 초조해하는 꼴이 너무 뻔하다고."

"두 가지로 짚을 수 있겠군요. 정말로 무고하여 죄를 뒤집어쓸까 두려워하든가, 이번 저주 사건이 그들의 예상 밖에서 이루어졌든가. 계획을 짜서 행동한 것이라면 좀 더 눈길을 끌지 않을 방책을 두었겠지요."

정엽의 담담한 논평에 바토르와 아르지는 말없이 시선을 그에게 던졌으나 긍정하지도 부정하지도 않았다. 두 사람 모두 결론을 내릴 수 있었다. 이자는—쓸 만하다.

오랫동안 소그드의 천방지축을 가장 가까운 곳에서 감당한 이들로서, 일루베신과 소그드 부자를 지키기 위해서라면 상대방이 다른 부족이든 화하 사람이든 상관없다.

"그럴지도 모르겠군. 하지만 그렇게 말해버리면 더욱 깜깜한데."

"여러분 부족의 도사… 뷔들의 견해는 어떠합니까? 그들의 동태는?"

"지금 일루베신을 저주로부터 지키는 역할을 맡은 자는 카스구르와 니둔입니다. 카스구르는 이방의 뷔에게서 수행을 한 녀석이라 꺼림칙해하는 사람들도 있지만 실력은 확실하고, 일루베신도 신뢰하는 니둔은 뛰어난 검은 뭐로 저주를 하는 데에도 탁월하지만 저주를 막는 일 또한 일가견이 있습니다."

"니둔은 어려서부터 일루베신이 아들처럼 여긴 녀석이지. 배신할 리는 없어."

정엽은 턱에 검지를 대고 고개를 기울인 채 생각에 잠겼다. 바토르와 아르지는 그 광경에 넋을 잃으려는 자기 자신을 필사적으로 다잡았다.

"화하에서는 이런 일을 두고 오리무중이라고 표현하지요."

"너무 골머리 썩히진 마. 그 녀석들이 진짜 꿍꿍이가 있다면 또 비슷한 짓을 벌이려 들겠지. 그때 잡아도 늦진 않잖아?"

정작 다음 희생자가 될 가능성이 가장 높은 인물이 태평하게 말했다. 바토르와 아르지 뿐만 아니라 정엽조차도 기막혀하는 눈으로 일제히 소그드를 바라다보았다.

"그 자신감은 어디에서 오는 건데?"

"너는 알잖아. 나도 나름대로 죽을 고비 넘겨 왔지만 어쨌든 간에 목숨 떨어지지 않고 버텨 왔다는 거."

"저는 도무지 납득하기 어렵지만요."

"역시 남쪽에서 무슨 일 있었던 것 아닌가? 좀 자세히 듣고 싶은데."

내버려두었다면 언제까지고 이야기가 진전되지 않았을 터였다. 이에 고삐를 잡아당긴 사람은 다른 누구도 아닌 정엽이었다. 그는 가볍게 손을 흔들어 주위의 시선을 일거에 잡아끌고 선언했다.

"소그드, 당신이 말하는 바는 이를테면 직감이라는 물건이겠지요? 그렇다면 저도 그것을 시험해 보도록 하죠. 저를 부족의 다른 분들께 소개시켜 주시겠습니까?"

소그드와 바토르, 그리고 아르지는 자신이 지을 수 있는 가장 기묘한 표정으로 서로를 쳐다보았다.

'이건 이거대로 귀찮게 되었는데.'

기염은 그렇게 생각하며 화하 병사들 사이를 어정어정 걸어 다녔다.

병사들의 분위기는 극소수를 제외하고 화하로 돌아갈 수 있게 되었기에 밝고 분주했다. 화하의 사절이라는 막중한 임무를 짊어지고, 입에 맞지도 않는 마유주를 마시며, 어여쁜 초원의 처녀가 눈에 띄어도 한 마디 말조차 걸 수 없는 신세. 한 사람이 부녀를 농락하는 등의 군율을 위반하면 그가 속한 부대의 전원을 때려죽인다고 하는 황제의 칙명은 실로 잔혹하지만 이치에는 맞다고 기염은 내심 주억거렸다.

이런 굴레에서 놓여나는 판이니 어찌 기쁘지 않을꼬……. 허나, 나는 어째서 저들과 어깨를 나란히 해 떠나가길 그만뒀는가. 기염은 숙고하지 않을 수 없었다.

만에 하나 정엽에게 무슨 일이라도 생기면 손쓰지 못한 자신은 황명으로 살 껍데기가 죄다 벗겨지더라도 피할 데가 없으니까?

오랜 관인 생활에 염증이 나서 기분 전환으로?

혹은…….

자신만의 상념에 골몰한 기염의 어깨를 홀연히 무언가가 꽉 잡았다. 아프지야 않았지만 대경실색한 기염의 심정으로는 흡사 늑대의 아가리처럼 억세다.

"우, 어, 지… 진메이 공?"

"진메이라 부르라고 했을 텐데."

어디에 있든 한결같은 청년이었다. 남들의 머리 위로 껑충하니 존재감을 드러내는 얼굴은 이렇다 할 표정이 없다. 하지만 기염은 무어라 딱 잘라 형용하기 어려운 감정을 그 까만 눈동자에서 읽을 수 있었다.

정말이지 뜬금없고 무례하기까지 한 발상이었으나, 기염은 아주 어릴 적 고향에서의 기억을 떠올렸다. 동구 밖 나무 아래에 매여 있던 하얀 강아지 한 마리. 그 새카맣고 애처로운 눈동자를.

그의 고향 촌구석은 개를 마당 구석에 묶어놓고 음식 찌꺼기를 던져두다가 철이 되면 탕으로 해서 먹어버리는 고장이었다. 더욱이 어린 기염의 부친은 엄격하여 아들이 하라는 공부는 안 하고 작은 동물과 시시덕거리는 일 따위 용서할 리도 없는 사람이었다. 그리하여 어린 기염은 길을 가는 사람들에게 복을 가져다주는 영험한 백구의 이야기를 그럴싸하게 떠벌여, 비록 자신이 거두지는 못했으나 그 강아지가 마을 제일의 부잣집에 들어가 호의호식하며 늙어 죽을 때까지 안온하게 사는 모습만은 지켜볼 수 있었다…….

그 추억에 푹 잠길 뻔한 자신을 황급히 건져낸 기염은 청년을 올려다보았다.

"진메이. 무슨 일입니까?"

"너희 남쪽의 사신이 돌아간다고 들었다."

"돌아가긴 합니다만…… 저와는 무관한 일입니다. 정사와 부사께서 변방의 풍속을 살핀다는 이유로 체류 기간을 늘리기로 하셨기에, 한낱 제술관인 저는 그저 따를 따름입니다."

진메이의 눈이 기염을 응시한다. 기염은 거의 무게까지 느껴지는 시선에 당황했다. 그러나 산전수전 두루 겪은 기염도 그 시선의 의미를 알아차리긴 어려웠다. 구밀복검에 면종복배. 겉으로는 반듯한 얼굴을 갖추었으면서 속으로는 온갖 추잡한 술수를 꾸미는 화하의 암투에는 익숙하나, 이렇게 태어났을 때의 모습 그대로 살아가는 듯한 청년의 마음을 헤아리기에는…….

"왜 그러십니까? 어디 불편하시기라도… 예컨대, 정사—소그드 공이 이 땅에 남게 되는 일이 염려스럽다든가."

열 가지를 헤아리고 백 가지를 꾸미는 기염도 진메이가 신경 쓸 만한 일은 그 외에 찾을 수 없었다. 과거의 연인이며 족장의 장자. 진메이의 삶에도, 기족의 운명에도 이 이상 중대할 리 없는 한 획을 그은 남자. 그 이름을 입에 담으며 기염은 내심 마음 한구석이 어수선해지는—돌을 던진 수면처럼 일어나는 파문을 느꼈지만 그런 스스로의 동요를 생각할 여유가 당장에는 없었다.

무엇보다도, 돌아온 대답이 뜻밖이었던 것이다.

진메이의 눈꺼풀이 여느 때보다 아주 조금 크게 열렸다. 그 이름이 왜 나오냐는, 그저 순수한 놀라움만 얼굴에 담고서 그는 답하였다.

"너에게 노래를 불러주기로 약속해서다."

—실로 동요를 넘어서, 대지진이라 일러야 할 지경이었다.

왜 자신이 이다지도 아연실색했는지, 누가 묻는다면 기염은 답하지 못했을 터였다. 사실, 결론은 나 있었다. 처음에 기염이 우려했던 일은 모두 낭설이었음을. 진메이는 소그드에게 원한을 품을 만큼 음습한 성품이 아니며, 흉계를 꾸밀 리도 없다. 존재하지도 않는 악의가 정엽에게 미칠 일은 더더욱 없는 것이다.

그러니 그가, 기염이 그의 속내를 캐내고자 접근하기 위해 맺은 약속을 그저 지키려는 처사도 따져보면 이상하지 않을 노릇이었다.

그런데도 왜 기염은 놀라는가.

왜 얼굴이 후끈 달아오르는가.

"……그렇게까지 염려해주시다니 정말로 과분한 복입니다."

"그렇게까지 말할 일은 아니다."

뚝뚝한 대답이 되돌아왔다. 그리고 그는 망설이는 기색 없이 표연히 몸을 돌렸다.

그 소매를 붙든 데에는 대체 어떤 심산이 작용했을까.

기염은 분명히 안다. 이 젊은이는, 바둑으로 보아도 장기로 보아도 쓸모없는 돌이었다. 소그드와는 남아 있는 감정이 없다. 다른 이와의 친분도 턱없이 희박하다. 입으로 거짓을 자아내지도 못한다. 무엇보다도 그렇게까지 화하를 도울 의리가 없다.

그런데도 입은 멋대로 말을 지어낸다.

"당신은 이번에 족장님께 해를 끼친 사람이 누구인지 짐작 가는 바가 있습니까?"

백주대낮에 한길에서 입에 담기에는 아슬아슬한 화제였다. 무엇보다도 이쪽은 기족의 족장이 자리한 영지, 비유컨대 도읍이 아닌가. 다만…… 기족의 숙영지는 화하의 마을과는 아주 딴판이었다. 기족 사람들의 기질도 화하 사람과는 아주 다르다. 드문드문 떨어져 흩어진 하얀 게르 사이를 말이 히힝거리고 양이 메에 우는, 말시장과 마을의 중간 어디쯤 되는 곳에서 두 사람이 나누는 말을 귀담아 들을 사람은 없을 터였다.

"모른다."

그리고 기족 중에서 무심하기로는 진메이가 단연 선두일 터였다. 족장의 급환을 알리러 만 리의 여정을, 오로지 기족의 강인한 말과 그 말을 다루는 기술에 의지하여 주파하는 강행군도 감수했으면서 진메이는 그 까닭에 대해서는 생각하지 않았다. 그저 자신이 달리고 싶으니 달렸다.

어째서?

소그드를 만나기 위해?

기염은 은근한 미소를 지었다. 황도의 찻집에서 흑단 자개 바둑판에 돌을 내리쳐 둘 때 그리했듯이, 조정에서 여러 동료들과 환담을 나눌 때에 그리했듯이.

"사실 화하에서는 좀 염려했습니다. 소그드 공을 문안사 정사로 삼는 일에 관해서 말이지요."

"그런가."

대체로는 '왜?'라는 반문이 되돌아오기 마련이다. 화하에서는 말할 것도 없고, 기족 사람도 적지 않은 수가 그렇게 대답할 것이다. 일말의 관심조차 없는 얼굴로 그런가 하고 대답할 이는 진메이 정도일 터. 그 사실만큼은 기염도 확실히 헤아릴 수 있었다. 그러나, 그렇기에.

"족장께서…… 일루베신 공이 원한을 사서 해를 입으셨다면 부친을 꼭 닮고 뜻이 같으며 자질도 출중한 소그드 공은 일을 꾸민 간악한 자들에게는 필시 눈엣가시일 터. 함부로 고향으로 보내면 마찬가지로 해를 당하는 것이 아닌가 하고요."

"그런가."

"놀라지 않으시는군요. 어째서입니까?"

전혀 답을 짐작하지 못해서 묻느냐면…… 거짓이다. 이미 기염은 진메이에 대해서는 어지간히 파악했다. 다만.

"그는 지금까지도 충분히 목숨을 위협받았다. 그런 걸로는 죽지 않아."

더욱이 초원의 황금 대족장을 이을 남자라면 하찮은 저주로는 결코 쓰러지지 않을 터.

"정말로 신뢰하시는군요. ……왜 그러십니까?"

진메이의 새카만 눈동자가 기염을 뚫어져라 응시했다. 그냥 쳐다보는 눈빛과 지그시 주시하는 차이를 기염은 알고 있었다.

"네가 말하면 어딘지 이상하다."

"허어. 이상하다고요?"

"믿는다는 말에 마치 다른 뜻이 있는 것처럼 이야기한다."

열 가지를 헤아리고 백 가지를 꾸미는 사내의 속마음을, 열 길 물속도

한 길 사람 속에도 관심 없는 청년이 아주 간단히 지적했다.

자기 자신도 형언하기 힘든 충동에 휩싸여, 기염은 마침내 내뱉고야 말았다.

"확실히 궁금하긴 합니다. 당신이 소그드 공께 품는 그 신뢰가 정말 같은 부족으로서, 동료로서의 우애인지…… 또 다른 무엇이 있어서인지 요."

무슨 말인지 알아듣지 못할 만큼 진메이는 둔하지 않다. 기염이 자기 입에서 튀어나온 말에 미처 놀라기도 전에, 청년의 모습은 홀연히 사라지고 없었다.

기염은 그저 덩그러니 남겨졌다. 머릿속에선 냉정하게 주판알을 튕긴다. 놀랄 일도 유감스러울 일도 아니다. 당연한 결과이며, 상대의 역린을 건드린 것을 큰 실책으로 간주할 정도로 상대는 쓸 만한 패가 아니었다.

뜻밖인 쪽은 굳이 찌르지 않아도 되는 곳을 찌르고 만 자신의 행동.

자신은 그에게 무엇을 바랐던 것인가.

그는 자신에게 무엇을 바랐던 것인가.

이제 그 답을 찾을 기회는 올까.

기염은 아무렇지 않은 얼굴로, 하지만 내심은 흠씬 얻어맞아 비척거리는 꼴로 자신에게 주어진 게르로 향했다.

로스들의 왕—로싱칸 아리야 아얄로리 오드카리가 지배하는 강. 일찍이 인간은 감히 범할 수 없는 그 강변에 돌연 작은 산처럼 하얀 언덕이 홀연히 솟아 있다.

물론 그것을 산이라 이른다면 초원에서는 코웃음을 칠 것이다. 이 일대에 변변한 높은 산이 없긴 하지만, 화하에 오악이 있듯 기족에게도 산이라 하면 바로 떠오르는 산이 있다. 천산天山—보와 동종 가르보 산. 그 자체로 신인 초원의 영산靈山.

강변에 자리하고 있는 것은 단지 하나의 게르였다. 양에게서 난 털을 뭉치고 펼쳐 만든 모전, 기족의 말로 에스기라 불리는 것을 두른 천막.

그 게르에 눈여겨 볼만한 데가 있다면 바로 크기였다. 백 그루의 나무를 베어 뼈대를 만들고, 백 마리의 양털로 지은 에스기를 두른, 백 명의 용사가 들어갈 법한 게르……

초원의 사람들에게 있어 게르란 본디 더 좋은 목초지를 찾기 위해서건 싸움을 피하기 위해서건 이유야 무엇이든 이동을 편리하기 위한 물건이었다. 격자와 같은 벽은 접으면 거뜬히 마차에 실을 수 있고, 에스기 또한 벽과 지붕의 골조 위에 덮어씌워 묶었다가 끈을 풀어 차곡차곡 정돈해 운반하면 간단하다. 그러한 목적에 견주어 볼 때 이토록 큰 게르는 아무런 쓸모도 없다. 아니, 이 게르의 쓸모는 다른 데에 있다—.

사람들이 부르길 오르도. 왕의 궁전. 이 초원에서 가장 힘 있는 족장만이 세울 수 있는 것. 그의 위광.

기족의 족장이 이런 권위를 누릴 수 있었던 시절은 할아버지의 할아버지 대에도 없었노라고 전해지고 있다. 따라서 오르도는 존재만으로도 기족의 어깨를 솟아오르게 만드는 물건이었다.

그러나 지금 오르도에 모인 사람들의 얼굴은 그렇게 자랑스러워하지도, 밝지도 않았다. 다른 누구도 아닌 이 오르도의 주인이 몸조리를 하고 있다. 몸조리는 대외적으로 하는 말이고, 실상이 어떠한지 적어도 기족의 전사라면 누구나 안다.

겉보기에는 평소와 다른 데가 없다. 어떤 이들은 오르도 안에서 양의 복사뼈—샤가이를 던졌다 받거나 하고, 어떤 이들은 누군가가 읊는 노래에 귀 기울이다가 손뼉 쳐서 호응하기도 하며, 어떤 이들은 자그마한 과녁을 촉 없는 화살로 쏴 맞추는 등의 장난질을 하고 있었지만—그 가운데에도 무어라 형용할 수 없는 불안, 그리고…… 기대가 배회하고 있었다.

"어, 소그드!"

별안간 누군가가 소리쳤다. 사람들은 일제히 목소리가 날아가는 방향을 좇았다. 지금의 복잡한 분위기를 낳게 만든 또 한 사람의 인물. 주목하지 않을 도리가 없다.

그리고 그들은 하나같이 경악했다. 소그드의 옆에 선 낯선 사람이 시야를 차지했기에.

"뭐야, 이 뒤숭숭한 공기는. 누가 죽기라도 했어?"

웃기엔 다소 뻑적지근한 농담을 던지는 소그드에게, 실로 용자라 부를 만한 이가 나서서 감출 길 없는 딱딱한 어조로 말을 건넸다.

"싸움하자는 약속 지키러 온 건가?"

"아아, 오래간만이니까."

"나야 환영이다만, 사신으로서의 임무는 괜찮은가?"

"아버지 얼굴 봤으니까 됐잖아. 그래도 오래간만이고 하니 좀 더 있다 갈 거야."

"……그 사람은?"

무엇보다도 이 말을 꺼내고 싶었으리라. 소그드는 어처구니없다는 낯이 되었다.

"무슨 소리야. 알잖아? 어제……."

면박을 주려던 소그드의 입을, 하얀 손은 단지 들어 올리는 것만으로 막았다. 손을 올린 사람은 봄바람처럼 온화한 목소리로 말을 가로채었다.

"놀라심도 당연하지요. 사실 다시 소개함이 마땅하니, 저는 한동안 문안사 부사가 아닌 일개 객으로서 머무르고자 하기 때문입니다. 어떻게 보면 사사로운 일로 체제하는 데에 화하 조정의 위명을 빌릴 수는 없으니 정엽이라 편히 불러주십시오."

"무슨 소리요?"

정엽은 유수와 같이 그가 머물게 된 이유를 설명했다. 그러나 상대방의 얼굴은 여전히 당혹한 채였다. 그도 그럴 것이, 초원 사람들에게는 자신이 보고 들은 바를 글로 써서 남기고 전하는 습속은 일절 없다. 뛰어난 용사와 현명한 무당의 이야기를 노래로 만들어 해와 날을 이어 부를 뿐이고, 조상의 업적은 그 후손이라면 마땅히 잊지 않고 대를 이어 전할 따름. 얄팍한 서지 따위 초원에 전쟁의 불길이 스치고 지나가면 깡그리 살라질 뿐일진대.

"그래, 그럼 이제부터는 허물없이 대해도 된다는 거냐?"

그러나 거기까지 생각하지 않는 이들이 더 많았다. 지금 정엽 앞으로 서슴없이 걸어온 청년도 바로 그러한 부류이리라. 다소 작은 체구이지만 묵직하게 단련된 몸은 초원의 낙낙한 옷 품새로도 가릴 수 없었다. 그리고 그림자처럼 뒤따르는 청년은, 조금 후리후리하긴 했으나 앞선 이와 퍽 닮은 외모로 형제나 그에 준하는 혈육임을 금세 짐작케 했다.

어렴풋한 감정이 정엽의 가슴속에 잔물결처럼 번졌다가 가라앉았다. 하지만 그런 기색이 일절 밖으로 내비치지 않을 정도로 그의 자제력은 탁월했다.

"예에. 아무쪼록. 성함이 어찌 되시는지요?"

"나는 알르갈. 갑자기 궁금해져서 말야. 소그드랑 잤어?"

……또한 무슨 말을 들어도 마찬가지였다. 반면 정엽 외의 사람들, 목

소리가 들리는 곳에 있던 자들은 각자 자신의 방식대로 경악을 표했다.

정엽과 소그드의 관계, 그 진상을 알고 있는 이는 극소수다. 그리고 그 극소수는 천금같이 비밀을 지키고 있었다. 화하든 초원이든 사내끼리의 관계—계간은 그리 대놓고 말할 만한 기호는 아니었다. 하물며 그 일이 초원과 화하의 장래를 좌우하는 두 사람, 하나는 기족 족장의 장자이며 좌우림위 상장군… 다른 하나는 황제의 차남이자 사품위 예부랑이라면 구설수에 오르는 바가 불 보듯 뻔하다. 두 사람의 감정이 얼마나 진실한지, 두 사람이 공과 사를 얼마나 명백하게 구분할 수 있는지는 떠들기 좋아하는 자들에게 아무런 상관이 없을 터.

물론 소그드의 성벽을 아는 기족 중에는 눈치챈 이들도 적지 않았다. 그야 소그드의 태도만 보아도 안다. 정엽을 대하는 그의 눈빛, 손짓, 어조 모두가 태어나서 지금까지 소그드를 보아온 사람들에게는 생소한 것이었기에.

그러나 그 사실을 눈치챌 만한 사람들은 또한 알고 있었다. 이 건을 떠들어봤자 좋을 일은 없다는 것을. 화하로부터 들어오는 막대한 양의 비단과 그 밖의 사치품. 그리고 화하와 손잡음으로써 더욱 굳건해진 초원의 패권. 만에 하나라도 화하와의 관계가 틀어질 일이라면 그저 입 다물고 있는 편이 낫다.

하지만 그러한 눈치가 없는 사람도 있다. 바로 알르갈이었다. 그의 이름대로 천산의 산양과 다를 바 없이, 미심쩍은 데가 있으면 냅다 들이받아 버리는 것이다.

"이거 갑작스럽군요. 이 초원에는 그런 사사로운 일을 크게 외치는 풍습이 있습니까?"

"그렇진 않지만, 궁금하잖아? 소그드가 이런 예쁜이를 놔둘 것 같지 않고."

알르갈은 태연스레 뇌까리며 정엽의 백자 같은 살결을 만져 보기 위해 손을 뻗었다. 남몰래 말리느라 옆구리를 쿡쿡 찌르는 아우인 제메렌도 무시하고서. 그에게는 소그드의 얼굴이 무표정한 가운데 한쪽 눈썹만 이상한 각도로 기울어지는 모양도 보이지 않았다. 그리고…….

'털퍼덕.'

알르갈의 몸이 허공에서 반 바퀴 돌아 땅에 나동그라졌다. 무슨 일이 벌어졌는지는 알르갈 본인도 알지 못했다. 어안이 벙벙한 채 등 언저리의 아픔을 견디고 있는 그를 내려다보며 정엽은 빙긋이 웃었다.

"죄송합니다. 이렇게까지 방어가 안 되리라곤 생각지 못했기에."

"느닷없이 뭔 짓이야."

"화하에서는 남의 일에 이러쿵저러쿵 떠드는 입만 산 소인배에게는 이렇게 응징해야 한다는 법도가 있어서요. 이곳 기준으로 무례했다면 다시 한 번 사죄를 드리지요."

자신보다 훨씬 근수가 나갈 사내를 한 손으로 집어던졌으면서―천산의 눈처럼 흰 뺨은 상기되지 않았고, 숨결 한 가닥도 흐트러지지 않았다. 표정도 목소리도 변함없이 부드럽다. 그 얼굴을 보며 알르갈은 한 가지 감정밖에 떠올릴 수 없었다.

바로 분노. 누가 소인배라고?

"여기 풍습을 알고 싶댔지? 그렇다면 씨름이라는 재미있는 걸 가르쳐 주지."

"참으로 반가운 말씀이군요."

오르도에서 벌어진 소란은 사절단이 머무는 숙영지까지 전해졌다. 무슨 일인지 미심쩍어하던 기염은 시종이 전한 이야기를 듣고 혼비백산해서 달려 나왔다. 남녀노소 가리지 않고 운집한 기족 군중을 뚫고 지나가는 것은 그에게는 상당한 고역이었으나 들어버린 이상 한가로이 주저앉아 있을 수는 없는 노릇이었다.

"뭐야. 한심스러운 꼬락서니인데."

인파에 휩쓸려 어디까지 흘러갈지 알 도리 없던 기염을, 커다란 손이 흡사 새끼고양이 다루는 양 목덜미를 잡아 겨우 구제해주었다. 기염은 비뚤어진 관을 바로하면서 그를 올려다보았다. 예상 그대로의 얼굴에다 대고 그는 감사보다 항의의 말을 던졌다.

"당신이 계신데 왜 이런 일이 벌어진 겁니까?!"

"나도 말릴 수 있다면 말리고 싶었어. 어떻게 저런 모습을 만천하에 드러내 보인단 말이야."

소그드는 기염을 쳐다보지도 않았다. 그의 시선은 사람들이 만든 둥근 원의 안쪽, 가운데 서 있는 사람에게 못 박혀 있었다. 기염조차 그 모습을 응시하고 말을 잃었다. 기족의 전통복, 델의 상의를 벗어젖히고 오로지 급소만을 가리는 보호구를 찬 정엽은 반나나 마찬가지였다.

"제술관의 장계에는 절대 언급해선 안 될 일이로군요. 어떻게 된 겁니까?"

"다른 녀석들이 정엽한테 시비를 걸었다. 막으려는 마음은 있었지만 내가 나서버리면 저 녀석들은 정엽을 더욱 업신여길 테고, 떠도는 말을 사실로 못 박아버리는 결과나 다름없을 테지."

기염은 떠도는 말이 무엇인지 구태여 묻지 않았다. 그저 전전긍긍할 뿐.

무엇을 두고? 정엽이 패배하여 봉변을 당할 것을?

아니, 기염은 그런 일은 염려하는 척도 하지 않았다. 그에게 난처한 일이란……

"자, 덤벼라!"

쩌렁쩌렁한 목소리가 하늘을 울렸다. 호응하듯 사람들이 내지른 함성이 땅을 뒤흔들었다.

이 사태를 두고 우려하여 머리를 싸쥐는 이는 극소수. 대부분은 재미있는 구경거리가 생겼다며 신나하는 판국이었다. 그중에서도 특히 알르갈 자신이, 아우 제메렌이 떫은 표정을 짓는 데에도 아랑곳하지 않고 팔을 붕붕 휘두르고 목을 좌우로 꺾으며 소리를 냈다.

사실 그에게는 별다른 악의가 없었다. 한 무리의 개떼 속에 떠도는 개가 들어온다면 원래 있던 개가 덤벼들어 우위를 확인하려는 행세와 같은, 본능에 가까운 태도. 더군다나 씨름은 땅딸막하면서도 근골이 단단한 알르갈에게는 가장 자신 있는 특기였다. 그런 그가 단숨에 메쳐져서야 자존심이 상해서라도 한 판 벌릴 수밖에 없다.

'그나저나……'

알르갈은 맞붙기 직전의 그에게는 드물게도 조금 딴생각을 했다. 혈기왕성한 기족의 전사들이 어깨를 부딪혀가며 만든 둥근 테두리. 그의 맞은편에 선 정엽의 모습─초원의 거친 바람에 아낌없이 내맡기고 있는 몸은 천산 기슭의 자작나무에 견줄 만큼 후리후리하고 희었다. 햇살이 스며들어 금빛을 띤 머리카락에 둘러싸인 얼굴은 손대기 송구스러울 만큼 단정했다. 기족이 약탈한 다른 부족, 심지어 화하의 어떤 미녀도 저자에 견주진 못하리라.

"소그드 녀석 기분을 알겠는걸."

"알르갈?"

그러나 가장 가까이 서서 근심 어린 시선을 거두지 못하고 있던 제메렌도 알르갈의 중얼거림을 제대로 듣지는 못했다. 때마침 알르갈이 양 주먹을 맞부딪쳐 뻑 하는 소리를 내었기에.

뭐라 해도 알르갈에게 소그드와 같은 기호는 없다. 그가 짜릿한 희열을 느끼는 순간은 여자나 혹은 남자를 품을 때가 아니라, 씨름에서 맞수

를 흠씬 두들겨주고는 승리의 포효를 내지르며 항가리드─신조의 날갯
짓을 흉내 낸 춤을 출 때이다.

'저 예쁘장한 얼굴부터 노리자. 허여멀건 살결이 피투성이가 되면 화
하의 두 발 달린 돼지들은…… 그리고 소그드는 어떤 표정을 지을까?'

알르갈 또한 기족의 많은 젊은이들이 그러하듯이, 소그드라는 사내를
신뢰하고 따르기도 하지만 한편으로는 기회 닿는 대로 본때를 보여주고
싶어 했던 것이다.

"그럼 천신 앞에서 당당하게 승부하라!"

누군가가 상투적인 시작 문구를 외치자 동시에 두 사람이 땅을 내리밟
았다. 간격이 순식간에 좁아졌다.

알르갈은 몸을 숙였다. 그 모습은 흡사 천산의 험준한 바위 절벽을
뛰어다니는 산양. 표범이나 호랑이, 늑대조차도 사냥을 망설이게 만드
는…… 들이박는 모든 것을 깨부숴버리는 돌진이었다. 그 속력으로 말할
것 같으면 탄궁으로 쏘아붙인 탄환.

정엽은 움직이지 않았다. 그 행동거지는 마치 움직일 겨를도 없이 속
수무책인 양 보였다. 그저 한 걸음. 알르갈이 보고도 방향을 바꾸지 않을
지척까지 와서, 발을 옮겼을 뿐이다.

그러나 그것만으로 알르갈의 진로에서 정엽의 몸은 시원스레 벗어나
버렸다. 알르갈은 놀라 발에 힘을 주고 버티어 급정지, 몸을 돌리려 했으
나 빈틈을 보이기엔 충분했다.

정엽이 그에게 일격을 가할 만한 빈틈을.

정엽은 양 팔로 커다란 원을 그리며 돌렸다. 마치 춤을 추는 듯한 동작
으로 펼친 손바닥이 알르갈의 몸에 닿자, 슬쩍 밀어대는 손짓은 마치 떠
다박지르기라도 한 양 알르갈을 앞으로 자빠뜨렸다. 허나 알르갈 또한
씨름으로 뼈가 굵은 용사. 그는 자신의 몸이 땅에 닿는 것을 느낀 순간

민첩하게 앞으로 굴렀다. 그래서 그의 잔등을 밟아 승리를 확고히 하려던 정엽의 발은 땅을 내리밟게 되었다.

"이, 거……."

재미있는데, 라는 말은 짧은 기합성에 묻혀 사라졌다. 동작이 크면 당한다. 그 사실을 뼈저리게 숙지한 알르갈은 재빨리 몸을 돌려 주먹을 내질렀다. 바람을 가르며 엄습하는 주먹은 지나치게 깊이 파고들지 않고 절묘한 거리에서 거두어졌다. 더군다나 왼손도 지지 않는다. 양 주먹이 일제히 쏟아부으니 과연 폭풍에 비할 만했다.

"와하하하하하하!"

기합인지, 폭소인지, 분간할 수 없는 소리와 함께 알르갈이 단숨에 다가붙었다. 난타당하지 않으려면 뒤로 물러나는 수밖에 없다. 언제까지 물러설 수 있을까마는.

하지만 정엽은 물러나지 않았다. 마치 땅 속으로 꺼진 양 그의 몸이 낮아졌다. 단순히 한쪽 무릎을 꺾고 주저앉은 것뿐이지만. 정엽은 그대로 땅을 짚은 한 팔을 축으로 몸을 회전시켜, 다른 쪽 다리로 알르갈의 다리를 걸어찼다.

"우왁……!"

알르갈은 호되게 고꾸라졌다. 그대로 몸을 일으키려 했지만 이번에는 옆구리에 일격이 날아와 속절없이 떼데굴 구를 수밖에 없었다. 일순 스쳐 지나간 맹렬한 구역질을 견디고서 대자로 뻗은 알르갈이 눈을 떴을 때, 그는 눈앞에서 자신의 얼굴에 닿을 듯 드리운 머리카락을 보았다.

하얀 손가락이 뻗어와 그의 목울대를 건드렸다. 장난스러운 손길이었지만, 그 손이 마음만 먹으면 급소를 뚫어버리는 일쯤 식은 죽 먹기이리라.

"계속할까요?"

대답은 없었지만 정엽은 알르갈의 둔중한 턱이 미미하게 수평으로 움직임을 확인하고 허리를 폈다. 그리고…… 함성에 휩싸였다.

"말도 안 돼! 어떻게 아슬란인 알르갈을 자빠뜨릴 수 있지?"

"솜씨 좋은데! 춤추는 것 같았다고!"

"초원의 세 기예 중 하나를 빼앗겨서야 체면이 서질 않는군. 활은 쏠 줄 아나?"

"말타기로 이길 생각만 하지 말아주게."

"끝내주는 걸 보여줘서 고맙구먼. 우선 한 잔 들자고!"

기염은 왁자한 군중에 둘러싸인 정엽을 바라보다가 느릿느릿 시선을 옆으로 향했다. 그리고 머리를 싸쥐고 있는 소그드를 확인했다.

"이렇게 되리라 예상하셨지요?"

"그 말투 좀 집어치워. 여기에 화하 녀석들은 없잖아."

"호승심 강하고 통쾌한 싸움을 좋아함은 기족의 본디 기질인가?"

"그래……."

그렇게 인망을 살 수 있다면 분명 좋은 일이건만 소그드가 이토록 골아파하는 이유를 기염으로서는 능히 짐작할 수 있기에 구태여 묻지 않았다.

정엽이 기족 사내들의 호감을 얻는다고 해도 소그드만큼, 소그드처럼 사랑할 수 있는 이는 하늘 아래 둘도 없을 터이다. 소그드의 고뇌는 허무맹랑하다 할 만했으나 기염 또한 좋은 말로 달래고픈 맘이 추호도 들지 않았다.

"정엽 공도 참 고생이시구료."

"나야말로 고생이지! 이게 터무니없는 게 아니라니까, 정엽은……."

소그드가 드물게 발끈해서 소리치려는 찰나.

"한낱 남첩 가지고 시끄럽군."

악의가 철철 넘치는, 늪지대에서 끓어오르는 독기를 바른 듯한 목소리가 나지막이 울려 퍼졌다.

떠들썩하던 소리가 일제히 잦아들었다. 무수한 시선이 한 곳을 향했다. 그곳에 서 있는 한 무리의 청년들 중 시선을 모으고 있는 이는 단 한 사람이었다.

"어이. 아가리에서 나오는 대로 씨불이는 건 관두지그래."

정엽은 미처 대꾸할 기회를 놓쳤다. 위협적인 투로 말하며 그 청년과 정엽 사이를 가로막고 선 이는 다른 누구도 아닌 알르갈이었다. 과연 놀란 이는 정엽만이 아니었는지 상대는 비뚜름한 미소를 지었다.

"왜 그러지, 알르갈. 남첩한테 속수무책으로 당하니 부끄러운가?"

"남첩과 애인은 달라. 족장의 아들이라는 것 외에는 뭣 하나 내세울 데 없는 팔푼이와 용사만큼이나 다르지."

적의가 타오르는 불길로 형태를 갖출 수 있다면, 이 일대를 깡그리 태우고도 남았으리라. 그리고 그 적의야말로 정엽으로 하여금 상대가 누구인지 짐작케 했다.

"두 분 모두 진정하시지요. 이러다 정말로 제가 경국의 미인 꼴이 될 듯하여 몸 둘 바를 모르겠군요. 알르갈 공, 그리고 초톤 공께서도."

초톤은 당장이라도 목줄을 뜯으려는 짐승처럼 이빨을 드러냈다.

"이곳 일을 낱낱이 알아 온 모양이군. 사내 뒷구멍이라면 정신 못 차리는 멍청한 놈이 베갯머리에서 모조리 고해바쳤겠지."

형을 형이라고도 칭하지 않는 악의에 찬 말을 제하면 의외로 사실에 부합하기에 오히려 실소를 낳았다. 그러나 나름 진실을 담은 말에 바치는 정엽의 미소도 대부분의 사람들에게는 터무니없는 중상에 대한 조소로 보일 뿐이었다. 일루베신 족장의 차남 초톤으로서는 실로 분통 터지는 노릇이었다.

"언젠가 놈은 이 초원을, 가족을 통째로 저 남쪽의 두 발 달린 돼지 떼에게 팔아먹고 말 거다. 나는 그 꼴을 절대로 앉아서 두고 보지 않아."

"적당히 해라, 초톤."

어쩌면 고결하다고 평할 수도 있는 뜻이었다. 하지만 그 뜻은 분명 중립을 표방하는, 날카롭고 지혜롭기로 유명한 쇼미르조차도 나서서 한마디 할 만큼 난폭했다. 초톤은 노여움 어린 눈으로 무리 지은 전사들을 둘러보았다. 자신의 말을 귀담아 듣는 자가 오로지 주위에 선 극소수라는 현실을 거듭 확인하면서.

"네놈들 마음대로 되지는 않을 것이다."

명백한 위협을 남기고 초톤과 그의 패거리는 홀연히 떠나갔다. 그의 시선은 기실, 나타났을 때와 마찬가지로 한 방향에 못 박혀 있었다. 좀 떨어진 곳에 선 그의 이복형 쪽을.

그가 떠나고 소란이 잦아드는 사이 정엽은 남모르게 한숨을 내쉬었다. 다른 무엇보다, 격노한 소그드가 들이닥치는 사태가 가장 걱정스러웠지만 옆에 있는 기염이 어떻게든 수습한 듯했다. 안도하는 정엽에게 새삼 큰 목소리로 또 다른 남자가 들이닥쳤다.

"정엽 공… 이랬지요? 실례했소이다! 어째 아는 모양인데 저치는 초톤. 소그드의 아우로 소그드와 터럭만큼이라도 관계가 있다면 기를 쓰고 욕하지 않으면 안 되는 녀석이라 말이오. 결코 우리 모두가 화하에 악감정을 가지고 있다고는 생각하지 말아주시오."

생글생글 웃는 얼굴에 붙임성 있는 태도이지만, 가느다랗게 뜬 눈꺼풀 아래서 빛나는 눈빛은 다른 것을 말하고 있었다. 정엽은 구태여 그 사실을 지적하지 않았다. 그저 상대방에게 맞춰 예의 바르게 대꾸했다.

"신경 쓰지 마십시오. 사람의 마음은 백인백색인 법. 이는 화하도 마찬가지이니, 일일이 불쾌해하지 않습니다. 성함을 여쭐 수 있을는지요?"

"우네켄이라고 하오."

"참, 그쪽 분도 만류해주셔서 감사합니다."

"감사받으려고 한 일은 아니다. 나는 쇼미르."

"알르갈 공께도, 제가 큰 실례를 저질렀는데도……."

"실례랄 게 뭐 있나. 제메렌은 나야말로 실례인지 뭔지를 저질렀다고 야단치는걸. 그보다 고맙다는 말은 집어치우고! 씨름이나 한 판 더 하자구. 이래서는 분해서 잠이 안 온다!"

"알르갈, 기족 망신 좀 그만 시켜라."

"활도 기다리고 있어. 시위가 닳아 끊어질 지경이다!"

"이건 불공평해. 한 녀석을 여럿이서 몰아쳐서 이겼다는 소리는 듣지 말자고!"

"자자, 어떻게 하면 공정하게 놀지 의논부터……."

와자지껄한 가운데 정작 당사자인 정엽은 입 뗄 기회도 없이 곤란한 미소만 짓고 있을 때, 그는 도저히 모르고 넘어갈 수 없는 존재감을 느꼈다. 돌아본 곳에 서 있는 사람은 과연.

"소그드. 당신도 도전하실 겁니까?"

"못 써먹을 아우 놈이 실례를 범했군."

소그드는 빙그레 웃었다. 그러나 그에 대해 속속들이 아는 정엽은 그 표정이 결코 미소가 아님은 간파할 수 있었다.

초톤이 아둔하게 정엽에게 직접 손대기라도 하였다면 소그드 또한 필시 지켜보고 있지만은 않았으리라. 정엽은 소그드의 어깨 너머, 좀 떨어진 곳에 서서 과장되게 이마의 땀을 닦는 시늉을 하는 기염을 일별하고 남몰래 예를 표했다.

형제간의 정은 실낱만큼도 비치지 않는다. 가로 놓인 감정은 오로지 멸시와 살의.

"신경 쓰지 마십시오. 저도 괘념치 않으니까요. 우선 실례를 말할 요량이라면 당신이 가장 먼저 저질렀겠지요? 형으로서 모범을 보이지 못했으니 아우를 탓하지 마시지요."

"어정뜨게 닮아서 더 싫다니까."

그러나 소그드와 정엽이 느긋하게 이야기를 나눌 여유는 없었다. 흥이 오른 청년들이 두 사람에게 달려들어 멋대로 이야기를 진행시키기 시작했다. 나름대로 각오는 하고 있었다. 운우의 정은커녕 조용히 둘이서 보낼 시간도 없으리라고.

"알고 있었지만 힘드네……."

"엉? 뭔 소리냐? 그보다 정신 바짝 차리라고! 다른 녀석들이 다 깨지면 너밖에 없어! 저 사절 나리 말이지, 말은 잘 타? 활은 잘 쏘고?"

"보통 정도는 타. 활 쏘는 건 본 적 없지만 보통 정도는 할 거고. 그나저나 너무 부산 떠는 거 아냐?"

"무슨 소리야, 예전에는 네가 남들보다 몇 곱절은 더 날뛰었으면서! 하스에게 피멍이 들도록 맞은 적도 있잖아!"

하스도 이제 몽둥이를 들고 설치기에는 나이가 들었다. 그러나 화하 사절을 위한 식량을 마련하러 갔던 바토르와 아르지가 돌아와 사정을 파악하고 길길이 날뛰어준 덕분에 정엽은 기족의 모든 전사를 상대로 솜씨를 보이지 않아도 되었다.

"하아……."

그러나 아무리 정엽이라도 밤이 깊어 자신의 게르로 돌아왔을 때는 한

숨을 쉬지 않을 수 없었다.

기족의 자랑거리인 말달리기와 활쏘기에서 최소한 승기를 빼앗기지 않은 젊은이들은 조금은 만족했다. 하지만 거기서 끝나지 않고 이어 성대한 술자리가 벌어졌다. 구태여 사양해 모처럼 좁아진 거리를 벌리는 일은 아무래도 정엽이 바라는 바가 아닌 데다, 소그드가 애써 감싸주려 한다면 가까스로 묻어버린 풍문에 다시 불씨를 지필 뿐이다. 그런고로 정엽은 어찌할 도리 없이 술자리에 어울렸다. 더하여 무정하게도 기엄은 진즉에 내뺐다.

정엽의 용모가 해인을 닮은 연유, 여자의 몸으로 서국 황제 자리에 올랐다는 외할머님의 무용담, 종국에는 얼마 전에 태어난 조카에 이르기까지 정말이지 별의별 이야기를 잘도 늘어놓았다. 소그드가 단호하게 껴들어 주지 않았더라면 밤새도록 떠들어도 모자랐으리라. 그리고 그 소그드는 정엽을 대신하여 실로 장절하게 희생해, 아직도 주당들에게 붙들려 있었다. 모두가 거나하게 취하여 소그드가 정엽을 피신시켰음을 눈치챈 이는 없었다.

어찌 보답해야 하나. 언제나 한결같은 소그드의 바람을 잘 알면서도 정엽은 새삼 고민하였다.

"사절…… 정엽 공?"

게르의 밖에서 인기척이 느껴진 것은 그때였다.

옷 위를 더듬어 부주符呪를 확인한다. 게르 안에 펼쳐 둔 결계를 점검하고, 혀끝에서 주언呪言을 읊조려본다. 어떤 공격과 암습, 요괴의 이빨에도 태연히 버틸 수 있게끔 정엽이 조치하는 데에 걸린 시간은 불과 눈 한번 깜빡일 정도. 그리고 나서 정엽은 아무렇지도 않게 문으로 다가가 열어젖혔다.

문 너머에 선 사내가 눈을 조금 크게 떴다. 그것이 정엽을 가까이에서 본 탓인지, 혹은 너무나 손쉽게 열어주어 뜻밖이라 그런지 지금 시점에서는 판별할 도리가 없었다.

"안녕하십니까, 니둔이라고 합니다. 이렇게 늦은 시간에 폐를 끼쳐 죄송합니다, 정엽 공."

"그렇게 어려워하지 마시고 편히 이야기해 주십시오. 저는 기족의 풍습을 두루 살피고자 하는 몸. 화하의 예를 차리셔서는 제가 난처합니다."

"그렇게 말씀하시는 정엽 공이야말로 대단히 예의를 차리시지 않습니까?"

"이거 부끄럽습니다만, 타고난 병인지라."

"병인가요."

니둔이라 밝힌 청년은 피식 웃었다. 다소 힘이 들어가 있던 어깨가 살짝 내려가는 모습이 정엽의 눈에도 들어왔다.

청년이라기보다는 소년 같은 인상이었다. 기족은 대개가 소그드처럼 키가 훤칠하거나 알르갈처럼 옆으로 떡 벌어져 있고 피부가 거무스름하며 선이 굵은 용모인데 그는 눈에 띄게 선이 가늘고, 정엽에 비할 바는 아니었으나 피부가 희었다. 둥그스름한 얼굴에 커다란 눈동자가 어려 보이는 인상이었다.

하지만 정엽은 이미 이 사람에 관해 들어 알고 있었다. 어쩌면 그에 대해 잘 아는 기족 사람들은 이 시간에 이 사람을 어지간한 일이 아닌 한 들이지는 않았으리라. 망고스가 호흡하고 로스—사브다크가 돌아다니는 이런 밤중에.

"무슨 일이신지요? 아, 화하의 차라도 드시면서 천천히 이야기하시겠습니까? 젖을 넣어 달이는 차도 연습하고 있습니다만 아직 소양이 부족하군요."

그러나 정엽은 자신이 알고 있다는 내색을 일말도 내비치지 않고 손님을 게르 안으로 인도했다. 그 사실을 티끌만큼도 눈치채지 못한 청년은 눈에 띄게 몸 둘 바 몰라 했다.

"이런 시간에 그만큼이나 폐를…… 아이락이라도 좋습니다. 제 용건은 긴급하지만 길지는 않을 테니까요."

"역시 초원 분이시군요."

"예?"

"아이락은 오래 휘저어 발효시켜야 하는 것. 초원의 법도를 막 익히는 참인 제가 내놓을 수 있을 리 없지요."

"아…….."

"저로선 차를 끓이는 편이 훨씬 수월합니다. 입에는 맞지 않겠지만 부디 용서해 주시겠습니까?"

얼빠진 얼굴로 섰던 니둔은 이윽고 또다시 웃음을 피식 흘리고 말았다. 그는 비로소 자연스러운 표정과 자세로 게르의 가운데, 화로 옆에 앉았다. 늦은 봄밤이라 해도 대기는 아직 싸늘했다.

"부탁합니다. 그리고 시간을 내주셔서 감사합니다. 피곤하실 텐데."

"그러고 보니 술자리에서는 못 뵌 것 같군요."

"함부로 술에 취하면 안 되거든요. 제 입장은."

"당신의 입장?"

정엽은 물이 끓기를 기다리며 놋쇠 찻주전자에 시선을 고정시킨 채 대수롭잖다는 듯 물었다. 그래서 니둔은 자신의 얼굴을 주의하지 않아도 좋았다.

"저는 도사 비슷한 사람입니다. 조금 다를 거라고 생각하지만요."

"어떤 점이 다른가요?"

"이 땅에서 뭐… 화하에서 도사라 부르는 이들은 크게 두 갈래로 나뉩니다. 검은 뮈와 흰 뮈입니다. 흰 뮈들은 신에게 빌어 병을 낫게 하고, 춤과 노래로 신을 즐겁게 합니다. 하지만 저와 같은 검은 뭐들은…… 춤추고 노래하되 제가 섬기는 신은 사람을 어루만져 낫게 하지는 못합니다."

"저주하는군요?"

"……네."

"이것이 화하의 차입니다. 뜨거우니 조심하세요. 처음 드신다면 아무래도 씁쓸할 터이니 다과와 함께 드십시오."

정엽은 내일 저녁 식단과 다를 바 없이 평범한 이야기를 전해들은 양 태연스레 차안 위에 다기를 벌여 놓았다. 풀 내음과도 닮은 알싸한 냄새가 니둔의 코끝을 간질였다. 젖처럼 하얀 바탕에 푸른 하늘의 그것처럼 짙푸른 무늬가 이국의 풍경을 자아내고 있는 접시 위에는 과연 먹는 것인지 의심스러울 정도로 정교한 꽃 모양의 알록달록한 병錄이 자리하고 있었다. 화하의 다과는 그 맛도 바삭한 식감도 초원에서는 결코 맛볼 수 없는 것이기에 여자와 아이들에게 굉장한 인기이다. 과거에는 족장과 그 일가만이 맛볼 수 있었던 진미이나, 화하와의 교류가 성해진 지금은 누구나 특별한 날에는 즐길 수 있게 되었다.

"아, 말을 끊어서 죄송합니다. 계속해 주십시오."

침묵이 다소 길게 이어지자 정엽은 서둘러 사과했다. 그러나 니둔은 정엽의 태도에 화난 것이 아니었다. 그의 얼굴에 서린 감정은 슬픔에 가까운 빛을 띠고 있었다.

"놀라지 않으시는군요? 제 업이 저주라는 데에 대해."

정말로 그가 묻고 싶었던 말은 '쫓아내지 않으시는군요?'일 터였다. 설령 기족 사람들이라 해도 그의 본분을 아는 이상 천연덕스럽게 대하길 어려워하는 편이었다. 그의 출신을 생각하면 더욱. 그러나 정엽은 일말의 위선이나 가식이 느껴지지 않는 얼굴로 온화하게 웃으며 답했다.

"칼은 하나같이 날붙이이나 어떤 이의 손에 쥐어지면 사람을 해치는 흉기가 되고, 다른 어떤 이의 손에 쥐어지면 병독을 도려내는 도구가 됩니다. 니둔, 당신의 의도가 어떠한지 모르는데 제가 어찌 선과 악을 포폄하여 말하겠습니까?"

"그런가요……."

니둔은 탄식인지 한숨인지 모를 소리를 아무 의미 없는 대꾸에 실어 내뱉었다.

"한데, 그런 오해를 살지도 모름을 아시면서 어찌하여 이런 시간에 방문하셨는지요?"

"한시도 지체할 수 없었기 때문입니다. 실례인 줄 알지만 전해 듣기로 정엽 공은 남쪽의 뭐… 도사라고 하시기에."

"한때 그것으로 밥을 벌어먹고 살았던 시절도 있었지요."

"하여 묻는 것이지만…… 혹시 일루베신에게 해를 끼친 자를 알아내셨습니까?"

정엽은 니둔의 눈을 응시했다. 초원의 사람들에게서는 보기 힘든 옅은 색의 눈동자를.

"어째서 그런 일을 물으시는지요? 일루베신 족장의 와병은 기족의 일. 화하 사람인 제가 함부로 참견할 수 있는 문제가 아니라고 여겨집니다만……."

"당신이 도사라는 말을 듣고, 저는 영락없이 소그드가 진상을 밝히기 위해 모셔온 분이라 생각했습니다."

"소그드에 대해서는 저보다 기족이 더 잘 아실 테지요."

소그드는 자신의 일을 도와달라고 구차하게 남에게 매달리는 성품이 아니다. 그 사실은 니둔도, 그리고 정엽마저도 잘 안다. 초원의 하늘처럼 티 없이 맑고 푸른 눈동자와, 메마른 고목처럼 짙은 갈색을 띤 눈동자가 서로 맞부딪혔다. 이윽고 시선을 피한 쪽은 니둔이었다.

"죄송합니다. 일루베신의 일이 되다 보니 초조해져서."

"마음 쓰지 마시지요. 소그드가 저에게 도움을 청하는 일은 없을지언 정, 기족이 저의 미력이나마 보태길 원하신다면 기꺼이 응할 작정으로 여기까지 온 것이니까요. 다만… 니둔 공께서 유난히 신경 쓰시는 연유 가 알고 싶습니다."

니둔은 가볍게 한숨을 내쉬었다.

"이제 와서 감출 이유는 없지요. 저는 사실 초족 출신입니다. 이 초원 에서 초족은 독기 서린 계곡에 살면서 사람을 해치는 주술에 능통하여 검은 봐를 많이 배출하니, 초원의 여러 부족의 미움을 사 일거에 습격을 받아 멸족당하고 말았습니다."

"……."

"그때 초족에게는 죄가 없다, 죄 있다면 그들에게 저주를 의뢰하는 자 들이니…… 그렇게 말하여 초족을 구하러 온 이가 바로 일루베신이었습 니다. 비록 때가 늦어 대부분의 초족이 도륙을 당하고 살아남은 이는 몇 몇의 여성과 아이뿐이었지만, 그중에서 수레바퀴보다 키가 큰 아이는 저 밖에 없었습니다."

"……참혹한 노릇이군요."

"괜찮습니다. 어쨌든 살아남은 우리들을 기족이 거뒀고, 저도 일루베 신 슬하에서 양자나 다름없이 자랐습니다. 하지만 초원의 말에 태어난 땅과 처음 마신 물, 그리고 씨는 속일 수 없다고들 하지요. 자라나면서 조상 대대로 내려온 흑주술에 능숙해지는 저를, 일루베신은 단호하게 감 싸주었습니다. 그런 제가 일루베신을 지키지 못하다니……."

담담히 읊조리는 그 목소리에 짙게 깔린 감정은 회한. 눈동자에도 거 짓은 깃들어 있지 않다.

"바라신다면 얼마든지 돕겠습니다. 남이라 생각하지 마시고 말씀하시길.”

“감사합니다.”

이야기는 거기에서 끊어졌다. 찻종도 바닥을 드러내었다. 여느 때 같으면 두런두런 잡담을 나누어도 좋으련만, 그러기에는 오늘 정엽이 시달린 바가 여간 아니었다.

정엽은 문까지 니둔을 배웅하고 자신의 침상으로 돌아왔다. 그와 바깥 사이에 있는 것은 얇은 에스기 한 장뿐. 가까운 게르에서 소리 높여 떠들면 고스란히 정엽에게도 전해진다. 더군다나 밖의 세계는 화하 사람인 정엽을 달가워하지 않을 초원 사람이 몇이나 되는지도 알 수 없다.

아아, 그렇다고는 해도 이곳은…… 소그드가 그리워한 초원이다.

정엽은 등롱의 불을 끄고 자리에 누웠다. 생경한 초원의 소리에 귀 기울이면서.

4장

오르도의 한 구석에서 진메이는 마두금의 현을 고르고 있었다.

사람을 대하는 일을 그다지 좋아하지 않는 그가 숙영지에 머물 때에 번번이 오르도에 죽치고 있는 까닭은, 노래꾼이기 때문이다. 그의 몸에 깃든 신령이 사람 많은 곳으로 가도록 부추기는 것인지도 모른다.

진메이는 굳이 이유를 찾지 않았다. 그저 오르도의 구석에서 마두금을 손질하다가, 이따금 생각난 듯이 한 곡조 길게 뽑을 뿐. 그러면 모여 있는 이들 중 귀가 심심한 이들은 조용히 즐기거나, 곡조에 맞춰 흥얼거리거나, 진메이에게 듣고 싶은 노래를 청한다. 그리고 진메이는 일언반구 없이 그대로 부르는 것이다.

마주 흥얼거리는 곡조도, 웃거나 우는 표정도, 덩실덩실 춤추는 춤사위도⋯ 진메이의 노래에 답하는 어떤 움직임도 진메이의 마음에 와 닿지는 않았다. 그런데도 노래한다. 어쩌면 노래하는 이는 진메이가 아니라 노래 그 자체일지도 모른다. 노래란 대저 들어주는 이가 없으면 의미를 갖지 못하기에.

"소그드 녀석도 남쪽에 가서 이상한 걸 배워왔단 말야."

"이상한 거라니?"

"그 예쁘장한 녀석에 대해서 입을 꽉 다물고 있잖나."

"⋯⋯이상한 거라니?"

"이상한 건 네 쪽이겠지. 왜 그렇게 남의 잠자리 일을 캐고 싶어 해?"

"왜 그러냐. 너는 궁금하지 않아? 소그드와 그 예쁘장한 녀석이⋯⋯."

알르갈의 커다란 목소리가 뚝 그쳤다. 스스로 입을 다물었을까. 아니면 제메렌이 그 우악스러운 손을 그보다 더 큰 알르갈의 입에 쑤셔 넣어 다물게 한 걸까. 어느 쪽이든 진메이는 쳐다보지 않아 몰랐다. 다만 시선만큼은 분명히 느껴졌다.

그는 오로지 무심하게 현을 골랐을 뿐이지만, 기족의 젊은이 중 머리를 좀 굴린다는 이들은 진메이 앞에서 말하길 삼갔다. 소그드와…… 화하의 청년에 관해서.

기족의 젊은이들 중 소그드와의 옛 관계 때문에 지금까지 그 일을 질질 끄는 이는 없었다. 오로지 진메이만 속을 알 수 없다는 이유로 꺼려지는 형편이었다. 정작 진메이는 그 화하 청년에 대해서 일말의 감정도 없었다. 모든 로스들의 왕—아리야 아얄로리 오드카리를 떠오르게 하는 고고한 모습. 황금 대족장 곁에 선다면 그런 이여야 한다고, 진메이도 납득하였던 것이다.

그가 바라는 바는 오로지 노래꾼.

자신이 만드는 새로운 노래를, 자신의 노래를 부르는…….

"무슨 일이야? 진메이."

진메이는 느닷없이 마두금을 갈무리하고 일어섰다. 좀 떨어진 곳에서 현 켜는 소리를 기다리고 있던 젊은이들이 의아한 얼굴이 되어 돌아보았다. 대답은 돌아오지 않고, 물어본 이들도 실상 대답은 기대하지 않았다. 진메이는 그런 녀석이기에.

자신의 노래. 그런 것이 있을 수 있을까. 어려서부터 노래에 선택받은, 그리하여 신의 노래밖에 부를 줄 모르는…… 속이 빈 악기와 같은 자신에게.

세계는, 자신은, 스스로 부르는 노래 속의 찬란하게 빛나는 정경과 어느 부분도 아귀가 맞지 않았다. 그러면, 나는—.

꿈속을 걷는 듯했다. 그렇게 대중없이 걷는 일은 진메이에게 익숙했다. 그저 발을 옮기고, 문득 멈추어 서고, 거기서 노래를 부르면, 그곳에는 노래를 듣고자 하는 사람들이 있다. 참으로 신령의 인도라고 노래꾼들은 생각하는 것이다.

그러나 지금 진메이가 선 곳은 뜻밖에도 이방인에게 주어진 게르.

정엽은 아니었다. 바로 얼마 전까지만 해도 진메이를 성가시게 따라다니던 기염이라 부르라고 말했던 남자. 어째서 요즘은 얼굴을 보이지 않게 된 걸까. 진메이는 기염과 나누었던 마지막 대화를 떠올렸다. 분명 소그드에 관한 것이었다.

왜 소그드를 선택했느냐고…….

어떠한 대답도 떠오르지 않았기에 진메이는 그 자리를 떴다.

그가 부르고 있는 노래는 이유를 구구절절 읊지 않는다. 황금 대족장은 어째서 산처럼 높고 초원처럼 드넓은가? 오로지 그가 그리하기 때문. 그뿐이다.

애초에 그가 묻고 싶었던 일은 뭘까. 언제나 다르게 들리는 말을 하는 남자가.

진메이는 게르의 문에 손을 댔다.

게르 안은 진메이가 늘상 보는 여러 게르의 풍경과 다를 바 없었다. 다만 세세한 데가 다르다. 예컨대 문을 열고 들어가면 오른손이 닿는 곳에 달아매어져 있는 커다란 가죽 주머니가 없다. 그 안에는 게르의 안주인이 공들여 휘저은 아이락이 그득 담겨 있다. 게르를 방문하는 손님은, 그가 어떤 용무로 왔건 주인과 면식이 있건 없건 대뜸 주머니를 열어 그릇으로 아이락을 떠 마신다. 이 무언의 예법은 게르의 주인이 상대를 흔쾌히 맞이한다는 뜻이기도 하고, 길손이 주인의 대접을 감사히 받아들인다는 표현이기도 했다.

가도 가도 끝없는 땅. 어디에 인적이 있을지 모르고 어느 곳에 인가가 머무는지 모르는 초원에서 살아가는 이들의 지혜와 배려. ……물론 아이락 주머니를 두지 않는 이도 있다. 진메이 같은 괴짜거나, 이 게르의 주인과 같은 이방인.

또한 게르 안에 여기저기 널려 있는 기물도 초원에서는 보기 드문 것뿐이었다. 우선 흔히 굴러다니는 밧줄이나 마구馬具 등속이 없다. 그를 대신하듯이 구석구석 쌓여 있는 고리짝에는 대관절 무엇이 들어 있는 걸까. 무엇보다 색다른 바는 게르의 오른쪽에 놓아두는 침상. 주위에 성벽처럼 높다랗게 자리한 서지의 무더기. 본디 초원은 서지를 만들기 위해 쓰는 나무가 자라지 않는지라 서책은 더더욱 귀했다. 애초에 기족에게는, 초원 사람들에게는 글로 써서 남기는 습속이 없다. 이 초원에서 살아온 진메이에게 하얗고 매끄러운 겉에 빼곡하게 새겨진 새카맣고 이상야릇한 무늬는 의미를 모른 채 신기하게만 보일 따름이었다.

"개를 묶어다오."

"지, 진메이 공?"

진메이는 게르 안에 발을 들이민 뒤에야 방문을 알리는 상투적인 말을 입에 담았다. 침상에 서안을 올려두고 뭔가를 쓰고 있던 기염은 놀란 낯을 감추지 못했다. 진메이는 그 얼굴을 물끄러미 응시했다.

갑작스럽게 찾아와 놀라는 건 당연하다. 하지만 정녕 그뿐인가—노여워하거나 언짢아지는 않는가.

사람을 멀리하는 그가 사람의 표정이나 거동에서 감정을 읽어내는 일에 능함은 기묘한 노릇이다. 갖가지 기쁨과 슬픔, 즐거움과 노여움을 노래하는 노래꾼이기 때문일까. 그런 그가 기염의 얼굴에서 감지한 감정은…….

기쁘다?

"어쩐 일이십니까? 이런 누추한 곳에……."

"네가 말하는 누추한 곳은 우리 부족의 게르다."

"아, 아하. 아하하하하하. 죄송합니다. 입에 밴 말이 튀어나와 버려서, 그만."

여느 때의 기염이라면 결코 저지를 리 없는 실언이 튀어나왔다는 건 그가 얼마나 당황하고 있는지 웅변하고도 남았지만, 진메이가 그러한 곡절을 알 리 없었고 알 힘도 없었다. 그는 그저 담담하게 말할 뿐이었다.

"네가 찾아오지 않아서. 어디 아픈 게 아닌가?"

"보시다시피 건강합니다."

진메이는 그런가 하고 고개를 끄덕이더니 홀연히 몸을 돌렸다. 기염은 또다시 기겁하였다. 손을 뻗어 붙들고자 하였지만, 침상 위에 정좌하고 있던 다리가 자기 뜻대로 움직여주지 않았다. 결과적으로 그는 서안과 서책 무더기와 함께 침상 아래로 와르르르 떨어져 내렸다.

진메이는 멈추어 서서 그 비참한 꼴을 멀뚱히 내려다보았다. 눈물을 찔끔 쏟으며 앓는 소리를 내는 기염에게, 그는 일단 손을 잡아 일으켜주었다.

"뭘 하는 거냐."

"아니, 그게… 갑자기 나가려고 하시기에……."

"네가 멀쩡하니까."

멀쩡하니, 더 이상 머무를 필요가 없다고.

그 거동으로 보면 도저히 그렇게 여겨지지 않는다고, 사람의 마음을 헤아리는 데에 능숙한 기염도 단언할 수 없었다. 그러나 또한 만에 하나를 생각하지 않을 수 없었다. 그리하여 그는 입 밖에 냈다.

"설마…… 저를 걱정해주신 겁니까?"

진메이는 고개를 끄덕였다. 어떠한 허식 없이, 그저 주리면 먹고 목마르면 마시는 것과 같은 자연스러운 태도로.

기염은 난생 처음 볼 낯이 없다고, 고개를 돌려버리고 싶다고 느꼈다. 본디 기염이 진메이에게 접근한 까닭은 그의 속마음과 가족의 내실을 드러나지 않게 정탐하기 위함이었을진대. 그럼에도 불구하고 노래하는 청년은 일절 사심 없이 그를 염려하고 있다.

이래서는 안 된다. 지금껏 수많은 이를 속여 이득을 취하고 희롱해 온 기염의 뇌수 속에서 누군가가 경종을 울렸다.

그는 미소를 띠었다. 기뻐서 짓는 표정이 아니라 다소 일그러진, 진메이라 해도 못 알아볼 리 없는 웃음이었다.

"진메이 공은 화하 사람이 어떠한지 듣지 못했습니까?"

"갑자기 무슨 말이냐."

"화하의 세간에는 장사에 관한 속담이 아주 많습니다. 판다고 하면 부모라도 판다든가, 정직함을 칭찬하고 청렴함을 높이 사는 이야기는 아무래도 아니지요."

"남쪽 사람이 속여먹길 잘 한다는 이야기라면 알고 있다."

진메이는 무심하게 수긍했다. 실제로 초원을 건너오는 자들… 소그디아나 사람이나 화하 사람과 장사를 하게 되면서 호된 꼴을 당하는 이들이 적지 않았다. 천연덕스럽게 눈물을 줄줄 쏟으며 가족의 불행을 넋두리처럼 늘어놓고, 황금으로 값하는 담비털이나 이국의 진귀한 상품을 눈한 번 깜빡이지 않고 말을 주워섬겨 은이나 동전으로 값을 치른다. 한 번은 악질적인 자가 있어 부족이 모두 합심하여 붙잡아 족쳤더니 부친상은 열 번 치르고 모친의 병구완은 백 번 했음이 드러났다던가. 그야말로 잔칫상에 올라온 양 다리처럼 뜯어 먹히는 꼴을 면하기 위해 일루베신은 소그디아나 상인과 거래할 때에는 화하 사람을, 화하 상인과 거래할 때에는 소그디아나 사람을 대동하여 서로 물고 뜯게 만들었다.

그런데 그게 왜…… 진메이가 그리 반문하려 할 때, 기염이 진메이가 도저히 속지 못할 말을 선수치듯 말했다.

"저도 당신을 속이고 이용해 먹을지도 모릅니다. 우리 화하의 이득을 위하여."

아, 끝내 까발리고 말았나. 기염은 말을 끝맺는 순간 눈을 질끈 감았다. 대책도 없이 속내를 내보임은 하책 중의 하책. 지금껏 수많은 이들을 상대하면서 한 번도 이렇듯 흉중을 드러낸 일이 없거늘. 어떠한 심산도 없이 본심을 내어놓는 일은 기염으로서도 처음이었다.

상대방이 어찌 나올지는 짐작조차 할 수 없다. 기염은 지금껏 그를 지탱해주던 안일도, 조소도, 기만도, 어떠한 방패도 없이 오로지 불안스레 진메이를 바라보았다.

진메이는 담담히 그 시선을 마주했다. 그는 아무것도 헤아리지 않았다. 그저 받아들이는 데에만 익숙했다. 신이 내려주는 노래를, 그 노래를 듣고 울고 웃는 사람들의 감정을, 그리고…….

"그 말도 거짓인가?"

"예?"

"나의 노래를 듣고 싶었다는 말."

"아… 아니오, 절대로! 그 말은 진심입니다."

그걸로 충분하다. 하지만 또다시 떠나려고 한다면 기염은 거듭 붙잡으리라. 어떻게 해야 하나 고민하던 진메이의 눈에 사방에 널린 서지 조각들이 들어왔다. 온통 까맣다. 문자, 기족에게는 벌레가 잔뜩 모여 욱실거리는 모양처럼 보이는 것들.

딱히 부족의 일에 관심이 없는 진메이도, 일루베신이 앞으로는 남쪽의 문자를 배워야 한다고 목소리를 높이고 있음은 듣고 있었다. 일루베신이 쓰러지지 않았다면 초원에서는 처음으로 '학교'라고 부를 만한 것이 생겨났을지도 모르나 진메이와는 무관한 일이었다. 하지만.

"뭐라고 쓴 거지?"

진메이는 오로지 달리 할 말이 없었기에 바닥에 흩어진 서지를 가리키곤 물었다.

기염의 얼굴이 돌연 상기되었다. 지금껏 뻔뻔하리만큼 태연자약하던, 적어도 그런 낯을 지어오던 기염의 얼굴에서는 본 적 없는 반응이었기에 진메이는 내심 놀랐다. 기염은 우물쭈물―그 또한 진귀한 광경이었는데―망설이다가 대답했다.

"황금 대족장의 노래를 우리 화하의 말로 옮기고 있었습니다."

"왜?"

"공이 노여워하여 노래를 불러주지 않을지도 모른다고 생각하여, 적어도 제가 아는 부분은 잊기 전에 남기고자……."

이번에는 진메이가 놀랄 차례였다. 기족 사람들은 진메이의 노래를 열심히 듣긴 하지만, 이는 어디까지나 황금 대족장의 노래가 영험하다고 믿기 때문이었다. 위대한 신령, 대족장의 생애를 되풀이해 부르고 또 들음으로써 그를 다시 태어나게 만드는, 그리하여 그의 은혜를 다시금 이 초원에 펼쳐지게 하는 노래.

노래 자체에 흥미를 가지는 이가 있을까. 영원토록 남기고자 하는 이가 있을까. 왜냐하면…….

"남길 필요는 없다. 노래 속의 신령이 영험하다면 또 어디선가 신령의 노래를 받는 이가 태어날 테니까."

진메이가 아니더라도.

하지만 기염은 단호하게 고개를 저었다.

"아니, 저는 당신의 노래를 남기고 싶은 겁니다."

"어째서?"

"……글쎄요. 어째서일까요? 왜 화산의 고봉준령은 세세연년토록 변함이 없는데 수천수만의 시인들은 그 모습을 시로 써 남길까요. 삼수의 물은 흐르고 흘러 마를 날이 없건만 왜 셀 수 없는 화가들이 그 물결을 필치로 재현하고자 했을까요?"

정말이지 왜일까. 사실은 기염 스스로도 몰랐다. 그러나 넋두리하듯 읊조리면서 그는 깨달았다. 고금에 무수한 이들이 어째서 시를 노래하고 그림을 그렸는지. 자신은 어째서 화하의 문자로 진메이의 노래를 남기고자 했는지.

설령 진메이가 노래하는 내용을 그대로 받아 적는다 해도 그 내용은 반드시 같지 않다. 그만큼 화하의 문자와 초원의 말은 다르니, 분명 옮기는 과정에서 기염의 뜻이 글줄 사이에 들어갈 것이다. 그의 노래와 자신의 뜻이 뒤섞인 그 문장은, 어쩌면 마치…….

진메이의 몸이 움직이는 기척을 느끼고 기염은 퍼뜩 고개를 들었다. 진메이는 평소와 다름없는 태도로 상대를 응시했지만, 그를 잘 아는 사람이라면 그 얼굴에서 난처해하는 감정을 읽을 수 있으리라.

"왜 일일이 깜짝깜짝 놀라나."

"그게, 공이 가버리면 어쩌나 염려되어……."

"가면 안 되는 건가?"

"지난번에도 대뜸 가버리신 탓에 저는 줄곧 생각하고 있었습니다. 공에게 미움 받고 말았다고요."

"……."

"말하지 않으면 이와 같은 결과를 낳습니다. 이해해 주실는지?"

지금껏 살아오면서 이토록 진정을 다해 말한 적 있었던가. 기염은 스스로도 이해하지 못하는 충동에 휩싸여 정신없이 떠벌였다.

"뭘 말하면 되지?"

"소그드 공과의 관계를 들쑤신 데에 관해, 정말로 노여워하지 않으셨는지……."

"전혀 화나지 않았다."

"그렇다면 어찌 그리 서두르셨는지요?"

"대답할 말이 없어서."

"정녕 그뿐입니까?"

집요하게 캐묻는 데에 진메이는 불쾌함을 느끼지는 않았다. 그저 그 말에 답하고자 열심히 생각했다. 하지만 이는 지난한 작업이었다. 그는 여태 노래 속의 사람들이 품은 마음을 드러내고 청중이 느끼는 바를 받아들이고자 하였으나 자신의 감정은 고려해 본 일이 없었으므로.

"그와의 일을 계속 설명해야 해서 귀찮았던…… 것 같다."

스스로도 확신하기 어려웠지만 가까스로 쥐어짜낸 답은 그 정도였다.

기염은 그의 얼굴을 멀거니 쳐다보다가 쓴웃음을 짓고는 고개를 가로저었다. 그가 부정不定한 것은 대관절 무엇이었을까. 그러나 진메이가 의문을 품기도 전에, 기염은 그의 시선을 피하듯 사방을 둘러보았다.

"모처럼 와주셨으니 차라도 드시겠습니까? 그 전에 정리를 해야겠지만요."

"남쪽의 차는 쓰다."

딱 잘라 거절하는 말처럼 들릴 법도 하나 기염은 꺾이지 않았다. 달리 상대를 면밀하게 관찰해온 것이 아니었던 참이다.

"당신과 같은 분을 위해 쓰는 비방이 있지요. 다과라고 합니다. 자자, 잠깐만 앉아주시지요."

진메이가 어떻게 반응할 사이 없이 기염은 바지런히 뛰어다니기 시작했다. 사실 의욕만큼 일 재주도 없고 그 열의에 비하면 진척은 한심할 정도로 느렸지만, 진메이는 잠자코 우뚝 선 채로 기다렸다. 손과 발을 재게 놀리면서 기염은 말을 흘렸다. 두서없이, 마치 혼잣말을 중얼거리는 양.

"이거 부끄럽군요. 나름 부사… 정엽 공에게 발탁이 되어서 이 먼 곳까지 왔지만, 결국 제대로 한 일은 아무것도 없었습니다."

"무슨 말인지 모르겠다."

"단지 푸념입니다. 저의 나라에서 저는 무능한 인간으로 꾸며 사람들에게 다가가, 반드시 알아야 할 일들을 교묘하게 듣곤 했지요. 하지만 여기에서는 애초에 사람들이 화하인에게 마음을 터놓지 않아요. 당신이 말한 대로 화하인은 거짓말쟁이에다 반드시 속여 먹는다…… 그리 여기지요. 이런 곳에서 저는 하찮은 음모꾼조차 되지 못합니다. 이래서는 저를 추천한 정엽 공에게 누가 되겠군요."

"오로지 그것만으로 쓸모가 없다고?"

기염은 진메이를 곁눈질해 그 눈썹이 크게 휘어지는 모양을 분명히 보았다. 보기 드문 표정. 형용한다면 노여움.

……아니, 속일 수 있다. 실제로 기족이 경계한 지 오래되었는데도 기족과의 장사에서 교활한 방법을 써서 부당한 이득을 취하는 자들은 얼마든지 있다. 오죽하면 일루베신이 서역인을 끌어들이겠는가. 어색하게 웃고, 바보인 척하며, 기족 사내들의 발에 이리 치이고 저리 치이고…… 그랬더라면 거미가 집을 짓듯 기족 속에 눈과 귀를 뻗을 수 있었을 텐데.

다만 그리하지 않은 이유는.

밤하늘처럼 맑고, 다른 뜻이라곤 한 점 섞여들지 않은 눈이 그를 응시하고 있었기에…….

"뭐, 상관없습니다. 좌우간 공을 만날 수 있었으니까요."

그리고 이렇게 아무렇지도 않게 본심을 드러낼 수 있는 기회도.

어지러이 흩어진 서지를 상 위에 높다랗게 쌓아올리고(결국 정돈하진 못했던 것이다!) 차안을 끌어온 기염은 그 위에 찻종과 찻주전자, 그리고 면지에 곱게 싼 다과를 꺼내었다. 찻물 끓이는 화로를 꺼내어 불을 붙였을 때 돌연 진메이가 말했다.

"나한테 물어라."

"예예?"

"나는 사람한테는 주의하지 않는다. 이야기를 해도 상대방의 마음 따위 알 리 없다. 하지만 보고 들은 것은 분명히 말할 수 있다. 너라면 내가 모르는 일을 알아차릴 수 있을 거다."

무슨 분별없는 믿음. 그러나 기염을 더욱 놀라게 한 바는 진메이의 전에 없이 강경한 어조였다.

"어떤 연유로 그리 믿으십니까?"

"까닭은 없다. 그래도 믿는다."

"어째서 그렇게까지 믿어주시고… 또 도우시려는지요?"

진메이가 기염을 돕는다고 해서 이득 되는 바가 정녕 털끝만큼이라도 있을 것인가. 소그드를 대족장으로 만들고 싶어 하는 진메이의 뜻과, 화하의 좌우림위 상장군으로서 소그드를 지키려고 하는 기염의 뜻이 반드시 부합하리라 여길 수도 없다. 그럼에도 진메이는 아무런 꿍꿍이 없이 기염을 돕는다고 말한 것이다.

진메이의 고개가 기울어졌다. 망연한 그 얼굴은, 스스로도 답을 찾지 못하고 있음을 제대로 알리고 있었다. 다소 시간을 들인 뒤에야… 구체적으로는 찻물이 끓어 기염이 차를 우려내고 난 다음에야 진메이는 어설픈 답을 힘겹게 끄집어내었다.

"네가 내 노래를 들어주었으니까?"

"공의 노래를 애호하는 이는 기족에서도 한둘이 아닐 텐데요?"

"그야 그렇지만……."

기염은 또다시 고개를 갸우뚱하는 진메이에게 더 이상 추궁하기를 포기했다. 스스로도 답을 알지 못하는 이에게 캐물어 봤자 헛일일 뿐더러, 그 몸짓이 귀여운 아이처럼 분별없이 여겨졌던 것이다. 실로 무례 천만한 생각을 지우기 위해 기염은 짐짓 차를 권했다.

"자, 말이 길어 죄송했습니다. 목을 축이시지요. 쓴맛은 여기 이 다과로 씻어내시면 됩니다."

진메이는 척 봐도 미심쩍어하는 동작으로 차를 머금고, 다과를 들어올려 한입 깨물었다. 그리고…… 초원에 널린 석인상처럼 굳었다.

"왜 그러십니까?"

기염은 당황해서 물었다. 누가 뭐래도 지금 사절단에게 있어 이 초원은 저주와 음모가 도사린 장소였기에, 기염은 사절의 식재료를 엄중하게 관리했다. 이 다과 또한 선물용으로 궤에 넣고 쇳대를 채워 보관한 물건이다. 사실 동행한 이가 정엽—갖가지 도술에 정통한 삼재라는 점을 감안하면 이렇게까지 할 필요는 없었을지도 모르나 기염으로서는 기왕 추천받은 바 철저하게 하자는 심경이었던 터였다. 그런데 그러한 안배에도 불구하고 설마…….

진메이는 입 안에 든 것을 우물우물 씹고는 꿀꺽 삼켰다. 형형한 등불과도 같은 눈동자가 기염을 향했다.

"……달다."

"네?"

"어떻게 이렇게 달 수가 있지."

"허어… 마음에 드십니까? 지금까지 드셔본 적이 없었는지요?"

진메이는 그야말로 격렬하게, 까만 머리채가 춤을 출 정도로 고개를 끄덕였다. 그리고 얼이 빠져서 그저 말을 이을 따름이었다.

"여자와 아이들이 모조리 사들여서 먹을 기회가 없었다."

"많이 드십시오. 잔뜩 가져왔으니까요."

"많이…… 얼마만큼?"

"배가 빵빵해질 만큼 드셔도 됩니다."

진메이는 믿기지 않는 눈으로 기염을 쳐다보았지만 더 이상 가타부타하지 않고 다과를 덥석 베어 물었다. 기염은 빙그레 웃으며 다과가 든 궤를 끌어당겼다. 참깨를 넣은 호마병, 쌀가루로 모양을 빚어 녹인 엿을 덧바른 옥춘당, 강정에 색색으로 물들인 조청을 발라 만든 감사과, 청매를 꿀로 조린 청매당, 아가위 열매로 만든 산사고, 볶은 콩에 설탕을 입힌 당두, 밀가루에 콩가루를 섞어 우유기름에 지져낸 수아화, 으깨고 말려 가루 낸 마를 꿀에 반죽한 옥연병, 살구씨를 틀에 담은 설탕물에 넣어 굳인 행포, 우무에 설탕을 섞어 투명하게 굳힌 금옥당……. 그 형태도 꽃과 새와 각양각색의 동물, 온갖 문양으로 정교한 세공처럼 아름다웠다. 그것이 색과 형태를 나누어 작은 바구니에 담긴 채 궤 속에서 줄지어 자리한 모양은 보물 상자처럼 근사했다.

그렇다고는 해도 이렇게까지 열렬하게 기뻐할 줄이야. 기염은 조금은 어처구니없는 기분으로, 그리고 그 이상으로 흐뭇하고 멋쩍은 감정을 만끽하면서 다과를 소반에 수북하니 옮겼다.

"읍, 콜록콜록."

"차와 함께 드시지요. 그러라고 이름도 다과이지 않습니까."

"후, 후, 후룹후룹. 퉷퉷."

지금까지 노래 부를 때를 제외하면 그토록 과묵하던 모습이 꿈인가 싶을 정도로 진메이는 허둥지둥 요란스레 다과를 씹고 차를 들이키고, 입 안에 찻잎과 자신의 머리카락까지 들이마시며 법석을 떨었다.

"머리카락을 묶는 편이 낫겠는데요. 제가 해드릴까요?"

"음."

기염은 옻칠한 빗과 비단 실을 꼬아 만든 끈, 비녀 등속이 담긴 함을 챙겨 진메이의 뒤로 향했다. 화하의 군자에게는 머리카락을 단정히 함도 미덕의 한가지이기에, 기염 또한 곱게 자개로 장식한 함을 늘 지니고 있었다. 어떤 가인이 선물했던가⋯⋯. 그러나 그것을 들고 진메이의 머리채에 손을 댔을 때 기염은 일순 멈칫했다.

본디 화하의 귀인들이 스스로 머리를 손질하는 일은 없었다. 늘 시종이 따라붙어 빈틈없이 치장을 갖추어준다. 하지만 기염의 경우 시종이 한탄하는 소리가 듣기 싫어 화하로 돌아가는 무리에 끼도록 해주었다. 하지만 그렇다 해도 문제는 없다. 태학에서 궁상스럽게 생활하던 시절이 길어서인가, 기염은 뭐든지 혼자서 해왔다. 그런데 무엇을 망설이는 것인가.

진메이의 머리가 살짝 움직여 그의 시선이 어깨 너머—기염을 바라보았다. 분별할 수 없는 충동이 부추겨, 기염은 불현듯 손가락을 움직였다. 뻣뻣한 손가락에 검은 머리카락이 휘감겼다. 잘 씻지도 않고, 초원의 땡볕과 바람에 부침하여 마치 말갈기처럼 더럽고 꺼칠하다⋯⋯. 화하 사람들이 그렇게 주고받는 말과 달리 진메이의 머리카락은 뜻밖에도 부드러웠다.

진메이가 다과를 먹는 속도가 느려졌음을 기염은 눈치챘다. 손끝이 스치는 어깨가 긴장으로 굳었다. 빗으로 한 가닥 한 가닥 정중하게 빗어가자 드러나는 목덜미는 한창 달리고 난 뒤처럼 불그레했다.

기염이 모르는 모습. 그가 보았을 리 없는⋯⋯ 소그드의 정인이었을 시절의 진메이가 문득 기염의 머릿속에 떠올랐다. 감히 상상하면 안 된다고 타이르는데도, 자꾸만 그리게 된다.

평소의 담담한 안색이 어떻게 흐트러졌을지.

핏기 오른 그 얼굴이 어떤 빛깔로 붉어졌을지.

여느 때에는 구성지게 노래하는 목소리가 어떤 열락을 연주했을지.

"……아."

"미, 미안합니다. 세게 잡아당겼나요?"

"괜찮다."

불온한 상념을 쫓아내기 위해 기염은 오로지 손을 움직이는 일에 필사적으로 매달렸다. 엉킨 머리카락이 빗살에 걸리며 비단실처럼 매끄럽게 가다듬어진다. 화하의 사내들처럼 틀어 올려 비녀로 고정시킨 뒤 관을 쓰거나 둥글게 말아 소포건으로 쌀 정도의 손질은 필요 없을 터. 그저 단정하게 빗어 내린 머리카락을 끈으로 한데 묶어, 길상의 뜻을 품은 매듭을 진다…….

또다시 손이 멈추었다. 진메이의 머리가 움직인 탓이다. 정성 들여 빗질하는 손놀림이 기분 좋았던 걸까. 마치 짐승이 쓰다듬는 손에 맞비비는 양 진메이는 기염의 손에 뺨을 가져다댔다.

"그날… 그 연회 때 무슨 일이 있었던 겁니까?"

느닷없이 기염이 큰 소리로 물었다. 진메이는 어리둥절한 얼굴을 들어 올렸다. 그러나 그가 뒤를 돌아보기에 앞서 기염이 그의 맞은편, 차안 너머로 돌아왔다. 모든 감개를 화하인의 교활한 표정 뒤편에 묻고, 그는 그것만이 유일한 관심사인 양 진지하게 되풀이해 물었다.

"일루베신 족장님이 저주에 해를 입기 전날 밤의 연회 말입니다."

"다들 말했던 그대로다. 이상한 조짐이라곤 찾을 수 없었다."

"이상하지 않아도 좋습니다. 당신이 보고 들은 바를 알려주지 않겠습니까?"

진메이는 고개를 갸우뚱했지만 가타부타 부언하지 않고 약속한대로 그의 말에 응했다.

"그 연회는 우리 부족에게 복속된 면족의 사내들이 가축을 훔치러 오자 나를 비롯한 젊은이 몇몇이 막아낸 일을 치하하기 위해 일루베신이

연 것이다. 쇼미르가 그 눈으로 지평선의 움직임을 알아채고, 우네켄이 나와 함께 양몰이를 하는 척 인적 없는 들판으로 유인하고, 제메렌과 아르지가 화살을 쏴서 놈들의 진영을 흩트리자 바토르와 알르갈과 바브가이가 단숨에 몰아쳐서 박살냈다."

"훌륭한 전략이군요."

"옛날에 소그드가 써먹었던 방법일 뿐이다. 그리고 그 소식을 들은 일루베신이 우리를 불러 모아……."

거기까지 말하고 진메이는 문득 옆에 내려놓았던 마두금을 끌어당겼다. 그에게는 구구절절 말하는 일보다 이쪽이 더 수월했다. 기염은 눈을 휘둥그레 뜬 채, 진메이가 손 가는 대로 자아내는 가락에 맞춰 부르는 노래에 하염없이 귀를 기울였다.

솥에는 삶은 고기가 가득하고, 상에는 말린 고기가 산을 이루었다.

오, 좋은 시절!

준마는 흘레붙어 발 빠른 새끼를 낳고, 양 떼는 푸른 초원을 희게 물들이니.

오, 좋은 시절!

천산의 산등성이를 돌아다니는 눈표범처럼 우뚝한 일루베신.

천산의 큰 산양을 사냥하는 눈표범처럼 강인한 일루베신.

일루베신이 용사들을 불러 모아 연회를 열었네.

기름진 양의 넓적다리가 접시에서 넘치고 질 좋은 하얀 아르히가 동이에서 넘치더라.

화살이 틀림없이 과녁에 맞는 쇼미르.

싸움터에서 사자처럼 용맹한 바토르.

씨름으로 누구든 넘어뜨리는 알르갈.

하나를 보면 열을 헤아리는 아르지.

어떤 함정에도 걸리지 않는 제메렌.

태산처럼 움직임을 모르는 바브가이.

까마귀와 여우의 지혜를 타고난 우네켄…….

로스와 사브다크를 흔들어 달래는 니둔이 와서 용사들을 축복하니

웃음은 끊어지지 않고 영광은 지지 않는다네.

이 노래야말로 진메이가 본 그대로의 광경. 다음 소절에 저주니 배신이니 하는 곡조가 불쑥 튀어나온다면 진메이 스스로도 터무니없는 곡으로 여기리라. 직전까지 웃고 이야기를 나누며 음식을 대접받고 대접하는 이까지 믿을 수 없게 되었음은 저 남쪽의 풍속을 받아들였기 때문인가.

그는 처음으로 의문을 품고 생각하였다.

"과연. 그렇군요."

진메이는 고개를 주억거리는 기엄의 얼굴을 보고는 눈을 크게 떴다.

"뭘 알아차린 건가."

배신과 기만과 허식의 땅에서 온 사내는 싱긋 웃었다.

"예. 당신의 노래대로라면 일루베신 족장을 미워하는 사람은 없는 모양이로군요."

"그래."

적어도 노래를 듣는 사람이, 부르는 곡조에 우러나오는 감정이 진실이라고 믿는다면.

"그렇다면 수확이 있습니다. 일루베신 님을 해한 자가 악의 없이 저질렀음을 증명하는 것이니까요."

"악의 없이… 그게 가능한가?"

"사람이란 뜻밖에도 그런 것을 할 수 있는 법이지요. 그리고 그 사실

을 확신한다면 오리무중 속에서도 길이 납니다."

기염은 손바닥을 맞비볐다.

"한 가지 부탁드려도 될까요?"

끝없이 펼쳐진 하늘은 가장 완벽한 옥도 흉내 낼 수 없을 만큼 푸르렀다.

끝없이 펼쳐진 들판은 초원의 새가 즐겨 먹는 풀씨가 무수히 영글어 황금빛을 띠고 있었다.

그래서 초원의 족속은 황금과 청옥을 가벼이 여긴다고 한다. 그들 주위에 천 년이 지나도 변치 않은 영원한 보물이 지천으로 널려 있었으므로. ……사실 꼭 그렇지만도 않지만.

초원의 족속들은 족장을 세울 때 반드시 뭐로 하여금 '영원한 하늘의 힘을 빌려, 위대한 땅의 가호를 받아…'라고 기원하게 한다.

지금 자신이 이런 몰골이 된 까닭은 영원의 하늘이 외면하고 위대한 땅이 저버렸음인가. 일루베신은 문의 기둥에 기대서서 지평선을 바라보며 쓰게 웃었다.

처음부터, 그야말로 티끌만큼도 쥔 것 없이 빈손으로 종횡무진 싸울 때부터 그는 신령에게 의지한다는 마음가짐은 일절 품지 않았다. 다른 이처럼 제물을 바치고 공경은 하지만 어디까지나 그뿐. 그런 기질은 첫 아들인 소그드도 쏙 빼다 박았다. 뭣보다 소그드가 천방지축 행각으로 '로스—사브다크가 바꿔친 아이'라는 뒷말을 들을 때, 일루베신은 다른 일에는 속을 끓여도 그 소문에만큼은 귀를 기울이지 않았다.

자신이 어찌할 수 없는 신의 일보다 자신이 지금까지 줄곧 책임져 왔던 기족의 일이, 사람의 일이 우선이다. 가장 소중한 것조차 자신도 모르는 사이 희생하면서 그렇게 살았다.

그의 독수리와 같은 눈이 지평선을 살폈다. 검은 구름이 일어나는 곳은 없는지 빈틈없이 살피기 위해. 이 아리아 아얄로리 오드카리 강변의 초지는 초원에서도 굴지의 풍요로움을 자랑하는 땅이지만, 언제까지나 죽치고 있을 수는 없다. 이곳에 양을 풀어놓으면 언젠가 초지가 다 말라붙어서―반드시 그런 이유에서만은 아니다.

기족의 노래와 이야기 중에는 이 강에 얽힌 것도 있었다. 아름다운 로싱칸 아리야 아얄로리 오드카리. 그 미모에 취한 망고스들의 왕 무쿠리 고쿠리가 그녀(?)에게 구애했으나 가차 없이 차이고 말았다는 이야기. 실연에 분노한 무쿠리 고쿠리는 때때로 아리야 아얄로리 오드카리 강을 침범하여 그 분노를 토해낸다고…….

그 이야기가 사실인지 어떤지 일루베신은 일절 관심이 없었다. 다만 그는 때때로 북쪽으로부터 검은 구름이 몰려와 강변에 깔릴 때, 그 시기에 강 주위에 머무르면 어린아이와 노인이 급사하고 건강한 젊은이조차 시름시름 앓는다는 사실을 분명히 알고 있었다. 따라서 이렇게 좋은 초지, 봄부터 가을까지 내내 머물러도 풀뿌리가 마르지 않는 이 땅으로부터 거리를 두어야 하는 것이다. 그 때를 맞추는 일 또한 족장의 몫. 따라서 일루베신은 시원한 여름바람조차 뼈에 쓰라리게 스며드는 몸으로 게르 밖에 나와 지평선을 재고 있었다.

그런 그의 시야에 또 다른 사람의 모습이 들어왔다. 지평선이 아물아물 겹쳐질 정도로 아득하니 멀었지만 기족 사람들의 눈으로는 충분히 간파하고도 남았다. 따라서 일루베신은 충분히 손님 맞을 준비를 갖출 수 있었다. 사실, 준비할 필요도 없었다. 그들은 어찌 보면 소그드보다도 더

부자지간이나 마찬가지인 사이였기에.

"무슨 일이냐. 바토르, 아르지."

"어떻게 지내는지 보려고요. 뭐라 해도 홀아비살림이니까."

"좀 괜찮습니까?"

두 청년은 가볍게 말에서 뛰어내렸다. 그리곤 가벼운 인사를 던지고 아무렇지도 않게 말뚝에 말을 매었다.

"보는 대로다. 아직 구더기가 꼬이진 않았어."

"말하는 거 보니 앞으로 겨울을 백 번은 넘기겠군요."

"체첵이 만든 보르츠와 아롤을 가져왔습니다. 데울까요?"

"이거 고맙군."

바토르는 '역시 마누라 있는 놈은 달라'라는 말을 가까스로 앞니로 잘 랐다. 부인은 여럿 있으나 누구와도 동거하지 않는 족장의 적적한 신세를 들출까 불현듯 생각이 미친 탓이었다. 평소의 일루베신이라면 그런 일쯤 신경도 쓰지 않는다는 태도를 견지했으련만 지금이라면 어떨지 알 수 없는 노릇이다.

입 밖에 나오지 않는 말에 대한 반응이야 그렇다 치더라도, 과연 일루 베신은 여느 때와 달랐다. 이전이라면 허허거리며 날씨나 새로 태어난 망아지, 새끼 밴 암양에 대한 이야기라도 나누련만 지금의 그는 딱 잘라 물었다.

"시름시름 앓는 늙은이를 돌보러 온 것만은 아니겠지. 무슨 일이냐?"

이렇듯 단도직입으로 본론을 들이미는 면은 과연 소그드와 꼭 닮았다. 두 사람 모두 이런 말을 들으면 길길이 날뛸 테지만 바토르와 아르지는 서로를 마주 보고 눈으로만 수긍할 따름이었다.

"남쪽의 사절에 관해섭니다."

"그 녀석들이 왜?"

"대부분은 지금까지 왔던 다른 사절들이 그랬듯 게르에 처박혀 있을 뿐이지만, 그 부사라는 녀석이."

"그 허여멀건 녀석 말이지. 뭔가 저지를 만한 놈은 아니던데."

일루베신의 묘사는 틀린 것이 아니었다. 그러나 그 표현만으로 떠올리고자 한다면 그 부사—화하국 문안사 부사 전 예부랑, 그리고 화하 황제의 황이자라는 남자—스스로 칭하길, 정엽을 떠올리긴 쉽지 않을 터였다.

"그야, 뭔가 저지르진 않았지만……."

이 초원에 날아든 바 없었던 새. 피어난 적 없었던 꽃.

바토르 말마따나 정엽이 수상쩍은 동태를 보이는 것은 아니었다. 그는 그 자신이 말한 대로 초원의 풍습에 진심으로 흥미를 느끼는 듯하였다. 게르를 접었다 펴고 말젖을 휘저어 아이락을 만들며, 말고기를 말려 보르츠를 만드는 모습을 보는 데에 만족하지 않고 팔을 걷어붙여 손수 도전했다. 새끼 낳은 암양을 돌보고, 사냥에 나가 근사한 전과를 거두었으며, 감기 걸린 아이에게 치병의 노래를 부르는 카르구스를 진지한 눈으로 지켜본다. 그 얼굴에 화하 사람이 초원을 볼 때 드러나는 경멸의 감정, 얕잡아보는 표정은 티끌만큼도 깃들어있지 않았다.

기족 사람들도 처음에는 응당 경계했다. 그러나 이윽고 봄바람을 받은 눈처럼 녹아내리고 말았다. 아름다운 용모와 온화한 언행. 암양의 출산을 돕다가 발부터 나오는 새끼 양을 잡아당기느라 손과 옷이 온통 더러워져도 얼굴빛 하나 변하지 않는 행동거지에 부족 사람들 대부분이 호감을 품었다……. 확실히 한 사람은 제외하고.

"다른 녀석이 그에게 뭔가 저지를지도 모르지요."

"초톤이군. 그렇게 티 나나?"

"네."

초톤. 일루베신의 차남. 소그드와는 배다른 형제.

소그드의 형제는 적지 않으나 소그드와 같은 하늘을 일 수 없다고 자타가 공인할 정도로 증오하는 이는 초톤 이외에는 없다. 소그드가 전사로서 명성을 날리고 기족 모두의 존경과 사랑을 받았을 때에는 극에 달한 증오와 분노도 풀 길이 없었다. 그리고 소그드가 화하에 남자, 그 감정은 일거에 환희로 바뀌었다. 설령 소그드가 영원히 돌아오지 않는다 해도 기족의 존경과 사랑이 초톤에게 이르는 일은 없을 텐데도.

그럼에도 불구하고, 이를테면 본능일까. 초톤은 정면으로 맞붙지는 못했다. 조금이라도 진심을 담아 싸울 의지를 보이면, 소그드는 가차 없이 그야말로 벌레를 눌러 죽이는 듯 냉담하고 태연하게 초톤을 죽여 버릴 터였다. 이미 몇 번이나 일어날 뻔한 일이었기에 초톤을 비롯한 기족 사람들에게도 명백하였다.

그러니 초톤의 분노와 적의는 다른 이에게 향할 수밖에 없었다. 예컨대 요사스러울 만큼 아름답고 간악한 화하의 요물, 소그드의 남첩에게로.

"초톤 놈이 그가 화하의 사절이자 화하 족장의 아들이라는 사실을 잊지 말았으면 좋겠는데 말이다."

"일루베신이야말로 남의 일처럼 말하지 말아줬으면 하는데요."

"뭣보다 그 녀석에게 손대면 소그드가 가만히 있을 리 없을 텐데."

"벌써 한 판 벌일 뻔했습니다."

"놀라운 소식도 아니군."

일루베신은 등받이 있는 호상에 느긋하게 몸을 기대었다. 목재를 얽어 세운 위에 호랑이 가죽을 씌운 그것이 그에게는 옥좌였다.

화하의 사절단이 체류하게 된 며칠간, 정엽은 여러 차례 틈을 내어 방문해 그가 지닌 의약의 지식을 활용하여 저주로 쇠약해진 일루베신의 몸을 돌보길 자처했다. 일루베신은 화하의 자객을 두려워하지 않아 낯빛 하나 바뀌지 않고 그의 간호를 받아들였다. 그러나 그가 비단 서첩 안에서 바늘귀 없는 은 바늘을 꺼내 몸을 찌르고 말린 약초를 뭉친 덩어리를 발 위에 올려 불을 붙였을 때는, 내색은 하지 않았지만 어처구니없었다. 효과가 없었다면 더욱 난처했을 테지만 과연 화하가 자랑하는 팔방미인. 뻣뻣하던 일루베신의 몸에도 활력이 돌아왔다. 그러는 한편 그는 화하와 초원의 정세며 정치 같은 묵직한 화제에서부터 화하에서 키우는 짐승과 말 기르는 법 같은 잡담에 이르기까지 이야기를 나누었다. 소그드가 언제나 곁에서 눈을 부라렸지만 정엽은 개의치 않았고, 사실 일루베신도 신경 쓰지 않았다. 때때로 소그드 또한 대화에 끼어드는 광경은 사정 모르는 이가 본다면 단란하다고 형용할 만했다.

하지만 일루베신은 단지 가족의 우애를 느끼고자 정엽의 접근을 용인함이 아니었다. 그는 아들이 그대로 물려받은 비뚜름한 미소를 입가에 내걸었다.

"그 녀석이 그렇게나 만만해 보이나?"

"일루베신?"

"남쪽에서 그 녀석은 삼재의 준걸이라 불렸다지. 그건 결코 허세나 농담이 아니야. 음산에 그 녀석이 있었더라면 소그드는 그렇게 날아다니진 못했을 거다. 뭐, 소그드란 놈은 그것도 나름대로 즐겼을지 모르겠다만."

"그러면 그냥 둘 겁니까?"

"내가 정엽을 싸고돈다면 부족의 다른 녀석들이 불만을 품을 테지. 이미 소그드 녀석이 그러는 꼴만으로 족해. 뭣보다 남자 며느리를 얻었다는 말만큼은 듣고 싶지 않아."

바토르와 아르지도 납득할 수밖에 없었다. 소그드가 비록 과거에는 무수한 공훈을 세워 전사 중의 전사로 인망을 얻고 있다고는 하나, 화하의 신하가 된 지금은 그를 꺼림칙한 눈으로 보는 이도 적지 않다. 족장까지도 화하 사람을 비호한다면 부자가 함께 기족을 화하에 팔아넘기려 한다는 뒷말을 피할 길이 없다.

"녀석에게는 녀석의 일이 있고, 나에게는 나의 일이 있다."

"당신의 일?"

일루베신은 호상에 잠시 기대어 놓았던 것을 들어올렸다. 아르지는 눈을 휘둥그레 뜨고, 바토르는 침을 삼켰다.

기족의 족장 일루베신이 자랑하는 흑철궁. 초원에서는 귀중한 검은 강철을 요소요소에 더한, 갑주를 둘둘 감은 장수도 한 방에 꿰뚫어버리는 보물. 그러나 일루베신이 손에 든 것은 여느 때 쓰는 물건보다 곱절은 큰 거궁이었다. 마치 노래꾼의 이야기에나 나올 법한…….

"뭘 하려는 겁니까?"

아르지는 당혹스러운 표정을 감추지 못했다. 흑철궁을 당기려면 상당한 요령 외에도 보통을 넘는 완력이 필요하다. 그렇기에 전장에서 말을 타고도 흑철궁을 당기는 일루베신의 모습이 군신軍神과도 같이 칭송을 받은 터였다.

그러나 지금 일루베신에게 그런 힘이 남아 있을 리 없다. 바토르는 축 늘어진 일루베신의 왼팔을 보고 입술을 깨물었다. 저주가 그의 좌반신 근력을 앗아갔던 것이다. 어쩌면 영원히. 망고스를 잡기 위해 최고의 대장장이며 활 장인, 망고스를 부리고 막아내는 데에 누구보다도 뛰어난 검은 뷔인 니둔까지 힘을 합쳐 만든 이 신궁神弓도 이제는 쓸 일이 없을 터.

"괜히 무리하다 질질 싸지 말고 집어넣으쇼."

비통한 마음도 안타까운 기분도 바토르의 말로는 드러나지 않았다. 일루베신 또한 신경 쓰지 않았다. 그는 다만 자신의 관심사에만 골몰했다.

"시끄럽고, 잡아봐라. 아르지?"

일루베신은 한 손으로 거궁을 잡아 세웠다. 아르지는 어안이 벙벙한 채 주저하며 일루베신의 요구에 응했다. 아르지의 손이 줌통을 잡자, 일루베신은 담담히 말했다.

"꽉 잡아라."

일루베신이 시위를 확 당기자, 아르지의 손아귀 안에 있던 활몸이 빠져나갈 듯 휘청거렸다.

"좀 더 꽉 잡으라니까."

"뭘 하는 겁니까?"

"내 왼손을 쓰지 못하니까 네 걸 빌리려는 거잖냐."

바위 위에 자란 무쇠 나무처럼 움직이지 않는다면 가능할지도 모른다. 아르지가 줌통을 잡고 일루베신이 시위를 당겨 활을 쏘는 것도.

하지만 반신뿐인 몸으로 얼마나 지탱하겠는가. 설령 아르지가 버틸 수 있다 한들 활을 쏠 수는 있는 것인가. 무엇보다 이제 와 어째서…….

"무슨 꿍꿍이죠?"

바토르는 눈을 부라리며 물었다. 그 얼굴을 올려다보며, 일루베신은 미소를 지었다.

처음부터 함정이라고 정엽은 생각했다.

어떻게 보면 당연하다. 면식도 없던 목동이 정엽에게 자신의 양 떼를 돌봐달라고 부탁할 연고가 어디에 있겠는가. 나름대로 치밀하게도 말을 전해온 사람은 정엽이 기족의 생활 방식을 누리고 싶어함을 들먹여 주선했다고 둘러대었지만 풀풀 나는 수상한 냄새를 지울 수 없었다. 족장이 쓰러지고, 기족이 사분오열하여 파벌이 생기고, 화하가 이에 간섭하고자 한다는 뒷말이 분분한 이때에 굳이 이런 부탁을 할 리 없었다.

하지만 굳이 들추려 들지 않아도 좋았으련만. 정엽은 쓴웃음을 머금은 채 쇼미르와 우네켄을 바라보았다. 우네켄은 비교적 원만하게, 다른 권유를 섞어가면서 정엽을 만류할 작정이었다. 그러나 우네켄을 거들고자 따라온 쇼미르는 정엽의 얼굴을 보자마자 대뜸 머리꼬리를 자르고 말을 꺼냈다.

"투멘에게 가지 마라."

길게 이야기하지 못함은 초원 사람의 고질병일지도 모른다. 그런 비난이 우선할 수도 있는 판국에서, 소그드의 평소 행동거지에 꽤나 시달린 정엽은 그저 차분하게 웃었다.

"제가 투멘이라는 분의 양 떼를 돌봐달라고 부탁받은 줄 어찌 아셨습니까?"

아니, 충분히 사람의 동태를 정탐하고 있었음을 통렬하게 비난하고 있다. 구변 좋기로 이름나 천 가닥 말, 만 마디 사연을 풀어놓을 준비가 되어 있던 우네켄조차 일시 말문을 잃었다. 그러나 그대로 꺾이진 않았다.

"공은 우리에게 귀중한 손님. 조금이라도 해를 입는 일이 없도록 눈을 떼어선 안 되지요."

"그렇게 화하 식으로 예의 차리지 않아도 됩니다. 감시하고 있다고 말하셔도 책망하진 않을 테니까요."

"……댁은 소그드를 너무 닮아버린 듯하군요. 그거야말로 삼가시는 편이."

"퍽 반성하고 있답니다. 아무쪼록 무리하지 마시고 기탄없이 말하십시오. 왜 투멘 옹의 양 떼를 돌보는 일을 맡아선 안 된다는 건가요?"

정엽이 손짓으로 앉으라는 권유를 했지만 듣는 시늉이라도 한 이는 우네켄뿐이었다. 쇼미르는 우뚝 선 채, 꿰뚫을 듯한 눈으로 정엽을 응시할 따름이었다.

"투멘은 누구도 중시하지 않고 따르지 않는 평범한 노인이다. 족장이 일루베신이든 누구든 상관하지 않을 테지. 그는 자신의 양 떼가 조금씩이라도 불어나면 만족하고, 싸움이 벌어지면 전사로 출진하는 대신 양을 한두 마리 바치는 것으로 부족에게 의리를 다한다. 하지만 그렇기에 생판 얼굴도 본 적 없는 이방인에게 대뜸 양 떼를 맡기겠다니 뜻밖이다. 지금 우리 부족에 너를 환영하는 이는 적지 않으나 전부라고 할 수는 없다. 무엇보다 이방인이 남쪽에서 왔다는 사실만으로 반감을 가진 자들도 있다."

화하 말이 서툰 탓일까, 본래 이런 말투일까. 딱딱한 쇼미르의 말을 누그러뜨리려는 양 우네켄이 끼어들었다.

"초톤 일파의 동태는 진작 살피고 있었습니다. 눈에 띄지도 않고 목소리를 높이는 법도 없지만 초톤 일파와 왕래하고 있는 비르드라는 사내가 투멘의 게르를 은밀하게 방문한 일도 확인했죠. 투멘 노인이 어째서 이웃이나 의지할 만한 명사가 아닌 당신에게 부탁했는지 이쯤 되면 단순한 흥미나 변덕이라고 여기긴 어렵지 않습니까?"

"과연 옳은 말씀입니다. 참으로 면밀한 대비요, 뛰어난 통찰력이십니다."

정엽은 미소 지으며 고개를 끄덕였다. 그 어조는 오로지 부드럽고 표정 또한 온유하여 쇼미르는 물론이고 우네켄조차 이어지는 말을 예상하지 못했다.

"염려해주셔서 깊이 감사드립니다. 허나 죄송하지만, 투멘 옹의 요청을 받아들이고자 합니다."

"네?"

"무슨 소리냐."

아연실색한 우네켄의 목소리는 쇼미르의 그것에 묻혀버렸다. 말투는 다르지 않으나 그 태도만은 한달음에 달려들어, 손으로 정엽을 거머잡을 것만 같았다. 마치 그 이름처럼, 거대한 발톱이 돋은 발로 새끼 양을 통째로 낚아채는 독수리처럼 보였다.

하지만 정엽은 눈썹 하나 까딱하지 않았다. 소그드 이상의 체구를 자랑하는 청년이 눈앞에 닥쳐왔는데도 대답하는 말은 어디까지나 평연했다.

"화하에는 '호랑이 굴에 들어가야 호랑이 새끼를 잡는다'는 말이 있습니다. 언제까지고 저… 아니 일루베신과 소그드를 향한 보이지 않는 흉계를 감내해야 할 이유는 없겠지요."

과연 이 한마디는 천산의 눈사태처럼 짓쳐들어오던 쇼미르를 붙잡기에는 충분했다. 일루베신을 위시한—화하 식으로 일컬으면 친화하파를 향한 악의. 그저 악의뿐이라면 모르되 그것은 독사의 이빨과도 같이 족장을 덥석 물어 쓰러뜨렸다. 그리고 실로 독사처럼 자신의 굴로 사라져 온데간데없다. 남은 것은 피비린내를 연상케 하는 그저 비릿한 분위기, 의심과 불안 뿐이다. 차라리 시원스레 드러나게 하면 속은 후련할지도 모른다. 하지만…….

"일루베신과 소그드는 누가 자신을 노리든 신경 쓰지 않는다. 우리 부족 또한 지금 같은 일이 벌어지지 않았다면 개의치 않았을 것이다. 우리는 지금 여러 부족을 다 포용하고자 한다. 조금 원망하는 마음이 있다는 것만으로 떠다박지른다면 기족의 휘하에 머무를 부족은 없을 테지."

더군다나 일루베신에게 그 악의는, 어느 정도는 자신이 자초했기에 달게 받아들이는 바가 있었다. 소그드로 말할 것 같으면 추호의 관심도 두지 않는다. 악의가 자신의 앞에서 알짱댈 때만 그저 짓밟고 지나갈 뿐. 그리고 족장 부자의 결정이 그러하다면, 기족 모두 또한 이의가 있을 리 없다. 기족이라는 수레바퀴는 그렇게 굴러왔다. 그 수레바퀴가 삐걱거리는 소리를 내게 된 때는.

"그 말씀은, 이방인인 제가 만사를 시끄럽게 만든다는 뜻인가요?"

빙긋 웃는 표정에 노여워하는 감정은 일절 묻어나지 않는다. 하지만 우네켄은 당혹스러운 감정을 억누를 도리가 없었다.

"그렇게까지 말하지는 않았는데요."

"말하지 않으면 해결되는 문제일까요? 기족 여러분은 일루베신의 지혜에 힘입으면서, 소그드의 용맹에 덕을 보면서…… 그들이 잘못된 길을 가면 만류해 조언하며, 누군가가 이유 없이 그들을 핍박하면 거들어 막아준 적 없다는 말씀이신가요?"

새파란 눈동자가 가늘어진다. 산호 같은 입술이 활시위의 형태로 굽어졌다. 은은하게 미소하는 모습은 과연 절세가인. 그러나 그 자색을 보면서 우네켄은 뒤로 빠지려는 허리를 가까스로 억눌렀으며 쇼미르는 칼자루에 손을 가져가지 않을 수 없었다.

"비록 화하에 남겠다고 정하였지마는 소그드는 여전히 이 초원을 그리워하고 있습니다. 황도 교외의 장원을 사들여 목초지로 꾸미고 초원의 풍광과 비슷하게 만들어 놓았을 정도이지요. 제가 화하에 남으라고 붙든 바는 아니지만, 그렇다 해도 몹쓸 짓을 저지르지 않았나 고민하던 적도 있었습니다. 허나……."

하얀 손가락이 입가에 와 닿는다. 대개는 생각에 잠겨 부지불식간에 하는 손짓으로 보아 넘기겠지만 지금의 쇼미르와 우네켄에게는 영락없이 입가를 가리는 손짓으로 보였다. 미소가 아닌 미소를 가리는 듯한…….

"이왕 이리된 바, 결단코 소그드는 돌려드리지 않겠습니다."

인간의 이해를 넘은 곳에 도사린 로싱칸처럼, 정엽은 요염하고 신비롭고 잔혹하게 선언했다.

　두 사람은 말을 잃었다. 숨 쉬는 일조차 잊었을지도 모른다. 그렇게 잠시 시간이 지난 뒤, 간신히 입을 연 이는 쇼미르였다.

　"대개 소그드가 용사고 네가 미녀라고 여기는데, 어째 거꾸로 된 듯하군."

　"저는 어느 쪽이든 상관없습니다."

　정엽은 아리따운 웃음을 곁들여 대답했다. 요사스러운 분위기는 평범한 청년의 그것으로 되돌아갔다. 그렇다 한들 여전히 절세의 용모이지만. 우네켄은 감탄인지 한탄인지 모를 한숨을 내쉬며 말을 이었다.

　"당신이 들여다 본 기족의 사정이 전부 낭설이라고는 하지 않겠지만, 전부 들어맞는 소리도 아니오. 우르마이나 초톤의 근거 없는 비난을 부족 모두가 방관하진 않았어요. 우르마이와 초톤, 그리고 바르스까지도 부족 안에서는 따돌려지는 형편입니다. 다만 그들이 결정적인 잘못을 저지르지 않았고, 그를 벌할 권한 또한 아버지이자 남편이며 족장인 일루베신에게 있기에 손댈 수 없는 것뿐이지요."

　"그렇다면 지금 제가 그들을 꾀어내선 안 되는 까닭은?"

　"당신이 그 시답잖은 계략에 당하기라도 하면 소그드가 가만히 있질 않을 테니까요. 그리고 당신의 수가 성공하여 초톤을 포박할 수 있게 되어도, 그를 벌할 사람은 여전히 일루베신입니다. 몸이 쇠하여버린 지금 집안을 다스리지 못했음이 알려지거나 친자식을 혹형으로 처벌한다면 일루베신의 명성에 흠이 될 거요. 마지막으로 가장 중요한 이유인데—."

　"초톤은 저주를 사주한 자가 아니다."

　온 얼굴에 근육이 풀려버린 꼴이 된 우네켄의 모양새는 자못 볼 만했으나, 쇼미르는 웃지 않았다. 그 또한 내색만 안했을 뿐이지 경악한 처지였다. 정엽만이 지그시 우네켄의 표정과는 무관한 미소를 띠었다.

"초톤 일파가 일루베신과 소그드에 대한 반감을 공공연히 드러내는 판국에 일루베신이 저주로 쓰러진다면 누구의 소행인지는 빤하겠지요. 일루베신 또한 초톤이 그렇게까지 불초자식은 아니라고 단언했습니다."

"그렇다면 왜 구태여 스스로 덫에 걸어 들어가려 하지?"

"초톤이 날뛰는 것을 미끼로 삼아 진짜가 낚일지도 모르니까요."

앞으로 기족과 화하와의 관계가 어떻게 변할지는 모른다. 다만 우네켄에게는 이자를 적으로 돌리고 싶지 않다는 확신이 명백하게 다가왔다. 틀림없이 답이 되돌아오리라 직감하면서도 우네켄은 주저주저 말을 받았다.

"가능하겠습니까? 그자는 오히려 반겨할지도 모릅니다. 초톤이 혐의를 뒤집어쓰고 경거망동하다가 죽어준다면 그 이상 바랄 일이……."

"그가 정말로 일루베신을 해하려고 꾸몄을까요?"

"무슨 의미지?"

"일루베신이 쓰러지기 전날 모였던 면면은 그 자리에 계셨던 두 분이 잘 알고 계실 겁니다. 그중 일루베신을 해치고자 마음먹은 사람이 있었는지요?"

"그 자리에 범인이 있었다는 생각 자체가 잘못된 걸지도 모르잖습니까? 누군가가 상상도 하지 못한 농간을 부려……."

"기족 중에 그만큼 수완 좋은 분이 있는지 묻고 싶군요."

우네켄은 다시 말문이 막혔다. 수완 좋기로는 우네켄을 따를 자가 없다. 바꾸어 말하면 우네켄 정도가 제일이라는 의미이다. 우네켄의 머리로 생각해낼 수 없는 수작을 기족의 누군가가 떠올리기나 할까.

그 부분을 파고들어가면 기족으로서는 부끄러워 들 낯이 없어질 테지만, 정엽은 그러한 점을 책망하고자 함이 아니었다. 그는 온화한 표정으로 말을 이었다.

"저도 나름의 들은 바가 있습니다. 일루베신에게 가까이 가 해를 끼칠 수 있는 이들 중에 그분을 해할 만한 이는 없다고요."

"말할 필요도 없다."

"허나 사람을 상처 입히는 데에 반드시 미움이, 원망이 필요하지는 않습니다."

정엽은 눈을 가느다랗게 떴다. 마치 이곳이 아닌 먼 곳을 바라보는 양. 우네켄은 반은 얼떨떨하게, 반은 홀린 것 같은 얼굴로 정엽을 바라보았다. 멀쩡한 얼굴을 하고 있지만 쇼미르의 기분도 다르지는 않을 터였다. 기족에 전해지는 무수한 노래, 그리고 지금 당장 얽히고설키는 관계에서도 이런 애증은 싹튼 바 없었다. 사랑하기에 손톱을 세우고, 미워하지만 면전에서 웃는……

"좌우간 제가 초톤의 뒷에 빠지는 모양을 가장하면 십중팔구 진짜가 수를 써올 터입니다. 그 호기를 놓치지 말아야겠지요."

"자신 있는 건가?"

물론 쇼미르와 우네켄도 정엽의 재주쯤 알고 있었다. 화살은 열 발에 일곱 발쯤 과녁의 중앙에 맞추고 기족에 견주지는 못하더라도 구름을 탄 것처럼 말을 달리고, 초원의 씨름은 남 못지않게 해낸다(그의 실력보다 소그드가 아우성치는 것이 더 구경거리이긴 했지만).

그러나 상대가 저주에 능한 뷔라면 이야기가 다르다. 앉은 자리에서 천산의 신성한 나뭇가지를 가져오고, 온갖 조상신의 목소리로 말하며, 때로는 무시무시한 망고스와 로스까지도 복종시킬 수 있는 뷔. 우네켄과 쇼미르, 그 밖의 기족 용사들이 줄지어 섰다 해도 뷔를 상대한다면 이야기가 달라진다. 전사의 힘 따위 뷔가 펼치는 천변만화의 수법에 비하면 갓난아이의 칼질보다도 하찮은 것. 낯빛 하나 바꾸지 않고 돌진할 수 있는 용사는 소그드뿐이리라.

"화하 사람에 관한 이상한 소문이 퍼지지 않을까 저어하여 삼가고 있었습니다만."

정엽은 대수롭잖다는 동작으로, 마치 쌈지라도 꺼내는 양 소맷부리에 손을 가져갔다.

그러나 소매 안쪽에서 나온 것은 네모진 서지쪽. 기족에게는 어떠한 의미도 없는 그것을 정엽은 허공에 날렸다. 나지막한 소리로 읊는 뜻 모를 소리는 일종의 주문인가.

공중에서 춤추던 쪽지가, 불씨 하나 없는데도 확 타올랐다.

쇼미르와 우네켄은 소스라쳤다. 초원에서 불이란 성스럽고도 두려운 존재. 몇 식경 동안 말을 달려도 나무 한 그루 강 한 줄기 보기 힘들고, 때때로 몇 달을 기다려도 비 한 방울 내리지 않는 초원에서 불을 피우는 일은 어렵기도 하거니와 위험하기에 어느 게르에서든 화로의 불씨는 감히 꺼뜨리거나 함부로 퍼뜨리지 않는 귀중한 보물이다.

그러나 지금 그들의 눈앞에서 타오르는 불은 기묘하게 게르 안의 무엇도 사르지 않았다. 심지어 떨어져 내리지도 않았다. 허공에 못 박힌 채 나무토막도 지푸라기도 없는데 언제까지나 타오를 것처럼 넘실거리고 있다. 이어 사방이 칠흑 같은 어둠에 휩싸였다. 밤은 아직 멀었는데도 게르의 천창으로 한 줄기 햇살조차 스며들지 않았다. 그리고 기척. 이 게르 안에 앉은 사람은 단 세 명이지만, 몇인지 셀 수도 없는 기척이 사방을 에워쌌다.

숨 막히는 공포는 다만 찰나―불이 꺼지고, 사위는 언제 그랬냐는 듯 밝아졌다. 게르 안의 나뭇조각 한 토막조차 바뀌지 않았다. 달라진 게 있다면 식은땀에 젖어 돌처럼 굳어버린 우네켄과 쇼미르의 몸뚱이뿐.

쇼미르와 우네켄도 전장에서 뼈가 굵어 초원의 여러 부족의 기묘한 비술을 두루 겪어보았다. 그중에는 노래만으로 말과 뭇 가축을 잠들게 만드는 능력을 가진 이들도 있었고, 조상신 옹고드로 하여금 풀을 매듭지어 말에 탄 용사들을 거꾸러뜨리는 이들도 있었으며, 실로 간악하기 그지없는 망고스를 풀어 용사들의 살점을 뜯고 피를 빨아대도록 만드는 이들도 있었다. 마지막 부족은 그들이 망고스를 부리는지 망고스가 그들을 지배하는지 분간할 수 없었긴 하나, 어쨌든 기족 전사들로서는 카르구스와 니둔의 탁월한 재주와 소그드의 대담한 결단이 없었다면 패배를 면치 못했으리라.

그럼에도 불구하고 어떤 전장에서든 쇼미르와 우네켄은 물러나지 않았다. 하지만 지금 두 사람이 느낀 감정은 그 어느 때에도 느껴보지 못했던 두려움이었다. 달아날 길 없는 덫… 아니, 천 리 길 밑바닥 없는 수렁에 빠져드는 공포. 어떻게 손발을 휘둘러야 할지도 모를 절망.

"실례합니다. 무례한 희롱이었습니다."

그럼에도 귓전에 울리는 목소리는 변함없이 맑고 낭랑했다.

"하지만 제가 할 수 있는 일은 단순한 장난질이 아닙니다. 믿어주시겠습니까?"

초원의 사냥꾼에게는 이러한 금언이 있다. 천산의 바위굴 입구에 호랑이 똥이 보인다면 들어가지 말라. 새끼를 지키기 위해 죽기 살기로 싸우는 호랑이와 대면할 따름이니. 하여 쇼미르도 우네켄도, 정엽이 부리는 재주에 대해 캐묻지 않기로 암묵의 결의를 새겼다.

물론 그렇다 해도 의문이 사라지는 것은 아니다. 분명히 물어야 할 일이 있다. 한편으로 두 사람은, 거의 동시에 같은 생각을 떠올렸다. 우네켄은 어느 정도 삼가야 한다고 생각했지만 쇼미르는 망설이지 않았다.

"소그드가 왜 너한테 반했는지 알겠군."

우네켄은 기겁했다. 그러나 정작 지목을 받은 정엽의 백자와 같은 뺨에는 희미한 핏기 한 조각도 떠오르지 않았다.

"눈치채셨습니까?"

"눈치 못 채는 쪽이 이상하지. 기족의 단 한 사람도 빠짐없이 믿고 있을 거다."

기족의 사내 중 얼마나 많은 이가 소그드와 다만 장난으로, 혹은 진지하게 몸을 섞었을 것인가. 당사자들이 굳게 입 다물고 있는 이상 도리는 없으리라.

본디 기족에게는 사내끼리 잠자리에서 얽히는 습속은 없다. 유래로 따지자면 교역을 하러 초원을 건너오는 대상이 즐기는 나쁜 놀이이고, 이것을 소그드가 배워서 아주 적극적으로 써먹었지만 그의 태도가 장난스럽고 여유로워서인지 나쁜 놀이 이상의 큰일은 되지 않았다. 진메이가 특이한 사례인 것이다. 기족도 대개는 납득하게 되어, 이제 와서는 소그드를 따져 나무라는 사람은 하스 정도이다.

그런 소그드가 화하에 사절로 가더니 남겠다는 전언을 보내어 왔다. 그 까닭이 기막히게도 지금껏 겪어본 적 없는 연모에 빠져서라니, 기족 사람들 대부분은 믿지 않았다. 사절단에 동행한 여러 용사들, 바토르와 아르지뿐만 아니라 하스조차 단언했는데도 불구하고.

소그드가 화하의 부귀영화에 눈 돌아가, 기족을 배반했다고 악담을 퍼붓는 자도 있었지만 극소수였다. 대체로 화하의 황제가 인질로 잡은 곡절이니 싸워서 되찾아 와야 한다고 소리치거나, 화하의 미인 한번 꼬셔보겠다고 남았음이 틀림없다며 한숨을 쉬었다. 그도 아니면 원래 제멋대로라 그러려니 하는 판이었다.

그리고 지금 그 어느 의론도 불식되었다. 소그드의 행동거지와, 그 옆에 선 정엽의 모습만으로 누구나 납득했던 것이다.

"뜻밖에도 두 분은 불만이 없으신 듯하군요."

"그야 뭐… 불만 있는 녀석도 있을 테지만요."

쇼미르와 우네켄은 서로의 시선을 교환했다. 서로의 눈동자에는 과거의 소그드가, 그리고 정엽의 눈동자에는 현재의 소그드가 비추어져 있었다.

"옛날 그 녀석은 무엇에도 맘 붙이는 일 없이 '할 수 있으니까 한다'고 말하는 태도였지. 너희 남쪽과 맞붙을 때도, 다른 부족을 굴복시킬 때도, 망고스를 물리칠 때도."

"지금의 소그드는 우리 기족과 초원의 장래, 남쪽과의 관계조차 진지하게 생각하는 분위기입니다. 그리고……."

우네켄은 눈을 가늘게 뜨고 웃었다. 그 미소는 그 이름이 가리키는 짐승, 흡족한 여우와 꼭 닮아 보였다.

"당신 말마따나 우리는 소그드의 재주를 써먹기만 하고 소그드 자신에 대해 진지하게 생각한 적이 없었어요. 소그드의 처지를 진지하게 걱정해주는 당신 같은 사람이라면, 그렇소. 옛날 노래에서 부르는 대로 '딸을 주어도 좋다'일지도 모르겠군요."

단숨에 말해버리고서 우네켄은 은근히 정엽의 안색을 살폈다. 여전히 그 얼굴에 부끄러워하는 기색은 없다. 미소도 변함이 없다. 강적이군, 하고 우네켄은 내심 혀를 찼다.

"일루베신에게는 들을 일 없는 말을 해주셔서 감사합니다. 하지만 제가 실례를 범한 까닭은 저의 사사로운 정 때문만은 아닙니다. 저 또한 같은 일로 소그드에게 꾸짖음을 받은 적 있었기에."

"소그드가?"

일순 정엽의 눈에 비친 얼굴은, 들리는 목소리는, 아연한 쇼미르와 우네켄의 그것이 아닌 그날의 표정.

'왜 네가 다 짊어져야 하지?'

그 말 한마디가 너무나 간단히 세계를 부수었다.

하지만 기묘하게도 소그드 또한 같은 주박에 얽매여 있었다. 비록 그 자신은 자각하지 못했고, 설령 깨닫는다 해도 괘념치 않을 테지만.

그럼에도 불구하고 나서는 까닭은…….

나의 아집. 그렇게 생각하며 정엽은 더욱 깊게 미소했다.

5장

　여느 사람들은 꿈을 꾸면서 현실과 구분하지 못한다. 그러나 카르구스는 명확히 알 수 있었다. 사실, 그에게는 꿈도 현실과 별반 다를 바가 없었다.

　꿈은 물에 비친 풍경과 같은 것. 옹고드와 망고스가 뛰놀고 일곱 층의 하늘과 일곱 층의 지하세계를 오르내릴 수 있는 사다리.

　그러나 어떤 두려운 광경이 닥쳐와도—발은 지면을 뚫고 머리는 하늘 꼭대기에 가서 닿는 거대한 에를릭이 오르도조차 고스란히 삼켜버릴 듯한 아가리를 쩍 벌리고 달려들어도 눈 하나 깜짝하지 않을 만큼 산전수전 겪은 카르구스도, 그 광경에는 전율을 금치 못했다.

　세상은 별 없는 밤처럼 검었다. 아무리 말을 달려도, 아무리 손을 뻗어 휘둘러도 걸리는 것이 없었다. 그뿐이라면 두렵지 않으리라. 하지만 카르구스는 분명히 느낄 수 있었다. 그 무한한 어둠 속에서 도사리고 있는 것들.

　사락사락 스치는 소리. 끼릭끼릭 맞비벼지는 소리. 카랑카랑 거슬리는 소리. 우직우직 으스러지는 소리.

　어떤 소리든 듣는 귀에 기묘하게 거슬렸으며 어딘지 혐오감을 자아냈다. 싫다. 듣고 싶지 않다. 이 어둠이 걷히지 않기만을 천신과 조상신들에게 간청한다. 하지만—한편으로는 생각한다. 게르 침상 속에 파고 들어간 이와 빈대, 그 악물惡物 등속처럼… 털가죽을 손질해 지은 이불깃을 들추어 깡그리 잡아야 한다는, 봐야만 한다는 충동이 그를 물고 늘어졌다.

괴롭다. 뜨겁다. 병독病毒에 갉아 먹히는 것처럼.

세계가 갉아 먹히는 것처럼……

그리고 카르구스는 벌떡 일어났다. 등불 한 점 밝히지 않은 게르 안이었다. 천창에는 변변한 별빛 한 줄기 스며들지 않았다. 물론 꿈속을 덧칠한 칠흑에 비하면 대낮이나 다름없다.

그는 지체 없이 침상 아래로 뛰어내렸다. 그리고 성큼성큼 문을 향해 걸음을 옮겼다. 그의 게르 안은 그가 뵈로서 일하기 위해 필요한 갖가지가—무복巫服과 북, 거울, 갖가지 형태의 가면, 약초를 담은 광주리, 궤짝 따위가 어지러이 흩어져 있었지만 어느 것도 카르구스의 발부리에 걸리진 않았다. 그렇게 게르를 뛰쳐나간 카르구스는 시커먼 사람 그림자에 냅다 부딪힐 뻔했다.

"니둔?"

"카르구스. 무슨 일이죠?"

아직 해도 밝지 않은 시간. 여명을 예언하듯 더욱 짙어지는 어둠 속에서 그는 왜 우뚝 서 있었던 걸까. 하지만 카르구스는 별 의문을 품지 않았다. 두 사람의 게르는 그리 멀리 떨어져 있지 않았다. 정확히 이르자면 다른 게르에 거리를 둔 채, 그들의 게르만 동떨어져 자리한 탓이다.

초원에는 이런 말이 있다. '검든 희든 뵈는 뵈.' 사람을 치료하고 악령을 쫓는 하얀 뵈든, 망고스와 대적하고 저주를 막아내는 검은 뵈든, 여느 사람들에게는 사람이 아닌 것들을 섬기고 부리며 마주하는 꺼림칙한 존재. 다루는 방향이 다름에도 카르구스가 그나마 니둔에게 친근감을 느끼는 까닭은 결국 똑같이 경원시 당한다는 사정은 매한가지인 탓이리라.

하여 카르구스는 일순도 망설이지 않고 니둔에게 자신이 꾼 꿈을 모두

고했다.

"불길한 일이 일어날 거다. 일루베신에게 알려야 해."

비록 배우고 익힌 바는 달라도, 뭐라는 사실은 다르지 않은 니둔은 진중한 얼굴로 그의 이야기를 들었다. 그러나 결론에 관해서만은 불현듯 고개를 저었다.

"미안합니다. 알리는 일은 잠시 기다려주세요."

"무슨 말이냐?"

"지금 일루베신은 아직 저주에서 회복되지 못했어요. 그런데도 앞으로 일어날 일을 족장으로서 대비케 한다면 괜히 무리시키는 것이 아닌지……."

"그야 그렇다만. 음, 하지만 소그드도 있지 않느냐?"

"소그드는 이제 우리 사람이 아니잖아요."

니둔의 입 가장자리에는 쓸쓸한 미소가 감돌았다. 그와 대조적으로 카르구스의 얼굴은 불퉁해졌다. 주름이 깊어진 얼굴, 색실을 섞어 땋은 머리채가 반백이 된 그는 아무래도 고루하다는 평을 면키 어려운 나이였다. 그에게는 초원 사람이 초원이 아닌 곳에서 살아감은 있을 수 없는 일이었다. 태어난 땅이 있다. 씻은 물이 있다. 그들을 가호하는 오랜 조상들의 영혼이 지키고, 천신이 내려다보고 있는 곳.

"뭐, 소그드니까."

하지만 그렇게 확고한 믿음을 가진 카르구스도 받아들이지 않으면 안 되었다. 그만큼 소그드라는 이는 손으로 거머잡을 수 없는 바람이란 사실을 초원의 모두가 보고 듣고 느꼈던 것이다.

"그렇다면 어쩌자는 거냐."

"우리들끼리 대비할 수밖에 없어요. 혹시 그 이방인이 한 말을 들었나요?"

"이방인? 소그드의, 그?"

카르구스는 나이도 있거니와 뭬의 신분인지라 젊은이와 어울리지 않았다. 허나 그렇다 해도 '그 이방인'의 위명은 듣지 않을 수 없었다. 노래 속의 로싱칸과 같이 아름다운 용모. 활이든 씨름이든 말타기든 노래든 어디에나 두각을 드러내는 출중한 재주. 무엇보다 그를 대할 때 소그드가 보이는 심상치 않은 태도. 모를 리가 없는 것이다. 하지만 대부분의 기족은 결국 그 이상야릇한 청년을 흔쾌히 받아들일 수밖에 없었다. 눈엣가시처럼 여겨 견디지 못하는 이는 초톤과 그 패거리 정도일까. 그리고 카르구스 눈앞의 니둔은 노여움이나 질시보다는 우울한 빛을 띠고 있었다.

"쇼미르가 그랬어요. 우리 기족이 소그드를 다부진 종마처럼 흠씬 부려먹고 있다고 말하던데요."

"……틀린 말은 아니구나."

"소그드가 초원에 남아 있고, 일루베신이 건재할 때였다면 코웃음 쳤을 거예요. 하지만 지금은… 그런 말을 들으면……."

카르구스는 희미하게 안쓰러움이 섞여 있는 얼굴로 니둔을 바라보았다. 우울하고 분한 기분은 카르구스도 느끼고 있다. 두 사람이 무력했기에, 일루베신은 속수무책으로 저주에 당했다. 카르구스가 기도를 바친 그 숱한 옹고드, 그가 양의 뼈와 영험한 돌을 엮어 정성껏 만든 수호 부적도 일루베신을 지키지 못했다. 여느 악령이라면 쫓아냈을지도 모른다. 평범한 망고스라면 맞서 싸웠을지도 모른다. 하지만 일루베신을 단번에 넘어뜨린 그 저주는 신성한 흰 젖에 피를 섞은 극히 부정不淨하고 불길한 것을 아리야 야얄로리 오드카리의 땅에 떨어뜨린 탓에 내려진, 두렵고 거룩한 로싱칸의 주벌. 저주를 준비한 이 또한 재앙을 입을지도 모르는 지극히 흉흉한 만행.

"신경 쓰지 마라. 우리는 지금 할 수 있는 일을 할 뿐이야. 이 일은 우리끼리 해결하자꾸나."

"예. 한동안 징조를 살필 테니 당신도 비밀로 해주세요. 특히 소그드한테는요."

"알았다."

카르구스는 수긍하고는, 몇 마디 잡담을 나눈 뒤 자신의 게르로 돌아갔다. 숙영지는 오로지 잠에 빠져 있었다. 위대한 족장 일루베신의 가호를 받아, 가축을 노리는 야수의 습격이나 다른 부족의 약탈을 염려할 일도 없이 그저 고요히.

카르구스를 주시한 건 정답이었다. 니둔은 몸을 돌리며 안도의 한숨을 삼켰다. 밤이 깊었으나 그의 발길은 자신의 게르로 향하지 않았다. 카르구스와 마찬가지로 그의 게르도 주구呪具로 가득 차 있었다. 사람을 저주하기 위한…….

이 업이 아니었다면 자신은 일루베신을 온전히 지킬 수 있었을까. 싸움터에 나가 활약하거나 꾀를 발휘하여 부족을 흥하게 할 수 있었을까. 소그드를 도울 수 있었을까.

그리고 그랬다면 소그드가 화하로 떠나는 일도—그곳에서 초원을 등질 만한 인연을 만나는 일도 없었을까. 니둔은 그 사람, 무서울 정도로 아름다운 화하의 사람을 떠올렸다. 사실 소그드가 돌아온 뒤 줄곧 뇌리 한구석을 차지하고 있었기에 떠올렸다고 이를 만한 일도 아니었다.

이런 미인이라면 이길 수 없다. 그렇게 생각한 기족 젊은이가 얼마나 될까. 니둔으로 말할 것 같으면 겨룰 마음은 티끌만큼도 없었다. 흥미가 있다면 그의 '도술'이라는 재주다.

그렇다. 겨룰 리 없다. 그가 바라는 것은 소그드의 곁이 아니었으므로. 그가 바라는 것은…….

니둔은 아주 옛날의, 소그드가 초원을 떠나기 전의 일을 떠올렸다. 감히 떠올리기 꺼려질 정도로 부끄러운 기억이었으나 아직도 생생했다.

"아, 아으. 으."

그는 네 발로 기는 짐승처럼 엎드려 신음했다. 스스로의 의지라기보단 그런 추태를 자처하지 않으면 견디기 힘들었던 탓이다. 하반신만 발가벗겨진 채 치부 안쪽으로 말채찍 손잡이가 밀어 넣어지는 일은 그랬다.

주인의 손이 크기에, 초원에서 드물게 자라는 버드나무 가지의 굵은 밑동을 다듬어 만든 손잡이는 손아귀에 넘치지 않았다. 그리고 공들여 무두질한 가죽을 감은 터라 손바닥이 상할 일도 없었다. 하나 결코 이런 용도로 쓰라고 만든 물건은 아닐 터였다.

본디부터 받아들이게 만들어지지 않은 내부로 밀려들어오는 이물異物은 이물 그 이상은 되지 못한다. 그럼에도 불구하고 말기름을 듬뿍 먹어 매끄러운 그것은 물결치는 치부의 근육을 따라 착실하게 안쪽으로 빨려 들어갔다. 밀어 넣는 손은 너무나 능숙하고, 그의 감이 들썩거리는 허리나 허벅지의 꿈틀거림을 놓치지 않았다.

가장 악질인 바는 그 손이 단지 밀어 넣는 데에 그치지 않고 니둔이 쾌락을 느끼는 곳을 집요하게 찾고 있음이었다. 손에서 미끄러져 떨어뜨리는 일이 없도록 칼막이처럼 두드러진 말채찍의 끄트머리로 힘겹게 달싹거리는 점막의 요소요소를 누르고, 훑고, 긁어댔다. 점막이 상처 입는 일은 없게끔, 그러나 내부의 심지를 놓치지 않을 만큼 힘주어서.

"아, 제에, 발… 그만해……!"

교성을 막기 위해 짓씹는 잇새에서 비명인지 간청인지 모를 소리가 튀어나왔다. 자신이 무슨 말을 하는지 알아챌 만한 분별이 니둔에게는 남아있지 않았다. 하지만 니둔을 희롱하는 그는 그 말을 놓치지 않았다.

"뭐, 그렇게까지 말한다면야."

교묘하게 파고들던 손길이 뚝 그쳤다. 니둔 뒤에 도사리고 있던 기척이 훌쩍 물러났다. 그렇다고 니둔은 즉각 추태에서 헤어나지는 못했다. 상대는 잔혹하게도 몇 걸음 물러난 뒤에 진기한 물건을 감상하듯 니둔에게 시선을 주었다.

"크… 흑……."

식은땀이 등골에서 솟아올라 니둔의 갈비뼈를 타고 떨어졌다. 반라의 보기 흉한 모습으로, 채찍을 치부에 삽입한 채, 흘레붙는 짐승과 같은 몰골을 하고서 애처롭게 신음하는 자신. 이대로 있다간 언제까지 눈빛으로 농락당할 터인데, 그가 해주지 않는다면 스스로 이 덫에서 벗어나는 수밖에 없다. 어느 쪽이든 죽기보다 싫다. 하지만 어느 쪽이든 선택해야만 했다.

"두고… 보자고….."

"너 혼자 해낸다면 나중에 얼마든지 두들겨 맞아주지. 여차하면, 내가 대줘도 좋아."

사양이라는 말은 목구멍에서 튀어나오지 못했다. 이마에서 흘러내린 땀이 눈에 스며든 탓인지, 아니면 몸을 지나치게 혹사시킨 탓인지 눈이 흐릿하여 니둔은 상대방의 얼굴을 확인하지 못했으나 싱글싱글 웃고 있음은 능히 짐작하고도 남을 일이었다. 그는 이를 악물고 손을 치부에 가져가 반도 넘게 튀어나와 있는 말채찍 손잡이를 떨리는 손가락으로 쥐고 잡아당겼다.

"힉……!"

점막이, 그 이상으로 내장이 딸려 나오는 듯한 감각이 그를 엄습했다. 땀이 더욱더 왈칵 솟았다. 무턱대고 힘으로 뽑았다간 벌어질 일을 니둔으로서는 생각하고 싶지 않았다. 힘을 뺐다 주면서 절묘하게 박자에 맞추어 잡아당겨야 할 텐데, 이미 시선에 짓눌리다시피 한 그가 그런 기교를 부릴 수 있을까.

"아, 아흐, 아아……."

바들바들 떨면서 허리를 좌우로 흔들며, 어느새 앙다무는 것도 잊어버려 타액이 흥건히 흘러내리는 턱을 쳐들고 침상 위에서 몸부림치는 니둔을 그는 화로 옆 호상에 앉은 채 느긋하게 지켜보고만 있었다. 지그시 미소를 띤 입에서 먼저 말을 건네는 일은 없을 터였다.

자존심이 다 타서 재만 남기까지는 그리 오래 걸리지 않았다. 니둔은 거의 울먹이는 표정으로 제대로 힘이 들어가지도 못하는 오금을 휘적휘적 움직여, 치부를 상대의 방향으로 향하고─한심할 만큼 가냘픈 목소리를 쥐어짰다.

"빼… 줘…."

"흠, 그러지 뭐."

다행히 그는 실없는 말을 덧붙이지 않고 니둔의 말에 응했다. 다시 말채찍을 잡고 이번에는 빼는 방향으로 당긴다. 그러는 한편 드러난 엉덩이와 등허리를 어루만지는 손길은, 니둔 스스로도 어처구니없게 여겨질 정도로 온화하게 달래어주었다. 점막을 긁어내는 이물감이 썰물처럼 빠져나가고 안도감이 빈 곳을 채우는 듯했다. 그러나 그러한 기분도 찰나였다.

"히……!"

비명조차 나오지 않았다. 길고 늘씬한 손가락이 느닷없이 터무니없는 가락을 변주했던 것이다. 그 손은 말채찍을 오히려 쑤셔 넣어 휘젓더니 사정을 두지 않고 확 잡아 뺐다. 뱃속을 깡그리 긁어내는 듯한 감각에 니둔은 순간 의식을 놓을 뻔했다. 하지만 그 감각이 순전히 고통뿐만이 아니란 사실을, 정신을 차린 니둔은 흠뻑 젖어버린 허벅지로 하여 깨달았다. 더군다나 치부의 이물감은 사라지지 않았다. 몇 번이나 겪은 바 있는 손가락이 말채찍을 대신하듯 들어와 있었기에.

"잘 넓혔는걸. 쓰지 않으면 아깝잖아?"

나지막하고 부드러운 목소리 또한 가차 없이 귓구멍을 파고들었다. 마찬가지로 달래는 음색이었지만, 그 저변에 깔린 열기를 니둔이 흘려들을 리는 없었다. 그러나 거절의 말을 자아낼 기력이 더 이상 없었다. 니둔은 부추기는 궤적을 그려대는 익숙한 손길에도 불구하고, 반 치도 움직이지 못한 채 그저 숨결만을 거칠게 할 따름이었다.

격랑이 물러가고 나서 아직도 정사情事의 여운에 짓눌려 있는 니둔과 달리 상대는 후리후리한 다리로 허공을 차고 시원스레 일어섰다.

"여엇차."

니둔은 침상 위에 께느른하게 누운 채 그가 옷을 걸치고 매무새를 가다듬는 모습을 잠시 바라만 보았다. 훤칠한 등줄기와 군살 없이 다듬어진 몸의 윤곽. 분명 열 올리는 여자들은 줄 섰는데 여색에 관해서 그는 어떤 화하의 성문보다도 굳건했다.

"소그드."

니둔은 입만 움직여 그의 이름을 불렀다. 그가 주저 없이 돌아보았다. 전쟁터에서 그토록 긴 날과 밤을 보냈건만 조금도 흐트러지지 않은 정돈된 이목구비. 장난기와 진지함이 기묘하게 뒤섞인 눈동자. 뺨에는 불이 있고 눈에는 빛이 있다—신수 훤한 미남을 칭하는 기족의 경구는, 마치 그를 위해서 만들어졌다고 여길 만했다.

"갑자기 왜 이렇게 억지로 한 거야?"

"그야 네가 내 걸 넣고 싶어 하지 않아 보이길래… 딴 거라도 넣어 주는 쪽이 나을 거 같아서…."

"화낸다, 나."

"미안미안."

소그드는 뒷머리를 긁적거렸다. 입은 웃고 있지만 진심으로 미안해하
는 기색이었다. 서쪽 상인들에게서 배운 비역이라는 나쁜 취미에 물들어
있지만, 소그드가 강제로 한 적은 없었다. 전쟁에서 패한 다른 부족의 사
내도, 노예조차 건드린 바 없다. 완전 낯선 풍습에 현혹되어 흥미를 품은
기족의 동료들에게 추근대다가, 그나마 응해주는 녀석과 얽힌 뒤 산뜻하
게 헤어질 뿐이다. 니둔도 그중 하나였다. 그리고 일루베신의 양자가 되
어 오랫동안 어울려 온 니둔은 눈치채고 있었다.

"……화낸 거야? 이런 짓 하니 여자라도 알아보라고 말해서."

"다들 하는 소리인데. 너한테는 분풀이가 되어서… 진짜 미안."

이방인처럼 손바닥을 맞대거나 화하 사람처럼 고개를 숙인다. 갖가지
방법으로 사죄를 표하는 소그드에게 니둔은 화난 낯을 유지할 수 없었
다.

"그야 하스를 덮치면 좀 그렇겠지."

"제발 살려주라. 하스한테 그렇게 들이대 봤자 목젖을 잘릴 뿐일걸.
너한테는 전에 말했다고 생각했는데, 너까지 그런 소리를 하니 어쩐
지……."

소그드의 형제자매는 모두 소그드와 어머니가 달랐다. 대개 철천지원
수이고, 좀 나은 관계라 해도 소가 양 보는 사이와 다름없는 소그드에게
어쩌면 그나마 형제라 할 만한 이는 니둔뿐일지도 모른다. 그런 니둔에
게 말한 바란…….

"아버지처럼 되지 않겠다고?"

"응."

"그러니까, 족장이 될 생각은 없는 거구나?"

서로 간에 전부 꿰뚫어보고 있었다. 지금껏 소그드의 성벽性癖에 아무런 언급도 하지 않았던 니둔이 느닷없이 여자를 거론한 이유를, 그저 장난스럽게 상대의 몸을 탐하던 소그드가 갑작스레 능욕하다시피 한 까닭을. 비록 족장이 부족 사람들의 총의를 얻어 오르는 자리라고 해도 족장의 자식은 차기 족장으로 가장 먼저 고려되는 위치이다. 바꾸어 말해 처자식을 두지 않는 사내는 족장으로 떠받들어지기엔 다소 부족한 감이 있다. 더군다나 남자와 어울리면서 말썽을 빚는 작자라면 말할 나위 없다. 따라서 니둔이 농담처럼 던진 말에는 족장이 되기 위해 진지하게 준비하라는 일침이 숨어 있었고, 이에 소그드는 가차 없이 응징한 것이다.

　"족장이 되어서 소중한 것을 내버리고 가야 한다면, 절대로."

　일루베신의 진짜 소생이 아니기에 애매하게 거리가 있는 니둔은 죄다 보고 있었다. 일루베신은 처음으로 화하의 성읍을 공략했을 때 얻었던 첫 아내를 사랑했다. 그 자신도 어느 정도인지 깨닫지 못할 만큼 지극하게. 만일 일루베신이 그녀의 마음을 돌리는 데에 온 정성을 기울였다면 두 사람의 관계는, 그리고 소그드의 삶은 바뀌었을지도 모른다. 그러나 잇따라 거두는 눈부신 승리와 기족을 압박하는 초원 여러 부족의 횡포는 일루베신에게 그와 같은 삶을 허락하지 않았다.

　니둔은 그 결과물을 말없이 바라보았다. 그는 태연하게 젖차를 끓이고 있었다. 온갖 주구가 널린 검은 뭐의 게르에서.

　"소중한 것이 없다고 해도?"

　"그야 모르잖아."

　잡을 수 없는 바람. 올가미를 걸 수 없는 야생마 같은 사내.

　하지만 그의 본심 어딘가에는, 소중한 것을 만들고 싶은 마음이 숨어 있을지도 모른다.

　"너도 한 잔 마실래?"

"엉덩이 아파서 죽지 않는다면 좀 있다가."

"여기 둘 테니까 마음껏 마셔. 벌충은 다음에 할게."

떠날 때에도 도무지 거침이 없다. 니둔은 문 밖으로 사라질 때까지 소그드의 뒷모습에서 눈을 떼지 않았다.

그의 바람은 소그드에게 소중한 것을 만들어주는 일.

니둔은 추억으로부터 돌아와 밤하늘을 올려다보며 미소 지었다.

다음 날, 정엽은 물결치는 풀이 지평선까지 끝없이 이어지는 초원 한가운데에 양 떼와 함께 덩그러니 서 있었다.

투멘 노인은, 적어도 정엽이 보기에는 무슨 꿍꿍이가 있어 보이는 인물은 아니었다. 그의 게르는 오랫동안 에스기를 바꾸지 않아 거무스름한 빛을 띠고 있었지만 북변에 두는 제단이나 수놓은 깔개를 깐 침상, 공들인 기름칠로 번들거리는 화로에 이르기까지 긴 세월 조심스레 사용한 티가 역력한 장소였다. 기족이 맞닥뜨린 여러 전투에서 아들과 손자까지 잃어버리고 자리보전한 노파와 호젓하게 살아가는 노인. 일루베신 족장은 전투로 가족을 잃은 이들에게 넉넉하게 전리품을 갈라주었으므로 생활에 부족함은 없을 터였다. 다만 초원의 삶에서 절약은 몸에 밴 것이었고 이 노부부는 새삼 바꿀 생각이 추호도 없었다. 다갈색으로 그을리고 천산의 계곡만큼이나 깊게 주름이 팬 얼굴은 기족 특유의 무표정을 고수하고 있었다. 말수 적은 그를 대신해서 앓아누운 가냘픈 노파가 이러한 이야기를 조곤조곤 전해주었다.

이와 같은 순박함이 도리어 화근이 된 것인가. 다소 구변이 좋은 이가 있다면 이 부부를 속여 넘기는 일쯤 누워서 떡먹기일 터였다. 일손이 부족하다든지, 일루베신의 신의라든지, 초원과 화하의 화합 등 끄집어낼 구실은 얼마든지 있다.

그러나 정엽은 내색하지 않았다. 그저 진중하고 공손하게 노인들의 말에 귀를 기울이고, 양 떼를 칠 때 알아야할 이런저런 주의를 새겨듣는 듯했다. 그가 이미 알고 있음을 추호도 드러내지 않고서. 그 뒤에야 정엽은 양치기 노릇을 하여 투멘 노인에게 주어진 목초지에 나올 수 있었던 것이다.

이 땅에는 산이나 구릉조차 좀처럼 찾기 힘들다. 기족에서 이르기를, 서쪽으로 몇 날 몇 밤을 가면 장대한 산맥—초원 사람들이 그토록 숭앙하는 산, 하늘에 닿는 천산이 있다고 하지만 정엽은 본 일이 없었다. 가도 가도 조금도 변화 없는 초원. 기족 사람들은 어찌 이런 곳에서 자신이 있는 자리를 파악하고 양과 말을 인도하는가.

하지만 정엽은 길이 없고 표지로 삼을 만한 풍광도 없는 초원이 그다지 두렵지 않았다. 해와 별의 위치를 헤아려 자신이 있는 곳을 재는 법을 익혀 알고 있었기 때문이다. 기실 그는 아무것도 두려워하지 않았다. 화하 사람에게는 기묘하게 여겨지는 초원의 풍습도, 신령인지 요괴인지 분간하기 어려운 로스—사브다크도, 완연히 요괴와 다를 바 없이 사람의 피와 살을 탐하는 망고스도 정엽의 두려움을 불러일으키지 못했다. 천 길짜리 자로도 속을 잴 수 없는 사람의 마음 또한.

초원 사람이라면 더 빨리 눈치채었으리라. 끝없이 펼쳐진 지평선을 눈으로 가늠하며 살아온 그들은 거의 대부분 눈이 터무니없이 밝았다. 소그드는 사냥터에서 그저 까만 점으로밖에 보이지 않는 철새를 응시하곤 종류는 물론이거니와 암수까지 맞추는 재주를 선보인 바 있다. 하지만 정엽은 아무리 삼재라 해도 그런 재주까지 갖추진 못했기에 그들이 말을 힘껏 달리면 금방 도달할 만한 거리에서 비로소 알아차렸다.

세 명의 사내였다. 말에 우뚝하니 올라앉은 모습은 이웃 게르를 방문하려는 사람처럼 홀가분했다. 그러나 정엽의 눈썰미는 말 엉덩이에 얹어진 주전부리 주머니가 묘하게 홀쭉한 모양새임을, 말안장 아래 덮개 안쪽에 도사린 묵직한 뭔가를, 가볍게 걸친 델 안쪽에 무엇인가가 들어 있는 양 그려지는 부자연스러운 윤곽을 간파했다.

결코 서두르지 않는다. 그러나 한편으로는 어딘지 억누르는 기색도 감돌고 있다. 그런 분위기를 똑똑히 느끼면서도 정엽은 아무 일 없는 양 시선을 길손에게서 비껴 양 떼를 바라보았다. 양 떼만은 천지가 개벽하고 나라가 흥망하여도 자기네와는 상관없다고 웅변하는 듯한 자태로 평화롭게 풀을 뜯고 있었다.

그들이 목소리를 높이지 않아도 귀에 닿을 만한 거리에 이르자, 정엽은 비로소 깨달았다는 양 웃음 지으며 고개를 돌렸다.

"안녕하십니까, 초톤 씨."

평범한 인사에 답하기 앞서 세 사람은 말을 멈췄다. 정엽은 태평한 얼굴로 그들이 눈짓을 교환하는 모습과 손에 쥔 고삐를 은근히 다루는 동작을 응시했다. 꿍꿍이는 명확했다. 너무나 뻔해서 딱히 긴장도 되지 않는다. 정엽은 평온한 안색으로 그들을 맞이했다.

"양을 먹이기에는 딱 맞춤한 날씨로군요. 어디에 놀러 가시는지요?"

"화하 남첩의 뒷구멍 맛이나 보러 왔다."

그 말의 내용보다, 목소리에 담겨 있는 증오야말로 예리하게 날이 서 있다.

초톤이 던진 말이 신호였던 듯 그의 오른쪽에 선 사내가 허리춤에서 뭔가 풀어 냅다 던졌다. 노끈의 양 끝에 돌을 잡아매어 던지는, 달아나는 동물의 다리를 휘감아 나동그라지게 만드는 팔맷돌이었다. 능숙한 솜씨로 던진 팔맷돌은 어김없이 정엽이 탄 말의 다리를 거머잡았다. 말은 가련하게도 혼비백산하여 히힝 울면서 쓰러졌다. 그러나 정엽은 기울어지는 안장 위에서 절묘하게 몸을 뒤집어 휘청거리지도 않고 가볍게 땅 위에 내려섰다. 그리고 즉각 반격했다. 본래 정엽의 기질이라고 하면 조용히 인내하면서 기회를 살펴야 할 터였으나 분명 교우관계가 나빠진 탓이라. 정엽은 그렇게 생각하여 미소했다.

그는 손목을 늘어뜨리고 가볍게 흔들어 던졌다. 어느새 그 손아귀에는 말에서 뛰어내리면서 주워 든 차돌이 자리하고 있었다. 빡, 듣기에도 상당히 아플 만한 소리가 울려 퍼졌다. 사내가 그대로 뒤로 넘어가 나자빠졌다. 쏜살같이 날아간 돌은 미간에 명중, 기절시키기에는 충분한 일격이었다.

"으악!"

이어서 비명이 울려 퍼졌다. 또 다른 사내가 거의 고삐를 놓칠 뻔하며 무릎 언저리를 움켜쥐었다. 바지에 삽시간에 혈흔이 퍼져나갔다.

"기족 분들은 대체로 무기에 흥미를 느끼시는 걸로 아는데요. 중원의 무기, 쇠뇌라고 합니다."

정엽은 왼팔을 들어 겨눈 자세 그대로 단조롭기까지 한 어조로 설명했다. 기족의 옷, 델의 넉넉한 소매 안쪽 정엽의 새하얀 손목에 감겨 있는 두터운 팔찌와 흡사한 물건. 그러나 겉에 달려 있는 것은 결코 장식의 용도는 아닐 터였다. 팔뚝에 살짝 올려놓을 만한 크기의 그것은 실로 활과 같은 모습. 그러나 시위는 팽팽하게 당겨진 채, 팔에 휘감긴 정교한 철사와 용수철의 기계장치에 의해 손가락만 교묘하게 움직여도 발사되는 구조다.

"방아쇠란 것을 건드리면 발사됩니다. 사냥은커녕 침놓는 데에나 쓸 만한, 두 번은 써먹지 못하는 물건이지만요. 나름대로 재미있지요?"

"왜 나만 남겨두었지? 우습게 보는 거냐?"

목구멍과 혀가 버석버석 소리 난다 싶을 만큼 말라붙음은 긴장해서인가, 혹은 노여움에 불타서인가. 초톤은 제대로 기능하지 않는 목청을 어떻게든 적셔가며 으르렁거렸다. 정엽이 초연한 얼굴로 왼팔을 거두어 하얀 손가락을 턱에 가져다대었다. 마치 생각에 잠긴 모습이었다. 단지 그 움직임만으로, 내리깐 눈꺼풀 아래 눈동자에 얽힌 빛만으로 바라보는 이의 눈에 황홀할 만큼의 아름다움이 찔러와, 부족 사람들이 수군대는 바와 같이 정녕 로스—사브다크의 화신으로 여겨졌다.

"글쎄요. 우선 제가 함부로 결말지어도 되는 일인지 알지도 못한 뿐더러."

"네놈을 쓰러뜨려 범하고 짓밟아 소그드 놈에게 보여주겠다고 했는데도—."

"어째 저의 업보라 해야 할지 근래 자주 듣는 말이라 그다지 놀랍지 않아서."

놀라야 할 일에 놀라지 않고, 노여워하지 않으며, 그저 아름답다. 마치 로스—사브다크가 바꿔쳤다고 일컫는 그 남자와 같이.

그렇다. '저것'은 인간이 아니다. 그러니 무슨 일을 해도 상관없다.

아무리 초톤이라도 무의미한 욕설이나 저주를 읊조리려 떠벌리고 있었던 것은 아니었다. 그는 말하면서 전신의 근육을 긴장시켜 단숨에 어떤 행동을 해치울 준비를 마치고 있었다. 바로 허리띠로 감싸 허리춤에 매달아두었던 통을 꺼내 아교로 막은 뚜껑을 여는 일. 가느다란 대나무 통에 불과해 남쪽의 화하에서는 발에 채여도 신경 쓰지 않을 흔해빠진 물건이었지만, 초원에서는 전혀 자라지 않아 대단히 진귀한 물건이었다. 그렇다 해도 굳이 탐내어 쓸 만한 것도 아니다. 초원 사람들은 말의 오줌보를 손질하여 물주머니로 쓴다. 화하 사람들이야 냄새나고 역겹다 소스라치겠지만 튼튼하고 탄력이 있는 데다 쓰지 않을 때에는 접어서 짐 속에 집어넣으면 그만이기에 말 타고 달리는 여행에는 이만한 물건이 없다.

그러나 '이것'을 넣어두는 데에는 물주머니를 써선 안 된다. '이것'은 짐승의 혈육을 뜯어 먹는다. 반면 풀이나 나무 등속은 입을 대지 않기에, 구하기 힘든 대나무를 어떻게든 손에 넣었던 터였다.

뚜껑을 열자마자 초톤은 황급히 손을 뒤집어 열린 입구를 아래로 했다. 아무것도 쏟아져 내리지 않았다. 마치 처음부터 담아둔 바 없는 양, 무엇도.

"당신은 대체……."

그러나 정엽은 알 수 있었다. 도사로 살아오면서 단련한 기감氣感으로, 터무니없이 위험한 뭔가가 안에서 튀어나오고 있음을 깨달았다. 계속 끊임없이, 언제까지나 영겁처럼……. 그런 착각을 일으킬 만큼, 그 손바닥만한 통 안에서 더없이 불길한 장기瘴氣가 퍼져 나와 사위를 채웠다.

"메에에!"

양 떼가 비명을 지르며 사방으로 흩어졌다. 그마저도 무리의 바깥쪽에 있던 양 떼나 가능하고 정엽과 초톤 주변에 섰던 양들은 시도조차 할 수 없었다. 메에에……. 비통한 신음 소리가 흘러나왔으나 이내 입가에 부글부글 끓어 넘치는 거품에 막혀 스러졌다. 가여운 짐승들은 흡사 지독한 독초라도 먹은 것처럼 무릎을 꺾고 머리를 땅에 박았다.

분명 독을 풀었다. 그러나 풀이 아니라 들이마시는 대기에, 밟고 있는 대지에 독이 깔렸다고 해야 옳을 터이다.

정엽은 살짝 휘청거리다가 가까스로 몸을 바로잡았다. 소매가 입을 가린 위에 눈동자만이 형형히 빛난다. 괴로운 듯이 찌푸린 눈썹 아래 푸른 눈이 똑바로 초톤을 응시했다. 그 표정만으로도 초톤이 희열을 느끼기엔 충분했다.

"망고스를 부리는 일은 초원에서 사형에 해당하는 중죄. 그렇게 들었습니다만."

"네놈만 입 다물면 아무도 알 수 없지. 카라—사비지. 네놈의 나라에도 이 검은 거미가 있나? 눈에 보이지 않으니 검은지 푸른지 알 바 아니다만. 걱정하지 마라, 이 독으로 숨이 금방 끊어지지는 않아. 오래 쏘이고 있으면야 그렇겠지만 네가 죽는 방식은 다를 테니까."

초톤은 장기를 들이마시고 기진해서 쓰러진 사내들을 어렴풋이 떠올렸지만 아무런 감흥도 느끼지 않았다.

아아, 아무래도 좋다. 어차피 일루베신에게 품은 불만을 토해낼 꼭두각시로 나를 내세운 놈들이다.

초톤 또한 알고 있었다. 모친이 그의 얼굴, 동생의 얼굴을 볼 때마다 저주처럼 내뱉는 말…… 너는 족장의 아들, 다음 대의 족장이라는 말 역시 마찬가지로 허상이며, 로스가 빚어내는 그림자와 다르지 않다는 사실을. 하지만 그러한 일들은 아무래도 좋다.

자신을 거들떠보지 않는 아버지. 말발굽에 차이는 돌만큼도 주의하지 않는 형.

오로지 그 사실만이 증오스럽고 원망스러워서…….

그 소그드가 세상 무엇과도 바꿀 수 없이 애지중지하는 사람. 그 아름다운 얼굴이 으깨어져, 몸이 난자되어, 다른 남자의 정으로 더러워져 있다면, 소그드는 어떤 낯을 할까?

오로지 그러한 이유로 초톤은 망설임 없이 말을 걷게 했다. 말은 공포에 질려 있었지만 주인이 독촉하자 어떻게든 한 발짝씩 나아갔다. 가죽 주머니에 넣어 목에 달아맨 수호 부적과 닿아 있는 이상 초톤도 말도 해를 입을 일은 없었다.

마침내 정엽의 지척에 닿자 초톤은 손을 뻗었다. 사실 초톤에게 카라
─사비지를 부릴 힘은 없었다. 그러니 이 망고스 떼를 설치게 내버려두
고 정엽만 끌고 가면 끝날 일이었다. 저항하면 팔다리를 부러뜨리거나
힘줄을 끊으면 그만. 어차피 철저하게 망가뜨릴 작정이었으니─.

그러나 초톤의 손가락이 정엽의 머리채를 휘어잡는 일은 일어나지 않
았다. 괴로워 어깨를 옹송그리고 있던…… 그래보였던 정엽이 불현듯 고
개를 쳐든 것이다.

새파란 눈동자의 쏘는 듯한 시선이 초톤의 눈동자에 가닿았다. 초톤은
엉겁결에 고삐를 당겨 말을 뒤로 물리고자 하였으나 손이 움직이지 않았
다. 놀란 탓일까, 아니면…….

정엽의 발이 움직였다. 앞으로 뒤로, 좌로 우로… 그 동작은 팔을 퍼
덕이지는 않았지만 마치 씨름에서 이겨 신조神鳥 항가리드의 날갯짓을 본
떠 춤추는 용사의 발놀림을 연상케 했다.

"급급여율령!"

낭랑한 목소리가 울려 퍼지자 돌연 하늘이 어두워졌다.

일식인가. 하늘의 개가 해를 먹어치우기 위해 나타난 것인가. 반사적
으로 하늘을 올려다 본 초톤은 변함없이 구름이 흘러가고 태양이 빛나는
창공을 목도하고 아연실색했다. 그럼에도 주변은 여전히 어둑어둑했다.
대지에 드리워 있는 그림자의 형태는 거대한 새.

"이 또한 공교로운 일이군요. 얼마 전에 벌레 때문에 곤란한 일이 있
어서 말이지요. 벌레 퇴치하는 방법은 아주 숙지했답니다."

우보禹步로 별의 위치를 흉내 내어 대지에 그리고 주呪를 외워 불러낸
다. 딱 한 가지, 정엽이 더욱 손본 부분이 있다면 형태. 초원의 사람들과
신령들이 행여나 놀라지 않게끔 보이지 않게 해뒀을 뿐이다.

"혹시 들어보셨는지 모르겠군요. 충해蟲害를 근절시키기 위해서는 무리해 독을 풀거나 꿀 바른 덫으로 잡기보다 천적이라 할 수 있는 짐승을 기르는 편이 좋다던가요. 벌레의 천적은 새랍니다. 고맙게도 저는 새를 잘 다루는 벗이 있어서 가르쳐 주었답니다."

정엽은 보는 사람이 황홀해할 만한 미소를 띠운 채 팔을 뻗었다. 보이지 않는 새의 횃대를 대신하려는 양. 거대한 그림자의 윤곽이 무너지더니, 수백 수천의 새 형상이 되어 사방에 내리덮인다. 그리고 마찬가지로 눈에 보이지 않는 벌레를 쪼아 먹어든다.

뭐, 지.

초톤의 입이 뻐끔거린 모양을 정엽은 놓치지 않았다. 대답을 바라지 않는 질문에도 불구하고 정엽은 친절하게 답하였다.

"북방 신조, 유창幽鬯이라고 합니다. 아무래도 이곳은 북변인 만큼 잘 맞을 듯하여. 과연 생기 넘치는군요."

정엽은 사위에 침착하게 시선을 던졌다. 사람의 눈에 보이지 않는 싸움은 끝나 있었다. 시선 닿는 곳 어디든 초원은 그저 평화롭고 광활하다. 중독되어 쓰러졌던 말과 양도 정신을 차리고 몸을 추스르고 있었다. 초톤 말마따나 맹독은 아닌 셈이다. 도망친 양들은 어떻게 불러 모아야 하나. 찾지 못하면 양 값을 치러야겠지…….

그런 태평한 생각을 하는 정엽의 눈길에 아직도 혼절해 있는 이들이 닿았으나 시선의 무게는 말과 양을 볼 때와 다르지 않았다. 저들도 내버려두면 깨어날 터이다. 다만 사람은 눈앞의 고통에 쉽게 현혹되기에 극복하는 힘이 다른 생명보다 나약할 뿐.

그 시선이 말 위에 앉은 이에게 가 닿을 때, 비로소 그 푸른 눈은 가늘어졌다. 그는 말 위에 우뚝하니 앉아있되 앉았다고 형용할 수 없는 몰골이었다. 놀람과 두려움, 절망이 그를 안에서부터 두들겨 텅 빈 껍데기로 만들어놓았다.

자세히 뜯어보면 일루베신과 소그드를 닮은 데가 있다. 그러나 결코 같지는 않다. 세 사람 사이에 메울 수 없는 골을 판 결정적인 반목은 대체 무엇일까. 부모 자식과 피를 나눈 형제를 갈라놓는 것은, 이다지도 증오하게 만드는 것은, 또는 도를 넘어서까지 사랑하게 만드는 것은.

정엽은 답이 나올 리 없는 상념에 잠겨서 그를 응시했다. 그렇게 바라보고 있었기에 알아차릴 수 있었다. 초톤의 뒤에 펼쳐진 초원. 그 우거진 수풀이 바람이 아닌 까닭으로 크게 흔들리는 광경을.

정엽은 다시금 횃대처럼 팔을 뻗었다. 그리고 한 번 크게 떨쳤다. 그 위에 앉아 있는 '무엇인가'를 재촉해서 날려 보내는 움직임. 그러자 몰아치는 바람이 정엽의 머리채를 나부끼게 하고 뺨을 어루만졌다. 보이지 않는 새가 허공을 가로지른다.

푸드덕! 날갯짓 소리가 울렸다. 보이지 않는 발톱이 검은 끈 같은 것을 채어 올렸다. 풀줄기 위로 꿈틀거리는 그것은 말할 나위 없이 세모진 머리에 번들거리는 비늘을 두른 뱀이었다.

초원에서 이처럼 새카만 짐승은 흔하지 않다. 밤의 어둠에 몸을 감추지 않을 바에야 너무 짙은 칠흑은 눈에 띈다. 게다가 허공에 매달린 뱀은 그대로 독살스럽게 몸을 뻗어 이빨을 들이대었다. 망연히 그저 소리가 났기 때문에 몸을 돌려 바라보았을 뿐인, 그 눈동자에 눈앞에 벌어지는 일이 비치는지도 알 수 없는 남자에게.

뱀처럼 그악스럽다, 라는 비슷한 뜻의 속어가 초원에도 화하에도 전해져온다. 그러나 진짜 뱀이라면 오히려 조심스럽고 신중하기에, 얻는 게 없는 사냥은 하지 않는다.

"삐이이이이이―."

애처로운 울음소리가 울려 퍼졌다. 뱀의 이빨이 보이지 않는 발을 스치자 유명이 내지른 비명이었다. 신조에게 상처를 입혀 고통을 주는 독을 지닌 짐승이 또한 있을 리 없다.

"급급여율령!"

정엽은 준열하게 소리쳤다. 이 땅의 신령들을 거스르지 않기 위해 지나치게 기에 간섭하거나 강력한 신령을 부르는 술법은 자제하고 있었지만 조신하게 삼갈 여유가 없었다.

어디에 감추어져 있었을까. 정엽의 손에 쥐어진 한 자루 사인참사검이 그 칼날에 새겨진 복마북두의 문양에서 빛을 뿜어내며 현란하게 춤추었다. 칼끝에서 뿜어져 나온 한 줄기 뇌전이 검은 뱀을 덮쳐들었다.

"파지직!"

펄펄 끓는 쇳물에 딴딴하게 얼은 얼음을 던져 넣은 듯한 소리를… 몇 갑절로 부풀린 굉음이 울렸다. 매캐하게 타는 냄새와 칙칙한 빛깔의 연기가 사방을 메웠다. 뭐라 해도 평범한 뱀이 벼락을 맞고 불타는 광경은 아니었다.

"달아나는 겁니까?"

정엽은 허공을 향해 읊조렸다. 만에 하나 상대가 도발에 걸려주길 바라며 뱉은 말이지만 과연 들어주는 이는 없는 듯했다. 정엽의 감각은 직접 본 것처럼 뚜렷이 감지하고 있었다. 정엽이 공격한, 초톤을 공격한 존재가 달아나는 방향을. 정엽이 쏘아낸 뇌전이 보이지 않는 악의에 들러붙어 밤하늘을 가로지르는 번개처럼 희미하게 잔광과 같은 흔적을 남기고 있었다.

그렇다고 언제까지나 남진 않는다. 지체 없이 쫓아야 한다. 정엽은 두 손으로 주인呪印을 맺고 주문呪文을 외웠다. 초원을 자유롭게 맴도는 바람. 그 바람의 기와 자신의 기를 일치시킨다. 몸뚱이가 곧 바람이고 바람이 곧 몸뚱이가 되니 바야흐로 둘이 한가지로 떠오른다.

답풍踏風. 선원궁 궁주쯤 되는 도사나 가능한 비술. 세간의 사람들이 이야기하기에 세속의 불기운이 닿은 음식을 먹지 않고 갓 태어난 아이처럼 순선하며 막 내린 눈보다도 정결하게 살아가는 도사야말로 이 비술에 도달한다고 하지만, 정엽으로서는 그리 동의하지 않는 말이었다.

진흙 속에서 피어나는 깨끗한 연꽃처럼, 결국 마음의 문제.

비상하던 정엽이 발 아래로 멀어져가는 초톤의 존재를 깨닫고 멈칫했다. 초톤이 여전히 말을 타고 있는 까닭은 오로지 그가 떨어지는 법을 배우지 않았음이리라. 이어지는 변고에 두들겨 맞다시피 한 그는 망연히 정엽을 올려다보고 있을 따름이었다.

아니, 입술이 움직인다. 말로 이루지 못할 뿐.

묻고 싶은 것이야 천 가지 만 가지였을 터였다. 대관절 이 정엽이라고 하는 자의 정체는 망고스인지, 로스—사브다크인지, 옹고드인지. 왜 자신을 망고스가 노리는지. 왜 정엽은 자신을 구했는지. 왜 아버지가 쓰러진 원인으로 자신이 지목받았는지. 왜 어머니는 오늘도 발광하는지. 왜 형은…….

둑에 가로막힌 물줄기처럼 무한정 부풀어 오르기만 하는 의문을 설령 죄다 풀어놓는다 해도 정엽이 대답할 도리는 없었으리라. 그러나 의문에 맞닥뜨린 이가 있으면 풀어주고 싶은 고질병을 지닌 이들이 이를테면 화하의 현인이라는 것이다.

"제가 쫓아가니 더 이상 당신을 위협할 일은 없을 테지만, 만약을 대비해 주시겠습니까?"

"나,를. 왜…….."

"당신이 미움과 노여움으로 날뛸수록 그러한 태도를 이용하는 이도 있다는 뜻입니다. 제 조언을 듣고 싶진 않으실 터이나, 미움과 노여움을 도저히 참을 수 없을 때 부디 한 번은 생각해 주십시오. 그 감정이 정녕 당신 자신의 것인지."

"나를 왜 구한 거지?"

가시덤불에 걸렸다가 튀어나온 듯 초톤의 말이 매끄럽게 흘러나왔다. 정엽은 잠시 대답을 보류하고 그를 응시했다.

겉모습은 멀쩡하나 사실은 만신창이가 된 청년…… 아니, 소년. 자신을 대용품으로밖에 여기지 않는 어머니, 또한 자신을 어머니의 부속품으로만 생각하는 아버지, 그리고 자신을 응시조차 하지 않는 형의 존재를 깨달은 이후 전혀 성장하지 못한 소년이었다. 아마 정엽의 대답 한마디로 알아차리는 일은 없으리라. 하지만…….

"화하에서 우물로 다가가는 어린아이를 붙잡는 일이 사람의 타고난 본성이라고 가르칩니다. 당신을 구하지 않을 까닭이 있는지요?"

"……나는, 소그드를…….."

그리고 너를, 이라고 말을 잇기 전에 거침없는 대꾸가 이어졌다.

"별 상관없는 일이잖습니까? 소그드와 당신은."

초톤이라는 사내가 소그드의 아우이든, 일루베신의 아들이든, 혹 우르마이의 소생이라는 사실도 모두 상관없다고 강변하는 듯한… 그런 대답만이 돌아왔다.

단호하고 무심하기까지 한 얼굴이 하늘 높이 솟아올라 보이지 않게 될 때까지 초톤은 그저 올려다보고만 있었다.

길었던 태학 시절의 꿈을 꾸었다.

향시를 치고 태학의 사문에 들 자격을 얻어 청운의 꿈을 펼치려는 기린지재에게 가장 장해가 되는 것이 있다면 단연 청루이다. 황도의 서쪽에 자리한 구획. 비록 누각의 지붕은 죄인들의 옷 색깔로 쓰이는 푸른색이되, 그 아래 들창이며 난간에 기대어 있는 이는 천하절색의 가인. 백옥의 안색은 한 번 보면 잊을 수 없고 산호빛 입술로 속살거리는 말은 오장육부를 녹일지니…….

그러나 태학에서 방탕하고 나태하다는 평을 면할 길 없는 기염이라도 뜻밖에 여자놀음으로 날과 밤을 보낸 일은 없었다. 강직한 태학생을 청루에 밀어 넣어 한바탕 소동을 일으키거나, 팔려 온 기녀의 신세이면서도 가난한 태학생과 사랑에 빠진 어리석은 여자의 바람을 터무니없는 난장판을 일으켜 끝내 이루어주는 일 등이 청루에서 기염이 노는 법이었다. 따라서 기방의 내실, 겹겹이 드리운 붉은 휘장, 코를 찌르는 달콤하고 애달픈 향내를 한 번도 그리워한 적 없었다.

그 사이를 어망에 걸린 물고기나 죽롱에 갇힌 나비처럼 허우적거리고 헤매면서, 태학생의 옷차림을 한 기염은 스스로도 당혹해 생각했다. 한편으로는 흥미롭기도 하다. 자신이 꿈으로 꿀 만큼 애타게 그리워하는 미인은 대관절 누구인가.

휘장을 헤치고 병풍을 지나자 마침내 코를 찌르는 향내가 짙어졌다. 한바탕 내달은 뒤에는 좀 역겨운 땀 냄새이지만, 볕 좋은 날 풀밭을 구르고 난 뒤에는 그야말로 기분 좋게 구수한 말 냄새.

"어렵쇼?"

얼빠진 목소리는 꿈속인데 과연 울려 퍼졌을까. 생각은 경악의 물결에 깨끗이 쓸려가 버렸으나 꿈속의 몸뚱이는 아무렇지도 않게 움직여 비단을 두르고 옥구슬을 줄줄이 꿰어 붙인 발을 들어올렸다.

흐트러진 검은 머릿결은 거칠어 보이지만 기염은 그 감촉을 이미 알고 있다. 초원의 햇살과 강풍에 담금질한 살갗도 보기만큼 까칠하지 않고…. 요염한 비단 이불, 원앙 한 쌍이 수놓아져 하룻밤의 인연일지언정 평생의 가약처럼 꿈꾸게 해주는 그 침상에서 옷자락을 풀어헤치고―.

"아니, 아니, 아니, 아니! 그건 아니잖나!"

기염은 한 소리 크게 내어뱉으며 벌떡 일어났다. 목면으로 지은 침의가 땀에 흠뻑 젖어 있었다.

초원의 공기는 건조하다. 그 덕에 낮에는 태양이 쨍쨍 내리비치지만 그다지 덥지 않고, 밤에는 기온이 그다지 떨어지지 않는데도 얼어붙을 듯이 춥다. 그럼에도 기염의 침의는 불쾌하리만큼 축축했다. 좀처럼 마르지 않는 침의와 같이 꿈속의 광경도 기염의 뇌리에 선명하게 스며들어 있었다.

본디 꿈이란 봄날 새벽의 안개와 같을진대, 어째서 일장춘몽은 사라지지 않는가. 그 모습을 거듭 떠올리면, 기염은―.

"어…… 미안하다고."

당황한 목소리가 기염의 귓전에 꽂혔다. 기염은 몇 곱절 더 당황하여 사방을 둘러보았다.

기염의 게르 가운데 기족의 사내 둘이 우뚝 서 있었다. 태어났을 때부터 저리 붙어 있었을 성 싶은 알르갈과 제메렌이었다. 기염은 혼비백산해서, 혹은 안심해서 두 사람을 쳐다보았다. 만약 깨어나자마자 본 이가 꿈에서 본 바로 그였다면 기염은 더더욱 평정을 되찾지 못했을 터였다.

"그렇게까지 놀랄 일은 아니잖아. 불러도 안 나와서 들어왔을 뿐이야."

"그러니까 돌아갔다가 나중에 오자고 했는데도."

"아니, 괜찮습니다. 덕분에 일어났으니까요."

기염은 비척비척 몸을 일으켜 거추장스러운 침의를 벗고 관복으로 갈아입었다. 화하와 달리 닫집도 없고 휘장도 두르지 않는 기족의 침상은 잠자는 모습이나 옷 갈아입는 모양을 방문객에게 훤히 드러냈다. 물론 이 게르는 기염 혼자서 온전히 쓰니 염려할 일 없어야 했으나, 지금처럼 알르갈이 빤히 쳐다보고 있어서는 거북살스럽다는 말로도 부족하다.

"벌써 정엽 공의 가르침을 받으셨다 압니다만. 화하에서는 남의 사사로운 일에 주의하지 않음이 예의랍니다."

"그런데 그 얘기가 왜 또 나와?"

"벗은 몸도 사사로운 일이라는 거 아냐?"

"잘 말씀해 주셨습니다."

일순 기염과 제메렌은 깊은 공감의 눈길을 주고받았다. 천방지축으로 날뛰는 소그드와 무슨 속셈인지 알 길 없는 정엽. 생각이라곤 없이 냅다 들이박고 보는 형을 돌보는 두 사람의 입장은 실로 닮은 데가 있었다.

그러나 아우의 고난과 역경에는 일말의 관심도 두지 않고, 알르갈은 화로 옆의 호상에 멋대로 턱 하니 걸터앉아 턱에 손을 가져다대었다.

"신기해서 말이지. 같은 남쪽 놈 같지 않아."

"……부사님을 두고 하는 말씀이라면, 그분이 예외임을 분명히 하고 싶군요. 모후께서 서국 출신이시기에."

"헤에. 그럼 서국은 저렇게 미남 미녀뿐이란 말야? 꼭 가보고 싶네."

"알르갈. 너 뭐 하러 온 거야?"

아우가 형을 책망하는 소리를 들으며 기염은 한숨을 삼켰다. 일부러 의관을 정돈하며 화하의 예의범절이란 이러하다고 온 몸으로 외친다. 무례를 이유로 진즉에 내쫓지 않은 이유는, 이런 천방지축일수록 그 서슬을 타고 중요한 정보를 흘릴지도 모를 노릇이기에.

"뭘 하러 왔긴. 물으러 왔지."

"무엇이 궁금하시기에?"

"소그드랑 그 녀석…… 정엽이랑 잤냐?"

……역시 내쫓아도 될 뻔했다. 기염은 즉각 성큼성큼 걸어 알르갈 앞에 우뚝 서서 그에게 얼굴을 들이댔다. 웃는 얼굴이지만 그 기세는 천하의 알르갈이라도 조금은 멈칫하게 할 만했다.

"아직 교훈이 몸 속 깊은 곳에 새겨지지 않은 모양이군요."

그야 새겨졌다. 여기에 더해 지금은 앞뒤로, 기염의 살벌한 미소와 뒤통수를 내리누르는 제메렌의 주먹 양쪽에 짜부라지려는 형편이다. 그러나 알르갈은 굴하지 않았다. 산양의 기질을 타고난 사내는 대개 그러한 법이다.

"아냐아냐. 그래서 여기까지 와 조용한 데서 너한테만 물으려는 거잖아."

"대체 왜 그렇게까지 집요하게 묻는 겁니까?"

"그게 말이지, 소그드가 그 녀석에게 확실히 반했는지 알아야 소그드를 돌아오게 할 방법도 생각해낼 거 아냐."

기염은 제메렌이 자신보다 더 기막힌 낯을 하는 데에도 놀랐다.

"소그드 공은 정말로 신망이 있으시군요."

"좀 다른데. 있으면 있는 대로 골 아프지만 없으면 없는 대로 곤란하니까."

"그래서, 정엽 공과의 관계를 확실히 알아내면 어쩌실 참인지?"

"그 녀석도 초원에서의 생활을 좋아하는 것 같으니 남아달라고 꼬셔본다든가."

"무리입니다. 관두시지요."

"알르갈은 멍청이이긴 하지만, 그렇게까지 딱 잘라서 부정할 정도는 아닌 듯한데."

팔은 안쪽으로 굽는다던가. 그래도 형을 편들어주는 제메렌에게 기염은 사실 반절은 자신을 향한 쓴웃음을 지어보였다.

"공의 형님 분께서는 어리석을지도 모르겠습니다만, 화하 사람들도 다른 면에서 어리석기 때문이지요. 아무리 이 땅의 풍광을 아름답게 여기고 이 땅의 풍습을 마음속 깊이 즐겨도, 화하인은 자신이 짊어져야 하는 명분과 책무를 저버릴 수 없습니다."

누구보다도 기염 또한—아무리 사랑스럽게 여겨도, 꿈에서까지 볼 정도로 애틋하게 생각해도 자신이 먼저 손을 내밀 깜냥은 없는 것이다.

이런 기분이 되는 자체가 기이한 노릇이다. 지금껏 절색의 기녀와 아무렇지도 않게 즐기지 않았던가. 소그드와 정엽의 거동을 가까이에서 보아 이상해진 탓인가.

"어럽쇼? 진메이. 웬일이냐?"

기염은 자신의 입에서 간장肝腸이 튀어나와도 이상하지 않다고 생각했다. 그가 떠올리던 인물이 대뜸 게르의 문을 열고 나타났기 때문이었다.

진메이는 기세 좋게 들어섰지만 일순 우뚝 선 채 알르갈과 제메렌, 그리고 기염을 번갈아 쳐다보았다. 아무리 무심한 그라도 기염이 부탁한 일을 다른 사람의 눈과 귀가 있는 자리에서 말 꺼내긴 어려웠던 탓이리라. 무표정한 얼굴에 초조함이 감돌았다.

머릿속은 뒤죽박죽이었으나 가까스로 생각을 그러모은 기염은 다급한 일이라고 판단했다. 그리고 진메이가 간자間者 행세를 했음이 들통나서 곤란하냐고 하면… 기염은 알르갈과 제메렌을 곁눈질하고 그렇지 않으리라 결론 내렸다. 까닭과 목적은 모두 제각각일 터이나 단 한 사람, 소그드를 염려하는 마음만큼은 같다. 거기에 걸도록 하자.

"괜찮습니다, 진메이. 이야기해 주십시오."

"니둔이 사라졌다."

"니둔이?"

"어, 그런데, 그게 왜?"

기염은 소매를 떨치고 일어섰다. 지금만큼은 수를 둘 곳을 헤아릴 여유가 없다.

　"급한 일이니 빨리 설명하도록 하죠. 아무쪼록 잠자코 귀 기울여 주십시오."

　그 목소리도, 눈빛도, 표정도 심상치 않다. 숨소리마저 잦아드는 듯했다.

　"족장―일루베신 공께서 저주에 당하기 전날, 연회에 모인 여러분 중 일루베신 공을 해할 의사가 있는 자는 없었습니다. 그렇지요?"

　"말할 것도 없다."

　"허나 두 가지 분명히 해두고 싶은 일이 있습니다. 첫째, 사람들에게 알려진 바와 달리 그 연회 자리에는 한 사람이 더 있었습니다. 바로 전승을 축하하기 위해서란 명목으로 온 니둔. 둘째로 그는 제가 듣기에 무당―이 땅에서는 뭐라고 불리는 직분에 종사하고 있다지요. 저주에는 누구보다도 능하다고."

　알르갈과 제메렌은 서로 당혹스러워하는 눈길을 교환했다. 기염의 말에 틀림은 없다. 그러나.

　"하지만 니둔이 모략을 꾸밀 리는 없다. 니둔은―."

　"그리하여 모두가 착각하고 있었던 겁니다. 선의가 독이 되고 저주가 되어 사람을 해치는 일도 있어요."

　무시무시한 에를릭 칸의 나라를 묘사하고 망고스 칸의 악행을 노래하는 이야기 중 어떤 것도 지금 기염의 입에서 흘러나온 말만큼 섬뜩한 사실은 없었다. 바로 곁에 있는 자가 웃는 얼굴로, 무엇보다도 정다운 속내 그대로 독배를 건네는 가능성만큼 두려운 일이 또 있으랴.

　마음을 다잡고서 알르갈은 입을 열었다.

　"니둔이 그랬다는 건 어떻게 아는데?"

"우선 일루베신 공이 건재하십니다. 기왕 저주하는 판에 정말로 해할 의사가 굳건했다면 어중 띠게 일을 치진 않았겠죠. 그리고 무엇보다…… 그 뒤에 무슨 일이 벌어졌습니까? 소그드 공의 아우인 초톤이 득세하고, 화하와의 관계가 끊어지고, 다른 부족이 쳐들어왔나요?"

"그렇지 않다. 굳이 말하자면 우리들이 보기에 안 좋은 일은 벌어진 적 없군."

"결정적으로 소그드 공이 돌아왔습니다."

세 사람—진메이, 알르갈, 제메렌의 몸이 굳어졌다. 이제 기염의 목소리 외에는 숨소리 한 가닥 흘러나오지 않았다. 기염이 이야기꾼이 되었다면, 그리고 좀 더 듣는 이가 많았다면 이 순간 초원에 세세연년 이어질 명성을 얻었으리라.

하지만 지금 기염은 새로운 직분을 모색할 여유가 없었다. 그가 헤아린 바대로라면 지금 정엽은…….

"제가 살펴보자 기족 사람들은 극히 적은 이를 제외하고는 소그드 공이 돌아와 주기를 바라고 있습니다. 일루베신 공의 뒤를 잇건, 없으면 난처하기 때문이건, 술친구가 필요하건, 어떤 연유든 간에 말이지요. 그 일이 성사된 겁니다."

"저주의 목적이 그거였다고? 소그드를 다시 데려오는……."

진메이의 목소리는 신음이라 할 만했다. 기염은 슬쩍 그를 일별했지만 가면 같은 무표정밖에는 발견할 수 없었다.

"하지만 한 가지 문제가 있습니다. 소그드 공은 어디까지나 사절로서 온 것. 언제든 돌아가기로 정해져 있지요. 그걸 막기 위해서는 어찌해야 겠습니까?"

"맞아! 소그드가 홀딱 반한 그 녀석을 죽여서!"

"……단정 짓지 마시고. 소그드 공과의 관계가 어떠하건 간에 그분은 금상황제의 적자. 그분이 해를 입으면 화하와 기족의 맹약은 돌이킬 수 없이 파탄 날 터이고, 소그드 공이 아무리 바란다 해도 돌아갈 길은 막히 겠지요."

"증거는 있나?

알르갈과 진메이의 얼굴이 사색이 되어가는 중 제메렌만이 평정을 유지하며 물었다. 그러나 겉으로는 어떤 표정을 유지하건 제메렌에게도 기염에게도 여유는 없었다.

"정엽 공 또한 이러한 사정을 짐작하셨기에 홀로 양 떼를 방목한다는 위험한 일을 받아들이신 참이었습니다. 몇몇 이들에게만 그러한 속내를 언질하셨지요. 분명 스스로 역경을 물리칠 자신이 있으셨겠지만, 저는 염려를 지울 수 없었습니다. 그래서 송구스럽지만 진메이 공께 부탁하여…… 말하자면 동태를 살핀 겁니다."

"그 녀석을 뒤쫓아 모습을 감추는 놈이 저주한 자식이라고?"

"그렇게 단순하지는 않습니다. 정엽 공이 외딴 곳에서 변고를 당한다. 그렇다면 틀림없이 그 순간 종적을 알 수 없는 사람이 흉행을 저지른 이로 지목되겠지요. 하지만 일루베신을 해한 그는 그렇게 쉽게 꼬리를 내밀지 않았어요."

"답답하구만. 빨랑 결론 내!"

"금방 끝내지요. 단순히 정엽 공이 외진 영지로 떠나는 것과 동시에 모습을 감추어선 안 된다. 분명 그자는 자신의 죄업을 뒤집어씌울 대상을 찾고 있어요. 그래서 저도 나름대로 손을 써서, 이 영지를 떠나는 면면을 살피고 있었습니다. 니둔이 떠나기 한 발 앞서 영지를 떠난 자, 초톤이었습니다. 당장에 저주했다는 누명을 쓰고 있는 사람이 그입니다. 패는 다 갖추어졌다…… 그렇다면 니둔으로서도 행동하는 것밖에 남지 않겠죠."

"무슨 행동을—."

"초톤이나, 혹은 그 자신이 정엽 공을 해하여 화하와의 맹약이 틀어지게 만듭니다. 그렇다면 소그드 공은 사면초가. 초원에 남을 도리밖에 없습니다. 스스로의 입장은 안전하게 지킨 채……."

"그럼 이러고 있어선 안 되잖아!"

알르갈은 대뜸 들어왔을 때와 마찬가지로 냉큼 일어나려 들었다. 제메렌이 정강이를 걷어차 저지해도 마찬가지였다.

"기다리라고. 어디로 가야할지 알아?"

"물어보면 되지! 우선 투멘 할배네 집으로 달려가서……."

"그 전에 저도 묻고 싶은데요. 왜 공께서는 화하의 황자인 정엽 공을 돕고자 하십니까?"

기염의 서늘한 시선이 알르갈을 향했다. 그러나 알르갈은 거의 거들떠보지도 않았고, 시선의 냉기도 느끼지 못하는 듯했다. 그는 그저 벽력같은 목소리로 단언했다.

"그 녀석은 나와 씨름을 했고 또 술을 마셨다. 우리 부족 놈의 못된 짓으로 해코지 당하는 꼴을 내가 보고 있어야 하나?"

"……진메이 공께서는?"

시선이 흘러 진메이에게 가 닿았다. 차디찬 수면 같은 눈동자에 잔물결이 일었지만 눈치챈 이는 없었다. 진메이 또한 반석 같은 목소리로 답했다.

"나는 너를 돕기로 했다."

"그렇군요……."

한숨처럼 중얼거리며, 기염은 침상의 머리맡에 둔 궤를 꺼냈다. 궤 속에 은밀히 보관해둔 한 장의 서지. 아니, 누런 바탕에 짙은 주사로 복잡한 문양이 새겨져 있는 그것을 화하에서는 부주符呪라 한다.

"놀라지 마십시오. 화하에서는 이것을 식신式神이라 부릅니다."

기염은 그것을 한 번 접었다 펴서, 후 하고 숨을 불어넣었다. 사람의 숨은 그가 지닌 생기. 물론 기를 제대로 단련한 도사여야만 도술을 쓸 터이나 정엽은 여느 사람도 쓸 수 있게 비술을 발휘한 뒤 부주를 기염에게 건네었다. 아니, 그 이상으로 이 부주는 기염만이 쓸 수 있도록 가공한 것. 얼마만큼의 기량이 있어야 가능한 일인지 기염으로선 짐작도 할 수 없었다.

부주 위에 새의 형체가 떠올랐다. 흡사 살아있는 것처럼 생생한…….

"이것이 정엽 공이 있는 곳으로 인도해 줄 겁니다. 발 빠른 말을 빌려주시겠습니까? 음, 다루기 쉬운 놈으로요."

"내 뒤에 타라."

"예에?"

말 꺼낸 진메이는 물론이거니와 누구도 기묘하게 뒤집힌 기염의 목소리를 신경 쓰지 않았다. 이후 한 식경―말 위에서 가까스로 목소리를 쥐어짜 앞으로의 계획을 설명하면서, 기염은 거침없다고 일컬어지는 기족의 기질을 뼛속까지 느꼈다.

"와, 와, 와!"

"아이고, 천신이시여!"

"제물이 부족해서 미안합니다! 진정하세요, 아버지!"

한바탕 소란이 불 꺼진 게르 안을 휩쓸었다. '아버지 옹고드'를 불러 머나먼 서쪽으로부터 대상大商이 가지고 오는 신령스러운 약초를 태워 제물을 바치고 병을 다스리는 의식. 그 와중에 느닷없이 아버지 옹고드가 썼던 뷔가 날뛰기 시작했던 것이다. 그러나 기실 그 소동이 일어난 까닭은 아버지 옹고드가 노여워한 탓이 아니었다. 신령은 아직 내리지 않았다. 뷔가 팔다리를 내두르고 무복巫服을 벗어젖히며 게르를 뛰쳐나오기까지는 전적으로 그 자신의 의지였다.

또다시 그 어둠을 보았다. 이번에는 그 어둠 안에 도사리고 있는 것까지도.

그는 너무나도 잘 아는—.

"뭐야, 카르구스. 무서운 꿈이라도 꿨냐?"

무아지경으로 달리던 카르구스를 붙든 것은 그저 담담한 목소리였다. 찬물을 뒤집어 쓴 듯이 그는 헤픈 고개를 들었다. 괴이쩍게 날뛰는 뷔에게 태연히 저녁거리를 물을 수 있는 사내, 필시 기족 전체를 통틀어 단 두 명…… 일루베신.

분명 정양에 힘써야 할 처지임에도 일루베신은 태연스레 말에 오른 참이었다. 좌우에 선 바토르와 아르지는 염려하는 마음에 쫓아 나왔으리라. 하지만 카르구스는 오로지 일루베신만을 뚫어져라 응시했다.

'그'는 일루베신에게 전하지 말라고 권했다. 그러나 바로 '그'는…….

"왜 대답이 없지?"

카르구스의 속에 어떠한 광풍이 부는지 모르고서 일루베신은 거듭 물었다. 그래도 돌아오지 않는 대답을 어찌 해석했을까. 그는 씁쓸하니 웃었다.

"퇴물한테는 고민도 못 털어놓겠다는 게냐?"

"그런 소리가 아니야. 일루베신. 나는 단지……."

"단지?"

"……네가 이렇게까지 되어서 고생하는 모양이 보기 싫어서다."

이는 자신의 마음일까, '그'의 마음일까. 스스로 분간할 수도 없으면서, 카르구스는 망연히 읊조렸다.

그러나 일루베신은 그 말을 듣고도 자존심 상해하는 기색을 보이지 않았다. 역정을 내지도, 울적해하지도 않았다. 그는 조금도 흠 가지 않은 담담함으로 카르구스를 마주 응시했다.

"그야 내가 한심한 꼴이 된 건 사실이지. 하지만 하는 짓은 별로 바뀌지 않았는데."

"무슨 엉뚱한 말을."

"부족을 위해, 나를 위해, 지금 내가 할 수 있는 일을 한다. 어떠냐. 바뀐 데가 있냐?"

"일루베신이 이제 와서 바뀐다면 그야말로 갈 때 다 되었나 싶어서 무서울 텐데."

바토르는 나름 농이라고 한 말일 테지만 정말로 죽을 고비를 넘긴 사람에게 던질 소리로는 아슬아슬했다. 아르지는 마땅한 응징을 하고 싶었으나 공교롭게도 그와 바토르 사이에 일루베신이 있었다.

그 광경을 보며 카르구스는 비로소 납득했다.

다르지 않다. 바뀌지 않는다. 자신의 일은 달래고 어루만지며 위로하는 일. 그리고 일루베신의 일은 전사로 싸우고 맞서며 지키는 일. '그' 또한 자신의 일을 하고 있었을지도 모른다. 그렇다면 카르구스 또한 그 마음에 답해야 할 터.

"무서운 꿈을 꾸었다."

"네가 말하는 거라면 단순히 꿈은 아니었겠지?"

"그래. 타루바간 산기슭의 목초지에서 전에 없이 무시무시한 망고스가 태어날 거다."

기족은 말한다. 혼인하지 않은 젊은이의 영은 모르라는 이름의 망고스로 변한다고. 어려서 죽은 아이나 자살한 이, 변사한 자는 흉측한 형상의 식인귀 부제우가 된다. 오누이끼리의 부정한 관계로 태어난 이는 죽어서 악령으로 화해 세카라 불린다. 장례를 치르지 못한 혼이 다른 이의 사체에 붙으면 본이라는 악귀로 다시 태어난다.

망고스는 무수히 존재한다. 초원의 뭇는 그들과 맞서는 기예를 두루 갖추고 있다. 여느 사람도 아닌 그런 카르구스가 '무섭다'라고 말한다면, 이는 결코 평범한 망고스가 아니라는 뜻이다.

카르구스의 목소리가 닿는 곳에 있던 사람들은 모두 얼어붙었다. 아르지, 바토르도 마찬가지였다. 오로지 일루베신만이 뻔뻔스러운 경지에 이른 태연한 얼굴로 대꾸했다.

"무서운 망고스라. 보통 그런 놈은 사연이 있기 마련이지. 왜 생겨난 거냐?"

"그 까닭은……."

불현듯 카르구스는 말을 잃었다. 지금 그가 입에 올리려는 이름은 일루베신에게는 흔해빠진 적의 이름이 아니었다. 천신도 사람도 개의치 않는 첫째 아들과 부친에게 품은 감정이란 오롯한 증오뿐인 둘째 부인의 소생들…… 그리고 부친을 아버지가 아닌 족장으로 보는 다른 자녀들에게서 그저 거리를 둘 뿐인 일루베신에게, 부친을 따르는 아들다운 태도로 다가온 이는 그뿐이었으므로.

그러나 카르구스가 잇지 못한 말을 일루베신이 서슴없이 이었다.

"니둔인가?"

"……어떻게… 어떻게 안 거지?"

카르구스의 목소리는 마치 죽어가는 사람의 마지막 숨결처럼 잦아들었다. 일루베신으로 말할 것 같으면 눈썹 하나 까딱하지 않았다.

"저주로 니둔을 쉽게 이길 녀석은 내가 아는 한 없어. 바꾸어 말하면,

니둔도 눈치채지 못하게 저주할 수 있는 녀석은 니둔뿐이라는 거야."

카르구스는 물론이거니와 아르지조차 숨을 죽이고 일루베신의 안색을 살폈다. 그러나 지금껏 여러 차례 배신을 겪고, 그 모든 환난을 비바람이나 들불처럼 묵묵히 견디면서도, 여태 의심과 경계를 모르는—그런 배포를 가졌기에 부족 사람들의 존경을 한 몸에 받은 일루베신은 여전히 꺾임을 모르는 남자였다. 그에게서 꺾인 부분이 있다면 피와 힘줄과 살로 이루어진 몸뚱이뿐. 그마저도 다시 일어나고자 하는 참이다.

"확실한 장소는 점칠 수 있겠나?"

"있지만…… 일루베신. 뭘 할 작정이지?"

"가봐야지. 나는 족장이다."

카르구스는 자신이 일루베신을 축복했던 날을 떠올렸다. 족장의 자리에 오른 날, 네모진 양의 복사뼈를 하늘 높이 던져 올려 땅에 떨어진 모양으로 천신의 뜻을 점치고, 노래와 춤으로서 새로운 족장이 기족을 번영으로 인도하기를 기원했던 날.

그토록 찬연하게 빛나던 일루베신과, 지치고 병든…… 하지만 굽히지 않는 일루베신은 달라지지 않았다고 다짐하며—.

"무리해선 안 돼."

"아마도, 그럴 거야."

"아마도가 아니잖습까!"

"우리가 따라갈 테니까요."

"어차피 이번에는 내 사냥감이 아니야."

카르구스는 다른 이의 말을 빌려 아르지와 바토르, 그리고 일루베신을 따랐다. 일루베신은 반신을 다루기 여의치 않음에도 질풍처럼 말을 몰았다. 따라서 그의 입에서 나온 말끝은 누구도 듣지 못했다.

6장

거센 바람이 백옥 같은 미녀의 뺨을 문질러 붉고 거칠게 바꾸는 초원.

그러나 타루바간 산기슭, 초원에서 보기 힘든 아름드리 전나무가 우뚝하니 서서 숲을 이룬 이곳만큼은 그 바람도 맥을 못 추었다. 아니, 공기가 정체되어 있다. 깊고 깊은 동굴…… 에를릭 칸의 일곱 층 지하 나라처럼. 그곳의 더럽혀진 공기를 세계가 거절하는 양.

뼈가 널따란 원을 그리며 땅에 꽂혀 있었다. 그리고 그 안쪽은 그저 검붉다. 풀도 나무줄기도 돌도 흙도 모두, 갓 잡은 말과 양의 피와 내장을 정성스레 문대어 붉게 물들인 판이었다. 감히 바람조차 숨죽이는 까닭은 비릿하고 흉흉한 공기를 초원에 퍼뜨리지 않고자 함인가…….

그러나 불현듯 한 줄기 선풍이 불어왔다. 그 맹렬한 기세는 불쾌한 사취死臭를 압도하였으나, 기묘하게도 나뭇잎 한 장 떨구지 않고 풀잎 한 줄기 찢어발기지 않았다.

"윽……."

원의 중심에 자리한 것이 신음을 토했다. 주위의 사물과 다를 바 없이 검고 붉게 물든 그것은 찬찬히 뜯어보면 기괴하게도 전라全裸의 사람이었다. 사람의 이해를 초월한 광경. 그러나 바람에 실려 날아온 또 다른 이는 놀라지 않았다. 그 또한 사람의 이해를 초월한 곳에 섰기에.

"여기에도 식신이라 할 만한 것이 있었군요."

"단순한 망고스입니다. 흉사를 알리는."

피투성이 사내는 하늘을 올려다보았다. 창공을 등에 지고 바람을 디

딘, 실로 천산의 사자使者이자 태양의 아홉 아들 중 하나라 해도 이상하지 않을 듯한 사람을.

"언제부터 눈치챘죠? 정엽."

"딱히 언제라고 할 만한 순간은 없었습니다. 단지…… 당신은 몸을 너무 사렸어요. 저주를 한 사람을 찾기 위해 저의 도움을 구한다고 했으면서 딱히 행동을 취하지는 않았지요. 당신의 패를 보임이 꺼려졌을지는 모르겠지만, 아무래도 앞뒤가 맞지 않았습니다."

"초원에서는 검은 뵈의 일에 흥미를 품지 않는 쪽이 당연합니다. 재액災厄을 입을 수 있으니까요. 탐구심 넘치는 당신을 얕보았군요."

"당신이 얕본 사람은 당신 자신입니다, 니둔."

지나가다 우연히 마주쳐 환담을 나누는 듯했던 차분하고 태연한 목소리에 비로소 감정이 깃들었다. 굳이 감추려고도 하지 않는—슬픔.

"자신의 무모함과 아집에 의하여 이다지도 참혹하게 전락하리라 생각하지 못한 당신의 오만을 얕본 것입니다."

"나에 대해서 당신이 무엇을 안다고—."

"제가 저에 관해서 아는 만큼은 압니다."

왜냐하면 정엽 또한 일루베신과 소그드를 위하여 무슨 짓이든 할 수 있었기에.

"……이해해주었다니 기쁘군요."

온통 붉게 물들어 있는 얼굴에서 표정을 읽기란 쉽지 않았지만, 정엽은 그가 웃었음을 알아차렸다. 그는 고통스러워하는 사람처럼 구부렸던 몸을 펴고 똑바로 서서 정엽을 올려다보았다.

"그렇다면 이 또한 이해하겠군요. 이제 와서 돌이킬 수는 없다고."

정엽 또한 알고 있었다. 하지만 묻지 않을 수도 없었다.

"그런 일을 해봤자 일루베신은, 소그드는 기뻐하지 않을 겁니다. 당신이 하는 일은 두 사람이 질 필요도 없는 짐을 지게 하는 일…… 그리고 당신 자신의 개죽음으로 이어질 따름입니다!"

"상관없어요. 제가 바라는 건 이미 이루어졌으니까."

소그드에게 소중한 것이 생기기를.

그렇다면 그가 할 수 있는 일은, 그 소그드가 행복하게 살아갈 장소뿐.

애절한지 장렬한지 처참한지 알 수 없는 모습으로 니둔은 행동을 개시했다. 반사적으로 정엽은 낭랑하게 부르짖었다.

"급급여율령!"

오탁汚濁을 씻어내는 방법은 두말할 나위 없이 물이다. 물론 가장 틀림없고 치명적인 방법이 있다. 바로 불―이 초원의 사람들이 지하 나라를 다스리는 냉엄하고 잔혹한 왕 에를릭 칸보다도 두려워하는 불 할미의 권능으로 사르는 것. 하지만 정엽은 아직 그 수를 쓰고자 하지 않았다. 끝내 써버리면 니둔의 목숨은 돌이킬 길이 없다. 그는 아직 니둔을 제압할 수 있으리라는 희망을 버리지 않았던 터이다. 그러나 그 바람이야말로 정엽의 오만인지도 몰랐다.

"체동蠆蝀!"

정엽은 소매를 떨쳐 뿌렸다. 그 안에서 튀어나온 형상은 흡사 말채찍처럼 자그마한 무지개. 분명 비 내리다가 그칠 때에 보이는 그것이 어찌하여 사람의 소매 속에 숨을 수 있었을까. 미세한 물방울에 빛이 산란되어 무지개가 태어난다는 설명은 이 세계의 이치에 맞지 않음이니.

제대로 응시하지 않으면 알아보지도 못할 만큼 작고 아물거리는 형상이 몸을 뒤틀며 용틀임을 하자, 보이지도 들리지도 않는 칙명이 일대에 전해졌다. 물을 바치거라. 이다지도 메마른 초원임에도, 풀뿌리 언저리와 흙 속 깊숙한 곳과 하늘을 떠가는 몇 점 되지도 않는 구름은 기꺼이 습기를 내놓았다. 그들이 올린 공물이 체동의 앞, 정엽의 눈앞에 아이 머리통만한 구체를 이루며 뭉쳐졌다.

비를 내리게 했다면 오히려 훨씬 간단했을 터였다. 그러나 정엽은 아직까지도 초원의 신령들을 배려하고 있었다. 한편으로는 눈치를 보고 몸을 사려도 이길 수 있다는 자신이 있기 때문일까.

물의 구체는 순간 가느다란 물줄기로 변모하여 창처럼 뻗어나갔다. 한 치의 어김도 없이 니둔을 직격한다. 사람 하나쯤 나동그라지게 만들어도 이상할 것 없는 기세. 아무리 씻어내기 어려운 피와 살점과 내장도 단숨에 쓸어버릴 수 있을 만큼이었다.

그러나 정엽의 눈앞에 있는 자는 그 이상의 해악이며, 부정이고, 악업이었다. 어지간한 청정수로는 흘려보낼 수 없을 정도로.

"당신은 이 땅의 만사만물을 궁금해했죠."

거센 물살이 휩쓸고 갔음에도, 니둔의 살빛은 태어났을 때의 빛깔을 찾지 못했다. 니둔의 피부는 솜씨 좋은 침선장이 정성 들여 수놓은 비단폭처럼 촘촘히 여러 형상이 새겨져 있었다. 다만 다른 점은 침선장이 그려내는 형상은 그 비단으로 지을 옷을 가장 아름답게 꾸며줄 꽃과 새와 온갖 상서로운 문양이요, 니둔이 새긴 형상은 가장 흉측하고 광포하고 사악한 짐승, 망고스였다.

"하지만 알아선 안 될 사위스러운 것도 있는 법입니다. 지금부터 질리도록 알게 될 테지만!"

니둔은 뼈로 된 칼을 들었다. 그의 저주로 목숨이 다한 적장의 뼈. 심장에서 가장 가까운 갈빗대를 공들여 다듬고 갈아 뾰족하게 날을 세우고 온갖 저주의 문양을 새긴 물건. 물론 이것만으로 정엽의 참사검에 대적하기란 달걀로 바윗돌을 치는 꼴이다. 화하의 도술에 관해 지극히 단편밖에 알지 못해도, 그 사실만은 분명히 직감했다.

정말로 그 단도의 쓰임새는 싸우기 위해서가 아니었다. 니둔은 그 단도로 자신의 목을 그었다.

"니둔?!"

언제나 차분하고 고고하던 정엽이라는 사내의 입에서 튀어나온 경악의 목소리를 니둔은 처음 들었다. 자신을 구할 수 있으리라 생각했을까. 그토록 얕잡아보는 것인가.

정엽이 어떻게 착각하든, 니둔 또한 저주로 하나의 경지에 오른 자로서 자부심이 있었다. 그의 행위는 결코 자해가 아니었다.

제물이었다. 그의 목에서 흘러나오는 선혈을 바쳐서.

그가 포박한, 살가죽에 새기는 것으로 봉한 수많은 망고스를 불러내는.

응당 한 번 풀려난 악령들은 다시 손쉽게 잡혀주지는 않을 터였다. 풀려난 환희와 증오를 담아 더한층 분탕질을 칠지도 모른다. 무엇보다 지금 그것들에게는 재액을 몰고 다닐 동료들, 인간에게 악행을 흩뿌리고 다닐 무리가 있다. 허나 그들이 일으킬 참상은 니둔과는 상관없는 일이었다.

미소 짓는 입에서도, 콧구멍에서도 피가 흘러넘쳤다. 니둔이 비척비척 무릎을 꿇었다. 정엽은 입을 꾹 다물고 하늘을 올려다보았다. 시야를 가득 메운 흉악한 무리들은 그들의 목줄을 틀어쥐었던 존재의 명령은 잠시 잊고 해방의 기쁨을 만끽하고 있었다. 그들은 곧, 어쩌면 당장이라도 정엽을 갈가리 찢어놓으려고 할 터였다. 그다음에는 기진한 술사인 니둔을 공격할지도 모른다. 그 뒤에는 어떻게 할까. 두말할 나위 없이 초원으로 흩어져 본성이 시키는 대로 마음껏 만행을 저지를 것이다. 그런 일은 니둔에게 있어 아무래도 좋았던 걸까.

이제 정엽으로서도 더 이상 몸을 사릴 길이 없다. 초원 신령의 기분을 살필 때가 아니다. 하지만 한편으로는 이토록 화하와 멀리 떨어진 초원에서 화하의 도술을 부리고 화하 신령의 힘을 빌 수 있을 것인가.

하지만 정엽은 일절 염려하지 않았다. 그 또한 언제나 깨끗한 수법만 쓰지는 않았다. 특히 이런 이역만리에서, 감히 후의를 기대할 도리 없는 적진에서.

소그드를 위한다는 오로지 그 목적만으로.

"그렇게까지 말씀하신다면."

정엽은 품속에서 비단 서첩을 꺼냈다. 그가 머나먼 초원까지 소중히 품어 온 그 안에 자리한 것은 귀인의 서신이나 명함, 혹은 시회詩會에서 나누었던 걸작일까.

하지만 튀어나온 서지는 사악을 봉하는 주사로 빈틈없이 칠한 누런 빛깔. 한 장의 부주. 마치 타는 석탄을 드는 양 조심스레 들어 올린 정엽은 한 손에 참사사진검을 든 채 망고스의 무리 속으로 가볍게 발을 내딛었다.

빗발같이 쏟아져 내리는 손톱을 춤추는 가인처럼 날렵하게 피하고, 물어뜯으려 덤비는 얼굴에 참사검을 들이대 두 조각으로 베어버린다. 무인지경… 까지는 과장이라 할지라도 정엽은 폭우를 헤쳐 나가듯, 들불 속을 달리듯 의연히 망고스 속으로 나아갔다.

그 가운데 니둔이 있었다. 무릎을 꿇고 그러잖아도 피범벅인 몸에 자신의 피를 더한 채. 숨은 끊어지지 않았다. 하지만 텅 빈 눈동자에 무엇이 비치는지, 비치기나 하는지 알 도리 없었다.

"갈喝!"

북두칠성의 형태를 본뜬 보법을 밟고 인을 쥐고 소리친다. 기의 흐름을 바꿔 결계를 펴는 수법은 요행히 이 초원의 땅에서도 통했다. 달려들던 망고스 떼가 거센 바람을 맞은 연처럼 훅 날아가 버렸다. 정엽을 중심에 두고 니둔을 감싼 공터가 생겨났다. 오래 버틸 수는 없을 터. 하지만 정엽은 서두르지 않았다. 그는 찬찬히 발바닥으로 초원의 감촉을 느끼려는 듯이 지긋이 걸어 니둔의 앞에 섰다. 니둔의 얼굴에는 반응이 없었다. 망고스 무리를 풀어주면서 그의 혼백마저 풀어내기라도 했던가.

방도가 없다. 알면서도, 정엽은 혀끝에 감도는 쓴맛을 어찌할 수 없었다. 하지만 그는 결연히 손에 든 부주를 니둔의 가슴에 가져다대었다.

니둔의 얼굴이 움찔거렸다. 느낄 수도 없는 처지일 텐데 무엇인가 감지한 바가 있는 것일까. 정엽은 부드러운 낯을 하고서 말했다.

"화하에는 고독蠱毒이라 일컫는 술법이 있습니다. 여러 요괴를 서로 잡아먹게 하여 무시무시한 요괴를 기르는 흉악한 술법이지요."

"……"

"바라시는 대로 해드리겠습니다."

소그드를 위해서, 목숨까지도—.

마치 그 말에 답하듯 보이지도 들리지도 않는 섬뜩한 징조가 온 초원으로 퍼져나갔다. 말이 돌연 앞발을 들고 히히힝 울었다. 양 떼가 앞도 뒤도 없이 놀라 달렸다. 요람 속의 아이가 울음을 터뜨렸다.

초원 여기저기에 흩어져 사는 사람들은 당황했다. 그러나 무슨 일이 일어나는지는 오로지 그 자리에 있던 이들과 그곳으로 달려가는 이들만이 알고 있었다.

어떤 구전으로도 전해온 바 없는 끔찍한 모습이 그 자리에서 몸을 일으켰다.

"저건 뭐야……?!"

누가 외쳤는지 기염은 알지 못했다. 어쩌면 기염 본인일지도 모른다. 그들이 말을 달리던 초원, 저만치 앞에 시커먼 형상이 치솟았기에. 얼핏 보기에는 산이라 여김직한 거대한 모습. 그러나 대저 산에 손이나 팔 같은 게 붙어 있을 리는 없을 터였다.

　누가 먼저랄 것도 없이 기염, 알르갈, 제메렌, 진메이는 말고삐를 당겼다. 그대로 달려가 저 거대한 형상에 다가가 봤자 좋을 일은 없어 보였다. 어림하자면 게르를 대여섯 채나 합치고 대여섯 채쯤 쌓아둘 법한 크기. 하늘의 해가 어두워지고, 봄날 말똥에 어린 아지랑이처럼 불길한 기운으로 대기를 물결치게 하는 존재—.

　"망고스…… 인가?"

　"저렇게 크고, 저렇게 무시무시한 망고스는 본 적 없는데."

　"저건, 설마……."

　잠시간 이어지는 말은 없었다. 그들은 자신들이 누구를 왜 뒤쫓는지 말할 나위 없이 잘 알고 있었다. 제메렌은 말을 하기 전에 마른 혀로 입술을 적셔야만 했다.

　"니둔이 불러낸 망고스라는 거야?"

　"지금은 그렇게밖에는 말 못 하겠지."

　"야야. 저렇게 굉장한 망고스를 거느리고 있었다면 여태 안 써먹었겠어? 아무리 일루베신이 부족을 잘 건사하고 소그드가 근사하게 날뛰었다지만 이젠 끝장이라고 생각한 판국이 한두 번도 아니었다고. 니둔이 몸을 좀 사리는 편이었다지만 저런 물건을 감추고만 있었다기엔……."

　"니둔이다."

　모두가 일시에 진메이를 돌아보았다. 진메이는 그것을 시야에 담은 순간부터 줄곧 일언반구 없이 홀린 양 뚫어져라 보고 있었다.

　"어찌하여 확신하시는지?"

머뭇거리면서 던진 기염의 질문에 진메이는 손가락을 뻗어 그것의 한 부분을 가리켜 대답을 대신했다. 진메이가 간과한 사실은 기염이 그토록 멀리 버티고 선 망고스의 가슴 언저리—물론 불룩 튀어나온 가장 높은 부분을 머리라 치고 사방으로 갈라져 뻗은 일고여덟의 길다란 것을 사지라고 판단할 수 있을 때의 이야기지만, 여하튼 그 장소를 분간할 능력이 없다는 점이었다. 하지만 기염 외의 초원 태생들은 달랐다. 망고스의 살가죽 위에 부스럼처럼 두드러진 지점. 패인 세 줄기의 선이, 주위에 늘어진 터럭이 굳이 말하자면 사람 얼굴과 흡사한 형상임을 분간했다. 그들이 익히 아는 얼굴과 닮은 생김새였다.

　"……저것이 니둔이 변한 꼴이라고?"

　"아마도 틀림없다."

　"아마도라니……."

　진메이는 그저 단호하게 고개를 끄덕였다. 눈에 보이는 형상으로만 오는 확신이 아니었다. 그의 마음속 현을 건드리는 타인의 감정이, 저 망고스가 품은 것이, 그에게 가르쳐주었다.

　괴로움. 슬픔. 한탄.

　그 통곡은, 니둔의 것이라고.

　뻑 하는 소리가 울려 퍼졌다. 알르갈의 주먹이 그 두터운 손바닥에 내리꽂히는 소리였다.

　"당치 않아. 대관절 왜 그딴 짓을 한단 말이냐? 망고스의 힘에 반해서? 초톤과 대적하기 위해서? 그럼 저 꼴이 힘을 얻어 신나서 날뛰는 짓거리라고? 터무니없다!"

　"니둔이 원해서 저렇게 변했다고는 볼 수 없잖습니까."

　찬물을 붓는 화하 사람의 목소리. 결코 호의적이라고 표현할 수 없는 시선이 이번에는 기염을 과녁으로 삼았다. 가열했던 승마에 이런 대접까지 더해져, 말 위에서 휘청거리는 기염의 형상이 더한층 한심스러워졌지만 북풍을 담은 말투는 바뀌지 않았다.

"미처 말씀드리지 못했는데 정엽 공은 전직 도사. 선원궁의 궁주였던 몸입니다."

"그게 뭔데?"

"여러분 말로 뭐 중의 뭐, 하늘과 통하고 땅의 요괴를 평정하는 분이라 여기시면 됩니다."

대수롭잖은 일을 읊조리는 듯한 어조 탓에 알르갈과 제메렌, 그리고 진메이까지도 바로 실감하지 못했다. 물론 진메이가 부르는 노래 중에는 그 힘이 하늘에 가 닿고 초원에 드리울 만한 뭐의 무용담도 있었다. 태초의 뭐―천산이 모래 언덕과 같고 아리야 아얄로리 오드카리 강이 물줄기에 불과했을 시절에, 처음으로 일곱 층 하늘 위로 뛰어오르고 일곱 층 지하 나라로 몸을 던졌다가 돌아온 뭐.

하지만 그 '아버지 뭐'에 견줄 만한 뭐는 여태 나타난 바 없다. 정녕 정엽이라는 자가 그 경지에 올랐단 말인가?

"정엽 공이라면 한낱 저주쯤 간단히 파훼했을 테죠. 화하, 그보다 더 남쪽에 있는 이역異域에는 '저주를 하려면 무덤을 둘 파두라'는 말이 있다죠. 니둔이 당한 일은 자신이 뿌린 저주를 뒤집어 써 일어난 횡액인지도 모릅니다."

"어떤 저주라도 사람을 저렇게 만들지는 못한다."

구슬피 중얼거리는 진메이의 얼굴을 기염은 정면으로 쳐다보지 않았다.

"그 이야기는 나중에 하는 편이 낫지 않을까요. 니둔이 뒤집어 쓴 횡액이 어떤 것이든, 지금은 기족이 고스란히 뒤집어 쓸 판인데요."

"……."

네 사람이 돌아본 그곳에서, 수많은 망고스가 서로의 혈육을 뜯어먹은 끝에 새로이 태어난 망고스는 탄생의 기쁨을 절규했다.

일루베신과 바토르, 아르지는 지평선에서 솟구치는 검은 형체를 보고 놀라지는 않았다. 이미 카르구스로부터 어떤 일이 일어나고 있는지 귀띔받은 덕분에. 다만 저런 형상이라고는 생각지 못했기에 그저 이를 악물고 각오를 다질 뿐이었다.

오히려 놀란 이는 카르구스 쪽이었다. 그는 니둔이 무슨 속셈인지 몰랐다. 그저 만나서 저지하고, 그 뒤에 곡절을 묻자고 마음을 다잡던 참이었다. 그런 그의 눈앞에 비치는 형상은 그 모든 희망을 분쇄하는 존재였다. 니둔을 막고 달래어 정신 차리게 한다는 희망뿐만 아니라, 자신과 기족이 이 초원에서 살아남을 수 있으리라는 희망조차 가차 없이 절망으로 바꾸는 존재.

"카르구스. 저 망고스는 뭐지?"

눈앞이 컴컴해지는 와중에 벼락처럼 떨어진 냉정하고 침착한 말이 채찍처럼 카르구스를 때렸기에, 그는 호흡을 가다듬고 가까스로 목소리를 쥐어짰다.

"저건…… 니둔이다."

"니둔이라고?"

"니둔이 지금까지 포박해 온 망고스와 악령의 기운이 느껴진다. 뭘 하려고 했는지 알 도리 없지만 풀려난 망고스가 니둔을 잡아먹고…… 그대로 하나로 뭉쳐졌다고밖에는 여길 수 없어."

"그런 이야기는 들어본 적 없다고!"

"나도 본 일이 없다! 내 스승의 스승도 본 일이 없을 테지. 하지만 보는 그대로다. 내 스승의 스승의 스승이라도 저 괴물을 어찌할 방도는 없어. 태초의 뵈나 황금 족장이라면 모르지만 우리들만으로는 결코……!"

"하는 데까진 해보자고. 아르지, 만일을 대비해서 오르도로 돌아가라. 쇼미르와 우네켄, 그리고 다른 젊은 놈들을 모아서 가축과 사람들이 피신할 수 있도록 준비해둬. 아리야 아얄로리 오드카리 강을 넘어서까지 쫓아오진 않겠지. 여차하면 그 여자가 나설 거다—화가 나서 기족에게 세세연년 재앙을 내릴지도 모르겠다만."

"불길한 소리 하지 마십쇼. 당신은…….."

"바토르. 너는 어느 쪽이냐?"

"갑자기 어느 쪽이냐니?"

"아르지를 돕든가 여기 남든가 해라. 아르지를 따라가면 목숨 건질 가능성은 높겠지."

뚜둑 소리 낸 부분이 바토르의 뼈마디인지 오르도의 기둥인지는 알 도리 없었다. 그는 야수가 지을 법한 살기등등한 미소를 띠었다.

"잘도 불질러 주시는구만. 그런 소리 듣고 내뺄 수 있을 리 없잖아?"

"바토르…… 게다가 일루베신도 철없는 소리 마십시오. 그 몸으로 대체 뭘 한다는 겁니까?"

"하려고 들고 왔잖나."

일루베신은 말 등에 비스듬히 걸쳐둔 거궁을 들어보였다. 그것을 한 손만으로 든다는 자체가 굉장한 일이긴 했지만 눈앞의 사태는 그만한 업적으로 해결하기엔 한참 부족했다.

"턱도 없는—."

"카르구스. 네가 빌 수 있는 축복을 모두 여기에 쏟아 부어라."

"일루베신……."

"꾸물거리지 말고."

표정은 평탄하지만 말수가 적다. 정말로 다급한 상황이라는 의미다. 오랫동안 어울려 온 카르구스는 이해하고 있었다.

모든 사악을 물리쳐 온 흑철궁. 축복을 머금은 흑요석 화살촉. 이것을 매겨 쏘아 맞춘다면, 수많은 망고스가 뭉쳐져 들끓는—따라서 아직 의지가 공고하지 못한 저 괴물에게 치명상을 입힐 수 있을지도 모른다. 쏘아서 맞힐 수 있다면… 아니, 시위부터 당길 수 있을 때의 이야기지만.

"됐다. 가자."

"넌 돌아가라. 아르지를 도와."

"무슨 말이냐. 여기까지 와서—."

"뭐가 되었을 때 맺은 서약은 사람을 구하라는 것이었지? 우리가 저 녀석을 어떻게 하든 골치 아픈 일이 벌어질지도 모른다. 그렇게 되면 부족 사람들을 돌볼 녀석이 필요해."

"영감 같은 소리 하들 마쇼. 아차, 영감이었지."

"여물지도 않은 녀석에게 그런 소리 듣고 싶지 않은데."

"바토르……!"

"다녀오마."

언제나 그러하듯 투닥거리는 바토르와 아르지에게 눈길조차 돌리지 않고, 카르구스는 그저 일루베신만을 응시했다. 그러나 입을 열어도 목구멍으로 빠져나오는 말은 없었다.

무어라 말한단 말인가. 니둔을 구해달라고? 저렇게까지 전락한 이상 구할 도리는 없음을 카르구스가 가장 잘 아는 터이다. 무엇보다도 저것을 니둔이라 할 수 있을까. 망고스에게 뜯어 먹혀 혈육과 혼백까지 그들과 한 몸이 된……. 하물며 그 이전부터 니둔은 그가 알던 니둔이 아니었다. 방향은 달라도 사람을 구한다, 그런 마음으로 술잔을 나누고 마주 웃던 니둔은…….

불현듯 일루베신이 몸을 돌려 카르구스를 돌아보았다.

"니둔은 나한테 맡겨라."

"……음."

말 달리는 용사를 바라보며 언제까지나 두 손 마주잡고 서 있는 짓은 적어도 기족에게는 어울리지 않는다. 네 마리 말은 각기 다른 곳을 목표로 달리기 시작했다.

"달려달려달려달려달려!"

"시끄러워, 알르갈!"

그렇게 소리치는 사이에 말한테 채찍질 한 번이라도 더 해주었으면 한다. 하지만 본디 기족이란 말채찍이 있더라도 좀처럼 쓰지 않는다. 특히 기수와 말이 일심동체가 되어야 하는 바로 이런 때에는……. 눈앞에 펼쳐지는 광경을 태평하게 평론하는 까닭은 너무나도 무시무시한 장면에 넋을 놓지 않고자 하는 기염의 뇌수가 짜낸 방책인 것일까. 기염은 스스로 그렇게 평하며 땀에 흠뻑 젖은 손으로 말고삐를 더욱 힘주어 잡았다.

세 젊은이가 실로 나는 호랑이처럼 초원을 내닫고 있었다. 언뜻 보기에는 놀란 양 떼를 다스리려는 양치기들과 다를 바 없었다. 그러나 그들이 몰아붙이고 있는 것은 산더미처럼 큰 망고스. 심지어 여럿의 팔로 대지를 쾅쾅 내리치면서 인간과 말 한 쌍쯤 서책으로 때려 짜부라진 파리 꼴로 만들 수 있는 존재인 것이다.

"진메이, 뭐하세요! 오른쪽… 아니, 그러니까, 당신 왼쪽으로……!"

기염은 감히 끼어들 엄두도 내지 못하는 재주였다. 알르갈은 저돌적으로, 제메렌도 결코 뒤처지지 않고, 그리고 진메이는 과연 전령을 맡을 만한 빠르기로 망고스를 몰아 기족의 숙영지로 향하지 못하도록 붙들고 있었던 것이다.

"안 돼, 이대로는!"

기염의 입에서 저도 모르게 절망적인 신음이 흘러나왔다. 기마술에 무지한 그조차도 느려지고 있는 말의 속도가 분명히 느껴졌다. 사흘 밤낮을 말 달릴 수 있다는 기족의 사내가 이까짓 일로 기진맥진하랴. 필시 저요괴가 내뿜는 독기 탓이리라.

이대로 내버려둘 수는 없다. 개죽음 당하게 둘까보냐. 하지만 기염에게는 세 사람이 망고스를 두고 달아나게 만들 말재간은 없었다. 틀림없이 저들은 지쳐 쓰러져 망고스에게 유린당하는 순간까지 우직하게 자리를 지키리라.

어떻게든, 누군가, 도와줄 사람을 찾아야…….

그러고 보니 정엽은 어디에 있단 말인가. 저주를 되돌렸다면 분명 무슨 일이 일어나는지 잘 알 터인데. 그리고 정엽과 하늘에는 비익조, 땅에서는 연리지처럼 붙어 다니는 소그드까지, 대관절—.

"화하 녀석 아니냐. 뭘 구경하고 있지?"

"이, 이이이이이이이이일루베신 공?!"

"일루베신이다. 쓸데없이 놀라지 마. 그보다…… 제법 잘해주고 있었잖아."

다가오는 말을 눈치채지 못한 건 단지 눈앞의 망고스에 넋이 팔려 있었던 탓인가. 기염은 혼비백산했지만 느긋하게 놀라고 있을 여유가 없음도 잘 알고 있었다.

"뭘 하러 오신 겁니까? 이런 위급한 때에 당신에게까지 변고가 있으면 기족으로선 큰일이라고 말하지도 못할 형편이 되어 버립니다! 덧붙이자면 제 이름은 화하 녀석이 아니고 기염입니다!"

"이 와중에도 할 말은 다 하는군요. 화하 녀석들이란."

"그러게 말이다. 왜 왔냐고? 기족의 족장된 몸으로 기족한테 위협이 될 만한 것을 멸하러 왔다."

"어떻게?"

"이걸로 한 방 쏘아붙이면 어떻게든 되지 않겠나?"

기염은 그 거궁에서 화하의 노포弩砲를 떠올렸다. 적의 투석기를 부수고 성문을 꿰뚫는 노포. 응당 병사 한둘이 당겨서는 꿈쩍도 하지 않는다. 그것을…….

"쏠 수나 있는 겁니까?"

"젖 먹던 힘까지 짜내면 어떻게든 되겠지. 어떠냐, 바토르."

"나 참. 그렇게 말할 거면서 왜 아르지를 가라고 한 겁니까? 허세도 과하다구요."

바토르는 짐짓 쾌활하게 외치면서 말에서 뛰어내렸다. 그리고 땅이 패일 기세로 한쪽 무릎을 꿇고 앉아 거궁의 오금을 쥐고 지탱했다. 일루베신은 호흡을 가다듬었다. 분명 정엽의 처치로 힘은 많이 돌아왔을 터. 그는 이를 악물고 절피를 쥐었다.

"일루베신?"

피할 곳, 몰아갈 곳, 살아날 장소를 찾던 제메렌의 눈에 언덕 위에 선 사람의 모습이 어렸다. 그는 자신도 모르게 그 이름을 입에 담았다. 대기에 스며든 말은 분명 전해졌다. 진메이와 알르갈에게. 그리고…….

"오오오오오오오오!"

망고스가 마치 통곡처럼 울부짖었다. 자신의 모습을 보이고 싶지 않다는 양 사지를 구부려 몸을 가린다.

"니둔……."

진메이는 달리는 말 위에서 누구도 듣지 못할 이름을 토했다. 그 이름
의 주인조차도.

"알르갈 공! 잠시만 와 주십시오!"

그 순간 기염의 목소리가 쩌렁쩌렁 울렸다. 마구 말을 달리던 알르갈
은 어처구니없어하는 얼굴로 기염과 가까이에 있는 일루베신을 돌아다
보았다.

"일루베신! 저 녀석을 박살낼 방도가 있는 거야?"

"이 활을 당겨야 합니다. 두 사람만으로는 부족해요! 도와주십쇼!"

일루베신과 바토르를 대신해 기염이 소리쳤다. 과연 두 사람은 말할
여유도 없었다. 이를 악물고 진땀을 뻘뻘 흘리며 얼굴을 불쾌하게 물들
여도 철사를 섞어 엮은 시위는 꿈쩍도 할 줄 몰랐다.

"뭐야, 이런 걸 당길 수나 있냐?"

"못 당기면 어쩔 겁니까. 다 죽는다구요!"

"알르갈. 잠깐 꿇어라."

절묘하게 망고스를 피해 달려온 알르갈에게 일루베신은 대뜸 나지막
한 말을 던졌다. 한창 초원을 호령하던 시절의, 누구도 거부하지 못하던
어조로.

더 이상 말은 필요 없었다. 알르갈은 무릎을 꿇고 일루베신이 내미는
대로 줌피를 쥐었다. 그 어깨를 바토르가 밟고 거의 지면과 평행이 되도
록 몸을 띄운 채 올라섰다. 두 손으로 손가락이 패이든 시위가 뺨을 파고
들든 괘념치 않고 절피를 잡아당긴다. 그 몸뚱이를 일루베신이 받쳐들었
다.

"허어어……."

굳이 비유하자면 화하에서 쓰는 쇠뇌와 흡사하다. 쇠뇌도 사람의 힘으로 쉽사리 시위를 당기지 못하기에 쇠뇌 틀에 붙은 기계장치를 쓰거나 발로 첨단의 발걸이를 밟고 두 손으로 당겨야 한다. 그리고 기염의 눈앞에 펼쳐지는 광경은 기계장치가 해야 할 일을 인간의 몸뚱이로 대신하는 기지였다.

"이런, 재주는, 한 번밖에, 못 부리겠는데!"

"빗나가지 마, 일루베신!"

"지껄이지 마라. 겨냥 흐트러지잖아! 저렇게 큰 걸 못 맞출 리가 있겠냐!"

기세 좋게 내질렀지만 일루베신의 얼굴은 굳어 있었다. 저 망고스는 덩치에 비해 재빠르다. 그리고 바토르에게 내뱉은 대로 전신의 힘을 쥐어짠 세 사람에게 두 번째 기회가 있을 리 없다.

기염은 그저 막막한 기분으로 고개를 돌려 망고스의 상태를 확인하려 했다. 그리고 보고 말았다. 망고스를 몰이하던 두 사람 중 진메이가 말을 멈추고 우뚝 서 있었다. 실컷 골탕먹어 온 망고스는 기회를 놓치지 않았다. 검고 거대한 팔이—그것을 팔이라고 말할 수 있다면—진메이를 노리고 묵직하게 허공을 가로질렀다.

기염 자신은 어찌하였는가? 도망치라고 고래고래 고함쳤는가? 가까스로 말 잔등에 붙어 있는 게 고작인 기마술로 말 옆구리를 발뒤꿈치로 펑펑 때려 무턱대고 내달렸는가?

훗날 기염은 전혀 기억하지 못했다. 당장이라도 짓눌려 짜부라지거나 패대기쳐져 곤죽이 될지도 모를 진메이에게서 눈을 떼지 못했기에. 그리고 돌연 울려 퍼진 그의 노랫소리에 넋이 나갔기에.

광활한 초원에 말을 달려 사냥하러 가면

그곳이야말로 열 가지 사냥감이 널려 한없이 풍요로운
청명한 공기가 감도는
맑은 약수가 감도는
잿빛과 갈색과 녹색이 어우러져 끝없이 흐르는
위대하고도 그리운 나의 고향…….

진메이는 그저 눈을 감고 목청을 구성지게 뽑았다. 과거 언젠가, 진메이가 오르도에서 노래를 부를 때 니둔 또한 곡을 청하는 일이 왕왕 있었다. 언제나 이 노래였다. 이역만리를 헤매다 고향을 그리워하는 용사가 불렀다는 곡조. 마치 그 곡에 귀를 기울이는 양 거대한 망고스는 일순 움직임을 멈추었다. 거궁에서 발사된 화살이 빛을 흩뿌리며 날아가, 그 몸뚱이로 꿰뚫을 때까지.

거체가 널브러져 태산이 무너지는 듯한 소리를 냈다. 그러나 진메이는 여전히 움직이지 않고 음색을 이어나갔다.

자신 외에는 남아 있는 게 없는 일족. 이제는 누구도 살지 않는 황량한 초족의 영지.

니둔은 돌아가고 싶었던 것일까. 혹은 다시는 돌아가지 못하게 된 고향을, 일루베신과 소그드로 하여금 대신케 했던 것일까.

그는 소그드로부터 고향을 찾았다. 그렇다면 소그드로부터 대족장을 찾는 자신은…….

"진메이!"

절박한 목소리가 귓전을 때렸다. 진메이는 비로소 노래를 멈추고 고개를 돌렸다. 볼썽사납게도 땀투성이인 화하인의 얼굴이 그곳에 있었다.

"훌륭한 노래였습니다. 하지만 다음에는 좀 더 안심할 수 있는 곳에서 들려주세요."

두 사람이 계속 이야기를 나눌 여유는 없었다. 알르갈의 구리솥만한 손바닥이 진메이의 등짝을 후려친 탓이다. 진메이는 주위에 몰려오는 면면을 찬찬히 바라다보았다. 기진맥진한 기색이 역력했지만 만면에 미소를 띠고 있는 제메렌. 철의 현에 손가락이 날아갈 뻔하여 손이 피투성이가 되었지만 조금도 개의치 않는 바토르. 그리고……

"덕분에 살았다."

여전히 담담한 얼굴의 일루베신. 진메이조차도 그 눈동자에 담긴 감정을 읽을 수는 없었다.

"천만에."

"근사한 노래를 지을 수 있겠군. 나 같은 늙은 퇴물이 아닌 바토르를 위한 노래를 지어줘라. 녀석이 제일의 용사니까."

"뭔 말 하는 겁니까?"

"쑥스러워하지 말라고."

주위에서 와자하게 떠들어대었지만 두 사람만은 여전히 차분한 얼굴로 서로를 마주 보았다.

"그리고 또 하나."

일루베신의 목소리는 이 소란 속에서 가까스로 귓전에 와 닿을 만큼 나지막했다.

"고향으로 돌아가고 싶어 했던 어떤 얼간이의 노래를."

처음으로 표정이 무너지고 감정이 깡그리 드러날 듯만 같아……

진메이는 바로 가까이에서 들여다보는 기염의 염려하는 표정으로부터 시선을 돌려 가까스로 견뎌냈다.

엉겁결에 승리를 구가하게 된 이들은 깨닫지 못했다. 눈이 예리하기로는 매와 같고, 코가 날카롭기로는 사냥개에 견줄 만한 일루베신조차도.

무수한 망고스가 뭉쳐져 하나를 이룬 이형異形. 죽음에 이른 그것의 형상은 흡사 얼기설기 뭉친 실타래가 풀어져 흩어지는 것과 다를 바 없었다. 그러나 그것은 생명이 없는 실꾸리가 아니다. 인간의 살점을 뜯고 하천에 독을 풀더라도, 꽃 같은 여인을 농락하고 별 같은 용사를 유린할지라도, 그들 나름 태어나 생을 영위하는 존재. 아무리 흉측스러운 목숨일지언정 스러짐이 아쉽지 않은 자는 이곳에 없으리라.

살고 싶다. 살아야 한다. 오로지 단 하나라 할지라도.

그들의 핵. 그들의 심장. 그들을 이런 모습일지라도 이곳에 이렇게 존재하게 만든 자.

무수한 파편과 잔해가 흩어지는 가운데 '그것'은 기는 뱀처럼, 달아나는 도둑처럼 질주했다.

지금 그 모습은 참혹하다는 형용을 넘어설 판이었다. 사람의 몸뚱이에 무수한 망고스를 덕지덕지 붙였다 떼어낸 것이다. 그러나 사람의 살덩이가 진흙도 아닐진대 멀쩡하게 돌아올 리 있을까. 뒤틀린 뼈, 너덜너덜한 근육과 힘줄, 짐승의 털가죽을 덧대고는 다시 갈가리 찢은 듯한 살결. 본디부터 기괴한 망고스의 용모를 더욱 끔찍하게 변주한 형상.

그 몸뚱이와 마찬가지로 혼백 또한 어지러웠다. 무고한 여인의 부드러운 살덩이를 가열하게 찢어발기는 장면이 떠오르는 듯하다가, 썩어 들어가는 진창에서 만족스럽게 몸을 뒤트는 자신이 겹쳐 보인다. 다만 분명한 것은, 이대로 사라지고 싶지 않다는 굶주림과도 닮은 지독한 욕구뿐.

"니둔."

그 순간 이름을 들었다.

이름이란 놀랍고, 두렵고, 신비로운 것이다. 초원에서는 갓 태어난 아이가 망고스의 주의를 끌어 해를 입지 않게끔 매우 천한 이름을 지어준다. 조금 자라고 나서 얻는 이름은 그 자신을 드러내는 이름. 초원에서 피어난 가장 아름다운 꽃송이도 이름이 없다면 잡초 한 포기만 못하다.

밤하늘에 뜨는 붉은 흉성凶星의 이름. 너무나도 불길한…….

하지만 그럼에도 그 이름을 부르는 목소리는 태연하고 또한 차분했다. 온화하다고 표현해도 좋을 터였다.

"……어…… 으으."

형편없이 뒤틀려버린 입과 혀는 그 호명에 분명히 답하지 못했다. 하지만 주검이되 주검이 아닌 자는 올려다보았다. '니둔'의 눈으로 소그드라는 남자를.

솟구쳐 오른 성곽 한 군데 없고, 하늘에 닿길 꿈꾸는 거목 한 그루 없다. 하지만 망망한 그 넓이가 오히려 사람 눈을 가리는 들판. 기족의 고향.

그곳에서 조금 떨어진 곳에—기족의 눈과 귀라면 곁에 선 것과 다를 바 없겠지만 화하 사람에게는 사사로운 일과 충분히 거리를 둔 곳에—선 정엽은 잠자코 바라보고 있었다.

소그드의 신변을 걱정하진 않았다. 소그드는 순수한 무인처럼 여겨지지만, 초원의 환술에 제법 능통한 편이다. 후원산의 요괴를 맨손이나 다름없는 꼴로 쓰러뜨렸던 그 밤은, 사내에게 고백받은 충격을 포함하여 정엽의 생애에서 과연 잊을 수 없는 밤이었다.

염려하지 않는다면, 나는 무엇 때문에 심장을 초조하게 움직이는가.

소그드가 이제 와 니둔에게 연민을 품으리라곤, 우선 연민이란 마음이 있는지조차 정엽은 확신할 수 없었다. 무엇보다 살아남기 위해 발버둥치는 니둔을 감지하고 소그드에게 마지막을 맡도록 권한 이는 정엽이다.

여느 때의 소그드라면 바로 응하지는 않았을 터였다. 정엽의 부탁이니 마침내 들어주었겠지만 귀찮아하는 기색이 역력했으리라. 허나 이번에 소그드는 정엽의 얼굴을 물끄러미 바라보더니 군말 없이 받아들였다.

그렇다. 소그드는 바뀌고 있다. 일절 무관심하던 자신의 모친에게도, 오로지 자신의 선택이라 여겨 개의치 않았을 니둔에게도…….

세상에서 말하는 바와 달리 자신의 도량이 얼마나 좁은지 절감하며 정엽은 쓴맛을 다실 따름이었다.

과연 소그드는 어딘지 불안한 기색을 느끼긴 했지만 정엽의 복잡한 심사를 눈치채지 못했다. 그저 그는 눈앞의 존재에 주의를 기울이고 있었다. 도리와 덕행을 모르는 그라도 자기 자신으로 말미암아 무너져버리는 길을 택한 사내에게는 응분의 예의를 갖추어야 함을 알고 있다.

"니둔."

소그드는 다시 한 번 그 이름을 불렀다. 눈앞에서 꿈틀거리는 형체가 명백히 그의 목소리에 반응하여 머리를 들었다. 일그러진 살덩이 속에서 어슴푸레한 빛을 발하는 눈동자는 필시 니둔의 것이다.

"나를 초원에 붙잡아두기 위해 이 꼴을 자처한 거라면, 미친 짓이라고밖에는 말해줄 수 없어."

정엽의 귀에 가 닿았다면 머리를 싸쥐었을 소리였다. 그러나 니둔은, 그 이름으로 불릴 수 있는 잔해는 입술 비슷한 것을 그다지 불쾌하게 보이지 않는 형태로 일그러뜨렸다. 미소 지었다, 라고 말하지 못할 것도 아닌.

"너, 어는…… 네 마음대애로… 하겄다고 해써지……. 나도, 마찬가지……."

타인 따위는 아무래도 좋다. 초원 위를 내달리는 바람처럼.

그랬던 소그드가 불현듯 미소 지었다. 니둔이 난생 처음 보는 종류의, 기족의 그 누구도—초원의 그 누구도 본 적 없었을 형태로.

"나도 그리 생각해서 사지의 힘줄을 끊고 내 팔 안에만 가두려고 생각한 적이 있었지."

돌연, 그리고 터무니없이 흉포한 말. 그 얼굴에 떠오른 표정과는 너무도 온도차가 컸다.

누구를 두고 말함인지 니둔은 능히 알 수 있었다. 비록 머잖은 곳에 있다는 사실은 눈치채지 못했지만 니둔은 다른 이들과 달리 그를, 남쪽에서 온 가인을 미워하거나 경원하지는 않았다. 그 빼어난 자질, 눈부신 용모…… 같은 종의 사람이라 여기지 않으면 질시할 일도 없다. 영험한 조류마는 여느 말과 근본이 다른 것이다.

그는 상관없다. 주의하는 이는 오로지 소그드뿐. 그랬는데, 그 소그드가―.

"하지만 그랬다면 얻지 못했을 거야. 영원히 잃어버렸을지도 몰라. 어머니처럼. 그리고 너처럼."

"소오, 그드……!"

"미안하다."

뭉그러진 폐부에 형용할 수 없는 것이 차올랐다. 니둔은 어떤 감정의 발로인지 모를 격정에 사로잡혀 망가진 사지를 휘둘렀다.

이런 범용한 말을 듣고 싶었던 것이 아니다.

이런 평범한 사내가 되기를 바라지 않았다.

황금의 대족장 따위 바라지도 않는다. 그저 초원의 바람처럼, 화하라는 성곽에 갇히는 일 없이, 누구에게도 얽매이지 않고 자유롭고 고고하게.

왜냐하면, 왜냐하면―.

이렇게 되어버리면 바라지 않을 수 없으니까.

"미안하다."

소그드는 다시 한 번 진지하게 뇌까렸다. 그리고 니둔에게 성큼 다가 섰다. 품속에는 순수한 강철로 벼린 사냥칼. 정엽의 사진참사검처럼 화하 도술의 정수가 모인 보물은 아닐지라도, 은과 흑의 색채가 뒤섞인 그 표면에 섬세한 파사의 문양이 새겨진—그 칼막이와 손잡이와 장식술에 퇴마의 부적이 장식된 귀물貴物이었다. 그 부적 중에는 니둔이 공들여 만든 물건도 있다.

이빨과 발톱과 증오뿐인 잔해.

소그드가 끌어안는 모습으로 비치자 멀리서 응시하던 정엽은 숨을 삼켰다.

이미 니둔의 흔적은 찾아볼 길 없게 된 얼굴에 자신의 것을 바싹 대고 소그드는 속삭였다. 멸망한 부족의 말예. 타인을 저주하는 일로밖에 타인에게 받아들여질 수 없었던 사내의 유해에게. 기족의, 기족만의 말로.

"나는 네가 이 꼴이 된 일을 일생 후회할 거다."

스스로에게 거는 저주를.

"……."

손가락 사이로 빠져나가는 잔해를 보면서 소그드는 생각이라는 것을 해 보았다.

만약 처음부터 남을 받아들일 수 있었다면 모친은 그렇듯 시체처럼 살지 않았을지도 모른다. 진메이 역시 스스로 고립되도록 몰아붙이지 않고, 니둔이 이런 꼴로 전락하는 일은 더더욱 없었을는지도 모른다.

그리고 소그드 자신 또한 아버지처럼 될 수 있었을지 모른다. 둘도 없는 벗도, 둘도 없는 적도 될 수 있는.

절규가 울렸다. 온 초원의 초목이 떨었다. 천지를 울리는 그 소리만으로 기가 약한 짐승들은 혼절해 쓰러졌다. 산이 무너지고 세상이 멸망하는 기세로 망고스의 왕은 천천히 스러졌다.

죽지는 않았다. 정엽은 분명히 감지할 수 있었다. 하지만 필시 중상, 그가 저 흉측한 모습을 다시 세상에 드러내기까지는 상당한 시일이 필요하리라.

　잔해조차도 바람에 쓸려가 흔적도 남지 않게 된 곳에서 몸을 일으키며, 소그드는 격렬히 머리를 털었다.

　다른 누구도 될 수 없다. 나는, 나 외에는.

　"소그드."

　부드럽게 부르는 목소리. 소그드는 고개를 돌려 그를 응시하고, 심장을 꽉 채울 듯 절절하게 깨달았다.

　"니둔 공도…… 최후의 입맞춤으로 다소는 위안이 되셨을 겁니다."

　잠시 정적이 흘렀다. 그리고.

　"안 했 어!!!"

　"……그렇습니까?"

　"아무리 이런저런 골 아픈 일이 일어났다 해도 너 보는 데서 그 짓은 안 해! 아니, 안 봐도 안 해! 너는 하는 거야? 마지막 미련을 끊는다는 이유라면 대주는 거야?!"

　분별없이 버럭 성을 내는 소그드를 정엽은 어깨를 두드려 진정시켰다. 가볍다기보다는 쇄골을 날카롭게 노리는 수도에 가까울지도 모른다. 하지만 눈꼬리에 감도는 감정은 어딘지 누그러진 듯했다.

　"지당한 말입니다. 오해해서 미안합니다."

　"계속 그러면 말야, 나도 팍팍 오해해 버릴 거라고. 다른 녀석들에게 추파 던지고 있다며."

"이미 충분히 오해하고 있습니다. 좀 삼가지요. 그렇다고는 해도…."

진메이가 화하까지 찾아온 이유를, 니둔이 이렇게 스스로를 버려가면서 획책한 이유를, 정엽은 알고 있었다.

선택받은 쪽은 자신. 그러나 당연하다고 뻐길 일은 아니다.

왜냐하면 선택받았기에 정엽 자신도 분명 그토록 자유로운 바람에 휩쓸려 구원받았으니까.

"도우러 와주셔서 고맙습니다."

그런 그가 초원을 떠나 화하에 있기를, 자신의 곁에 있어주기를 택하였다는 것에 대한 만 가닥 마음을 한마디에 담아, 정엽은 가만히 읊조렸다.

소그드는 뚫어져라 온 세상이 그 얼굴에 담겨 있는 양 정엽을 바라보았다. 하지만 응시만 한 것은 아니었다. 그의 오감은 느끼고 있었다. 아득히 먼 곳에서 그들 쪽으로 시선을 향하고 있는 사슴. 창공을 가로지르는 솔개. 지평선에 보일 듯 말 듯 비치는, 만년설을 머리에 인 천산.

초원 사람들은 말한다. 때때로 그들은, 초원의 대지와 물의 주인 로스—사브다크의 둔갑한 모습이라고. 그들은 필시 정엽이 이 초원에 들어섰을 때부터 주목하고 있었으리라. 정엽이 그들을 놀래지 않기 위해 애썼기에 잠자코 지켜보았을 뿐. 그러나 이제 화하의 술법, 고독으로 초원 사람을 해쳤으니 태도를 바꿀지도 모른다.

소그드는 로스—사브다크의 아이라고들 한다. 초원에서 길을 잃었다가 다시 돌아온, 하지만 이전과는 딴판으로 기묘한 아이를 두고 초원 사람들이 이르는 말. 물론 소그드는 제 스스로 생각하기에도 날 때부터 이 꼴이었고, 어렸을 때부터 돌봐주었던 하스 같은 이들도 보장하는 바였으나.

만약 자신이 로스—사브다크에게 사랑받은 초원의 아이라면, 지금 보여주리라. 소그드는 그리 마음먹었다.

정엽의 몸뚱이가 갑자기 가차 없이 밀어 넘어뜨려져 땅에 나뒹굴었다. 무성히 자란 여름날의 초목이 그를 부드럽게 받아주었다. 타격은 오히려 심중에 왔다. 기가 차서 말도 나오지 않을 만큼. 정엽은 엎드린 자세로 양 손을 자신의 어깨에다 짚고 내려다보는 소그드를 형언키 어려운 얼굴로 올려다보았다.

"당신은 제가 심란해할 때 무턱대고 정사情事를 강요하는 나쁜 버릇이 있군요."

"니둔의 일이라면 신경 쓰지 마. 그 녀석도 하고 싶어서 한 짓이니까."

정엽은 말문을 잃고 그저 소그드를 보았다. 엎드려서 그늘이 드리운 탓일까. 그의 표정은 전에 없이 차분하고 우울해 보였다. 언제나 거침없고 자신만만한 사내라 생각하기 어려울 정도였다.

"니둔의 속셈을 알아차리고 있었습니까?"

"알진 못했지. 다만 내가 왔는데도 묘하게 피하는 것 같길래 뭔가 이상하다고는 생각했어."

"니둔은……."

니둔은, 소그드를 위해서.

정엽은 차마 말을 꺼내지 못했지만, 소그드로서는 이미 들은 거나 마찬가지였다. 소그드는 가만히 정엽의 뺨을 어루만졌다. 그가 아는 한 누구보다도 자신을 생각해주는 사람.

"나는 선택했어. 녀석도 선택했지. 그것 때문에 네가 슬퍼하지는 마."

정엽이 토하려고 한 것은 한숨일까, 또 다른 말일까. 소그드의 입술이 그의 입술에 다시 한 번 포개어져 알 도리 없는 일이 되어버렸다.

"이곳에서는 하늘에서 천신이, 땅에서는 로스―사브다크가 지켜보고 있다고 하더군요. 고스란히 보여도 괜찮습니까?"

"아니, 오히려 보이고 싶은데."

"무슨 엉뚱한……."

"이 사람이 내 사람이라고, 내가 이 사람의 것이라고, 제대로 못박아 둘 참이거든."

초원의 신령 중에는(사실 화하도 마찬가지이나) 걸출한 미남 미녀에게 연심을 품고 꾀어 들이는 이들이 있다. 정엽은 아마, 아니 십중팔구 신령들의 주목을 받고 있으리라.

아름답고, 총명하고, 강인하고, 자신과 아무런 연고도 없는 초원의 사람들을 위해 자신의 성미에도 맞지 않는 악역을 얼마든지 감수할 수 있는―.

아아, 말하는 걸 깜빡했다.

"신경 써줘서 고마워."

나를, 초원을, 이 대지에서 살아가는 사람들을.

"웃―."

정엽의 하얀 뺨에 붉은 기운이 확 번졌다. 소그드가 목덜미를 입술로 지분거려도, 델 옷깃 속에 손가락을 밀어 넣어도 태연자약하던 태도와 영판 다르다.

"역시 이상한 데에서 느낀단 말야."

"느낀다니 터무니없는 말을……."

더 말해봤자 의혹만 커질 듯했다. 정엽은 입을 다문 채 푸른 하늘 아래서 사랑하는 사람을 끌어안았다.

아무렇게나 내던진 옷이 풀썩 하고 수풀 위에 내려앉았다. 맨살에 와 닿는 서늘한 공기가 선뜻한 한편 기분 좋다. 햇살을 쬐어 향긋한 냄새를 풍기는 풀잎이 몸을 간질였다.

소그드의 빠른 손속은 정엽을 삽시간에 태어났을 때의 모습으로 탈바

꿈시켰다. 이런 백주대낮에, 이렇게 탁 트인 곳에서……. 물론 이 드넓은 초원, 끝없이 펼쳐진 지평선 어디에도 인적은 없다. 화하 사람보다 월등히 멀리 내다보는 소그드가 눈치채지 못할 리도 없다. 사람이 다가온다 한들 소그드가 멈출지는 장담할 수 없는 노릇이나.

하지만 정엽은 막연히 느낄 수 있었다. 이 대지 위에, 이 하늘 아래 지켜보는 이는 사람만이 아니다. 초원 사람들이 텡게리, 로스, 사브다크, 옹고드라 부르는 자들.

보아도 상관없다. 오히려 보란 듯이 거침없다. 그 의미를 실감해, 정엽은 더한층 전신에 돋는 소름을 느꼈다.

"밖에서 하려니 흥분돼?"

정엽의 살결을 손가락과 입술로 탐닉하고 있던 소그드가 목구멍으로 큭큭 웃었다. 이렇게 헐벗은 처지에는 감출 수도 없다. 바짝 긴장하고 있는 살결도, 벌벌 일어나는 양물陽物도. 정엽은 덧없이 양 팔을 겹쳐 얼굴을 가린 채 잠긴 목소리를 쥐어짜내듯 하여 대꾸했다.

"마음대로 생각하고, 마음대로 하십시오. 다만 빨리 끝내주었으면 합니다. 여름이라지만 꽤 춥군요."

"우와, 귀엽지 않은 말 하네."

"언제부터 저에게 귀여움을 바랐지요?"

"요즘은 잠자리에서 꽤 귀엽게 굴던데. 내 걸 빨아줬을 때라든가."

정엽은 도사로 출가하기 전 무술에도 다소 발 담근 적이 있었고, 따라서 소그드의 턱을 올려치는 손에는 그가 기른 기량이 십분 담겨 있었다. 하지만 소그드도 오늘날까지 실랑이한 가락이 있는지라 살짝 몸을 뒤로 젖혀 일격을 부드럽게 흘려내어, 한심하게 나동그라지는 꼴은 면했다.

대신 그는 정엽의 손목을 낚아채 그 하얀 손을 손끝부터 손바닥, 손목, 팔뚝에 이르기까지 숭배에 가까운 태도로 입맞춰갔다. 흰 살결을 빨아들여 붉은 자국을 남기기 직전의, 열정적이면서도 신중한 애무. 정엽으로 선 체온이 비등하고 숨결이 가빠지는 것을 걷잡을 방법이 없었다.

"고작 이거 가지고 달아오르는 점도 귀여워."

"……시덥잖은 말은 그만두고 어서 자랑하는 물건을 쓰시지요. 혹여 금욕이 길어져 도심道心을 깨치기라도 했습니까? 그렇지 않다면 간만에 보는 이들과 회포를 푸는 데에 열중한 나머지 그 자랑스러운 것이 시들어버리기라도?"

정엽은 마음을 굳게 먹고 과감히 도발하는 말을 던졌다. 그저 유혹이든 도발이든, 소그드한테는 언제나 기대 이상의 효험을 발휘했다. 하지만 정엽은 잊고 있었다. 소그드의 반응이 기상천외할 때도 있었음을, 그리고 그때마다 자신이 절실히 후회했었단 사실도. 완고하게 얼굴을 가린 정엽에게는 웃음소리만이 들렸다.

"지독한 말을. 난 이제 너 이외에는 세우지 않는다니까. 여기 녀석들은 진즉에 정리했고. 너도 얼굴만 가리지 않는다면 그 물건이 얼마나 자랑스러운 모양인지 볼 수 있을 텐데."

"그다지 흥미는 없습니다."

"평소에는 이것저것 궁금해 하면서 왜 그래? 가르쳐줄게. 눈으로 보지 않아도……."

제지하는 말을 미처 입에 담기도 전에 정엽의 한쪽 다리가 쳐들렸다. 제법 정사에 부대껴 온 정엽은 소그드가 자신의 어깨에 떠메었음을 느꼈다. 한쪽 다리를 걸머지고 치부를 한껏 드러내게 하여 옆으로 누운 정엽의 안으로 그대로 파고들어오는 행위는 이미 경험한 바가 있다. 그러나 무심결에 긴장하여 오므라든 정엽의 치부에는 무엇도 당장 닥쳐들지 않았다. 대신 정엽의 샅으로 끈적끈적하게 젖고 당당하게 솟구쳐 오른 양물이 다가왔다.

"소그드!"

정엽은 그의 이름을 거세게 불렀지만 한마디도 더 잇지 못했다. 자신의 목구멍에서 터져 나올 소리가 대관절 어떠할지 스스로도 짐작할 수 없었기에.

솟구친 두 기둥이 맞닿고, 탐스럽게 늘어진 주머니가 맞비벼졌다. 서로의 욕망을 그저 확인할 뿐인, 짐승이라기에는 너무나 박약하고 사람이라기엔 너무나 몽매한 행위. 벗어나려고 격하게 몸부림치려는 정엽을 단호하게 찍어 누르고, 소그드는 흡사 처음으로 쾌감을 배우는 아이처럼 그저 허리를 밀어붙이고 사타구니를 흔들었다.

"흐…… 으, 윽……!"

정엽은 그 거칠고 투박한 행위를 뿌리치지 못했다. 한쪽 다리가 들어 올려진 채 두 손목이 소그드의 커다란 손아귀에 묶여 있는 자세 자체가 저항하기에 여의치 않았다. 무엇보다도 농락당하는 곳이 급소…… 그저 가쁘게 숨을 몰아쉬고, 몸을 비틀고, 허공을 걷어차고, 손가락으로 풀뿌리를 쥐어뜯을 뿐.

숨을 헐떡거리기로는 소그드도 마찬가지였다. 필사적으로 눈을 질끈 감고 있는 정엽과 달리 그는 눈앞의 광경을 낱낱이 바라다보는 참이었다. 천산이 머리에 인 만년설처럼 흰 살결과 대조적으로, 소그드의 것과 크기를 다투는 듯 솟아 있는 발그레한 욕망. 마음껏 넘쳐흐른 체액이 소그드의 그것과 뒤섞여 엷은 색 음모를 흠뻑 적셨다. 뿐만이 아니다. 팔뚝으로 가린 아래 살짝 들여다보이는, 그야말로 저녁놀보다도 붉게 물든 정엽의 얼굴. 산호빛 입술 사이로 흘러나오는 뜨거운 숨결. 우격다짐으로 붙들고 있는 허벅지의 떨림까지도 소그드의 불길에 부채질을 하고 기름을 부었다.

더 이상 참지 못한다. 인내했던 밤이 너무나 길었다. 소그드는 비로소 정엽의 허벅지를 놓고, 자신이 벗어던진 옷으로 손을 뻗어 허리띠를 뒤졌다. 초원의 사내들은 허리띠에 별의별 물건을 죄다 매달아둔다. 무기가 없을 때 몸을 지킬 단도를 비롯하여 냄새를 맡아 기분을 좋게 만들고 씹으면 입 냄새도 없애는 풀씨를 담은 갑, 가축을 돌볼 때 쓰는 밧줄이며 활을 손질할 때 쓰는 밀초 등. 그중에서 소그드가 또한 상비하는 것은 초원을 건너오는 상인들에게서 산, 그윽한 향내를 품은 향유를 담은 유리병이었다.

언제든 남자를—정엽을 만난 뒤로는 오로지 정엽뿐이었지만—품을 준비를 갖춘 소그드를 보면 정엽은 질리지도 않고 기막혀했지만 오늘은 달랐다. 여전히 눈꺼풀 속에 푸른 눈을 가두고 있음에도 정엽은 소그드가 무얼 하려는지 죄 알았다. 그리고 그에 답하듯 손으로 둔부까지 쥐고 한껏 두 다리를 더욱 벌렸다. 소그드를 유혹하는 일을 한 번도 실패하지 않은 꽃이 고스란히 드러났다.

짐승 같은 신음을 소그드는 앞니로 짓씹었다. 그리고 즉각 정엽을 덮쳐들었다.

"아, 아, 아……!"

"흡. 크…… 흑…….."

성마르게 풀었을 뿐인 치부는 정엽과 소그드 둘 다에게 고통을 주었다. 그러나 두 사람 모두 인내심은 바닥났고 지긋한 애무를 원하지 않았다. 정엽은 소그드의 허리에 다리를 감고선 잔물결처럼 몸을 떨며 치부에 힘을 주었다. 실룩거리는 치부는 어렵사리, 또한 기껍게 소그드의 물건을 받아들였다.

온전히 요구받고 있다. 손가락이, 허벅지가, 희롱해주기를 요구하듯 솟은 가슴의 돌기가, 정엽의 모든 것이 자신을 원하고 있다. 양물을 쥐어짜내는 쾌감 이상의 희열에 몸을 떨면서 소그드는 정엽과 몸을 겹쳤다.

그리고 자신의 목과 어깨를 김싸는 초원의 사슴처럼 늘씬하면서도 탄탄한 팔을 느끼고 행복감에 젖어 그 목덜미에 얼굴을 문댔다.

때로는 부드럽고 안온하게, 때로는 갈급하고 거칠게 밀어붙이는 몸짓을 받아내면서 정엽은 비로소 눈을 떴다. 그의 뺨으로 흘러내리는 소그드의 새카만 머리카락 너머에는, 눈물에 젖었기에 더욱 짙어진 정엽의 눈동자와 실로 꼭 같은 색채의 하늘이 펼쳐져 있었다. 지평선 가장자리에 어렴풋이 보이는 산은 아마도 천산……. 수풀을 헤치며 달리는 야생마 한 마리는 물과 땅의 주인인 로스—사브다크가 둔갑한 모습일까.

뭇 신이 굽어보는 가운데, 정엽은 그의 안에 넘쳐흐르는 소그드의 정精을 느끼며 다시 한 번 눈을 감았다.

이동을 준비하는 기족의 숙영지는 떠들썩했다. 사실 기족은 모여 사는 데에 익숙지 않았다. 우선 몇 가구나 되는 집이 한데 있으면 말이며 양은 어디에 놓아먹인단 말인가. 그럼에도 불구하고 기족이 운집할 때가 있다면 지금처럼 족장이 쓰러지는 변고가 벌어지거나, 혹은 다른 부족이나 화하와의 전쟁, 그 밖에는 여름 축제며 새해맞이와 같은 부족의 절기 때문이었다.

밧줄을 풀어 지붕과 벽에 두른 모전을 벗겨낸다. 격자 모양으로 얽은 벽을 접어 묶으면 사내의 한아름이 되어 수레에 싣고 끝. 다른 귀중한 세간, 모전천막의 북쪽에 언제나 좌정케 하는 옹고드며 아이락 거르는 주머니를 챙기면 기족은 어디라도 훌쩍 떠날 수 있는 것이다.

그 떠들썩한 한중간을, 소그드는 누구에게도 부딪히지 않고 무엇에도 걸리지 않은 채 시원스레 나아갔다. 홀가분하기로는 소그드도 지지 않았다. 족장을 해하려는 시도는 분쇄되었다. 다음 족장이 될 인물이 훌륭한 활약으로 드러났다. 기족과 화하와의 관계 또한 앞으로 한동안은 반석이리라. 정엽이 염려할 일은 더 이상 없다. 돌아갈 준비도 끝난 것이다―그곳으로.

돌아갈 곳. 그곳이 초원이든 황도이든 간에, 단 하나만 있으면 바로 그 장소이다. 편안히 앉아 서책에 시선을 떨어뜨리고 있는 정엽. 부르면 고개를 들고 보여주는 미소만이……

"아, 이런."

하마터면 지나칠 뻔했다. 소그드는 고개를 내젓고는 몇 걸음인가 되돌려 섰다. 눈앞에 있는 모전천막. 다른 곳에 비하여 눈에 띄는 부분 하나 없지만, 다른 누구도 아닌 족장의 거처이다.

"불렀어?"

소그드는 제집처럼 문을 열고 발을 들이밀었다. 그리고 즉각 깨달았다. 표정을 살피지 않아도, 감도는 공기만으로도.

"……"

기족은 대개 모전천막의 한가운데에 둔 화로 곁에 상을 둔다. 지금 그곳에 걸터앉은 사람―기족의 족장이자 소그드의 아버지, 일루베신의 모습은 일견 다를 바가 없었다. 그러나 거의 살기라 이를 만큼 격노하고 있다.

아들이 망나니라도, 오랫동안 거두어 키웠던 청년이 배신해 독을 먹여도, 또 다른 아들이 화하의 사신에게 흉행을 저지르려 했어도 무덤덤하리만큼 침착했던 일루베신이었으나 지금은 달랐다.

"뭐야. 뭐 잘못됐어?"

하지만 소그드는 담담했다. 지금껏 이만큼은 아니더라도 부친의 화를

돋운 일은 하루 이틀이 아니었던 참이나. 일루베신 또한 소그드에게 호통치거나 물건을 집어던지거나 화살을 쏘아붙인들 별반 소용이 없음을 잘 알고 있었다. 독 따윈 결코 흐리게 만들 수 없는 눈빛 아래, 잇새로 새어나오는 음성이 흘렀다.

"……말을 태워주더라."

"엉? 누구?"

"그 여자 말이다."

"아아, 어머니?"

소그드는 그제야 깨달은 듯 주먹으로 다른 쪽 손바닥을 가볍게 쳤다.

정엽의 주선으로 대면한 후, '어머니'는 다른 사람이 된 양 달라졌다. 정말이지 수십 년 만에 사람들과 말을 트고, 주변과 동떨어진 옷차림이 신경 쓰였는지 호복을 입고, 폐를 끼치기 싫다며 말 타는 방법까지 배우려 했다. 자신을 화하로 데려다 주겠다는 아들에게 의지하고 싶어 하지 않는 태도였지만, 정작 마주 대하면 수줍어하는 여자아이처럼 우물쭈물한다. 처음부터 소그드는 여자 자체를 대하는 일이 거북하다고 느끼지 않았다. 자신을 버린 어머니라고 원망한 적도 없었다. 다만 열심인 모습은 나쁘지 않다. 그저 갓 걸음마를 시작한 망아지와 같이 지켜보고 격려할 뿐.

"맞다. 나 돌아갈 때 같이 간다고 말 안 했던가?"

"……."

"원래는 살던 집으로 데려다 주려고 했지만 부모도 죽어버린 데다 그 빈상인 녀석…… 말하자면 나한테는 외삼촌인데, 아내가 있다잖아. 화하 여자들은 이런 경우엔 남의 집에 있는 것처럼 불편하다더라고. 그래서 황도에 있는 내 집에 와서 살라고 그랬지. 어차피 난 거기에 별로 있지도 않고, 규방이라는 데는 쓰지도 않으니까. 정엽네 어머니나 누이들을 소개시켜주면 심심하지는 않겠지."

화하의 뭇 사람들은 모두 황도에 살기를 동경하지만 그 동경을 이룰 수 있는 이는 천하에 많지 않다. 더군다나 우림위장군의 저택에 거처하며 황후, 공주와 교분을 나눈다면 황송하기까지 하다. 완전히 버리다시피 한 아들 덕분에 호사를 누리게 된 모친의 당혹스러운 기분을, 소그드는 딱히 이해하지 않았다. 오히려 알기 쉬운 것은 눈앞에 있는 남자의 분노.

"어머니가 멋대로 떠나려고 해서 화났어?"

"……."

"그래도 붙들려고 소동을 피우진 않네. 어림없는 걸 아나 보지?"

"닥쳐."

그러려면 왜 부른 거야. 그렇게 딴죽 걸 만도 하건만 소그드는 잠자코 있었다.

세 살배기 소의 꼬리가 얼어붙는 겨울. 일루베신이 젊었을 적, 가난하고 약한 부족이었던 기족은 힘든 겨울을 나기 위해 화하의 성읍을 약탈하곤 했다.

불과 피와 비명 속에서 만난, 부친을 지키기 위해 단도를 들고 앞을 막아선 소녀.

그 순간 싹튼 마음을 연심이라 이르지 못할 바는 아니다. 하지만 화하에서 오랑캐라고 사위스러워하는 그가, 화하의 집을 불태우고 재물을 빼앗던 그가 달리 무엇을 할 수 있었을까?

그는 조상 대대로 그러했듯이 그녀를 그대로 끌고 와서 아내로 취했다. 많은 화하의 여자들이 그렇게 오랑캐 땅으로 끌려와 아이를 낳고 살아가곤 했기에. 하지만 그녀는 그러지 않았다. 마음을 죽이고, 이 초원도 사내도 철저하게 외면했다.

족장의 부인 자리도 주었다. 아띤 값진 선물품도 가장 먼저 나누어 주었다. 화하의 말도 배웠다. 하지만 말을 걸지는 않았다. 입 다물고 내뱉지 않았던 미움이 일거에 쏟아져 나올 것을 저어해서.

처음부터 잘못되어 있었다. 이제 와 무엇도 되돌릴 수 없다. 그런데도 놓아버리지 못했다. 족장의 힘이나 위신과는 별개로, 입을 열지 못하는 쪽은 일루베신도 마찬가지였다. 독보다도 더욱 쓰라린 감정에 찌푸린 얼굴을 소그드는 말없이 응시했다.

예전 같았다면 부친의 고통 따위 아랑곳하지 않았을 터였다. 위신이나 체면에 얽매여 가장 사랑하는 여자에게 솔직하게 다가가지 않았던, 당연한 응보. 그야말로 자유롭게 살아온 소그드가 이해할 수 있을 리 없다. ……정엽을 만나기 전까지는.

부수거나 짓밟아서는 결코 얻지 못하는 사람의 마음. 잡힐 듯 잡히지 않고 정엽이 사라져 버렸을 때, 그가 아우의 품 안에 안겨 있는 광경을 보았을 때, 자신의 표정도 이러했을까.

"나는 어머니의 뜻에 따를 거야. 그러니 아버지가 억지로 눌러 앉히려고 하면 막겠지. 하지만 다시 말해…… 어머니가 바란다면 말리지는 않겠다는 거야."

하지만 그녀가 초원에 남기를 바랄 날이 오기나 할까.

비로소 울고 웃고 아들을 똑바로 바라볼 수 있게 된 그녀가, 자신의 몸을 농락하고 마음을 짓밟은 사내의 곁에 남기를 선택하는 것이 가당하기나 할까.

무수한 적에게 둘러싸였을 때에도 찾아볼 수 없었던 절망이 일루베신의 얼굴을 꺼멓게 물들이는 모습만 일별한 채 소그드는 아버지의 집을 나섰다.

그 절망은 다른 누구도 아닌 자신의 것이 되었을지도 모른다.

그 생각에 골몰한 소그드는 심각한 표정으로 자신을 응시하는 하스를
스쳐 지나갔음을 깨닫지 못했다.

"자당께서 여기에 남으신다고요?"

"응."

정엽의 목소리는 과연 아연했다. 심경으로는 소그드도 꼭 같았기에 그
는 선뜻 고개를 끄덕였다.

정엽에게 주어진 천막 안은 금방이라도 떠날 수 있을 만큼 휑했다. 정
엽이 지닌 물건 모두가 차곡차곡 궤짝 안에 들어가, 남아 있는 것은 두
사람이 마주 앉은 호상뿐. 지금 당장 걸어 나가 출발할 수 있을 만한 홀
가분함은 오히려 초원 사람을 닮았다. 기염은 짐뿐만 아니라 미련도 질
질이던데, 소그드는 내심 감탄했다.

"어찌하여 마음이 변하셨는지⋯⋯."

"협박 같은 걸 당한 건 아니니까. 하스 영감이 선수를 쳐서 어머니한
테 아버지를 좀 만나보라고 권했다나 봐. 대충 듣기로 나랑 아버지 사이
가 틀어지면 내가 초원에서 있을 곳이 없다느니 하는 말을 주워섬긴 모
양이지. 어머니는 요즘 내 어머니 노릇 엄청 하고 싶어 하잖아? 대뜸 미
끼를 물어가지구선."

"그래서 일루베신이 어머님을 설득하신 겁니까?"

"아버지만 이름 불러주지 마, 질투하잖아. 그럴 깜냥도 없는 녀석이야
아버진. 소문을 들어보니 처음에는 역정을 내며 쫓아낸 듯하더니, 두 번
째로 찾아가자 말을 타고 달아났다던데. 아버지가 말이지."

"······일루베신이요?"

"응. 어머니가 말을 타고 쫓아갔대. 그 뒤에 무슨 이야기를 했는지 모르지만 어머니가 홀랑 넘어갈 정도로 징징거린 게 아닐까."

부친의 추태를 태연스레 주워섬기는 사내의 얼굴을, 정엽은 물끄러미 바라보았다. 그의 부친과 꼭 빼닮은 얼굴. 모친이 아들에게 각별한 마음을 갖게 되었다면, 부친 또한 그토록 매정하게 뿌리칠 수는 없었으리라.

"아버지가 뭔가 쓸데없는 짓을 한다면 내가 작살내주겠다고 단단히 약속했으니 괜찮을 거라 생각하지만······."

"일루베신은 그럴 분이 아니지 않습니까."

"그러니까, 또 질투로 안달해버린다."

정엽은 답을 미룬 채 더욱더 물끄러미 소그드를 응시했다. 정엽이 익히 알아온 소그드는, 질투가 나면 바로 행동에 나서지 말로 불평하는 성미는 아니다. 이상하기로 따지면 부모의 일도 그러했다. 아무리 정엽이 권하였다고는 하나 소그드는 자신에게 무심했던 모친이나 좀 지나치게 허물없는 부친에게 이만큼이나 마음 쓰는 위인이 아니었다. 모친이 있을 곳이나 할 일을 수배하고, 두 사람의 동향을 살피며, 떠나고 난 뒤에도 안심하고 지낼 수 있게끔 배려하는······.

"어, 역시 유혹? 유혹인가?"

쓸데없이 들뜨는 소그드를 가볍게 말채찍으로 찔러 제지하고, 정엽은 차분히 의문을 드러냈다.

"그저 당신이 많이 바뀌었다고 생각했을 뿐입니다."

"헤에. 바뀌어서 싫어?"

"아니오. 상냥한 분이 되었으니까요."

소그드는 눈을 끔벅거렸다. 스스로도 상당히 변했음을 깨닫고 있지만, 상냥하다고 형용한다면 과연 뜻밖이다. 왜냐하면.

"나는 너한테 상냥하게 굴지 않았던 적이 없을 텐데. 혹시 다른 사람한테 상냥하게 굴게 되었다는 거야?"

"바로 그렇습니다."

"이상하네. 나는 네가 다른 녀석에게 잘해주면 좀……."

천둥벌거숭이 같은 말을 다시 말채찍 끝을 휘저어 멈추고, 짐짓 낯을 찌푸리는 얼굴을 향해 정엽은 햇살처럼 미소했다.

"선현은 말했지요. 자신을 대하듯 남을 대하며, 자신의 어버이를 대하듯 남의 어버이를 대하면 세상에 싸우고 미워할 일은 없으리라고요."

"엄청 꿈같은 소리네."

"그렇습니까? 저는 당신이 소중하기 때문에 당신의 양친께도 마음을 쓰는 것입니다만."

"……그러네."

소그드는 일순 멍한 표정을 지었다가 이윽고 고개를 끄덕였다.

"나도 네가 걱정하리라고 생각해서 신경 쓴 거야. 아버지와 어머니를……."

"어라. 일루베신도 마음에 두었나요?"

정엽이 본 소그드는 언제나 부친과 날을 세우고 있었다. 그렇다고는 해도 비교적 상식적인 부친 쪽이 천방지축인 아들에게 일방적으로 곤경을 겪고 만다는 인상이었지만.

"나랑 꼭 닮은 아버지라 해도 떠받들 마음은 들지 않지만, 요즘 곰곰이 생각해보니 나도 자칫했으면 아버지처럼 되어버렸을지도 몰랐겠더라. 그랬더니만 어째 막 대하기가 찜찜해져서……."

"일루베신처럼 된다니오?"

동그랗게 눈을 뜬 정엽에게 소그드는 웃어보였다. 이 초원에 소그드를 업어 키운 사람이 적지 않지만 그들 중 누구라도 지금의 소그드를 본다면 그가 그토록 온화한 표정을 지을 수 있음에 대경실색하지 않을 수 없으리라. 하지만 그가 내뱉는 말은 터무니없는 내용이었다.

"내가 화하에 막 갔을 무렵, 넌 줄곧 피해 다니고 도망까지 쳤잖아. 그때 어찌나 열 받던지 초원으로 돌아와 전사들을 꼬드겨서 화하를 죄다 짓밟고 싶다고 생각했어. 네가 소중히 여기는 것들을 죄다 불태우고, 너를 붙잡아 손발의 힘줄을 잘라버리면 도망치지 않을 거라고……."

눈앞의 사내가 맹수에 가깝다는 사실을 이렇게 느닷없이 되새기곤 한다. 하지만 이 또한 익숙해지기도 하는 법이다. 정엽은 담담히 답했다.

"그리되도록 저도 가만히 있지는 않을 듯합니다만."

"응, 어찌어찌 해낸다 해도 너는 옛날의 어머니처럼 아니, 그 이상으로 심한 모습이 되었겠지. 하지 않아서 정말 다행이야. 만약 해버렸다면 나는 아버지보다 못난 놈이 되었을 거니까."

내가 가지 않은 길. 내가 되지 못한 나.

타인에게서 자신을 보고, 또한 긍휼히 여기는…….

"그 마음을 도리라고 부릅니다."

"어엉?"

자신과 전혀 어울리지 않는 문구에 소그드는 요란스레 눈썹을 물결치게 했다. 화하의 경전에서 수없이 설파하는 그 문구를 소그드는 싫어했다. 그 문구 하나에 얽매여 정엽이 자신을 거부하던 때가 있었으므로.

이 비례부도非禮不道한 사랑에 도리가 있음인지.

아니면 처음부터 이 사랑 또한 도리의 한 가지인지…….

"언젠가 또 함께 오도록 하지요. 이 초원에."

하지만 눈부시게 미소 짓는 정엽을 보고, 소그드는 사색을 때려치우고 그저 신나게 고개를 끄덕였다.

외전
청해의 이야기

때는 겨울. 사계의 순리에 따라 천지간에 음기가 성하고 만물이 쇠퇴하여 찬 기운이 맹위를 떨치는 절기. ……책력은 그리 가리키고 있음에도 추위는 그다지 느껴지지 않았다. 미적지근한 공기는 여름의 잔향이 채 가시지 않은 초가을과 다를 바 없다.

음양이 흐트러져 물은 장기瘴氣를 품고, 사람은 풍습병에 걸리기 쉽다. 그렇게 일컬어지는 풍광으로 볼 것 같으면 지나치다 싶을 정도로 넘쳐흐르는 녹음. 화하에서는 볼 수 없는, 본다 한들 귀인의 원림에서나 비단 장막을 둘러치고 애지중지 돌보는 기화요초가 지천에 널려 있다. 백 겹으로 돌돌 말린 파초와 뾰족하게 날 선 잎을 사방으로 펼치고 있는 소철, 칼로 줄기를 베면 흐르는 흰 젖과도 같은 수액이 굳어져서 말랑말랑하게 변한다는 상교수.

그러나 아무리 진귀한 수목을 애호하는 이라도 이다지 지긋지긋하리만큼 우거져 있다면 낯을 찌푸리고 외면할 것이다. 본디 귀하다는 것은 흔치 않다는 것. 이렇게 흔해빠졌다면 그 가치도 널리고 널린 잡초나 다를 바 없다.

세상에 변치 않는 귀한 것은 오로지 하나뿐이거늘.

딱딱한 바닥은 반석과 같고 창살은 바람과 먼지를 가리지 못하는 함거 속에서, 죄인의 눈은 어느 것도 제대로 비추지 않았다. 황사자로 태어나 서규왕의 봉호를 받은 건주라는 성명의 사내—그러나 지금은 무엇도 붙어 있지 않는 지극히 패역한 죄인.

그 눈이 찾고 있는 것은 계절과 무관하게 흐드러지는 녹음에서도, 이 국의 새롭고 기이한 풍경 어디에서도 존재하지 않았다.

무도한 대역 죄인이 호송된다는 소식은 함거가 지나는 모든 고을, 모든 관아에 전해졌다. 그 죄상이 명백하여 신분이 폐적되었으며 봉호 또한 폐해졌을지언정 황자라는 출생이다. 어찌 대우해야 하나 여러 수령과 관민 상하의 고민은 말로 다할 수 있는 것이 아니었지만……. 소식을 전해 받은 곳은, 또한 고민하는 이는 인세의 관민만이 아니었다.

'흐음. 대역 죄인이라고?'

목소리가 전해질 리 없는 깊고 깊은 물속. 그러나 사념은 그 뜻을 실어 날랐다.

대월하의 밑바닥. 검은 물속에 그곳이 있다. 사람의 몸으로는 아무리 헤엄쳐봤자 도달할 수 없을뿐더러, 도사가 피수법을 행해 물 밑바닥까지 내려간다 한들 울퉁불퉁한 강바닥과 유유히 헤엄치는 민물고기 등속 외에는 발견할 수 없으리라.

그곳은 어쩌면 명부와 같았다. 초대받은 자에게 그곳은 그가 바라는 풍경을 자아낸다. 고루거각, 진주를 꿰어 늘어뜨린 주렴과 금빛 은빛으로 칠한 호사스러운 단청. 고운 비단 저고리에 영건을 두르고 눈부시게 단장한 시녀의 손짓에 따라 내실로 들어가면 금은자개로 장식된 내실에 산해진미가 상다리 휘어질 정도로 차려져 있다.

사람들이 수궁水宮이라 부르는 그곳—결코 그 모습이 본질은 아닐 터이나, 만일 누군가가 봤다면 그 광경은 이러했으리라.

대궐의 정전. 옥좌에 앉은 이 좌우로 여러 신하들이 시립해 있다. 그러나 기묘하게도 신하들의 모습은 관복을 나무랄 데 없이 차려입고 있되 그 얼굴만큼은 메기, 잉어, 새우… 모두 수족水族 등속이었다.

'그렇사옵니다, 신교군蜃鮫君. 나름대로 도술을 익힌 자이니 우리 궁에서도 각별히 경계해야 할 것으로 아뢰옵니다.'

'참으로 잘된 노릇 아니냐.'

그러나 옥좌에 앉아 있는 이는 거칠 것 없이 웃어젖혔다. 메기가 수염을 꿈틀거리고, 숭어가 지느러미를 퍼덕거리고, 잉어가 꼬리를 파닥거리며 놀라움을 표시하는 가운데 그들의 주군은 자신만만한 표정을 지었다.

'분란을 일으키면 그건 그것대로 좋다. 이 몸이 다스리면 되지 않느냐. 인세의 대역 죄인이 또다시 난리를 일으키는 것을 막아낸다면 이 몸의 공덕도 쌓이겠지.'

수족 등속의 표정을 사람이 알아볼 수 있을지는 알 수 없는 노릇이나, 신하들의 표정에 난처한 빛이 역력했다.

'신교군, 무어라고 해도 그자는 인세에 속한 자이옵니다. 자칫 잘못 건드렸다간 상제의 노여움을 사서…….'

'인세의 경계가 뭐 대수롭다고 그러냐. 우리 선조이신 학룡군께서는 인간과 연분을 맺어 옹왕을 얻으셨으니, 그 후손이 대대로 화하의 황제로부터 왕으로 책봉 받고 있다. 그러나 통탄할 일이 아니더냐! 어째서 옹왕의 후손들은 화하의 황제에게 굽실거려야 하며, 어째서 이 몸은 종산촉제에게 읍해야 하는고? 하물며 지위가 같고 함께 반열에 듦에도 불구하고 그 막내 소물小物에게도 고개를 숙여 예를 표해야 하니 부끄럽고 불쾌하기 이를 데 없다!'

'신교군… 아무쪼록 삼가셔서……!'

우왕좌왕하는 신하들을 본체만체, 그는 짙푸른 현단의 소매를 떨쳤다.

'이것은 하늘이 이 몸에게 기회를 주심이야. 반드시 패역죄인을 베고 공덕을 쌓아 왕에 이를 것이니!'

의기양양한 사념이 수궁에 울려 퍼졌다.

죄인의 처소는 대월하에서 멀지 않은 곳에 정해졌다. 기와나 짚이 아니라 이 지방의 널따란 이파리로 지붕을 이고 대나무로 벽을 삼은 누추한 오두막.

제법 넓은 뜨락—실상은 수풀이 무성하게 자라도록 내버려둔, 거의 숲의 일부나 다름없는—주위로는 높다란 담장을 둘러치고, 겹겹으로 가시덤불을 쌓아 올려 출입을 금한다. 위리안치. 유형 중에는 실로 엄형에 속하지만 다소나마 도술을 익힌 자라면 이깟 울타리 뛰어넘고도 남을 것이다. 물론 거기에 대한 대비도 되어 있다. 눈에 보이지는 않겠지만 요괴 등속이 드나들지 못하도록 금제도 베풀어져 있으리라.

또한…… 청해는 손을 들어 자신의 오른 손등을 바라보았다. 그곳에 선명한 색깔로 새겨져 있는 주인朱印. 그것이 있는 한 방사로서의 청해는 날개 꺾인 새요 그물에 사로잡힌 물고기라. 아무것도 할 수 없이, 그저 주저앉아 늙어갈 뿐인 형벌.

그는 이것을 바랐을까. 허망한 일인 줄 알면서 자신은 조소할 도리밖에 없었던 것이다.

본디 위리안치란 죄인의 집 울타리를 형극으로 두르고, 열흘에 한 번 음식을 들이는 법도였다. 사람은 물론이거니와 서신이나 물건조차도 감히 오가지 못하는 엄중함. 죄인은 물 긷는 것이며 밥 짓는 일 모두 자신이 스스로 하지 않으면 안 되었다.

그래도 황족이기 때문일까. 유독 청해의 거처에는 매일 사람이 드나들었다. 산도깨비처럼 생긴 남만의 족속이었지만…… 벌거벗다시피 한 그는 매일 한 번 말 한마디 없이 기어 들어와서 오두막 안팎을 청소하고, 남만의 푸슬푸슬한 밥을 차렸으며, 오물을 치웠다.

대역 죄인에게 하는 대우로는 실로 파격일 터. 그러나 청해에게는 별반 의미 없는 배려였다. 사람이 오간다 한들 시선조차 주지 않았으니까.

앉거나 서서 하는 일이라곤 없다. 마치 유령처럼 울타리 안을 배회할 뿐. 불우한 처지를 당한 옛사람들이 글을 쓰고 난을 치며 일가를 이루었다는 미담은 그와 무관한 것이었다.

무엇이라도 하고 싶지 않다. 아무것도 보고 싶지 않다. 어떤 것도 떠올리고 싶지 않다. 그러나 숨 쉬는 것보다도 자연스레 뇌리는 아득한 추억을 재생한다.

어린 시절의 기억은 밤처럼 컴컴할 따름이었다. 미움과 원망으로 똘똘 뭉친 호 첩빈이 기거하는 국향궁. 똑같이 변방에서 온 호 첩빈의 수석 시녀들은 언행과 생각이 호 첩빈과 다를 바 없었고, 다른 시녀들은 윗사람이 수시로 터뜨리는 울분에 고개조차 들지 못하는 처지였다.

그러한 가운데 자라는 어린 황사자의 처지야 어떠하랴. 황후는 어떻게든 황사자를 좀 더 나은 환경에서 양육하고자 애썼지만, 그런 의사가 타진되어 올 때마다 호 첩빈은 격노하여 온갖 넋두리를 황후궁을 향해 퍼부어대었다. 이역만리의 한 점뿐인 혈육을 어미로부터 떼어놓을 속셈인가. 어린것이 어미와 헤어져서 그 설움은 어쩔 것이냐, 차라리 모자를 나란히 죽임이 훨씬 낫도다……. 그럴 때마다 황후도 강경하게 뜻을 관철하지 못했다.

훗날 사정을 알고 난 후 조소해 마지않던 그도, 어린아이일 무렵에는 그저 귀 먹고 말문 막힌 것처럼 지낼 뿐이었다. 시녀들이 악다구니 칠까 봐 겁을 먹고, 생모가 손찌검을 할까 두려워서…….

그 어둠에 유일한 광명이 되어주었던 사람.

황실 연회에 처음 나왔던 날. 다른 황자 황녀들이 웃음 짓고 재롱을 피우며 뛰어다니는 가운데, 얼빠져 앉아있기만 하는 황사자는 기이해하는 시선의 과녁이 되었다. 귀머거리인가 벙어리인가. 바보 천치인가. 그러나 스스로도 유감스럽게 소년은 바보 천치가 아니었다. 쏟아지는 시선의 의미를, 소곤거리는 속삭임의 내용을, 마주 보고 이야기하는 이상으로 분명히 알고 있었다. 참지 못하고 연회석상을 뛰쳐나와 화원에 숨었을 때, 소년은 어둠을 물리치는 여명과 마주치게 되었다.

색이 엷은 머리카락을 단정히 땋아 내리고, 창천과도 같은 눈에 온화한 빛을 담고 있는 또래 소년.

무슨 뜻인지도 모르면서 그 말에 이끌리고, 그가 보여주는 신기한 재주에 눈이 빼앗겨 그 손을 잡았다. 그가 황자, 생모가 누구보다도 저주하고 원망하는 여자의 소생—자신의 이복형이라는 사실은 국향궁에 돌아와서야 알 수 있었다.

호 첩빈의 분노는 필시 용이나 범 따위도 머뭇거리게 만들 지경이었다. 그러나 그도 지지는 않았다. 응달의 푸르죽죽한 초목이 태양빛을 받아 피어나는 것처럼 그는 소리치고, 발버둥치고, 생모에게 반항했다. 생모에게 벗어나기까지 얼마나 험한 꼴을 당하고 지독한 모양새를 보았는지…… 그러나 아무래도 좋았다. 자신에게는 광명이 있다. 태양을 향하는 해바라기처럼 오로지 그것을 간구했다.

하지만 형에게는 자신이 전부가 아니다. 그것을 깨닫는 데에는 그리 시간이 걸리지 않았다. 형에게는 사랑해주는 부모도, 형제와 누이들도,

아름다운 용모와 명석한 두뇌도 있었다. 그럼에도 불구하고 형은 때로 수심 깊은 얼굴을 했다. 그런 얼굴을 하는 때가 늘어나게 된 것은 삼재라는 별호가 붙고 난 뒤부터였다. 어떤 익살을 떨어도, 무슨 즐거운 일을 권해도, 그에게서 수심을 온전히 내쫓기란 불가능했다. 오히려 형이 도사의 길을 걷기로 결의하면서 함께 있는 시간은 줄어만 갔다.

처음에는 자신이 유일이 아니라는 현실을 받아들이고자 했다. 그리고 자신 또한 다른 소중한 것을 만들고자 했었다. 그러나 향기로운 술과 맛좋은 음식도 한때의 도락. 명승고적도 케케묵은 낡은 집일 뿐. 심산유곡도 막상 가서 보면 빛을 잃고, 호호탕탕한 벗과 아리따운 기녀도 만나서 떠들 적에야 신명날지언정 헤어지고 나면 입 안에 쓴맛이 돌았다.

함께 있을 때에는 온 세상이 기뻐 날뛰는 듯하고, 헤어지고 나면 안타까움에 뜬 눈으로 밤을 새는… 그런 사람은 이 천하에 오로지 하나뿐.

기이한 노릇이다. 이 마음은 사람의 도리가 아니다. 그 사실을 절감하게 된 것은, 다름 아닌 자신의 혼례 때였다.

그는 관례를 앞두고 바로 혼약을 맺었고, 관례를 치르자마자 혼례를 올렸다. 황자의 신분쯤 되면 설령 본인이 뜻이 없더라도 교우를 통해, 그리고 처가를 통해 정쟁에 휘말리는 일쯤은 얼마든지 벌어진다. 그 화근을 끊어버리려는 것이리라. 황제는 넷째 며느리로 세상을 버리다시피 도통한 늙은 부친을 둔 세상 물정 모르는 순진한 소녀를 골랐다.

아직 여색에 밝지 않을 나이, 그는 마시장에 내다놓은 소처럼 어안이 벙벙해서 어색하게 신랑을 연기할 따름이었는데, 그런 그에게 형은 환한 얼굴로 다가와 손을 맞잡고 축하해주었던 것이다. 형으로서 당연한 처신이다. 아니, 가식 없는 진심이었을 터다. 그런 사람이니까—화가 났을 때는 겨울의 삭풍처럼 냉정해지지만 기쁠 때에는 봄 햇살처럼 마주 보는 사람의 마음까지도 따스하게 내리쬔다.

하지만 그날 그 순간만큼 그는 온기를 느끼지 못했다. 오히려 미칠 듯이 노여웠다. 드러내지 않았다 뿐이지 만약 뜻대로 표현했다면 이를 갈고 발을 구르고 혼례 의상을 갈기갈기 찢어버릴 만큼.

그토록 친밀하게 붙어서 책을 읽고 검술을 수련하고 어디든지 함께 다니던 자신이, 다른 벗을 사귀고, 유람을 다니고, 혼인을 해서 점차 멀어져가는 데도 이 사람은 한 점 아쉬움이나 슬픔조차 느끼지 못하는 걸까.

유일이 되기를 감히 바란 적은 없다. 단지 마음속 한 구석에 빠지지 않는, 빠져선 안 되는, 박힌 채 마음을 움직이는 무엇인가가 되고 싶었다. 비록 아픔을 줄 따름인 가시 같은 것이라 해도.

하지만 그때, 그리고 그 후로도 한동안 억누를 수 있었다. 형이 바라는 바가 자신이 평범한 사람으로 행복을 누리는 것임을, 그리고 형에게 유일이 없다는 것을 알고 있었으니까. 황제의 적자로 태어나 장자이자 서자인 황태자의 지위를 탐내지 않았기에, 도문에 들어 마치 죽은 사람인 양 고루하게 지내는 길을 선택한 형에게 특별한 것이 생길 리 없다고 믿어 의심치 않았다. 필시 그 확고한 진리는 변치 않았을 터인데.

그렇다. 그 사내만 없었더라면.

그가 가본 적도 없지만 모두가 그의 출신이라 부르는 북쪽 변방 초원에서 온 사내. 외모는 다소 닮은 데가 있을지도 모르나, 화하에서 태어나 이곳의 삶에 철저하게 길들여져 온 그에게는 낯설고 기묘한 존재일 뿐이었다. 거침없는 행동거지도, 방약무인한 말투도, 무엇보다 눈곱만큼의 동질감도 느낄 수 없는 사내와 자신을 비교하는 사람들의 눈초리가 불쾌했다.

하지만 그쯤이야 아무것도 아니었다. 사내가 형과 가까워지는 데에 비하면.

처음부터 이상했다. 어째서 안면도 없을 형을 연회 자리에 청했단 말인가. 형이 사람들과 어울리는 일을 얼마나 싫어하는지 아는 그는 기가 막혀하는 한편으로 안심했다. 저 사내와 형이 얽힐 일은 없다. 실제로도 불려 나온 형의 얼굴에는 언짢은 기색이 역력했다. 그러나 얼마 지나지 않아 형은 언제 그랬냐는 듯 사내와 가까워졌다. 형제끼리의 연회에 초대하고, 선물을 주고받기도 했다.

불길한 기분은 눈덩이를 굴리는 듯이 커져만 갔다. 그리고 어느 날 그것은 확신이 되었다. 사내를 보는 형의 눈길. 그 푸른 눈동자가 의미하는 바를 그는 속속들이 알고 있었다. 부모를 볼 때, 형제자매를 볼 때, 벗을 볼 때, 겉으로는 예의를 지키지만 결코 마음을 열지 않는 사람을 볼 때…… 한데 그 시선은 결코 본 적이 없었다. 일순 아연하고, 이내 깨달아버리고 말았다. 막상 형은 깨닫지 못한 사실을.

그 사람이 형의 유일. 자신은 결코 서지 못할 자리에 있었다.

그 뒤에는 모든 것이 미쳐 돌아갈 뿐. 조정에 불만을 가진 무리들을 모으는 일은 간단했다. 권력에 욕심이 없는, 그저 정도正道가 세워지길 바라는 황자를 가장했을 뿐인데 그들은 그의 말에 멋대로 따라주었다. 처음에는 사내의 입지를 뒤흔들고자 했던 일이 점차 조정을, 천하를 뒤엎는 역모로 커져갔지만 그는 신경 쓰지 않았다.

변한다. 변해버린다. 자신이 아는 형이 허술하게 웃고, 색기를 더해가고, 남자에게 기댄다.

나만의, 나만의나만의나만의나만의나만의—

다른 어떤 세계도 의미는 없다. 그에게 세계란 상냥한 형의 옆. 그것을 빼앗긴다면 이제는 아무래도 좋다.

모든 것을 밝히고 형의 일그러진 얼굴과 대면했을 때 얼마나 기뻤는지. 그 얼굴이 다름 아닌 자신 때문에 붉게 물들고, 그 매끄러운 살결에 서슴없이 손댈 수 있어 얼마나 큰 희열이었는지.

미움받아도 좋다. 증오 또한 감지덕지다. 아마 이 기분을 형은 세세토록 잊지 못하리라. 아우로부터 능욕당하는 배덕. 마음에도 없는 남자에게 농락당한다는 수치심. 무엇보다도 그토록 명철한 사람이 자기 아우의 뒤틀린 내심도 몰랐다는 충격.

그 사내도 이렇게 살을 맞댔을까. 그때는 아무래도 좋다고 생각해 웃었다. 그 사내도 이것만큼은 갖지 못한다. 백합 같은 용모가 가련하게도 일그러져 으깨진 꽃잎에서 피어오르는 양 강렬한 향내가 코끝에 와 닿는다. 이 표정, 이 눈물, 이 탄식만큼은 온전히…… 하지만 그마저도, 비틀린 쾌락과 형의 미움조차도 그는 그 사내에 의해서 빼앗기고 말았다.

아무리 훌륭한 보배 항아리라도 부딪혀 산산이 부서진다면 쓰레기일 뿐. 부서진 세계의 파편 속에 그의 머릿속은 망연자실이라는 고루한 말로는 형용할 수가 없었다.

이 추하고 하찮은 목숨. 끝까지 살아남아 아물지 않는 상처가 되어주겠노라고 다짐했건만…… 괴로워하는 모습이 보고 싶었던 이는 아득히 멀리에 있다.

아마 살아 숨 쉬는 한 만날 길은 없을지도 모른다. 그리고 그가 보지 못하는 곳에서 그 사람은 웃고 즐거워하며 사랑을 나누겠지. 그 사실이 그를 미치게 한다.

그러나 미칠 수 없다. 미쳐버리면, 그 사람을 떠올리고 싶어 하는 자신을 다잡을 수 없다. 미쳐버리면, 그 사람을 떠올릴 수조차 없다.

황제는 이렇게 먼 곳까지 넷째 아들을 유배 보내지 않아도 되었을 터였다. 그는 이미 거지반 자신의 미망이라는 감옥에 갇혀 나올 줄을 몰랐던 것이다.

가시덤불 울타리 한쪽이 움직였다. 바깥에서만 손댈 수 있도록 교묘하게 감추어진 장치를 조작해 나타난 일종의 개구멍으로부터 소년이 슬그머니 안으로 들어왔다.

소년은 화하 말은 물론이거니와 자신이 돌보고 있는 사람이 누구인지, 무엇 때문에 갇혀 있는지도 몰랐다. 노비로 태어나 오로지 부림 받으며 살아온 소년이 알고 있는 사실은 하루 한 번 동틀 녘에 이곳에 숨다시피 들어와 수인囚人의 시중을 들어야 한다는 것, 그에게 말을 걸면 안 되고 손짓 발짓으로 신호를 주고받는 것조차 엄금이라는 것. 만약 시중이 적절치 않거나—주어진 음식을 훔쳐 먹거나—금한 일을 어기기라도 한다면 죽을 만큼 매질 당하게 되리란 것뿐이었다.

다행히 소년은 금제를 범할 위험에 처한 적이 없었다. 애쓰지 않아도 수인은 그에게 어떠한 의사 표현도 하지 않았다. 곁눈질해 볼 때마다 우뚝 서서 벽만 응시하거나 침상에 모로 누워 고개조차 움직이지 않는 그가 살아있다는 증거는, 조금씩 줄어드는 음식—고대로 갖다가 '나리들'에게 바치면 남은 것을 주워 먹을 수 있는 기회가 생겼다—과 간혹 바닥에 내던져져 박살나 있는 물동이나 소반 따위를 보는 정도였다.

소년은 조금 걱정스러웠다. 이 일은 관청 '나리들'의 시중을 드는 것보다 훨씬 수월했다. 얻어맞고 걷어차일 염려는 없었으니까. 그러나 저 기묘한 수인이 어느 날 기력이 쇠하거나 미쳐 날뛰다가 죽어버리면 어떡하나.

소년은 자신의 족적을 따라 손가락처럼 가느다란 끈 같은 것이 엄중한 감옥 안을 오가고 있다는 사실을 알지 못했다.

기대 이하다. 누구도 깨닫지 못하는 그늘 속에서, '그것'은 한숨을 쉬었다.

'그것'을 알아차릴 눈썰미가 있는 자에게 보이는 모습은 손바닥만 한 푸르스름한 물뱀. 그러나 애당초 그것을 알아보는 눈 자체가 있을 리 없다. 시선이 닿아도 눈치채지 못한다. 정면으로 보고 있어도 깨달을 수 없다. 대월하의 주인, 신교군이 둔갑한 형체를 간파할 인재는 이 땅에 나지 않았던 것이다.

본디대로라면 그의 신분으로 인속의 거처에 숨어드는 짓은 도무지 어울리지 않는 행각이었다. 그러나 도리는 없다. 대역 죄인을 가둔 것은 울타리와 간수뿐만 아니라 선원궁이 베푼 금제다. 신교군 휘하의 수족 중에서 그 금제를 손상시키지 않고 감쪽같이 드나들 수 있는 자는 없다. 신교군 자신도 꽤나 애먹은 지경이었으니 다른 이는 두말 할 나위 없다.

어째서 그렇게까지 하면서 대역 죄인의 거처로 숨어들었나. 그는 '대역 죄인'이라는 자를 봐두고 싶었던 것이다.

그 악행은 신교군 또한 이미 들어 알고 있었다. 인속과 수족이 서로 교류하지 않는다고는 하나 '낮말은 새가 듣고 밤말은 쥐가 듣는다'라는 말조차 있는 형편이니, 신령이 마음만 먹으면 인속의 사정을 낱낱이 캐내는 것쯤 일도 아니다. 하늘같은 황제, 더군다나 자신의 부친에게 반기를 든 자. 이중삼중의 패륜—이 얼마나 극악무도한 자란 말인가. 그런 자가 유배로 인해 뉘우치고 슬퍼할 리 없을 터. 틀림없이 흉측한 일을 꾸밀 테고, 그때야말로 대월하의 신교군이 활약할 순간이었다.

그러나 신교군이 막상 직면한 '대역 죄인'은 끈 끊어진 꼭두각시, 솜

빠진 이부자리나 다를 바 없었다. 이런 작자가 어찌 흉악한 모략을 도모하고 사악한 계책을 마련했는지 알 수 없을 지경으로 얼빠진 꼬락서니라니. 차라리 허수아비가 반란을 일으키길 더 기대함 직하다. 신교군은 혀를 차고 싶은 기분을 가까스로 억눌렀다. 가신들에게 그토록 호언했는데, 토벌할 대상이라고 지목한 자가 저런 멍청이라야 그들을 볼 낯이 없다. 조금만 더 감시하다가 어떻게든 무마하도록 할까…….

그렇게 생각하면서 신교군이 한 번 더 죄인을 봐두기 위해 고개를 들었을 때.

눈이 마주쳤다.

몸에 걸친 것은 상복처럼 아무렇게나 구겨진 삼베 침의뿐. 과거에는 단정하게 금은 보옥 비녀로 틀어 올렸을 머리카락도 아무렇게나 풀어헤쳐 늘어뜨리고 있다. 죄인으로서 이곳까지 호송되어 오면서, 또 이곳에 도달해서 겪은 고초가 심했는지 옷자락 아래 삐죽 튀어나온 손발은 야위어 뼈가 도드라졌다. 야윈 데는 얼굴도 마찬가지. 하지만 부족하게 된 것은 살집만이 아니었다. 이렇다 할 말상대도 없거니와 과거를 들여다보느라 망연한 얼굴에는 표정도 생기도 없었다.

그 얼굴이 푸른 물뱀을 똑바로 바라보고 있다.

그토록 오랜 세월을, 끝없는 물결을 감내해온 신령이 필시 처음으로 느끼는 경악. 그 감정이 신령의 심부를 두드리는 사이 억겁으로 느껴지는, 그러나 불과 일순의 시간이 흘렀다.

"……."

이윽고 그 시선은 허무할 정도로 덧없이 다른 곳을 향했다. 작은 물뱀에게 붉어질 뺨이 있다면 노여움에 그 빛깔은 피보다도 더 붉어졌으리라.

대월하의 주인으로 화하인이 교주라 이름붙인 이 땅의 수족 위에 군림하는 신령. 교주의 백성들은 조상 대대로 받들어 올리고 엎드려 섬겨왔다. 지금껏 감히 이렇게 취급하는 자는 없었다. 이런 무례한 자가 있다면 마땅히 아가리로 씹어 멸하여야 할 터. 그러나 공교롭게도 그자는 화하 황제의 죄인. 신교군이 멋대로 벌하였다간, 당초에 생각했듯이 반역자를 처단해 공을 세우긴 커녕 그 자신이 하늘의 반역자로 전락할 판이다.

하지만…… 가만히 손 놓고 있을까보냐. 이 신교군이, 이런 무례를 용납하랴. 반드시 머리를 조아리게 만들리라, 화하의 황자.

신교군은 다짐했다.

악몽뿐인 선잠을 자다가 눈을 뜨면 커다란 얼굴이 자신을 내려다보고 있었다. 문득 천장 한쪽에 시선이 가면 어김없이 헝클어진 머리타래가 폭포수처럼 늘어져 있다. 침상이며 상탁 아래에서 축축한 손이 이따금 뻗어 나와 발목을 잡아챈다.

모든 것을 다 잃었다고 해도 몸뚱이는 남아 있고, 속이 깡그리 타들어 갔다 한들 간덩이는 남아 있는 걸까. 겉으로 놀라움이 드러나지 않음은 오로지 그럴 여유가 없었을 뿐.

심상을 온통 휘감은 망념의 그물눈으로, 청해는 가까스로 밤마다 이어지는 기이한 일이 고약한 이매망량의 장난이라고 알아차릴 수 있었다. 금패를 잃은 황자요 방술이 봉해진 방사. 화하를 혐오하는 교주의 신령들에게 있어 희롱하고 분풀이하기에 이보다 더 만만한 상대는 여태 없었을지도 몰랐다.

울컥 노여움이 밀려드는 때는…… 극히 찰나였다.

하찮은 이매망량이 시비를 걸어대면 어쨌다는 말인가? 어차피 그에게는 이제 신분이고 부귀영화고 하물며 생의 의미조차도 없는 판인데.

어차피 그들에게 자신을 해칠 의도가 없음은 청해도 능히 짐작하는 바였다. 화하 조정의 관할 하에 있는 그를 해하는 것은 죄가 될뿐더러 장난의 수법이 너무나도 유치했다. 악의라고는 파편도 비치지 않는다고, 악의에 찌든 사내는 내심 실소했다. 어차피 아무것도 없다면, 이런 하잘것없는 장난을 역으로 유흥을 삼아도 나쁘지 않으리라. 청해는 술보다 독기에 취하고, 밥보다 증오를 양식으로 삼는 몸뚱이를 질질 끌면서 그리 결정하였다.

남만이라고도 칭하는 이 땅에는 사실상 절기가 없었다. 비가 오지 않는 건기와 비가 오는 우기가 있을 따름.

우기에 비는 그야말로 하늘이 뚫린 듯이, 화하의 홍수조차 댈 수가 없을 정도로 쏟아진다. 그리고 그 비를 받아들여 대월하는 더욱 거세게 흐른다. 쿠르르르…… 거대한 짐승이 우짖는 듯한 소리를 토해내며.

남만의 사람들은 용이 부르짖는 소리라고 말한다. 학룡군 이래 대대로 대월하를 지배한, 녹청빛이 넘쳐흐르는 이 땅의 주인의 소리라고. 그래서 그들은 불안한 눈빛으로 쳐다보고 있었다. 그나마 수신水神이 잠잠해지는 이 시기에, 용의 소리가 대월하 밑바닥으로부터 울려 퍼지고 있기 때문이다.

"쿠르르르르르르르르……."

신교군의 으르렁거림이, 그 용틀임이 대월하를 준동하게 하고 그곳에 터 잡아 살고 있는 수족과 백성을 떨게 만든다. 그러나 정작 당사자는 의식하고 있지 않았다. 거느린 권속 또한 주군의 심기를 거스를까 두려워 아뢰지 않았다. 그래서 그 자신만이 스스로의 고뇌를 모르고 있었다.

기실 고뇌랄 것은 없었다. 신령의 내심은 장난이 뜻대로 되지 않아서 뿔이 난 아이와 다를 바 없었다.

'그놈…….'

대월하를 휘젓고 다니는 신령의 뇌리를 맴돌고 있는 존재는 오로지 하나의 인간. 과연 하늘을 두려워하지 않는 대역 죄인이랄지, 어떤 환술을 써도 요지부동에 반응을 보이지 않았던 것이다.

막연하게 이 기분이 유치하다는 사실을 눈치채고는 있었다. 열올려봤자 바뀌는 일은 없다. 자신은 흘러가고 그는 갇혀 있다. 더 이상 벌할 일도 벌 받을 일도 없다.

하지만 자신의 존재를 간파하기까지 한 인간이 자신을 주의하지는 않는다는 사실이, 아무리 우스꽝스럽고 하찮은 장난이라도 요지부동이라는 점이 어쩐지 분하다.

과거 황제를 향해 반기를 들었던 악심을 되살리지는 못하더라도, 벌벌 떨고 무릎 꿇고 개심케 하지는 못하더라도, 적어도 조금은 넋 놓은 표정으로 무너뜨려 보고 싶다. 그리하면 이 굶주림 같은 기분을 만족시킬 수 있을까.

또다시 밤이 온다. 도도하게 흐르는 대월하에 어둠이 가라앉고, 양양한 물에서 음기가 넘쳐흐른다. 이번에는 벌레로 해보자. 신령은 그렇게 꾀를 내었다.

이유는 단순했다. 인간들은 무릇 벌레를 싫어하는 법이다. 까칠한 털이 숭숭 돋아난 갑주 같은 수많은 다리는 보기에도 징그럽고, 남만의 벌레 중에는 치명적인 독을 품은 족속까지 있는 판이다.

물론 그런 기분을 신령쯤 되는 존재가 이해할 수 있을 리 없었으나—

기실 신교군은 벌레가 거북살스러웠다. 인간과 꼭 같은 기분은 아니더라도 꺼림칙한 것이 본심이었다. 그런 호불호는 그의 족속 중에 그리 드물지 않았다. 신교군과 비슷한 반열의 신령 중에는 참새를 유독 싫어하여, 그가 다스리는 강을 건너는 인간들은 배에 반드시 참새를 싣는다던가. 그와 같은 불쾌감이 그자에게도 일어나는지 그저 시험해볼 뿐이었다.

숨결을 토해 대월하 인근의 충속들을 불러 모은다. 그의 힘이 미치는 수족이 아닌 탓에 명을 전적으로 따르진 않겠지만 그렇다 해도 대월하에 기대어 살아가는 미물들, 모으는 것쯤은 용이했다. 그것들은 대월하의 의지가 향하는 금제의 틈새로 기어들어갔다. 무수하게 많은 다리를 거느린 것, 눈이 멀었지만 뛰기는 잘하는 등딱지 굽은 것, 앞으로 내민 꼬리에 독주머니를 단 것……. 하나라도 소름 끼치고 언짢아질 것이 시커멓게 무리를 지어 욱실거리며 나아간다. 그 광경을 목도한다면 설령 송장이라 해도 뛰어 일어나지 않으랴.

함께하기는 싫었기에 신령은 둔갑한 모습 그대로 무리와 거리를 둔 채 뒤따르가 틈새 앞에서 기다렸다.

금제 안은 쥐 죽은 듯이 고요했다. 상당한 시간이 흘러도 어떤 비명도 아우성도 들리지 않는다. 설마 싶지만 놀라서 심장이 멎어버리기라도 한 건 아닐까. 신령이 조심스럽게 틈새로 머리를 들이밀고 동태를 살피려 한 순간.

"쏴아아아아아아!"

몇천 몇만 섬의 모래알이 한꺼번에 쏟아지는 듯한 소리와 함께 충속이 일제히 밖으로 튀어나왔다.

지금 기를 폭발시키듯 움직여 벌레 무리를 막아낸다면 금제를 망가뜨리는 동시에 필시 인간에게 들키게 된다. 하물며 그렇게 행동할 여유조차 없었다. 그 두 가지 사실이 신령을 옴짝달싹하지 못하게 붙들어 맸다.

입을 벌릴 수도 몸을 펼 수도 없었다. 그저 큰 불이나 산사태처럼 지나가기를 기다릴 뿐. 영원할 것 같았던 마디진 다리와 버석거리는 날개와 스멀거리는 몸통의 물결이 가까스로 끝이 났다. 그럼에도 불구하고 신령은 대번에 고개를 쳐들 수 없었다. 결코 벌레가 낸다고 볼 수 없는, 쇠를 긁는 듯한 소리가 귀에 와 닿을 때까지 그렇게 있었다.

"뭔가 했더니 물도마뱀이었군."

그렇다. 그것은 비웃음. 신령은 눈을 크게 떴다. 그리고 보았다.

뜰 한가운데 고목처럼 서서 이쪽을 바라보고 있는 후리후리한 그림자.

'뭐…….'

아연실색한 가운데 그의 의지가 튀어나와 기를 통해 전해졌지만 인간 따위가 알아들을 수 있을 리 없다. 황급히 인간의 귀에 들릴 소리를 자아내는 가운데 죄인은 유유히 말을 이었다.

"내가 만만했던가 본데. 적어도 뭘 가지고 반란을 일으켰는지 알아두는 편이 좋지 않나? 아무리 술법이 봉해져 있어도 벌레 쫓는 것쯤 일도 아니지."

비록 봉인이 새겨진 손등이 찌르는 듯 아프긴 해도 완전히 얼빠져 있는 물뱀을 보는 여흥의 값이라고 생각하면 그리 손해는 아니라고, 청해는 비뚤어진 미소를 새삼 입가에 새겼다. 그가 계산하지 못한 것은 푸르스름한 작은 물뱀으로 보이는 신령의 진실한 격이었다.

"싸움에 진 개 주제에……!"

으르렁거리는 소리가 청해를 후려갈겼다. 손바닥만 한 물뱀에게서 나온다고는 믿을 수 없는 강건한 청년의—아니 그 이상으로 이 대지에 쏟아지는 폭우의, 몰아치는 태풍의, 모든 것을 집어 삼키는 홍수의 강맹함이 담겨 있는 목소리. 오랫동안 피폐한 나날을 지내온 청해에게는 가혹할 정도의 타격이었으나 그는 무너지지 않았다. 목소리 정도로 오금이

붕괴할 그릇이면 대역은 꿈도 꾸지 못했으리라.

"그렇군. 그럼 거기 도마뱀께서는 싸움에 진 개를 괴롭히는 고아한 취미가 있으신가 보군?"

"네놈처럼 부도불덕한 자가 발 뻗고 잠자고 있도록 내버려둘 수 있겠느냐! 나의 땅을 네 더러운 발이 짓밟고 다니는 것도, 나의 물이 네놈의 오물에 더럽혀지는 것도 참을 수 없도다! 너도 인간의 태를 타고났다면 수치를 느끼지 않느냐. 너로 하여금 괴로워하는 동족이 산을 쌓고 내를 이루었는데도, 너만이 천하태평이라는 데에!"

"두 가지 정정해야겠군. 나는 두 발 뻗고 편히 잠들지 않아……. 황제가 내게 약속한 것은, 진짜 무덤에 들어가기 전까지 뚜껑에 못질하지 않은 관곽에서 오로지 연명할 뿐인 삶이다. 둘째로, 나 때문에 지금도 고통받는 이가 있다면 그야말로 바라는 바야. 내가 역모를 꾀한 이유도 오로지 그 때문이었으니."

몸뚱이를 땅에 뻗댄 채 독 오른 양 수인을 노려보던 뱀의 고개가 불현듯 기울어졌다. 악의로 똘똘 뭉친 요괴 등속조차 겨루지 못할 미움이 바짝 야윈 사내의 눈빛에서, 목청에서, 그 숨결에서부터 배어나온다. 대관절 무엇이 인간을 이렇게 전락시킬 수 있는가.

"뭣 때문에 대역을 일으킨 게냐."

"도마뱀 따위에게 알려줄 만한 일이 아닌데."

털 있는 짐승이었다면 털을 곤두세워 노여움을 표했을 것이다. 이빨 있는 짐승이었다면 이빨을 드러내어 위압했을 것이다. 하지만 작디작은 물뱀은 잠자코 감정을 드러내지 않았다. 단지 그 무엇도 지니고 있지 않아서만은 아니었다.

청해는 핑 도는 시야를, 휘청거리는 몸뚱이를 어떻게든 다스리려 애썼다. 아무리 사소한 술법이라 해도 기를 통하는 혈을 엄중히 막아둔 몸으

로 무리한 탓이었으리라. 실컷 젠체하다가 고꾸라지는 볼썽사나운 꼴은
면하고 난 뒤 그는 물뱀이 자취도 없이 사라졌음을 깨달았다.

벌레 따위 무섭지도 불쾌하지도 않다. 한데 무슨 이유로 그러잖아도
쇠약해져가는 몸에 채찍질을 해가며 반격을 가했는가. 그저…… 달리 할
일이 없기 때문이다.

청해는 누구에게도 들려줄 일 없는 감상을 허공에 날려 보낸 후 몸을
돌려 절뚝거리며 오두막으로 향했다.

보지 않는 편이 좋았다. 듣지 않았어야 했다. 말하지 않는 편이―.

그 사실을 청해가 처절하리만큼 깨닫게 되는 것은 조금 후의 일이었다.

당장에 깨달았던 것은 아니었다. 어제와 다름없는, 내일도 마찬가지인
그저 텅 비었을 뿐인 하루의 아침. 일말의 감흥조차 느낄 수 없는 햇살을
쬐고, 어떤 감미로움도 느낄 수 없는 메마른 공기를 들이마시며 눈을 뜬
청해는 한 가지 다른 점을 발견했다. 격자도 덧문도 없이 널따란 이 지방
의 나뭇잎으로 처마를 달았을 뿐인 창의 틀 위에 무언가 놓여 있었다.

"……."

청해는 무심한 눈으로 그것을 들어 손바닥 안에 넣고 굴려보았다. 손
아귀에 꼭 쥐어질 만한…… 아마도 과실이겠지. 감과 닮았다고 평할 수
있으나 더 작고 둥그스름한 형태에 색깔은 진한 보라색. 그는 잠시 들여
다보다가 창밖으로 휙 던졌다.

"인간들 사이에서는 제법 귀한 과실이라던데 돼지 목에 보배 목걸이란
건가. 잘도 버리는군."

불평만만한 소리가 떠들어댄다 해도 새삼 주우러 갈 마음은 들지 않는다. 청해는 벌렁 드러누운 채 종려 잎으로 엮은 천장을 향해 대답했다.

"어제까지 그토록 쑤셔놓고 무슨 바람이 불었지?"

"빌빌거리는 꼴을 보니 금방 죽어 자빠질 듯하여 말이다. 죽음으로 잘못을 갚는 거야 이 몸이 알 바 아니다만 책임을 지게 되면 귀찮다."

"중원의 도리를 모르는 짐승이라선지 실로 제멋대로구나."

"네놈은 도리를 알아서 패역을 저질렀느냐?"

찔러대는 말도 청해가 듣기에는 코웃음이 나왔다. 필경 사람의 악의는 그다지 접해보지 못한 신령… 신수神獸나 신물神物의 족속이리라. 일일이 응대하기도 피곤해져서 내버려두자 목소리 또한 침묵했다. 그러나 영원히 잠자코 있지도 않았다.

"광인이 아닌가 싶었는데 그렇지만도 않구나."

"아아, 유감스럽지만 말이지."

건조해서 말라비틀어진 것만 같은 목소리로, 청해는 담박하게 대답했다. 비꼬는 말이 아닌 에누리 없는 진심. 목소리의 주인이 어디에 도사리고 있는지는 알 수 없었다. 허나 기묘하게도 청해는 음울한 시선을 느낀 기분이 들었다.

"그토록 패역한 죄를 저지르고도 반성의 빛이라고는 없이, 그렇다고 재기를 노리고 사악한 모략을 꾸미는 것도 아니고…… 인세를 버리고 명부에 들고자 함도 아니요, 일신을 보전해 후일을 기약하지도 않는다. 네놈은 대체 뭘 하려고 하는 거냐?"

무엇을 하고 싶은 걸까?

아아, 소망은 너무 분명하다―단지.

"도마뱀에게 떠들 이야기는 아니라고 말했을 터인데."

청해는 비틀어진 입술을 움직여 다시 일축했다. 그제야 고요함이 돌아왔다. 정말로 떠나버렸는지 알 도리 없었지만 딱히 궁금하지도 않았다.

　그러나 신령의 관심은 쉽게 떠나지 않았다. 아침마다 창틀에 자리한 남만의 과실. 한날은 노랗고 큼지막한 놈, 또 한날은 도리깨처럼 돌기가 무수히 돋은 놈, 또 하루는 솜털이 보송보송 난 탁한 황갈색의 아이 주먹만 한 놈. 일부러 무시하는 것도 바보 같다. 멍하니 상에 드러누워 있던 청해는 아침마다 창틀에 손을 내밀어 더듬기 시작했다.

　짙은 보라색의 매끈한 표면. 손톱 끝으로 눌러서 둘레를 빙 둘러가며 흠집을 낸 뒤 양 옆을 붙잡고 힘을 주면 작은 갑이 열리듯 두꺼운 껍질이 쪼개지며 과육이 드러난다. 그 형상은 마치 마늘과 같으나 맛은 완전히 딴판이다. 혀끝에 남는 것 없이 깔끔한, 달콤하고 청량한 맛. 실로 진미라고 할 만했다. 여지를 사랑하여 천리마로 실어 나르게 했다는 옛이야기 속 경국의 미인도 이 맛을 보면 여지 따위 내던져버릴지도 모른다.

　"중원 화하의 맛에 결코 지지 않으리라."

　의기양양한 목소리가 귓구멍을 파고들자 청해는 과실을 내팽개치고 싶은 기분을 꾹 참았다. 최초 얼마간은 잠자코 있던 신령도 청해가 과실에 입을 대자 별안간 떠벌이기 시작했다. 그것은 망과로다. 류련과라 부르거라. 냄새를 신경 쓰지 않고 먹으면 천하의 진미일지니. 빈랑은 이앓이를 방지하고 갖은 병증을 가라앉힌다. 묻지도 않은 사실을 시시콜콜 지껄이고 있다. 그리고 말끝에는 꼭 덧붙이는 것이다. 중원 화하에도 이와 같은 귀물이 있느냐?

　어린아이가 제 아비와 집의 크기를 자랑하듯 어설픈, 허례도 가식도 없는 자랑. 신령이란 본디 그토록 순수한 존재였다. 애욕과 증오와 절망으로 범벅이 된 청해에게는 그것이 불쾌했다.

　"어차피 사해의 속국에서 보내오는 물건. 대단할 것도 없지."

　그럼에도 불구하고 상대해주는 이유는 달리 할 일도 없기 때문이다.

그리고 이미 그를 인지한다고 밝혀버린 바에야 애써 입 다물고 무시해봤자 똑같이 어린애나 다를 바 없는 유치한 짓거리로 여겨진 탓이다. 과연 신령의 목소리가 냉큼 말을 받았다. 어조에는 변함이 없으나…….

"과실이란 본디 제가 난 땅에서 키우지 않으면 제 맛을 내지 못하는 종자로다. 북쪽의 탱자가 남에 와서는 귤이 된다는 말을 만들어낸 자들은 너희 인간 족속이리라."

그것이 발끈했음은 자명의 사실이다. 청해는 헛웃음을 입술에 묻힌 채 시간을 보낼 건수를 끌어당겼다.

"그러고 보니 물도마뱀, 자명종이라는 것을 아나?"

"언제까지 무례를 저지를 작정인가. 인세의 하찮은 물건 따위 알 게 무어냐."

"서국에서 진상한 공물로 안이 기계장치로 가득 차 있는데 손잡이를 돌리면 저절로 움직여 겉에 달린 큰 바늘과 작은 바늘이 정확한 때와 각을 가리키지. 그리고 좀 더 조작하면 바라는 시간에 종이 울리고 조그만 문이 열려 병사가 나와 행진을 하며, 꼭대기에 달린 닭이 우짖어 이목을 모으지."

"……."

답이 없는 품새는 필시 그 모양을 상상하고 있는 연유이리라. 아무리 대단하신 신령이라 해도 변경 벽지의 존재이다. 인간의 삶에 어설프게 관심을 가지고 있다면 놀려먹는 일은 간단하다. 자칫 노여움을 사 참혹하게 사지가 찢어져 죽임을 당한다고 해도―청해의 비뚤어진 심경은 그 아슬아슬한 줄타기를 서슴지 않았다.

"마찬가지로 손잡이를 돌리면 무희가 춤을 추고 음률이 연주되는 그런 물건도 있던가. 하긴 그런 장난감 따위 위대한 신령께는 관심 없는 잡동사니겠지?"

"……서국의 물건은 서국의 것. 이 나라의 장인이 십분지 일이라도 흉내 낼 수 없다면 빌린 것으로 뽐내는 추태에 다름 아니랴. 하지만 태어난 땅, 씻은 물만큼은 누구에게도 줄 수 없고 빼앗을 수 없는 것이리라. 곧비 많은 철이 오면 이 땅의 백성들은 커다란 항아리에 표주박을 그득히 띄워 내어놓는다. 내리는 비에 항아리는 금세 물이 차오르고 그 수면 위로 표주박이 까불거리지. 때로 맑은 날이면 불어오는 바람에 무수한 표주박이 동으로 서로 일제히 움직이는 광경이 장관이 아니고 무엇이겠느냐. 너는 화하에서 이에 비견할 만한 풍물을 보았느뇨?"

청해가 유배 온 지도 어언 반년에 이르고 있다. 따라서 그는 어렴풋이 떠올릴 수 있었다. 찌는 듯한 대기, 그러나 일순 억수 같은 비가 지나고 나면 미미하나마 청량함이 감돈다. 서풍은 물결에 파문을 그리고 그에 실려 한들거리는 표주박…….

그러나 그게 대체 어쨌단 말인가? 화하 황도 교외의 꽃구경에 견줄 데나 있단 말인가. 청해는 조소하며 입을 열었다.

"……."

그러나 그 목청을 빠져나온 소리는 없었다. 청해는 목상인 양 그대로 굳어버렸다.

화려한 황도의 풍광. 우미한 화하의 경치. 정월 초이레 비단으로 관에 꽃 장식을 하고, 삼월 초하루 황궁의 원림을 개방하고 수희와 연희를 베풀며, 섣달그믐 장군들을 신으로 분장시켜 귀신을 쫓고 폭죽을 터뜨려 밤을 오색으로 밝히는—그토록 눈부시고 흥겨운 기억 어디에나, 그가 있다.

그 사실을 깨닫는 순간 찬란한 빛이 바랜다. 성대한 음률에 잡음이 섞인다. 너무도 그립고 그리워 애간장이 끊어질 정도로, 거듭해 한숨을 쉬어 폐부가 불타 버릴 정도로. 그런 추억을, 고작 물도마뱀과 심심풀이로 나눌 수 있으리라곤……

"와장창!"

청해는 손에 잡히는 대로 집어던졌다. 잘못 다루어 자해의 도구가 될 수 있는 물건은 시중드는 자가 주변에 두지 않은 탓에 날아간 것은 나무 물그릇이었다. 하지만 깨는 것이 목적은 아니었기에, 청해는 그쪽을 돌아보지도 않고 드러누워 이불을 뒤집어썼다.

화하라면 여름에 가까워지는 계절, 연실로 짠 얇은 이부자리도 그의 숨결로 인해 단숨에 찜통처럼 변했다. 그러나 청해는 스스로 증살당하고자 하는 양 완강히 이부자리를 젖히지 않았다.

아무리 인간에 무지한 신령이라 해도 그 뜻을 읽지 못할 리 없다. 신령은 조용히 울타리를 빠져나왔다.

기를 움직여 둔갑한 몸. 애당초 대월하의 신령이 타고난 몸은 사람의 눈에 닿는 것이 아니다. 유유히 흐르는 강물과 세월을 한 몸에 받으면서 사람이 알아보기 쉬운 형태를 취하는 것뿐. 훨훨 날아 대월하로 돌아가는 그 시선에 남만의 백성이 물 위에 세운 집, 강가에 키우는 무성한 벼, 발가벗은 아이가 몰아대는 코뚜레 낀 검정 물소가 닿는다. 그 눈빛에 담긴 감정은 사람이 이해할 수 없는 영역이지만 필시 애정이리라.

대월하의 초대 신령, 선조 학룡군은 인간을 사랑해 옹왕을 얻었다. 그 피에 서린 친애가 신교군에게도 이르는 것일까.

대역 죄인을 감시하기 위해, 혹은 토벌하기 위해 주시한다는 일은 반쯤은 구실일지도 몰랐다. 남만 땅에서 살아가는 이들의 삶은 일거수일투족 이해하고 있다. 하지만 화하 사람의 삶 따위 모른다. 그렇기에 자연스럽게 흥미가 돋았다.

아무리 쑤석대어도 그는 화하에서의 족적을 신교군에게 털어놓으려고 하지 않았다. 신교군이 짐짓 도발하자 받아줄 만큼 지루함에 지친 그가 그것만큼은 미친 사람처럼 입 다물고 있다. 화하에서 지은 죄, 쌓은 악업, 품어온 증오가 너무 컸기 때문일까?

아니… 과연 순수한 증오일 따름인가. 간혹 보이는 눈빛과 스쳐 지나가는 표정에는, 증오로 정의하기에는 온전치 않은 무엇인가가 깃들어 있었다.

대월하에 도달한 신교군의 거체가 빗물이 강에 떨어지는 것처럼 넘실대는 물결에 스민다. 대월하의 권속들이 다가와 조심스레 이러쿵저러쿵 진언했지만 신교군은 반 마디도 듣지 않았다. 관심을 끊으면 그만일 터이나 좀처럼 되지 않는다. 남만에 유배된 화하의 대역 죄인. 손끝에 박힌 거스러미와 같은, 신경 쓰여서 견딜 수 없는 이물. 흡사 단단한 조개껍질을 보는 듯하다. 열어보고 싶어지는 것이다. 그 안에 있는 알맹이가 진주이든 썩은 살이든 간에.

그러나 위의로써는 뜻을 이루기 어렵고 힘으로써는 더더욱 당치 않다. 황가의 자손이자 일국의 군왕에서 대역 죄인으로 위리안치된, 어찌 보면 역병에 걸린 환자보다도 꺼려지고 있는 그자에 있어 힘이나 위의란 누르면 누를수록 더욱 이를 드러내며 달려들게 만드는 적에 다름 아니다.

광기 어린 짐승으로 전락해버린 그는 과거에 정녕 어떤 사내였을까.

풍문으로 전해 듣는 방법도 있었다. 그러나 신령은 누구보다도 그자의 입으로 듣고 싶었다. 무엇에 웃고 울며 누구를 사랑하고 미워하였는지, 그리하여 어떤 연유로 여기까지 이르렀는지. 아아, 궁금하구나. 궁금해서 견딜 수 없다—.

결국 신령은 두어서는 안 되는 수를 두고 말았다. 그 순간에는 큰일이라고 여기지 않았다. 기껏해야 단순한 장난질이라고만 생각했다. 그러나 그가 한 일은 열어선 안 되는 환란의 갑을 열고야 말았다.

그래선 안 되었다. 파고들어선 안 되었다고.

그는 이윽고 절실하게 생각하게 되었다.

달이 몇 번 차고 기운다. 대월하의 물이 부푼다. 남만 사람들이 비 그치지 않는 절기라고 부르는 우기. 대월하의 물은 더욱 짙푸르러지고 강의 기세는 한층 맹렬해진다. 그에 따라 신교군의 힘도 더욱 강해졌다.

억수 같은 비가 내리던, 그래서 저녁인지 밤인지도 모르던 때에…….

신교군은 위리안치의 가시덤불 밖에 서 있었다. 그 형상을 본 이가 있었다면 소스라치게 놀랐을 터였다. 두 손 두 발을 갖춘 버젓한 인간의 모습이었다.

'후우…….'

신령은 자신의 숨을 토했다. 폭포수 같은 빗줄기 속에서도, 후덥지근한 공기 속에서도 그 숨결은 하얗게 피어올랐다. 숨결의 빛깔은 오색이다. 채색한 안개 같은 아지랑이 비슷한 것이 신령의 몸을 휘감았다.

둔갑은 이루어졌다. 그러나 어떤 형상인지는 자신도 모른다. 바라보는 자가 바라는 형상이란 사실만 알 뿐.

환혹술. 비치는 성질을 지닌 물의 기를 몸에 둘러, 바라보는 이가 가장 그리워하는 형상을 덮어쓰는 술법. 신령에게 말하지 못할 사정이라도, 이전부터 알아왔던 친지에게라면 실토하지 않을까. 물론 십중팔구는 황도에 있어야 할 지인이 이역만리 남만 땅에 불쑥 나타난 데에 그가 의혹을 품을 것은 당연한 수순이나, 적어도 간절히 그리던 이가 눈앞에 있으면 동요하는 모습은 보이리라.

그 모습을 보면 이 초조감을 가라앉힐 수 있을까. 시도 때도 없이 그를 떠올린다고 하는 병증이 낫지 않을까. 그런데도 어째서 좀처럼 손이 나가지 않을까. 어쩌면 이 기묘한 망설임은 신령이 타고나는 예지의 기운일지도 모른다.

그러나 예지는 그의 발목까지 잡지 못했다. 마치 떠밀리기라도 하는 양 신령은 손을 뻗어 허름한 문을 열어젖혔다.

청해는 상 위에 벌러덩 드러누워 있었다.

검은 유리알 같은 눈은 무엇을 비추는가. 귀는 쏟아지는 빗소리를 듣기나 하는가. 망념 속을 헤매던 그는 그래서 바로 알아듣지 못했다.

삐걱대며 문이 열리는 소리가 났다. 위리안치된 죄인에게 손님이 방문할 리 없다. 시각은 한밤중. 하인이 오기에는 너무나 늦은 시각이다. 찾아오는 유일한 이는 그가 물도마뱀이라고 부르는 소신령뿐. 그러나 문을 통해 드나든 적은 여태 없었다.

한 발 늦게야 고개를 돌려 문 쪽에 시선을 던진 청해는 숨 쉬는 일조차 깡그리 잊고 말았다. 일어나는 동작은 청해 스스로 느끼기에 분통이 터질 정도로 느렸다. 헤진 이부자리가 몸에 휘감겨 여의치 않는 데에도 살의까지 느낀다.

일어나, 달려, 문을 열고 들어선 사람에게로 다가간다. 그 찰나에 청해는 뇌리에서 백만 천만 번 생각했다. 뿌리치지 말아줘, 오로지 그뿐인 간청을.

"형님⋯⋯!"

백옥 같은 살결. 매끄러운 머리카락. 옷자락에 숨겨져 더욱 불붙게 만드는 우아한 몸. 그 모든 것을 청해는 단숨에 끌어안았다.

만약 정엽이 그때처럼 그를 밀쳐냈다면 청해는 분사할지도 몰랐다. 그토록, 그토록 그토록 그토록 그토록 만나고 싶었는데─오로지 정엽이 우두커니 서 있었기에 청해는 목숨을 건질 수 있었다. 희미하게 향냄새가 밴 옷자락도, 청해보다 조금 작은 체구도, 전부 온전히 청해의 품에 머물러 있었다.

"형님……."

얼굴이 보고 싶어서 청해는 생살을 떼어내는 듯한 착각을 느끼며 정엽에게서 살짝 몸을 떼고 고개를 들었다. 새하얀 얼굴에 이렇다 할 표정은 없다. 청해의 심부를 들쑤셔놓는 새파란 눈동자가 어렴풋이 곤혹스러움을 띄우고 있을 뿐.

아아, 다행이다. 전부 꿈이었다. 형님이 멀어지고 만 것도, 자신이 반역을 일으켜 유배를 온 것도, 그 사내가—그 사내가, 그 사내가, 그 사내가 형님을 빼앗아간 것도 전부 꿈이다.

그렇지 않다면 이쪽이 꿈인가? 어느 쪽이든 상관없다. 잠에서 깨어나지 못하건 이대로 숨이 끊어지건 그가 머물러 있을 곳은 정해져 있으므로.

청해는 떨리는 손을 뻗어 하얀 뺨을 감싸 쥐었다. 그 섬세한 선을 느끼기라도 하는 양 살며시 어루만지다가 느닷없이 자신의 얼굴을 가까이 댄다. 얇지도 도톰하지도 않은 입술은 그가 맛본 어떤 과실보다도 달콤하고, 조금 빨라지는 숨결은 어떤 방향보다도 향기롭다.

"……."

무어라 말할 듯 움찔거린 입술은 격정을 더해가는 입맞춤으로 막혀버렸다. 그러나 머뭇거리면서도 벌린 입과 늘어뜨린 팔에서 청해를 거부하는 의지는 찾을 수 없다. 기뻐서 미쳐버린다고 함은 필시 지금의 청해를 가리키는 것이리라.

팔을 잡은 채 넘어뜨려 흙바닥 위에 고이 눕힌다. 소박한 하얀 도복을 벗겨내어 원앙금침으로 삼는다. 그대로 드러난 하얀 가슴팍은 미답의 설원처럼 오로지 희어…… 그 사내의 흔적이라곤 추호도 찾을 수 없다. 그렇다—그런 자는 애초에 존재하지 않을 터. 그 순백에 오로지 자신만을 새기기 위하여 청해는 게걸스럽게 걸터듬었다. 뽀얀 윤곽과 매끄럽고 단단한 감촉. 부드러운 살을 남김없이 맛보면서도 욕구는 만족하는 법을 모른다. 오히려 붉게 번져가는 흔적이, 점차 가빠지는 숨소리가, 땀에 밴 손바닥에 착 달라붙는 열기가 그를 부추긴다. 창자가 끊어질 듯한 주림이 더해간다.

"정엽…… 형님. 나만의……."

애무를 퍼붓는 사이 띄엄띄엄 토하는, 자신도 무슨 말을 하는지 깨닫지 못한 청해의 중얼거림에 반응해 열에 녹은 푸른 눈동자가 그를 향했다.

무엇을 봤는지 그 눈이 가늘어졌다. 하지만 이윽고 본래대로 돌아와 여전히 곤혹스러운, 하지만 떠다박지르는 구석은 없는, 조금 멋쩍은 듯한, 무엇보다도 열기가 끓어오르는 눈으로 청해를 응시하면서, 상아 조각처럼 우아하면서도 큰 손이 긴 손가락을 뻗어 청해의 얼굴을 감쌌다.

"청해."

나지막한 목소리가 들려왔다. 열락이 청해의 뇌수를 채웠다. 노여워하는, 질타하는, 슬퍼하는… 그가 기억하는 정엽의 목소리, 마지막으로 들었던 말을 깨끗이 덮어씌워주는 부드럽고 은근하고 다정한 목소리. 이건 흡사 연인에게 속삭이는 듯한…….

그때 불현듯 청해는 깨달았다.

정엽은 절 대 로 자신을 이렇게 부 를 리 없 다.

그가 아는 정엽은 어디까지나 아우를 보는 눈빛으로 응시할 따름. 이런 뜨거운 눈으로 자신을 바라볼 리 없다, 고.

청해는 그 손을 뿌리쳤다. 그리고 비틀거리면서 일어났다.

그저 상관없다고 여겼다. 애초에 신령에게 정조라는 관념이 있을 리 없다. 강이란 멋대로 갈라지고 합한다. 대하는 만물을 받아들이고 기른다. 따라서 신교군이 사람으로 둔갑해 사람과 교합한다고 해도, 그저 드문 일이지 이상한 일은 아니었다.

그러니 애욕에 차서, 정욕에 목말라 애타게 요구하는 자를 밀어낼 마음은 전혀 들지 않았다. 신령으로서는 생소한 감각에 몰두하며…… 그저 막연히 이자를 이렇게까지 만든 '정엽'이 대관절 누구인지 의아해할 뿐.

그런데 별안간 뿌리쳐졌다.

신교군이 아연해서 바라보는 사이 청해는 우뚝 서서 시선을 맞받았다. 땀에 젖은 머리카락이 얼굴에 달라붙어 표정조차 분간하기 어렵지만 귀신과도 같은 형형한 눈은 뚜렷이 보였다.

"넌…… 누구냐."

거슬리게 쉬고 갈라진 목소리가 질문했다. 얼이 빠진 신교군이 대답도 잊은 사이 청해는 거칠게 말을 이었다.

"그 물도마뱀이겠지? 무슨 생각으로 이런… 아니, 알 필요도 없지. 이런 짓을 하면 내가 기분이 좋아서 뜻대로 해주기라도 할 것 같든가?"

청해는 몸에 묻은 물을 터는 짐승처럼 머리를 마구 내둘렀다. 일순의 기억이라도 털어버리고 싶은 듯 보였다. 그리고 그 입에서 터져 나온 것은.

"필요 없어."

절규였다. 통곡이었다.

"필요 없어, 필요 없어, 필요 없어엇! 대신 따위 필요 없어! 감히 너

따위가……!"

　그 말을 이해한 순간, 신교군의 표정이 변했다.

　감히? 그 말은 이쪽에서 해야 할 터다.

　이 땅은 이 몸의 땅. 이 물은 이 몸의 물. 이 대지와 물에 기대어 살아가는 이들은 모두 이 몸의 백성일진대. 이 땅에 유배되어 온 자도 마찬가지로 이 몸의 것일 터. 한낱 인간이 신령을 능멸해, 멋대로 간구하고 멋대로 거부하다니.

　악다구니를 치던 청해가 문득 몸을 떨었다. 땀에 젖은 몸은 밤공기에 닿아 선뜻하지만 추위를 느낄 정도는 아니다. 그런데 무엇이 그를 떨게 했는가.

　정엽으로 둔갑한 그것이 몸을 일으켰다. 어둠도 개의치 않고 하얗게 떠오른 얼굴이 빙긋이 웃고 있다. 정엽의 미소이지만 결코 정엽의 것이 아니다. 뒤집어 쓴 둔갑의 휘장은 벗겨지지 않았지만, 그 사이로 드러나는 신령의 본질이 그를 응시하고 있었다.

　무심코 뒷걸음질치는 청해의 몸을 무엇인가가 꽉 잡아 내동댕이쳤다. 마치 대기가 손바닥으로 화해 짓누르고, 족쇄가 되어 청해를 거머잡은 것만 같았다. 경악하여 몸부림치는 그의 앞으로 그림자가 드리워졌다. 발자국 소리는커녕 인기척도 느껴지지 않았다. 청해는 그제야 상대방의 정체를 어렴풋이 짐작했다.

　행동거지가 유치하고 둔갑한 모습이 미물이라 해도 반드시 요괴나 소신령은 아니다. 원대한 산천의 신령이라 하여 그자가 반드시 심원한 천지의 이치를 논하거나 고매한 사상을 설파하는 것도 아니다. 그리고 그들은 연유도 인과도 없이 인간을 짓밟아버리는 포악성을 함께 지니고 있다.

　엎드려 꼼짝도 못하는 청해의 목덜미에 차가운 손가락이 닿았다. 시체 같은, 이라는 수사는 가당치 않다. 그것은 어디까지나 무기물의 차가움이었다.

"싸움에 진 개가 잘도 짖는도다. 이 몸의 은혜를 먹고 마시고, 이 몸이 살려주었기에 숨이 붙어 있는 축생이."

네놈 은혜 따위 입에 댈까보냐, 죽일 테면 죽여라—그렇게 악 쓰는 청해의 목소리는 입 밖으로 나오지 않았다. 마치 물속에 있는 것처럼 숨 쉬기조차 여의치 않다.

"하지만 죽이는 것 따위 지나치게 간단해서 시시하거늘. 대신은 싫다고? 안되었다만 이 몸은 너를 대신으로 쓸 참이니라."

너덜너덜해서 가까스로 청해의 몸에 붙어 있던 침의가 소리도 없이 고스란히 벗겨졌다. 신령의 의도를 깨달은 청해는 전신의 피가 빠져나가는 기분을 절절히 느꼈다. 귓전으로 바로 옆에서 속삭이는 듯 은근하고도 고드름처럼 싸늘한 소리가 파고들었다.

"감사히 여기거라. 네 정인의 모습으로 너를 취할 터이니. 그리하면 불만은 없으리라."

"……아, 아아, 아아아아아!"

수압에 눌려 익사하는 사람과 같이 청해는 들어주는 사람 하나 없는 비명을 토했다. 차가운 것이 벌거벗겨진 사지 구석구석을 휘감아 돈다. 물에 빠졌을 때 사람을 붙들고 끌어당기는 물줄기가, 마치 살아있는 것처럼 청해의 안쪽으로 파고들었다. 목도, 쇄골도, 샅도, 그리고 치부까지도. 손가락이라면 힘을 주어 어떻게든 막으려 애썼을지도 모른다. 하지만 형체도 없는 물임에야 곳곳을 유린당하고 억지로 쾌감을 끌어내어도 사람의 힘으로 막을 방도가 없다.

"흐아…… 악…… 큿……!"

차라리 혀를 깨물어 죽든 살든 고통으로 이 고문에서 벗어나리라. 그렇게 벌린 입에 하얀 손가락이 파고들어왔다. 앞뒤 없이 물어뜯었으나 손가락은 무쇠나 돌로 만들어진 것처럼 흠조차 나지 않았다.

"지나치구나. 네 정인의 손가락이 아니냐?"

정엽의 목소리가 교태까지 어린 음색으로 속삭인다. 마치 반으로 나뉜 것처럼 뜨겁고 차가운 온도로 뇌수가 절절 끓는다. 속살거리는 정엽의 목소리를 듣고 그 손가락에 만져져 희열하는 부분과, 정엽을 흉내 낼 뿐인 것에 범해진다는 사실에 격노하는 부분으로 머릿속이 쪼개진다.

"놔…… 앗! 놔! 놔, 하, 아, 아아아!"

몸 속 깊숙한 곳까지 스며든 물줄기가 감각의 심부를 어루만진다. 음경이며 가슴의 솟구친 곳을 감아 비틀고 쥐어짜며 유린하지 않는 데가 없다. 이런 추태를 정엽의 눈이 보고 있다. 형님이 아니지만 저 눈은 형님의 것이다. 그저 둔감했을 뿐이더라도 저 눈은 형님에게 애태우는 꼬락서니를 남김없이 보고 있다.

문득 무엇인가가 눈가를 훑었다. 그제야 청해는 울고 있는 자신을 알아차렸다. 얼굴에 드리워진 그림자를 좇자 정엽의, 그러나 정엽이 아닌 얼굴이 그를 내려다보고 있었다. 무표정한 얼굴에는 인간의 표정을 흉내 낼 재간도 보이지 않는다. 다만 푸른 눈동자가 색달랐다. 눈에 담긴 감정을 굳이 형언한다면 그것은 슬픔이리라.

왜? 청해는 의문을 품을 여력도 없었다. 오로지 본능이 불 지피는 대로 움직일 뿐. 느슨하게 입 안에 머물러 있을 뿐인 손가락을 고개를 돌려 뿌리쳐 떨어냈다. 퉤, 하고 뱉어내자 하얀 얼굴에 이내 걸쭉한 타액이 흘러내렸다. 무표정한 얼굴은 변하지 않았다. 그저 그 눈동자가 푸른 불꽃으로 화했을 뿐이었다.

얼굴이 시야에서 사라졌다. 이윽고 사타구니 쪽에서 선뜻한 기운이 느껴졌다.

"아, 하, 흐아, 아……!"

"엎드려 조아리며 사죄하는 것이 어떠냐? 용서받을 수 있을지도 모르니."

무엇인가가 치부 안쪽으로 비집고 들어온다. 청해는 이미 유린당해 타액이 뚝뚝 떨어지는 턱을 덜덜 떨었다. 뭘 하라고? 빌어? 빌어서, 적어도 이 꼴을 모면한다면—수치와 굴욕으로 짓눌린 뇌수는 멋대로 그런 생각을 자아냈다.

"물론 이미 늦어버린 것이로다. 화하에서부터⋯⋯."

그러나 이물이 청해의 몸을 가르고 또한 상념조차 베어내어, 생각은 행동으로 옮겨가지 않았다.

"히⋯⋯ 이⋯⋯ 으윽⋯⋯."

크다. 터무니없이 큰 것이 오장육부까지 밀려든다. 그럼에도 기이한 노릇은 아픔이 거의 없다는 것⋯⋯ 오로지 장기의 벽을 긁고 훑어 내리며 넘쳐흐르는 쾌감에 지배당할 뿐이다.

"제법 기분이 좋은가 보구나. 죄인에게는 과분한 벌이더냐."

"힉⋯⋯! 아, 하⋯⋯ 아, 큭⋯⋯!"

차가운 목소리로 내쏘지 않아도 자신이 얼마나 추하게 발정하고 있는지 알고 있다. 오로지 정엽의 자태와 목소리에 애달아, 육욕만 끌어내는 잔인한 농락에 몸부림치며 짐승보다도 한심스럽게 땅을 기고 있었다.

청해는 아예 의식을 놓아버렸다. 절구질하는 가락에 힘없이 부대끼다가, 기분 나쁘게 미지근한 액체가 자신을 뒤덮는 것을 느끼며 무의 나락으로 떨어져 내렸다.

쏟아지는 비는 좀처럼 그치지 않았다. 그러나 아랫것에게는 도롱이도 사치다. 애초 비가 올 때마다 도롱이를 쓸 양이면 이 한 철 나기 위해 백 개나 천 개도 모자라리라. 그래서 소년은 맨몸으로 비를 맞으며 울타리로 향했다.

이변은 즉각 눈에 띄었다. 울타리가 거지반 부서져 있었던 것이다. 부들부들 떨면서도 도망치지 못하고 오두막으로 다가간 소년이 벼락 맞은 것처럼 일순간에 우뚝 섰다. 그리고 놀란 토끼처럼 죽어라 뛰어 달아나기 시작했다.

위리안치의 죄인에게 참혹한 일이 일어났다는 사실은 교주 자사에게까지 알려졌다.

그들은 놀랐다라는 말로 모자랄 정도로 전율했지만, 이윽고 하나의 결론에 도달했다. 남만은 화하 황도에서 아득하게 멀다. 따라서 직접 가서 떠벌이지만 않으면 화하 조정에서 알아차릴 일도 없다. 터무니없는 방조였지만 그들은 나름대로 할 말이 있었다. 대월하의 신령이 인간을 자신의 먹잇감, 제물로 삼는 일은 사람의 힘으로 어찌할 수 없는 것이었다.

과거 대월하의 신령은 이따금 아리따운 처녀를 제물로 요구한 적 있었다. 스스로의 말마따나 신부로 삼기 위함인지 먹잇감인지 알 도리가 없었으나…… 언젠가 조정에서 보낸 명철한 관리가 그 일을 음사淫祀로 규정하고 처녀를 구출해내 제사상을 뒤엎으며 엄중하게 금지하였지만 신령은 납득하지 않았다. 교주 자사의 패찰을 지닌 관리를 벼락이 때리고 바람이 휘몰아가려 날뛰던 때에, 종남산에서 천병이 이르렀다. 조정의 명관과 종남산 천병의 협공으로 대월하의 신령은 끝내 굴복하고 말았다던가.

그러나 현 교주 자사는, 그리고 그 밑의 중랑장부터 현령까지도, 자기네가 훌륭한 목민관이 되지는 못한다는 사실을 알고 있었다. 탐관오리로 역사에 남고 싶지는 않지만 청렴 방정한 관리로 숭앙받을 정도로 손발이 닳도록 애쓰고 싶지도 않다. 그러니 입 다물기로 하였다. 죄인이 힘이 다해 숨이 끊어지든, 신령이 흥미를 잃어 내버리든 결과에 관심은 없다. 다만 그들에게 화가 닥치지 않기를 기도하고 또 기도하면서.

그렇게 방치된 모습으로 청해는 족히 이틀을 쓰러져 있었다. 다음 날 아침이 되어서야 침의를 그러쥐어 두르고 비틀대며 몸을 일으킨 그는 아무것도 비치지 않는 눈으로 오두막을 비추었다. 불쌍한 아랫것이 부들부들 떨면서 가져다 놓은 반盤은 일별도 하지 않았다.

신령이 기를 폭발하듯 움직인 탓에 선원궁의 금주는 완전히 망가진 참이었다. 이곳에서 도술이나, 혹은 방술을 쓴다 해도 거칠 것은 전혀 없다. 청해의 손목에 새겨진 주인呪印이 없을 때의 이야기지만.

청해는 천천히 두 팔을 들어 자신의 손목을 내려다보았다. 선원궁 특제의 주사로 새긴 각인이 있는 한 청해는 손가락에 어리는 기 한 가닥조차 제대로 움직일 수 없다. 방황하는 시선이 바로 그곳에 가서 못 박혔다.

청해는 불현듯 입을 열고, 손목에 이빨을 들이대었다.

저질러버렸다.

저질러버렸다. 저질러버렸다. 저질러버렸다.

걱정스럽게 뒤쫓는 가신들을 모두 호통쳐 내쫓고, 신령은 대월하의 가장 구석지고 후미진 곳에 똬리를 튼 채 오로지 그런 상념을 뇌수에서 소용돌이치게 만들고 있었다.

이럴 생각이 아니었다. 그저 충동질하고 싶었던 것이었는데, 어째서 잠자리를 함께…… 아니, 그 이상으로 능욕하고 말았다.

어차피 죽은 거나 다름없는 목숨. 붙여두기만 해도 다행이나 다름없다. 따라서 어떻게 다루든 스스로를 책망할 필요는 없다… 그러나 아무

리 변명을 해도 아교 없이 벽에 붙이는 방문榜文처럼 허무하게 떨어져나
갈 따름이었다.

　과거의 그를 보고 싶었다. 다른 표정의 그를 보고 싶었다. 그래서 모습
을 비추는 수면처럼, 그의 과거를 비추어내었다. 그러나 과거의 그는 신
령의 예상 외로 추악하고 망집에 사로잡혀 있는 애처로운 사내였던 것이
다. 신령은 그 미망을 받아주고자 했다. 그러나 사내는 손바닥 뒤집듯 일
변하여 분노와 증오를 토해냈다. 물에 꿀을 타면 달콤해지고, 독을 타면
사람을 죽이는 극약이 된다. 마치 이와 같이 신교군도 그의 망집에 사로
잡히고 만 것일까.

　이래선 안 된다. 제대로 된 신령의 처신이라 볼 수 없다. 이런 망념 따
위 끊어버려려야⋯⋯.

　대월하가 술렁거린다. 파도가 높아진다. 모처럼 비가 그쳐 맑은 하늘
이 삽시간에 먹구름으로 뒤덮인다.

　끊어버린다. 만나지 않는다. 씹다 버린 빈랑 껍질처럼 다시는 돌아보
지 않는다.

　⋯⋯그것은⋯⋯ 싫다.

　그런 일을 당하고 목숨이나 붙어 있을는지. 확인이라도 하지 않으면
견딜 수 없다. 가신을 보내어 탐지하는 방법도 있겠지만 그래서야 만족
할 수 없다. 그 얼굴을, 그 표정을, 이 눈으로 직접 확인하지 않으면 안
된다.

　이대로 물이끼가 낄까 싶은 비늘이 꿈틀 움직였다. 거체가 움직여 강
바닥의 지형을 격변시켰다.

　'신교군! 어쩐 일이시옵니까!'

　'적어도 무슨 연유인지 해명을⋯⋯.'

　당황하여 매달리는 수족들을 뿌리쳐 날려버리고, 신교군은 물 밖으

뛰어올랐다.

순식간에 그는 오두막의 허공에 떠 있었다. 대월하가 흐르는 이 땅에서 거리는 그에게 의미가 없다. 그러나 대월하로부터 이 오두막까지의 거리보다 허공에서 오두막까지의…… 그의 몸으로 견주면 반 촌도 되지 않을 거리가 흡사 천리만리처럼 멀고, 마름쇠를 뿌리고 기름을 부으며 겹겹의 철책을 세운 양 가까이 갈 수 없는 것처럼 느껴진다.

저 오두막 안에 무엇이 도사리고 있는지 그로서는 상상도 할 수 없었다. 따라서 들여다보고 싶지 않다. 위대한 신령에게 이런 표현이 어울릴지는 알 수 없으나, 가장 비슷한 인간의 감정으로 말하자면 두려움일 터였다.

그러나 언제까지나 기다림은 당치 않고, 헛되이 돌아가는 것이야말로 더한층 안 될 말이다. 신교군은 소리도 없이 몸을 뒤집어 둔갑하고는 창 쪽으로 살며시…….

"파지직!"

불꽃이 사방으로 튀었다. 신교군은 산 채로 구워지는 기분을 맛보면서 바닥에 내동댕이쳐졌다. 비명을 지르지 못함은 오로지 그가 비명을 질러 본 적이 없었던 덕분이었다.

"잘도 까불었겠다."

스산한 목소리가 몸부림치는 신령 위로 떨어졌다. 절망과 증오와 광기가 어지러이 뒤섞인, 듣기에도 끔찍한 어조였다. 그러나 그의 모습은 더욱 처참했다. 소제하지 않은 헝클어진 머리카락, 더럽고 구깃구깃한 침의를 아무렇게나 걸친 몸은 뼈만으로 이루어진 허수아비와 흡사했다. 개중에서도 가장 참혹한 곳은 팔. 주인이 새겨졌던 손목은 짐승이 물어뜯고 잘근잘근 씹어댄 양 살갗이 파헤쳐져 있었다. 미처 아물지 못한 상처에서 배어나온 피가 손끝까지 붉게 물들였다.

"조정의 대역 죄인이요 불효막심한 황자, 영락한 군왕…… 그래서 마음대로 갖고 놀 수 있다고 생각했나 보지? 한낱 물귀신, 물도마뱀 주제에! 각항저방심미기…… 급급여율령!"

악을 쓰는 청해의 목소리에 힘입은 양 번개가 솟구쳐 올랐다. 선원궁의 실로 고매한 도사의 술법을 흉내 낸 것이나 그 위의는 다를 바 없었으니, 기혈이 들끓고 오장육부가 요동쳤지만 청해는 뻗디뎠다. 목구멍에 피가 가득 찬다. 말에 매여 며칠을 끌려다닌 듯 전신의 뼈마디가 삐걱거린다. 이 생을 버려 이 아픔을 깨끗이 씻을 수 있다면 그럴싸한 장사가 아닐까 싶을 정도로 고통스럽다. 하지만 청해는 유배를 왔을 때와 마찬가지로 추호도 명부를 떠올리지 않았다.

죽어버리면…… 저 짐승을 멸할 수 없다!

"둑을 지어 강의 흐름을 바르게 하고 제방을 쌓아 물을 다스린다. 강을 제 뜻대로 할 수 있으리라 믿는 화하인의 하찮은 재주로다."

실로 천하를 두 쪽 내는 듯한 소리가 조그만 오두막에 쩌렁쩌렁 울렸다. 버틸 힘이 없던 청해의 몸은 심술 사나운 아이가 집어던진 인형처럼 땅바닥에 나뒹굴었다. 숨조차 제대로 쉴 수 없는 고통에 앞뒤로 구르던 참에, 시야 끝에 바닥을 밟고…… 정말 밟은 것인지 알 수 없을 만큼 우미한 걸음걸이로 다가오는 신발이 비쳤다. 좋은 천으로 모양을 잡은, 도사들이 흔히 신는 신발.

그만 둬, 라는 비명은 숨을 들이쉬지 못한 청해의 폐부가 자아내지 못했다. 이어 하얀 손이 내려와 가난한 선비의 전대를 주워 올리듯 청해의 팔을 가볍게 들어 올렸다.

"아직 분수를 깨닫지 못한 듯하다."

줄에 매달린 꼭두각시처럼 청해를 들어 정면으로 시선을 던지면서, 정엽의 얼굴을 한 신령은 조소했다.

"하…… 하지……."

"무엇을 하지 말라는 게냐. 너에게 줄 벌을? 벌을 받기 싫었다면 스스로 근신하고 정죄해야 할 것을. 오히려 이 몸에게 해를 입히려 하다니 그 소행이 실로 흉악하도다."

"흉악 같은 소리를 그 입으로 나불대는 건가! 사람의 모습을 훔치고 사내를 농락하는 요괴 음귀 등속인 네가……!"

청해는 마지막 발악으로 고함지르며 몸을 비틀고, 발을 내질러 어떻게든 뿌리치고자 날뛰었다. 그러나 그의 발은 신령의 몸에 닿지 못했으며, 그의 팔은 쇠 집게에 붙들린 양 신령의 손아귀를 벗어나지 못했다.

"잘 말해주었지 않느냐. 요괴, 음귀라고…… 그러면 죄인과 요괴, 음귀가 득시글거리는 이곳은 마땅히 무간지옥이라고 불러야 하리라."

느닷없이 신령이 청해를 집어던졌다. 아무리 야위고 쇠하였다고는 하나 사내 한 사람의 몸이 훌쩍 날아가서 방구석에 구겨져 박혔다. 오랜 유배 생활로 쇠약해진 몸, 숨이 끊어져도 이상할 것 없는 고통이 청해를 엄습했다. 그럼에도 불구하고 허우적거리면서 몸을 일으키려던 그는 못 박힌 양 움직일 수 없다는 것을 깨달았다. 대자로 누워 손발만을 바닥에 붙인 형국은 마치…….

신령이 그 앞으로 걸어와 살짝 허리를 굽혔다. 청해는 부지불식간에 뒤로 기어 달아나려고 했으나 어림조차 되지 못했다. 그저 손을 뻗어 허리춤을 건드리자 단단히 맨 띠가 풀려 흘러내린다. 필연적으로 맨살이 드러났다.

"네놈은 이 모습으로 희롱당하는 것을 싫어했지. 실로 무간지옥에 어울리는 형벌이라고 생각지 않나?"

"하, 하지 마, 하지 마, 하지 마, 하지 마 하지 마 하지 마!"

청해의 사단칠정은 단숨에 광기로 무너졌다.

이렇게까지 싫어한다. 이렇게까지 거부한다. 이를 깨닫자 치밀어 오르는 형언할 수 없는 감정을 눌러 감추며 신령은 짐짓 태연하게 청해의 앞에 한쪽 무릎을 꿇었다. 눈앞에 펼쳐진 광경은 침의 자락에 가려 보일 듯 말 듯한 청해의 맨가슴, 배, 그리고 허벅다리 안쪽과…….

하얀 손가락이 허공을 미끄러져 옷자락에 닿았다. 씨실과 날실을 세는 듯한 느릿한 움직임으로 가장자리를 훑다가 불쑥 안으로 파고든다.

"하지 마아아아아아아!"

"그렇게 말하는 것치곤 이 몸뚱이가 애처롭게도 간구하고 있지 않느냐. 벌인데도 지나치게 즐기도록 만든 모양이로구나."

"하지 마, 아, 아…… 그만! 제…… 발…….."

그 입에서 드디어 간청이 튀어나왔다는 사실은 희한하게도 신교군을 만족시켜 주지 못했다. 광기와 분노와 증오로 엉망으로 일그러졌던 얼굴이 애타게 누그러져, 눈물까지 맺힌 채로 허덕이는 본의를 손바닥을 들여다보는 것처럼 빤히 알 수 있었기에.

가짜라고는 해도 그의 손길이다. 그의 손길이라고 해도, 결국 가짜다.

닿고 싶다. 닿고 싶지 않다. 만지고 싶다. 보는 것만으로도 구역질이 난다. 하나가 되고 싶다. 날 만지지 마, 만지지 마, 만지지 마, 만지지 마, 가짜 따위가!

소리가 되어 나오지 않아도 알 수 있다. 도저히 하나 될 수 없는 마음의 번민은 신교군도 같았던 것이다.

더 이상 부서뜨리고 싶지 않다.

좀 더 부서뜨리고 싶다. 그러면 이자는 이 몸을 제대로 보게 될까.

하얀 손가락이 휘감는 것만으로 우뚝 솟은 양물은 선액을 흘려 번들거렸다. 장난처럼 손가락으로 쿡쿡 찌르고 쓰다듬을 따름인데도 넋 나간 입술 사이에서 허덕거림이 터져 나온다.

"똑바로 봐 두거라. 네놈이 가장 그리던 풍광이 아니냐?"

"그…… 만, 그만, 그만, 그만둬, 그만둬 줘……!"

애원에, 간청에, 절규에도 아랑곳하지 않고 신령은 청해의 다리 사이에 몸을 밀어 넣었다. 눈물 어린 눈을 질끈 감고 끝끝내 외면하고 마는 그를 신령은 말리지 않았다. 쾌감의 급소에 짓쳐들어오는 것은 사내의 양물뿐만이 아니다. 신령이 자유자재로 다루는 물의 기가 머리끝부터 발끝까지 꿰뚫고, 혈을 자극해 혈맥을 날뛰게 하며, 체액까지도 뜻대로 흐르게 만든다. 무궁무진의 쾌락을 쑤셔 박는 것 따위 너무나 저속하여 쓰지 않을 뿐이지 신령이 마음만 먹으면 누워서 떡먹기였다.

"아윽, 하, 응, 하악, 하, 앗, 히익……!"

"……."

이 희롱이 즐겁지 않느냐고 묻는다면 신교군도 부정할 터였다. 억지로 쾌락에 응하게 만든 몸은 비부를 아낌없이 열어 그의 것을 삼키고 저도 모르게 허벅지로 매달리며 송장처럼 희멀건 살빛을 붉게 물들인다. 유두를 손끝으로 튕기는 것만으로 금琴의 현처럼 바르르 떨리매 애욕을 연주하는 악기.

그러나 땀도 흘리지 않는 몸으로, 서늘한 시선으로 그 치태를 내려다보면서…….

신교군은 그저 자신이 느끼고 있는 불가해한 감정을 망연히 숙고했다. 그 감정을 온전히 누리는 것은 결코 불가능하다는 사실 또한.

며칠이나 지났을까. 몇 달이나 지났을까. 청해는 흘러가는 시간을 일절 느끼지 못했다.

하늘에 먹구름이 가득하고 비 그칠 겨를조차 없다. 아무리 우기라고는 하나 억수 같은 비가 내리면 이윽고 언제 그랬냐는 듯 맑게 개는 것이 일상인 이 땅에서 이러한 날씨는 기이한 노릇. 하지만 그 또한 청해에게는 무의미한 일이었다.

지금도 이따금 아랫것이 드나들면서 음식과 깨끗한 의복을 챙겨주었으나, 한 가지 달라진 점은 실내까지 들어오지는 않게 되었다. 역시 청해에게는 길가의 자갈, 무성한 쑥부쟁이만큼이나 가치 없는 현실. 그 정도로 청해는 오로지 자신의 분노와 증오, 수치와 비애에 함몰되어 있었던 터였다.

그의 전신을 갉아먹고 있는 고통도 그의 관심사는 아니었다. 기를 움직여 술수를 부리는 일을 뿌리까지 봉하는 주인呪印을 받은 몸으로—그 주인을 이빨과 손톱으로 긁어 없애고 무리하게 술법을 펼친 그는, 기실 당장 숨이 끊어져도 이상하지 않은 처지였다. 잘 양생한 몸도 그러할 터인데 하물며 제대로 먹지도 운신하지도 못한 채 오랜 유배 생활을 견뎌 온 몸임에야.

그런 청해의 숨이 붙어 있는 까닭은, 기묘하게도 그를 그 지경까지 몰아넣은 만행 덕분이었다. 신령 중에서도 용속이 배출하는 용정龍精. 산에 흩뿌리면 빨아들인 약초가 영지초로 자라나 뭇 도사들의 선망이 되고, 물에 흘리면 삼킨 잉어가 폭포를 거슬러 올라 교룡으로 화하는 단초로 삼는 판이니 사람은 어떠하랴. 청해도 분명 그 사실을 알았다. 그리고 그 사실을 사갈蛇蝎보다도 혐오스러워했다.

흙바닥 위에서 몸부림친다. 이미 너덜너덜해, 자신의 피로 붉게 물든 손가락이 이국의 흙 속에 파고든다. 몇 번이나 날뛰고 집어던지고 손으로 파헤친 오두막의 광경은 길들일 수 없는 짐승을 가둔 우리를 방불케 했다.

'그것'에 대한 증오는 측량할 길조차 없다. 그러나 한편으로는 어떤 방식으로라도 '그것'을 유혹해 받아들여, 또한 기뻐했던 자신의 몸까지도 저주스럽다.

사지를 물어뜯어, 이빨로 잘라 끊어, 숨조차도 쉬지 못하게 되면 '그것'은 어떤 표정을 지을까. 장난감이 부서져 버린 데에 대해 분해할까, 아쉬워할까. 그 표정이 무엇이 되었든, 더 이상 괴로워할 필요가 없게 된 청해 자신의 심경은 실로 후련할 것이다.

그러나 거기까지 생각이 미치면 반드시 떠오르는 것이 있다.

정엽의 얼굴. 정엽의 뒷모습. 가족 친지를 해하려고 해, 그 자신까지도 범하고 치욕을 주고자 꾀했던 아우를, 그럼에도 불구하고 감싸던 등이. 그리고 그에 관해 더 깊이 생각할 틈도 없이 뇌리를 점하는 광경은….

"……으아아아아아아!"

뭔가가 부서진다. 침상이든 서안이든 이미 자신의 안팎은 깡그리 부서져 있었으므로 청해는 아랑곳하지 않았다. 정엽의 얼굴로, 그 몸으로, 그 목소리로 범해져 반 마디의 말로도 거역하지 못하고 손가락 하나 까닥하지 못할 정도로 처참하게 당하는 자신. 그리고 능욕을, 쾌감을, 스스로 모르는 새 걷잡을 수 없을 정도로 기뻐하는 자신. 정엽이 이런 자신을 본다면 뭐라고 말할까?

마치 해바라기가 태양을 향해 줄기를 비트는 것처럼 자연스럽게 떠오르는 상념이었으나 청해는 그것을 짓눌렀다. 지금 그를 떠올릴 수 없다. 떠올려서도 안 된다. 그러잖아도 쇠하여지는 근골이, 그리고 마음이 더 이상 그를 지탱하지 못하고 만다.

지금 그에게 필요한 양식은 증오다. 그리고 그것은 넘칠 만큼 많다.

청해는 비틀거리면서 귀양객의 빈약한 세간과 자기 자신의 잔해 속에서 몸을 일으켰다.

남만의 기묘한 날씨 변화는 그 땅에 의지하여 살아가는 이들 모두에게 두려움을 가져다주었다. 차라리 포효하고 날뛰면 그러려니 할 터이다. 대월하가 범람하여 사위를 쓸어버리면 높은 지대로 달아나고, 이윽고 물이 빠진 뒤 되돌아온다. 이 땅의 사람들은 그렇듯 강의 기분에 맞추어 살아가는 데에 익숙했다.

하지만 지금은 쏟아지지도, 그렇다고 날이 개지도 않는다. 언제까지나 추적거리는 비가 내릴 뿐. 숨 쉬는 공기조차 비에 흠뻑 젖어 있는 듯하고, 날이 갤 조짐은 보이지도 않았다. 폭우에 강한 남만의 벼이삭조차 고개를 들지 못하고 비슬비슬 시들어갈 뿐.

정작 그 원인, 이 땅의 주인은 그러한 공기를 느끼지 못했다. 그는 자신만의 상념에 매몰되어 사람들의 애타는 기원도 가신들의 간곡한 청도 듣지 못했다. 대단한 생각에 빠져 있는 것도 아니다. 그저 하나의 상념만이 뇌리를 끊임없이 맴돌 뿐.

더 이상은 안 된다. 대체 무슨 짓을 하는 것인가. 이래서야 정말로 음귀, 요괴의 등속과 다를 바 없다. 능욕 따위 즐거울 리 없다. 신교군이 원한다고 하면 기꺼이 몸을 바칠 수족이며 목령, 인간 여자쯤은 줄을 섰다. 싫어서 발광하는 사내를 품는 일은 더더욱…….

……그러나 아무것도 느끼지 못함은 아니다. 그토록 혐오해 발버둥치고 눈물까지 흘려도, 결국 심부를 어루만지면 무너지는 모습은… 눈물이 넘쳐흐르는 눈을 질끈 감고, 쾌락이 관통하는 몸을 바르르 떨면서, 저항하는 것도 잊은 채 감미로운 소리를 토하는……. 하지만 그 모두는 신교군이 둔갑을 펼친 덕이다. 그를 숨 쉬게 하는, 그가 사랑하는 유일한 존

재를 비추어내는 술법 때문에. 만약 신교군 본연의 모습으로 다가왔다면 그를 거들떠보지도 않았을 터. 이 얼마나, 무의미한…….

끊임없이 돌아가는 생각의 수레바퀴를 신교군이 펼쳐놓은 기의 그물 망이 감지한 무엇인가가 붙들어 멈추었다. 대월하의 주인인 그는 이 땅에 일어나는 일을 낱낱이…… 거기까지는 과장이라 하여도, 적어도 그만한 힘을 할애하면 가시 울타리로 둘러싸인 오두막 하나쯤 감시하는 일은 대수가 아니다. 그리하여 그는 울타리를 넘어서 떠나는 사람의 기척을 바로 느낄 수 있었다.

선원궁의 금제는 다른 누구도 아닌 신교군이 날뛴 탓에 풀리고 말았다. 이 땅의 관원들은 신교군의 진노를 살까 두려워하여 대역 죄인을 건드리지 못했다. 만약 도망친다면 지금이 절호의 기회이리라. 그런 몸으로 남만의 험한 우림 속에서 살아남을 수 있다면, 신교군이 그 광경을 봐 넘겨준다면…… 물론 신교군에게 봐 넘길 뜻은 추호도 없었다.

호흡 한 번 들이쉬는 순간 신통력을 기울인 신교군의 몸은 우림의 공중에 떠 있었다. 그의 아래, 무성하게 우거진 녹색 잎 아래로 망령과도 같은 하얀 그림자가 허우적허우적 지나가고 있었다.

망령으로밖에 볼 수 없을 정도로 참혹한 몰골이었다. 그러잖아도 야위었던 몸은 피골상접 외에 형용할 길이 없고, 군데군데 피가 얼룩지고 멍자국이 선연한 광경은 심금이 무쇠로 된 이도 울리게 만들 지경이었다.

그러나 누구라도 눈을 보면 말을 삼가고 침을 삼킬 것이다. 아무렇게나 늘어진 검은 머리카락 사이로 형형히 빛나는 그것은 실로 증오를 기름으로 빨아들여 타오르는 등불에 다름 아니었다. 그의 정수리로 떨어져 내린 신교군은 그 눈을 보지 못했다.

"……."

비명을 지를 여력은 본디부터 없었다. 청해는 폭풍에 농락당하는 잎사

귀처럼 허공으로 내던져져 땅에 메다 꽂혔다. 신음조차 내지르지 못하고 땅에 얼굴을 묻은 채 부들부들 떠는 청해의 앞에 신교군은 꽃잎에 내려앉는 나비보다 사뿐히 섰다. 무심코 신기루를 풀어 자신을 덮어 가린 채였다.

"달아날 수 있으리라 생각하느냐?"

신교군은 무표정한 얼굴로 청해를 내려다보며 중얼거렸다. 자신이 무엇을 하는지, 무엇을 하려는지 생각조차 하지 않고서―그저 날벌레가 눈앞을 지나가면 혀를 내뻗는 개구리처럼 반사적으로.

"저곳에서 달아나면 네 죄로부터, 나의 악심으로부터 달아날 수 있으리라 여겼느냐. 어리석기 이를 데 없는 노릇이로다."

의미 없이 공허하게 읊조리는 말. 신교군은 이제 죄니 악심이니 하는 데에는 흥미가 없었다. 당연한 노릇이나 그 말은 청해에게 어떠한 영향력도 끼치지 못했다. 고꾸라진 청해의 등은 들은 기색조차 찾아볼 수 없을 만큼 미동도 하지 않았다. 실로 살아있는가 의심케 할 만큼.

숨이라도 붙어 있는 건가? 그 몸에 흐르는 기는 몹시 요동치며 움직이고 있었지만, 그렇다고 넋과 몸이 온전하다는 보장은 없다. 허리를 굽힌 신교군이 맥을 확인하려고 얼굴을 가까이 했을 때.

꿈틀, 하고 청해의 몸이 굽이쳤다. 숨을 들이쉬기 위해 폐부가 부풀어 오르는 모양이 아니었다. 고통을 호소하기 위해 빗장뼈가 요동친 것이 아니었다. 청해의 등은 사람에게 허락된 한도를 뛰어넘어, 별안간 큰 혹이 솟아나고 곱사등이가 된 양 치솟아올랐다. 옷자락이 찢어질 듯이 팽팽해지다 마침내 찌익 날카로운 소리를 내며 조각났다.

그 옷 조각을 헤치고 나타난 것은 청해의 살과 가죽이 아니라, 한 마리 검붉은 벌레. 형상은 누에와 흡사했다. 그러나 어떤 누에도 천지가 개벽한 이래 이와 같이 흉흉한 모습을, 무시무시한 크기를, 불길한 색채를 띤 바가 없다.

천지만물이 신교군에게 가르쳐주었다. 그 이름은 혈잠. 방사나, 혹은 그가 제물로 바친 혈육으로 자라는…… 뽕잎이 아니라 사람의 피와 살을 먹고, 비단실이 아니라 맹독의 주박을 토해내는 사악한 요괴라고. 사람 하나쯤 기르기에 따라서 한 마을도 너끈히 중독 시킬 수 있는 독의 오라가 신교군을 휘감았다.

"커…… 헉!"

흉악하고 삿된 주박이 신교군을 휘감아 그의 맑고 청정한 기에 오탁을 뿌렸다. 살을 녹이고 뼈에까지 스미는 독이 신교군의 비늘 사이를 파고들었다. 그토록 증오스러운 상대가 중독되어 죽어가는 모습을 불행히도 청해는 볼 수 없었다. 발각되는 일이 없도록 오로지 자신의 살과 피로만 키운 혈잠. 그것을 이만큼이나 키워내는 대가로 그는 빈사에 이르러 숨조차 붙어 있지 못하는 판이었다. 죽고 싶은 뜻은 일말도 없으나 자신이 죽음에 이르고도 남는 술법을 강행한 그는, 이미 앞도 뒤도 보이지 않을 정도로 미쳐 있었다.

정엽의 모습을 흉내 내는 그것을 다만 이 세상에서 치워 없애고 싶다. 그뿐이다. 청해가 조금만 더 사술을 쓸 수 있는 재료인 혈육을 얻었더라면 소망은 이루어졌을 것이다.

단도와 같은 송곳니가 드러난다. 비늘이 곤두선다. 수염이 올올이 뻗치고 이형이 용틀임을 했다. 비와 바람이 휘몰아쳐 거대한 기둥이 되어 치솟아 오른다. 날뛰는 빗방울과 바람 속에서 청해는 농락당하는 나뭇잎처럼 휩쓸려갈 따름이었다.

천지가 무너지고 다시 이루어지는 듯한 아비규환의 시간이 흐른 뒤.

힘없이 땅바닥에 구겨 박힌 채, 눈을 가까스로 뜬 청해는 흠결 하나 없는 모습으로 우뚝 선 정엽을 확인했다.

"……."

살짝 벌어진 입에서는 절망의 탄식도 실망의 신음도 흘러나오지 않았다. 그럴 기력이 남아 있지 않았다. 이대로 내버려둔다면 필시 숨이 다하는 길밖에 청해에게 없으리라.

쓰러진 반송장의 앞으로, 정엽으로 둔갑한 신령은 성큼성큼 걸어왔다. 그 걸음걸이에서 청해가 입힌 타격은 찾아볼 길 없었다. 신령이 지닌 막대한 기를 폭발시키면 혈잠쯤은 바람 앞의 먼지나 다를 바 없다. 이미 사람의 형상이라 보기 힘든 형체를, 사람의 감정을 담지 못하는 맑갛고 푸른 눈이 내려다보았다.

이대로 두는 편이 양자 모두에게 나을지도 모른다. 신령은 더 이상 스스로 이해할 수 없는 기행을 그만둘 수 있다. 청해 또한 자신의 집착과 신령의 정욕에게서 놓여날 수 있다. 나아가 유배 온 죄인을 돌보는 책임을 맡은 교주의 관민도 그들이 어찌할 수 없이 벌어진 일로 근심의 뿌리가 끊어진다면 실로 안심하리라. 손을 댈 필요조차 없다. 그저 바라보기만 하는 것만으로도… 모든 이가 행복해진다.

신교군은 그 얼굴이 가까워지도록 한쪽 무릎을 꿇었다.

"죽고 싶냐?"

이미 흐릿해진 시야. 오감을 먹어 들어가는 어스름 속에서 청해는 멍하니 고개를 저었다고 생각했다.

왜? 이렇게 만신창이가 되어 목숨조차 가까스로 붙어 있는 자신이 어째서 살고 싶어 하는가. 그 연유를 따질 기력은 지금의 그에게는 없다. 연유는커녕 무엇이라도 생각할 힘이 없다. 보고 들을 힘조차…….

"……으……."

그러나 차가운 손가락이 몸에 와 닿았을 때, 청해는 잠에서 깨어나기라도 한 양 일시에 깨달았다. 어째서 손가락이 발목을 거머잡고 있는지,

상대가 무엇을 할 작정인지.

"놔…… 아……."

금방이라도 숨이 끊어질 몸뚱이에 생기를 불어넣기 위해 무엇보다 탁월한 영약은 대월하의 신령이 토하는 용정 이상의 것이 어디 있으랴. 그러나 죽고 싶지 않다고 갈망하면서도 청해는 앞뒤 없이 거부했다.

지푸라기 하나 들어 올릴 수 없는 꼬락서니를 내려다보고 있으면서도 신령은 그 심경을 손바닥 들여다보는 양 알 수 있었다. 어찌 모르겠는가. 그 혼백이 스러진다고 해도 최후까지 꺼지는 일 없을, 새카만 눈동자에 지펴진 미움의 불길을.

이다지도 원망받고 있으니 더 미움받는다고 해서 바뀔 리 없다.

"커…… 헉……."

하얗고 후리후리한 몸이 청해의 몸 위에 드리워졌다. 가까스로 달싹거리는 목덜미를 우아한 손가락이 짓눌렀다. 오른손으로 마치 교살하려는 듯 움직이지 못하게 하고 둔갑한 신령은 다른 한 손을 자신의 옷깃으로 가져갔다.

철퍽 하고 젖은 옷자락이 흙바닥에 떨어지는 소리가 청해의 귀에 묘하게 생생히 울렸다. 흐릿해져가는 눈을 홉뜨자, 비를 끊임없이 뿌리는 먹구름 가득한 하늘에 대비되어 더욱 새하얀 나신이 선명하게 시야에 뛰어들어왔다.

"무…… 슨……."

"속에 든 것이 무엇이라 해도 네놈이 보고 싶어 하던 것이렷다?"

물에 젖은 몸. 막 내려 쌓이는 눈도 이렇지 않으리라 싶을 만큼 하얀 살결 위에는 젖은 머리카락이 달라붙어 요염한 선을 몇 가닥이나 그리고 있다. 그 섬세하고 절묘한 윤곽은 실로 사람이라고 여겨지지 않을 정도.

보고 싶지 않아. 입은 소리 없이 통곡하며 오로지 필사적으로 도리질을 쳤다. 힘껏 감은 눈꺼풀은 경련하듯 떨리고 있었다. 뜨고 싶어 하는지 그대로 감고자 하는지 분간할 수 없을 정도로.

그 얼굴을 내려다보며 신령은 목을 조르던 오른손을 조금 위로 끌어올려 그 턱을 눌렀다. 독약을 들이키게 하려는 양 우격다짐으로 입을 벌렸으나 신령이 먹이려고 하는 것은 독이 아니었다. 그러나 어쩌면 더 치명적일 수도 있었다.

분기탱천한 양물이 청해의 입 안을 비집고 들어왔다.

"흐…… 으……."

저주이건 절규이건 무엇이든 간에 입에서 흘러나온 것은 신음도 뭣도 되지 못했다. 이빨을 세워 입 속으로 파고들어 온 치부를 물어뜯어 버릴 수도 있으련만 마치 재갈이라도 물린 듯 턱을 미진도 움직이지 못한다. 청해는 오로지 돌처럼 굳어 사내의 욕망을 머금고 있을 도리밖에 없다.

백옥과 같은 나신을 아낌없이 드러내고, 몸 위에 올라타다시피 하여 남자의 입안에 욕망을 들이민다고 하는 추잡할 따름인 모습임에도 불구하고, 둔감한 신령의 얼굴은 서늘했다.

붉은 피리를 분다던가. 쾌락으로 벌어먹고 사는 음탕한 계집들, 혹은 미동들은 그 행위를 그리 칭하였다. 그러나 삼키고 핥고 이빨로 살며시 지분거리는 그런 교태는 땅바닥에 못 박힌 사내에게 기대하지 못하리라. 그는 무릎으로 몸을 지탱하고 스스로 허리를 움직였다. 돌처럼 굳어 있을지언정 부드러운 혀와 촉촉한 점막은 단지 주름과 맞비비고 첨단에 들쑤셔지는 것만으로 충분한 쾌감을 선사했다.

"커…… 허……."

목구멍에서 비명조차 되지 못하는 소리가 새어나왔다. 삼킬 수도 없는 타액이 비릿한 체액과 뒤섞여 턱을 타고 흘러내렸다. 혀와 입 안의 점막을 잔혹하게 유린하는, 애무라기보다는 폭력. 욕지기가 치밀어 올랐지만 먹은 것도 없는 오장육부는 아무것도 토해내지 못했다. 아니, 애초에 그가 허락하지 않았다. 비명을 지르는 것도, 흐느껴 우는 것도, 이빨로 물어뜯는 것도, 발버둥치는 것조차도. 청해의 기에 간섭하는 술수이겠지만 그는 지금 그것에 대해 탐구할 눈곱만치의 여력도 없었다. 오로지 대지에 대자로 드러누워 바늘이 날개에 꽂힌 나비처럼 꼼짝도 하지 못한 채 욕망을 토해낼 그릇이 되어 있을 뿐이다. 이제 수치도 증오도 뇌수에 부유하지 않는다. 오감을 지배하는 것은 오로지 숨 막히는 괴로움과 숨결을 구해 헐떡이는 폐부의 요구였다. 체취는 분명 '그 사람'의 것일 리 없건만, 마치 어둠을 향해 뿌리를 뻗고 햇살을 바라 잎을 펼치는 꽃처럼 본능이 요동을 쳤다.

사내의 얼굴에 주저앉다시피 한 하얀 몸이 음란하게 몸부림쳤다. 우아한 곡선에 늠름함을 더한 등이 활처럼 휘었다. 벼락이라도 맞은 양 두 사람의 몸이 내리는 비에, 또한 서로의 체액에 젖어 동시에 전율하였다.

신령은 천천히 몸을 일으켰다. 더 이상 내리누르지 않아도 청해의 몸은 미동도 하지 않았다. 벌려진 입에서는 삼키지도 뱉지도 못하는 용정이 부글부글 넘쳐흐르고 있다. 닫는 것을 잊어버린 눈꺼풀 망연히 뜬 눈동자는 아무것도 비추지 않았다. 옥구슬조차 이보다는 생기가 있을 터.

아아, 부숴버리고 말았다.

용정을 섭취한 몸에서 기가 넘쳐흐르고 혈맥이 날뛴다. 그러나 그리하여 남아 있는 것은 숨이 붙어 있을 뿐인 몸뚱이만이다. 마음은, 그 오만하고 추악한 마음마저도 산산이 부서지고 말았다.

몇 번이나 되뇌어도 변하지 않는 단 하나의 상념.

이러고자 하였음이 아니었는데.

스스로는 깨닫지 못하는 감정에 침식되는 신령의 몸 윤곽이 마치 잔물결로 흐트러지는 물에 비친 상처럼 흐려졌다.

허나 신령을 덮친 것은 잔물결이라기엔 너무도 큰 격랑—주검이나 다름없는 몸뚱이를 버려두고 신령은 물안개에 녹아들 듯 사라졌다.

남만 땅에서 중원인이 알고 있는 계절은 의미가 없었다. 봄의 꽃도, 여름의 비도, 가을의 단풍도, 겨울의 눈도 존재하지 않는다. 억수 같은 비가 내리고 나면 사방은 삽시간에 녹색으로 물든다. 그 습기, 그 열기는 장기가 되어 사람의 혈맥에 독을 부어 넣는다.

그런 박물지의 이야기는 지금의 청해에게 아무런 의미가 없었다. 날뛰는 열기가 자신의 혈맥을 뛰어 돌아다니고 있다 해도 마찬가지였다. 침상에 쓰러지다시피 누워 있는 그는 자신이 누워 있다는 사실도 제대로 깨닫고 못하고 있었다. 유배온 지 며칠이 지났는지도, 이 오두막에 누가 드나드는지도 몰랐다.

끓어오르는 열기가 그의 피를 탁하게 만들고 뇌수를 질척질척하게 바꾼다. 들끓는 혈기는 그 몸뚱이로부터 기력을 앗아가고, 기력을 잃은 몸은 더더욱 열에 속수무책으로 쇠하여 갈 뿐. 그러다가 마침내 죽음에 이르는 것이 남만의 풍토병이라는 놈이다.

병을 낫게 하는 방법이 있었던가? 어떤 약초가 잘 들고, 어떻게 정양하면 되던가? 그러나 문자로 읽었을 그런 내용은 청해의 뇌리에 떠오르지 않았다. 떠올릴 의지가 없다. 떠올릴 수 있는 힘이 없다. 마음이 부서져 손가락 하나 움직이지 못하고, 숨이 붙어 있을 따름인 시체.

누구인가, 자신은.

누구였던가. 자신에게 가장 소중한 사람은.

그런 것은 아무래도 좋다. 삶조차도. 죽음조차도.

그저 괴롭다. 오감이 오로지 그렇게 호소하고 있다. 구역질이 날 만큼 흐려진 시야도, 아무 냄새도 맡을 수 없게 된 코도, 쓴맛밖에 나지 않는 혀도, 윙윙거리는 이명이 그치지 않는 귀도, 뜨겁고 저릿저릿한 아픔밖에 느껴지지 않는 살갗도.

아아, 괴롭다. 빨리 모든 것이 끝나기만을 바랄 정도로. 무엇에 그토록 필사적으로 매달리려 했는지, 이제는 전혀 모르게 되어 이미 혼탁한 뇌수는 망연히 하나의 상념만을 되풀이하고 있었다.

숨이 잦아든다. 사방에 어둠이 깔린다. 다시 만나지 못한다는 아쉬움조차 없이.

"······."

바싹 말라 갈라진 입술이 달싹거리며 벌어졌다. 이렇게까지 되었어도, 마음이 부서지고 몸은 농락당하여 망가진 인형처럼 되었을지언정 생명은 삶을 갈구한다. 신선한 맑은 공기를 들이마시고자 폐가 부풀어 올랐지만 들어오는 것은 뜨겁고 무거운 남만의 대기뿐.

그 속에 불현듯, 한 줄기 청량한 기색이 섞여들었다.

"······흐······."

청해가 미처 깨닫기도 전에 코와 폐는 게걸스럽게 그것을 들이마셨다. 안팎의 열에 구워지고 있던 그에게 그 맛은 실로 지복이었다.

행복 따위 의미 없었을 터인데.

열로 반죽된 뇌리에 희미하게 이지라고 할 만한 것이 되돌아왔다. 그저 꺼지기 직전의, 아물거리는 등불 비슷할 뿐이었지만 그는 색채와 형태를 감지하기 시작한 시야에 의식을 집중했다.

허름한 오두막 안 가운데에 한 사람이 서 있다.

그 자체로는 이상한 일이 아니었다. 이 오두막을 드나들면서 청해의 신변을 돌봐주는 종자가 있다는 것을 그도 알고 있었다. 한 번도 주의해 본 적 없어 얼굴도 기억나지 않고 계집인지 사내인지 늙었는지 어렸는지 조차 떠올리지 못했지만…… 그래서 더 이상했다. 세간이나 풀뿌리나 다름없이 무의미한 타인을, 그는 웬일인지 멍하니 응시하고 있었다.

눈여겨보고 있노라면 결코 여느 인간이 아니라는 사실을 깨닫게 된다. 마치 전장에 나가는 장수와 같은 풍모였다. 전포와 갑주의 색깔은 푸른색. 그러나 단순히 쇠붙이를 이어 만든 위에 청람을 흠뻑 물들인 것만으로는 이와 같은 푸른색이 나오지 않을 터였다. 대하에 출렁이는 푸른 물을 그대로 떠다가 물들인 듯한 그런 빛깔.

기이하다고 하면 그 용모도 그러하다. 거의 헐벗다시피 살아가는 남만의 백성에게서는 찾아볼 수 없는 관옥과 같은 피부. 그리고 그 위에 한 가닥 흘러내린 청록색 머리카락. 수초 같기도 하고 녹주석과 청금석을 섞어 자아내는 듯도 하다. 수려한 이목구비에서 선명하게 빛나고 있는 눈동자도 같은 색채였다. 어찌 보면 청과 같고 어찌 보면 녹과 같으며 한 편으로는 람으로 여겨져서 '같다'라고 말할 수 있을지는 모를 터이나. 녹아내리는 뇌수 안쪽에서 누군가가 중얼거렸다. 같지 않다. 다르다. 저 눈동자가 아니다. 하지만 보고 있자면 역시 생각나게 만드니까 괴롭다.

열은 시간 감각을 앗아갔다. 몇 식간을 며칠을 혹은 몇 주를 그렇게 서로를 마주 보고 있었는지 청해는 알지 못했다. 억겁 같은 시간은 푸른 갑주의 청년이 움직임으로써 비로소 끝났다. 그는 시원스러운 걸음걸이로 침상 바로 옆까지 다가왔다. 하지만 그것도 침상 옆, 청해로부터 손 뻗으면 닿을 거리에 이를 때까지였다. 바로 그 지점에서 청년은 다시 쐐기로 꿰어 붙인 듯 우뚝 멈추어 섰다.

청해의 뇌리에 의문은 떠오르지 않았다. 저자가 누구인지, 왜 이곳에 있는지. 오로지 다른 상념에 젖어 볼 만한 경치를 감상하는 것처럼 물끄러미 시선을 줄 뿐.

또다시 영겁의 시간을 견디어 마침내 청년이 손을 뻗을 때까지도 그 시선에 흔들림은 없었다. 손가락이 뺨에 닿아 얼굴이 가까워져도 똑같았다. 바싹 말라 허옇게 부르튼 입술에 서늘한 감촉이 닿았다. 가뭄의 갈증 중에 감로수를 들이킨 것이나 마찬가지다. 그저 닿았을 뿐인데도, 달고 청량한 감촉이 목구멍을 지나 오장육부로 스며드는 것 같았다.

그것이 입을 맞추는 행위라는 것을 청해는 시간이 제법 흐른 후에야 비로소 자각했다. 그 까닭은 필시 행위에 애욕의 파편이라곤 미진도 깃들어 있지 않았기 때문이다. 어느 쪽이냐면 오히려 어미 새가 둥지의 새끼에게 모이를 부리에서 부리로 건네는 듯한, 길짐승이 새끼의 주둥아리를 핥고 먹이를 토해주는 듯한 간절한 뜻에 가까웠다. 실제 일어나는 일도 크게 다르지 않았다. 그 질문으로 신령의 몸에 흐르는 청정한 기가 병들어 쇠한 육신으로 흘러든다. 대월하의 맑은 물로 천 번 만 번을 씻은 양 병독이 씻겨 내려간다.

이윽고 그는 얼굴을 뗐다. 그리고 우두커니 선 채 청해를 내려다보았다. 위장부다운 얼굴은 가면처럼 표정이 없다. 지금까지 한 번도 기뻐 박장대소하거나 성나고 슬픈 기분을 풀어내기 위해 낯을 찌푸리고 얼굴을 붉힌 적이 없는 것처럼.

사실 그럴 필요가 없었으리라. 그가 환희하면 대월하의 물결이 춤을 추고 그가 노여워하면 비바람이 대신 소리를 높여주었을 터이기에.

'어째서?'

열기로 곤죽이 되어 제대로 된 생각도 갖추지 못했던 뇌리에 그제야 뚜렷한 의문이 떠올랐다. 비록 청해 자신은 그것이 자신의 생각이라고 바로 알아차리지 못했지만.

어째서 저런 눈빛을 하는 것인가. 슬픈 듯한, 노여워하는 듯한, 절박한 듯한, 염려하는 듯한 눈으로……. 누구도 걱정할 일 없는, 설령 누군가 걱정한다 해도 볼 수 있을 리 없는 먼 곳에 떨어진 어리석은 죄인이 눈동자에 담겨 있다.

그 손가락이 살짝 움직였다. 그러나 일촌도 더 나아가지 않는다. 뻗어서 청해에게 닿는 일은 결단코 없다. 청해의 의식에 어둠이 드리웠다. 지금까지처럼 열에 들뜨거나, 낙형으로 구워지는 것과 같은 잠이 아니다. 평화롭고 안온한 침묵의 수면 아래로 가라앉는 잠.

이다음은 죽음이라는 것인가. 무심결에 그토록 바랐던 만큼 환영해야 할 터인데.

검게 덧칠되어 사라지는 시야 건너편의 것을 그는 안간힘을 써서 응시했다.

아침은 마치 축복처럼 몰라볼 정도로 맑게 개었다. 그러나 소년은 그 사실에 기뻐할 수 없었다. 언제 날씨가 바뀔지 알 수 없었기에. 그리고 나아가 앞으로 일어날 일을 무서워하고 있었기에 그랬다.

소년이 돌보던 죄인은 오늘내일 하는 참이었다. 신에게 바쳐져 몸이 만신창이가 되어, 마음도 너덜너덜해져서 내버려졌다. 맡은 일을 제대로 수행하지 못했다 해서 두들겨 맞았지만 그 역시 잠깐이었다. 까마득히 높은 나리들은 앞으로 무슨 일이 일어날지에 관해서 격론을 벌이느라 이내 하잘것없는 소년의 일을 잊었다.

하지만 그가 죽어버리면 이야기는 다르다. 어찌할 수 없이 초조해진 그들이 소년에게 화풀이를 할지도 모른다. 이상한 일은 아니다. 어미 아비가 없는 천출, 유형 온 죄수의 씨앗은 어떻게 되든 누구도 돌아볼 리 없었으므로. 말을 배웠다면 소년은 기도했을지도 모른다. 그러나 다름 아닌 기원을 받아줄 신이 만사를 이렇게 만들었다.

향응하고 있다. 부서뜨리고 있다. 짓밟고 있다. 그러니 구제 따위 있을 리 없다. 태어났을 때부터 버려진 소년은 그 사실을 누구보다도 잘 알고 있었다. 그리하여 소년은 절망해 빛도 없는 한밤중을 걷는 걸음걸이로, 위리안치된 오두막으로 향하고 있었다. 개구멍으로 기어들어 부들부들 떨리는 손으로 문을 연다.

그리고 소년은 얼어붙었다. 그토록 두려워하고 두려워하던 광경인 싸늘하게 식은 유해와 마주쳤기 때문이 아니다.

아직도 병색을 다 벗지는 않은, 그러나 형형한 눈동자와 마주쳤기에.

청해는 방 한가운데 우뚝 서서 자리에 못 박힌 소년을 응시했다. 무엇인가를 찾던 눈동자는 이윽고 싸늘한 무감정으로 바뀌었다. 오랫동안 말다운 말을 꺼내 본 적 없던 목청에서 심히 메마른 음성이 흘러나왔다.

"배가…… 고픈데."

그 말은 실로 천둥벼락 같은 효과를 자아내었다. 소년은 두 다리 뿐만 아니라 두 팔까지도 날개처럼 퍼덕거리면서 달려 나갔다. 그 뒷모습에서 청해는 진즉 시선을 돌린 참이었다. 그는 눈으로, 또한 코로, 입으로…… 보고 귀 기울이고 들이마시고 맛봄으로써 사방을 살펴보았다. 끈적끈적한 습기도 지긋지긋한 열기도, 적어도 지금은 느낄 수 없다. 공기는 수정처럼 투명하고 심산유곡의 물처럼 맑았다. 사포처럼 살갗에 맞비벼오던 햇살도 지금은 어루더듬으며 부드럽게 내리쬐고 있다.

이 비천하고 추한 목숨—살아 있다.

허나 기묘하게도 청해를 둘러싼 세상은 이제 그리 추저분하게 다가오지는 않았다.

우기가 지나면 날씨는 중원인들에게도 다소 견딜만해진다. 시도 때도 없이 쏟아지던 폭우도 어느 정도 잦아든다. 남만인들은 어느새 무성히 자라난 벼를 거두어들이기에 여념이 없다. 중원인들이 느끼기에는 푸슬푸슬하고 맛없는 그것은, 이 땅의 사람들에게는 배곯을 염려 없는 풍요를 가져다준다.

청해는 빈 그릇을 상에 내던지다시피 되돌려놓고 상의 난간에 기댔다. 대나무를 적당히 얽어 세운 난간은 위태롭게 삐걱 하는 소리를 내었다. 까마득히 먼 곳에서 사람들이 왁자하게 떠드는 소리가 아스라이 전해온다. 무슨 축제라도 열린 것인가. 막연히 그렇게 생각하지만 궁금하여 가서 보고 싶을 정도는 아니었다. 그러나 그것만으로도 청해에게는 진일보랄 터였다. 질척질척하고 추한 자기 자신밖에 볼 수 없었을 때에 견주면.

생명은 바람의 기를 들이쉬고 물의 기를 마시며 불의 기로 그 심장을 뛰게 하고 흙의 기로 자라난다. 모름지기 생명은 자신이 아닌 것, 타계를 받아들이지 않으면 살아갈 수 없으니. 시선을 밖으로 돌려야만 생명은 피어난다. 청해가 바깥의 소리에 귀 기울이는 것은 부지불식간에 그가 살아갈 마음을 먹게 되었다는 의미.

아니면…….

소리를 죽인 주저하는 기색이 역력한 발소리가 오두막으로 다가왔다. 청해의 얼굴은 자연스럽게 문 쪽을 향했다. 이윽고 보인 얼굴은 거무스름한 이국의 아이. 청해의 시선을 사위스럽다는 듯이 피해가며 주춤주춤 방으로 들어온다. 세간을 소제하고 찬합을 내려놓고, 죄인이 사람 꼴을 하고 연명할 수 있도록 만전을 기한다.

"오늘은 며칠이냐."

그 모습을 지켜보던, 혹은 시야에 담아뒀을 뿐인 청해의 입술이 무심히 움직여 말을 자아내었다. 대답 따위 기대하지 않았다. 병석에서 일어난 뒤 줄곧 머릿속을 떠도는 의문이었을 뿐이다. 날짜를 세어봤자 의미도 없고, 종신으로 견뎌야 할 유배의 나날이 센다고 줄어들 리도 없건만. 그러나 묘하게 궁금해 청해는 매번 묻지 않을 수 없었다.

정녕 기대는 하지 않는다. 따라서 소년이 일순 우뚝 멈추더니만 허리춤에 단 보퉁이에 손을 대었을 때는 도리어 청해가 눈이 휘둥그레졌다.

"……."

대답은 반 마디도 입 밖으로 나오지 않았다. 타고나길 말을 못 하는 건가. 제대로 된 말을 배우지 않은 건가. 처음 본 이래 한 번도 목소리를 들어보지 못한 소년은 보퉁이로 싼 것을 서탁 위에 올리고 재빨리 뒤로 물러나는 모양으로 모든 것을 웅변했다.

허겁지겁 쓰레기를 주워 모으는 소년을 거들떠보지 않고 청해는 상에서 내려서서 그것을 집어 들었다. 관청에서 쓰는 일력이었다. 날짜와 간지, 길흉, 그 밖에 관청에서 긴요하게 쓰이는 일들을 빼곡하게 적어놓은 물건.

청해는 지체 없이 책장을 촤라락 넘겼다. 날짜를 가늠하는 것은 금방이었다. 유배를 온 지 백여 일 남짓. 그리고 따져보면 달포이다.

청해는 더 이상 가타부타 말없이 책력을 탁 덮었다. 그리고 상으로 되돌아가 구깃구깃한 이불을 몸 위로 끌어올렸다. 또다시 오두막에는 침묵이 쌓여갔다. 그리고 청해의 안쪽에도 마찬가지였다.

밤에는 등불을 켜지 않는다. 밤마다 켤 정도로 넉넉하게 주어지지도 않을뿐더러 켜봤자 할 일도 없다. 서책을 뒤적거린다든가 지필묵을 만진다든가 그림을 그리는 등의 귀공자가 할 법한 일은 어느 것도 할 수 없다. 죄인에게 허락될 리 없는 것이다. 그래서 청해는 어둠 속에 웅크리고 앉아 이불을 몸에 두른 채 어둠 속을, 그 칠흑에 비치는 자신만을 바라보았다.

쌓여가는 것은 무엇인가. 침묵도 아닌, 고독도 아닌 의문.

어째서, 어째서……. '그것'은 더 이상 모습을 보이지 않는 것인가?

유린당하고 굴욕과 분노에 미쳐버려서, 그런데도 일말의 저항조차 할 수 없었던 그때. 그리고 마지막으로 보았던, 풍토병에 걸려 죽어가던 청해 앞에 본래 모습으로 처음 나타났을 때.

마치 칼로 잘라낸 듯이 '그것'은 청해의 삶 같지 않은 삶에서 사라져버렸다.

그런데 어째서? 어째서 의문이 들까. '그것'에 있어서 청해는 바쳐진 산 제물이나 마찬가지다. 그리고 청해에게 있어서 '그것'은 자신을 능욕하고, 또 다른 누구도 아닌 청해에게 있어서 가장 의미 있는 사람의 모습으로—.

"……윽."

청해는 이불을 쥐어 입을 막았다. 그때를 떠올리면 지금도 욕지기가 치밀어 오른다. 전신의 땀구멍이 열려 식은땀을 쏟아낸다. 아직 밤에도 후텁지근한 남만의 공기였지만 아침에 침의가 옷에 달라붙는 날씨와는 비할 바가 아니다. 그런데도 온몸이 흠뻑 젖는다.

그러나 '그것'이 청해에게 흥미를 잃었다면 다행이라 해도 좋을 터이다. 더 이상 뼈와 살을 발라내는 듯한 괴로움은 없다. 사내임에도 계집처럼 다리를 벌리고 양물을 받아들이는 추태를 보이지 않아도 된다. 무엇보다도, 모습과 목소리가 같다는 단지 그 이유만으로 발정하는 자신의 몸. 그리고 뒤따르는 수치심과 분노.

전부 아득히 먼 일이 되어버렸다. 비록 감각과 감정만큼은 아직 닳아 사라지지 않고 청해를 후려치고 있다고 해도 말이다. 다행이다. 다행스러운 일이다. 그런 고문의 시간이 지나고, 평온이 되돌아왔으니.

'찌이익.'

구겨 잡은 이불의 보잘것없는 천 조각이 날카로운 신음을 냈다.

평온? 평온이 어디에 있단 말인가. 애초부터 대역죄를 짓고 유배를 와서, 친형에게 품어선 안 될 감정을 품어 집착과 증오로 마음을 절절 끓이고 있는 사내에게 '그것'은 무슨 심산인 걸까.

질려버렸다? 관심을 끊었다? 다른 일이 생겨 염두에 두지 않게 되었다?

어느 쪽이든 상관없다. 그렇게 놔두지 않겠다고, 청해는 결의하며 침상에서 벌떡 일어났다.

휘영청 뜬 달은 요괴의 아가리처럼 큼직하고 괴괴하게 빛을 뿌리고 있었다. 그 아래 교주의 이국적인 풍경이 끝도 없이 펼쳐져 있다. 중원이라면 천금에 값하는, 자잘한 이파리를 활짝 펼친 파초와 능소화. 무성하게 우거진, 미적지근한 물 같은 공기를 취한 잉어처럼 하느작거리는 널따란 나뭇잎이 미처 가리지 못한 틈으로 먹물 같은 밤하늘에 금강석의 파편 같은 별이 흩어져 빛나는 참이다.

청해는 그를 사로잡고 있던 감옥을 손쉽게 빠져나와 그 풍경 한가운데 섰다. 가시나무는 조금 긁힐 것을 각오하고 손으로 젖히면 그만이고 술법은 이미 깨어진 지 오래다. 신령에게 바쳐진 몸에 한동안 풍토병에 시달려 사경을 헤맨 자가 탈출하리라곤 생각조차 못하였던 것일까. 청해마저도 기가 막혀 탄식하지 않을 수 없는 방만함이었다.

하지만 아무래도 좋다. 오랫동안 제대로 거동도 하지 못한 데다가 막 병석에서 일어난 다리는 땅을 밟기만 해도 삐걱거리는 듯하였다. 정월의 복주머니처럼 쭈그러든 폐부가 태업하겠노라 위협한다. 남방의 습기 차고 묵직한 공기도, 삭정이같이 마른 청해의 몸뚱이에는 천근만큼 무겁게 느껴진다.

그럼에도 걷는다. 팔다리를 힘겹게 허우적거리면서, 악몽 속을 거니는 양, 그러나 분명한 의지를 가진 발걸음으로.

"……하…… 후……."

숨이 끊어질 듯이 헐떡거리면서 청해는 강변에 도달했다. 남방의 우거진 나무줄기와 넝쿨이 드리워 흙바닥이 보이지 않는 강둑. 드넓은 물 위에 달그림자만 일렁이고 있었다. 이름도 모를 남만의 밤벌레, 밤짐승만이 수풀에서 두런거린다. 그 외에 살아있는 사람의 기척은 없다. 형태도 수도 모르는 정체불명의 정령, 짐승과 오로지 홀로 대치하고 있는 듯한 스멀거리는 감각.

혼자… 청해는 지금까지 그렇게 생각한 적은 없었다. 그토록 그리운 그 사람이 곁에 없다는 현실은 팔다리가 잘린 상실감에 가깝지, 고독과는 달랐다. 사람으로 가득 찬 연회장에서, 천하의 이름난 심산유곡에서, 음습한 도관에서 권모술수를 꾸밀 때나 옥에 갇혀 반역죄로 심문받고 있을 때—언제든 청해는 자신의 안쪽을 들여다보면 형형한 눈빛을 빛내고 이빨을 드러내며 몸부림치는, 욕망과 질투 양쪽의 불로 구워지고 있는 자기 자신을 만날 수 있었다.

하지만…… 지금 응시한 청해의 안쪽에 괴물같이 변모한 자기 자신은 없다.

청해의 심상에 존재하는 것은 오로지 남만이라고 일컫는 이 별천지와,

불쌍할 정도로 야위고 한심할 정도로 애처로운 모습의 한 남자뿐.

사무치는 기분을 대관절 무엇이라 형용하면 좋은가.

청해의 발이 강둑에 뒤얽힌 나무뿌리에 걸렸다. 여느 때라면 그저 잠깐 휘청거리고 말 사소한 헛걸음질도 지금의 청해에게는 천지가 뒤집히는 것과 다름없는 충격이었다. 그는 그대로 강물에 거꾸로 떨어졌다. 대기보다는 다소 차갑지만 사실 별반 차이도 없이 미적지근한 물이 청해를 감쌌다.

숨이 막힌다. 그러잖아도 공기를 찾던 폐부가 미친 듯이 벌렁거린다. 그러나 쏟아져 들어오는 것은 물뿐이다. 그런데도 청해의 사지는 움직이지 않았다. 돌덩이처럼 아래로 아래로 가라앉는다. 이제 와 살려고 발버둥치기에는 너무나 지쳐버린 몸뚱이 탓인가. 아니면⋯⋯.

'죽을 작정이냐!'

청해의 몸을 거대한 해일과 같은 충격이 감쌌다. 어차피 죽음이 엄습하는 청해에게 그 정도의 충격은 대수롭잖은 것이었으나, 이어진 감촉만큼은 익사하고 있는 그에게도 너무나 생생하게 다가왔다. 입술에 와 닿은, 입 안을 헤집는⋯⋯.

돌연 숨이 편해졌다. 분명 강물 속에 있는 상황은 달라지지 않았는데 호흡은 지상에 있을 때와 다를 바가 없다. 숨을 들이쉬고 내뱉지 않아도 호흡하고 있음은 대체 무슨 조화인가. 마치 숨 쉴 필요 없는 망자라도 된 것인가.

청해는 눈을 떴다. 가물거리는 시야에 비친 수중의 풍경은 시야를 온통 가득 채우며 흐르는, 길고 거대한 어떤 것. 마치 대하 그 자체와 같은⋯⋯.

의식이 까무룩 흐려진다. 그러나 청해는 그만한 일로 기진하는 자는 아니었다. 그만큼 허술하였다면 대역죄라는 광태도 부리지 않는다. 그는 손을 들어 얼굴을 감쌌다. 그리고 거리낌 없이 자신의 살에 손톱을 박았다. 비로소 정신이 또렷해지며 그는 자신의 손을 잡아떼는 차가운 감촉도 느낄 수 있었다.

'죽을 작정이냐고 물었다.'

다시 한 번 눈을 떴을 때 정면에 있는 이는 푸른 관복을 입은 청년.

본 적이 있다는 기시감보다도 청해를 사로잡은 것은, 마치 아직 사리분별을 하지 못하는 어린아이가 어른의 화난 낯을 흉내 내는 듯한 찌푸린 얼굴이었다.

"……그게 너와 무슨 상관이지? 물도마뱀."

공기가 폐부를 부풀리지 않는데도 기묘하게 목소리는 목청을 빠져나왔다. 하지만 청해는 놀라지 않았다. 어차피 선도에 관계된 것은 상식과 이치로 따지는 자체가 무용하다. 신령은 더욱 깊게 이맛살을 찌푸렸다. 흡사 익사자처럼 머리채가 흐트러지고 옷자락이 너울거리는 청해와 달리 그, 아니 '그것'의 옷깃은 한 치도 흐트러짐 없고 머리카락 또한 한 올도 흘러내리지 않았다. 당연하다면 당연한 일. 이 대하는 '그것'의 집. 물살 한 가닥, 수초 한 줄기조차 그의 여의 하에 있는 '그것'의 세계일 터이므로.

'상관없지 않다! 너는 화하의 인주가 이 땅에 유배 보낸 죄인. 네놈이 사는 것도 죽는 것도 이 몸의 관할이니라!'

"그래서 죽을 정도로 범했나?"

청해를 거머잡고 있는 손. 눈앞에 버티고 있는 하얀 얼굴에 이렇다 할 변화는 없다. 그러나 대하는 달랐다. 물이 수런거린다. 수초가 소스라친다. 이 대하에 기대어 사는 수족들이 숨을 죽이고 몸을 움츠리는 것이, 대하에 나무뿌리를 담그고 잎을 떨구며 살아가는 거목들이 가지와 줄기를 떠는 모양이 청해에게까지 와 닿는 것만 같았다.

그러나 청해는 달랐다. 그들처럼 두려워하지 않았다.

'이 몸이 무얼 하든 이 몸의 자유…….'

"마찬가지다."

여전히 담담한 음색이었으나 힘겹게 쥐어짜내는 분위기였다. 대꾸하는 신교군의 말을 코웃음으로 날려버리고선 청해는 손을 뻗어 그것의 옷깃을 움켜쥐었다. 이 땅을 지배하는 존재에 대한 터무니없는 무례비도. 그렇기에 신교군은 분노하기보다는 놀라고 신기한 감정을 앞세워 바로 응징하지 않았다. 그사이 청해는 또박또박 선언했다.

"내 몸뚱이는 나의 것이다. 인계의 주인인 황제라도, 명부의 주인인 대제나 하늘의 주인인 옥제라도 어찌하지 못해. 그들이 반치라도 나를 움직일 수 있었다면 내가 어찌 반역을 꾀할 수 있겠더냐. 내 몸뚱이에 어떻게든 숨을 붙여놓는다 해도, 내 혼백을 명부에 떨어뜨려 업화에 지진다 해도, 네놈들이 할 수 있는 것은 그뿐이다!"

그렇다. 청해는 스스로의 말에 절절히 수긍했다. 몸도 마음도 오롯이 자신의 것. 자신만의 것. 희노애락도, 증오도 분노도, 그 연심…… 애욕까지도.

그는 비로소 받아들일 수 있었다. 형은, 정엽은 분명 그를 사랑하고 있다. 허나 그것은 오로지 동생을 향한 사랑이며 청해는 허용할 수 없는 감정. 세상에 둘도 없는 단 한 사람을 향한 청해의 마음이 오로지 그만의 것이듯이.

사람은 홀로 태어나, 홀로 애달아 하고, 홀로 죽어간다. 그렇게 깨닫는 순간 얼음 칼로 심장을 한 조각씩 저며 내는 것만 같은데도 괴롭지는 않다. 그저…… 슬프다.

그러나 이 청해라는 사내가 그 기분을 곧이곧대로 토설할 수 있을 리 없다. 누구에게도, 애초에 누구도 곁에 없다. 다만 그의 앞에는…… 있었다.

청해는 손을 끌어당겼다. 힘이라고는 들어가지 않은 야윈 손임에도 어째선지 '그것'의 몸은 쑥 끌려왔다. 애초에 체격과 근수와 힘의 관계가 사람은커녕 산 것조차 아닌 '그것'에게 통하는지 알 도리야 없었지만, 그래서 입을 맞추기는 생각보다 용이했다.

시체보다는 따뜻할 터이나 사람보다는 확실한 감촉이 청해의 입술을 감쌌다. 하다못해 들락거리는 숨결조차도 느껴지지 않는다. 뱀 등속의 비늘에 입을 갖다 대면 꼭 이와 같을까. 하지만 한동안 신열에 시달린 몸에는 서늘하니 기분이 좋다고까지 느껴졌다. 그 감각은 이윽고 맞닿은 살결로, 침의라 부르는 거적 한 벌을 걸치는 둥 마는 둥한 나신과 다를 바 없는 몸 전체로 퍼져나갔다.

청해가 얼굴을 뗐을 때 눈앞에는 동그랗게 뜬 취색의 눈동자가 있었다. 팔로는 청해를 안고 있는데도 그 얼굴은 당혹 그 자체였다.

그래. 그의 앞에 있다.

홀로 스러져가는 대역 죄인 앞에 나타나 서툰 말로 능멸하려 하거나, 이국의 과실을 가져다주거나, 스스로 답하지 못할 충동에 이끌려 주위를 맴돌며 청해의 일거수일투족에 대해 뻐기고 화내고 때로는 잔혹해지기도 하며 이따금 구하려고 애쓰는…… 우왕좌왕 허둥지둥하는, 물러터진 어리석은 신령.

"그러니 자유다. 내가 너를 심심풀이로 삼는다 해도."

'감히 이 신교군을 완구로 대한다고.'

"피차일반이잖나?"

이 기분에 이름을 붙이지 않고, 이 감정을 형태로 이루지 않고, 자신의 길을 잃어버린 채, 서로의 탓으로 엉망진창이 되어……. 서로 기댈 수밖에 없게 되었다.

신교군의 눈이 가늘어졌다. 본디의 형태에 사람의 상을 씌웠을 뿐인 둔갑. 그러나 색채 외에는 사람의 모습과 조금도 다름이 없다. 껍데기가 아주 조금 떨어져나가 마치 뱀이나 고양이 등속처럼 세로로 길게 찢어진 동공을 드러냈다. 그 눈동자의 시선을 받은 청해는 속절없이 몸을 떨었다. 상대는 사람이 아니다. '그것'의 아주 사소한 변덕으로 언제든지 으깨진 고깃덩어리가 될 수 있다. 청해 자신은 죽음을 두려워하지 않았지만 청해에게 깃든 생명은 자연스레 두려워했다. 그러나 청해의 의지는 한 치도 물러나지 않고 물빛 옷자락을 더욱 세게 거머쥐는 길을 택했다.

바르르 떨리는 주먹을 내려다보며 '그것'은 여느 사람보다 더 깊게 웃었다. 거의 귀 가장자리까지 새겨지는 입매는 '그것'의 진실한 모습을 가늠케 했다.

'그래, 신령과 놀아난다는 것이 어떤 의미인지 뼈에 새겨주도록 하지.'

틀림없이 눈앞에 있던 신교군의 모습이 잔물결에 스러지는 수면에 비친 달처럼 흐려졌다. 동시에 청해는 다시 숨이 막히는 것을 느꼈다. 이번에는 물에 의한 질식이 아니었다. 터무니없이 막대한 기가 청해의 몸을 둘러싸서 짓누를 것같이 되었다. 그러나 그 기의 의도는 청해를 괴롭히고자 함이 아니었다. 오감에 닿아, 전신의 기혈에 파고들어, 다른 감각을 일깨운다.

"……!!!"

아마 지상이었다면 귀청이 찢어지도록 비명이 울려 퍼졌을 것이다. 살을 가르고 뼈를 긁어내어, 드러난 전신의 신경에 끓인 쇳물 같은 자극을 들이 붓는 쾌감.

언제까지고 발버둥을 치며 사지를 허우적거렸는지 모른다. 몇 번을 실신했다 깨어났는지 모른다. 자신이 죽었는지 살았는지조차 분간하지 못하고 그저 칠공에 억지로 쑤셔 넣어진 열락으로 헐떡거리던 때에, 불현듯 청해는 몸을 떨면서 제정신을 되찾았다.

달은 괴괴하고 수풀은 고요하다. 양양히 흐르는 대하의 물조차 요란 떠는 법이 없다. 이 대지에 붙어 살아가는 이들에게는 가장 환영받는 절기. 그런 계절, 그런 밤에 청해는 이국의 화초가 무성한 강둑 위에 대자로 드러누워 있었다.

"하…… 아……."

침의에 팔이 꿰어져 있으나 그뿐. 띠도 속곳도 붙어 있지 않은 몸은 그저 나신이었다. 전신이 물 먹은 솜처럼 무겁고 피로를 호소하지만, 한편으로는 안으로부터 뜨겁게 끓어오르는 열이 묘한 고양감을 부추겼다.

"겨우 이만큼이군."

기를 통해서가 아니라 대기를 통해 분명한 목소리가 청해의 귀까지 와 닿았다. 조소가 깃든 음색이었지만 불쾌진진 않다. 그는 멍하니 시선을 돌렸다.

푸른 장삼을 두르고 있는 청년. 둔갑한 신령에게 옷 따위 무용하므로, 바뀐 모습에 의미가 있을 터이나 청해는 신경 쓰지 않았다. 구태여 거론한다면 편해 보인다 정도일까.

"뭐가 이만큼이라는 거지?"

"감당을 못 해서 차라리 네 걸로 찔러줘 하고 앙탈을 부렸잖나."

어쩐지 의기양양하게 지껄이는 신교군을, 청해는 꼴사납다는 사실을 절절히 알면서도 외면할 수밖에 없었다.

"입 닥쳐. 멍청하고 밝히는 신령."

"오오, 놀려야 하는 것은 혀가 아니고 다른 쪽이겠지. 그렇게 바랐으렷다?"

으득 하고 이를 가는 소리가 울려 퍼지지만 신교군은 개의치 않았다. 그렇게 으르렁대면서도, 이 인간이 더 이상 거부하지 않았기에 오히려 기껍다.

맨살 위에 손바닥을 대고 그 온기를 확인하면 확실히 뜨겁다. 손가락에 닿는 홀쭉한 뺨도 어쩐지 붉다. 신교군이 정성 들여 기혈을 들쑤셔 주었기 때문인가, 아니면.

"색광 물도마뱀."

"시건방진 반역 죄인."

지금은, 이대로도 괜찮다……. 밑도 끝도 없이 그렇게 생각하며 신교군은 살과 살을 겹쳤다.

청해는 심부름꾼 소년이 던져 내버리다시피 한 눈앞의 고리짝을 물끄러미 내려다보았다. 골풀로 짠 고리짝. 짜임새는 튼튼하지만 달리 특별한 것은 없다. 저자에서 흔히 볼 수 있는 평범한 물건이었다. 그런데도 왜 청해라는 사내는 마치 부모 죽인 원수인 양, 그러나 감정을 거세한 눈으로 뚫어져라 응시하고 있는가.

그는 상당한 시간을 들여 비로소 그것을 열었다.

"……."

황제가 자진하라는 뜻을 담아 보낸 독약이나 단검이나 흰 천은 아니었다. 반쯤 들어차 있는 서책. 이 또한 고급품은 아니다. 가난한 서생이 간절히 읽고 싶어 하는 책을 필사할 때 쓸 법한 노랗고 구깃구깃한 서간지에 틀림없이 책 장인은 아닌 손이 서투르게 꿰매어 묶었다. 황도의 서책 방에 진열되어 있는, 백목지에 향이 그윽한 먹으로 반듯하게 써내려가 비단 장정으로 감싼 서책과는 비할 바가 못 된다.

그러나 글씨만큼은 볼 만했다. 물 흐르듯 유려하면서도 똑바르게 내리
그은 선, 가늘지만 분명한 점을 남기는 서체. 똑같은 정서체라도 서당 아
이들의 습자본처럼 멋대가리 없는 서체가 아니라 버들가지처럼 날렵하
면서도 소나무처럼 올곧은, 글이라는 걸 다소 볼 줄 안다면 감탄하지 않
을 수 없는 서체였다. 이렇게 쓸 수 있는 사람을 청해는 천하에 단 한 사
람밖에 모른다.

형제의 정 따위, 이제 와서 표시해봤자 서로 상처만 더할 도리밖에 없
다는 것을 알면서도 뭐든 전하고 싶다. 게다가 나라의 녹을 받는 몸으로
대역 죄인에게 사사로이 차입을 하다니 그 또한 명백한 불충에 다름 아
니다. 그런 고민 끝에, 나라의 녹과는 상관없는 푼돈으로 종이를 사서 구
태여 자신을 억누른 서체를 정서하여 그 옛날 청해가 칭찬한 바 있는 소
문찬의 시서를 골라 스스로 책을 엮어 만들었다.

……정말로 애처로울 정도의 고집불통.

가련할 만큼 한심스러운 사내.

"그것은 무엇이냐?"

뒤에서부터 돌연 소리가 날아들었다. 청해의 어깨가 거친 삼의 줄기로
지은 침의 속에서 아주 미미하게 꿈틀거렸지만, 그뿐이었다. '그것'이 감
옥을 제 집인 양 드나드는 것도 이제 새삼스러운 일은 아니다. 어딘가 뜨
끔한 듯 들뜨는 기분을 어떻게든 누르면서, 청해는 들은 체 만 체 고개도
돌리지 않았다.

"무지몽매한 변방의 신령은 알아듣지도 못하는 고매한 시문이지."

청해의 예상과 달리 노여움에 찬 질타는 되돌아오지 않았다. 푸른색
장삼에 휘감긴 팔이 어깨 너머로 뻗어와 그의 머리를 호되게 눌렀다. 그
리고 청해의 수중에서 책을 빼앗아들었다. 청해는 손에 힘을 주어 저항
하고 싶은 기분을 참았다.

"소문찬의 시가 아니냐. 웅혼한 기백이 유배지의 시름을 날려버린다
고 했던가…… 천하의 명시요 명구이건만 뭐라 해도 대역 죄인에게 권
할 만한 물건은 아니로구나."

구태여 뒤돌아보지 않아도 의기양양한 얼굴이 보이는 것만 같다. 청해
는 도리어 고개를 깊이 숙였다. 그 자신도 모를 표정을 굳이 살피려 들지
않고 신령은 다시 등 뒤로부터 손을 뻗어 고리짝 안에 든 것을 가리켰다.

"이건 또 무어냐."

"알고 있으면서 구시렁거리지 마라, 도마뱀."

"바둑판이야 입에 담을 필요도 없지. 허나 어째서 돌이 없는 게냐."

마찬가지로 손수 깎아 만든 기세가 완연한—그러나 수없이 문질러 광
을 내고, 한 치의 어긋남도 없는 정방형이 끝없이 펼쳐진, 소일거리 책자
두께의 바둑판. 종횡으로 달리는 선은 각각 열아홉이되 그것이 자아내는
수는 가히 무한. 도끼자루도 썩게 만든다는 신선놀음, 근심을 잊고 빠져
들기에는 적격일지도 모르나 정작 대국할 상대는 없다.

그렇다고는 해도 이전에 두었던 수를 되짚어 두는 복기는 즐길만 할지
도 모른다. 자신과 두는 것도, 이따금 판을 뒤엎고 머리카락을 헤집어버
리고 싶어지는 놀음일지도 모르나 시간을 쓰기에는 적당하다. 하다못해
바둑판에 바둑돌을 놓고 다른 바둑돌을 손가락으로 튀겨 맞히는 어린아
이 같은 장난도 가능하다.

무엇이 되었건 간에 바둑돌이 없어서야 웃음거리밖에 소용이 없겠지
만. 바둑돌 없는 바둑판처럼, 언제까지나 자신의 부족함을 절감하라는
이빨 세운 악의는…… 적어도 이 고리짝을 보낸 이에게는 없을 터.

그렇다. 청해는 그의 마음을 결국 알아버리고 만다.

"검은 돌과 흰 돌을 주워 모으면 상당한 수양이 되겠지."

신령은 이맛살을 찌푸렸다. 그 광경을 상상한 탓이다.

"……복장만 터질 것 같구나."

"멍청한 도마뱀이나 할 만한 소리로군."

"착각하지 말거라. 너희 한낱 미물, 인간 족속에게나 해당하는 소견이니까."

신령은 하늘을 찌를 듯 손가락을 치켜세웠다. 순간, 돌풍이 일었다. 대나무와 파초잎이 술렁거린다. 그러나 오두막 안에 있는 청해에게는 그저 이마 언저리를 쓸어내리는 한 조각 미풍으로밖에 여겨지지 않았다. 나무 널판을 얼기설기 세웠을 뿐인 허술한 벽이 바람을 막아줄 리 없는데도.

"도마뱀. 무슨 짓을―"

하는 거냐, 라고 청해가 말을 맺기도 전에.

좌르륵, 주옥이나 금령 옥령이 부딪히는 소리에 비하면 턱없이 둔중하게, 그러나 나름대로 귀를 즐겁게 하는 소리를 울리며 자갈이 고리짝 안으로 쏟아져 내렸다. 강바닥에서 적당히 주워 모은 양 각양각색의 자갈. 구태여 비슷한 데를 찾는다면 오랜 세월 강물 속에서 부대껴 옥돌처럼 반질반질하다는 것, 그 크기가 불과 손가락 한 마디 남짓이라는 것, 마지막으로 형태는 제각각이되 그 빛깔만은 흑과 백의 구분이 분명하다는 것.

"봉래의 옥돌과는 비교할 물건이 아니지만 죄인에게는 이것도 과분할 터이다."

자못 뻐기는 투로 뇌까리며, 신령은 자연스럽기 이를 데 없는 거동으로 고리짝에서 바둑판을 꺼내었다. 그리고 청해가 일언반구 입 뗄 생각도 못한 사이 침상에 턱 걸터앉아 고리짝을 손으로 쑥 밀어 한쪽으로 치워놓고는 그곳에 바둑판을 내려놓았다. 딱―. 자갈에 불과한 바둑돌도 착점하는 소리는 자못 상쾌했다.

"돌 주워 모으는 잔심부름이라니. 대하의 이매망량도 꼴이 참 가엾게 되었군."

"나불대는 혀만큼 바둑 실력도 있는지 어디 한번 보이거라."

청해는 시선을 떨어뜨려 바둑판을 물끄러미 내려다보다가, 다시 고개를 들어 신령의 얼굴을 응시했다. 이렇게 날빛 아래에서 보면 누구도 그가 사람이 아니리라곤 생각하지 못할 것이다. 푸른 기운이 많이 도는 머리카락과 눈동자만 제외하면 말이다. 또한 절기는 아직 후덥지근한 이 날씨에 짙푸른 장삼을 빈틈없이 걸치고 있다는 사실을 제외하면. 그러나 이 지방 사람에 비해 확연히 밝은 낯빛인 얼굴에는 땀 흘린 흔적조차 찾을 수 없다.

강물에 던진 납덩이처럼 상념이 심연으로 가라앉는다. 백옥같이 맑은 안색에, 엄동설한이든 염열혹서든 띠 한 가닥 흐트러뜨리지 않는 사람.

그렇지 않다. 그럴 리 없다……. 양양한 대하처럼 떡 벌어진 어깨, 남자답게 당당하면서 수려한 이목, 표정은 희박하지만 감정을 그대로 읽을 수 있는 얼굴. 부리부리한 눈매 위에 굵직한 남자다운 눈썹만이 묘한 각도로 기울어져 형언하기 어려운 심사를 드러내고 있었다.

"뭘 어물거리고 있느냐. 질까 봐 겁나느냐?"

갖가지 심란한 상념도, 저 이죽거리는 얼굴과 어조만 들으면 화가 치밀어서라도 깨끗이 쓸려가 버린다.

"도마뱀 머리는 도마뱀 머리일 뿐이지."

딱, 소리를 내며 청해는 당당하게 착수했다.

거들먹거리면서 승부를 걸어온 만큼 믿는 구석은 있었다. 무심한 얼굴 아래 진땀을 감추며 청해는 바둑판을 응시했다.

이 대하가 가느다란 물줄기일 때 태어나서 영겁에 가까운 시간을 구가하는 신령에게는 대국할 시간 또한 영원히 있을 터이다. 망설임 없이 착점하는 수들은 급류처럼 강맹하게 몰아치면서 한편으로는 바위처럼 견고하게 방어선을 쌓아올리고 있었다.

'제법이긴 하지만⋯⋯.'

청해도 그 나름대로 이 소일거리에 전력을 다하여 왔다. 주목과 흑단으로 새기고 금실로 선을 그린 호화로운 바둑판 건너편에서 검박하게 지은 비단 도복을 걸치고 조용하게 앉아 생각에 잠긴 사람. 그때만큼은 이 드넓고 성가신 세상도 깡그리 사라져버려 바둑판 위만이 전부이고, 상대조차도 그저 자신과의 대국을 생각해 줄 때. 골몰하여 생각하는 그 얼굴에 매료되어, 그 표정이 놀라움을 그려내게 만드는 데에 오로지 열중하여—.

"⋯⋯."

신교군의 미간에 미미하게 주름이 생겼다. 그러나 청해는 쉽사리 개가를 올리는 법 없이 담담히 수를 두어 나갔다.

만들어둔 집을 스스로 부수다시피 하기도 하고, 한창 치열하게 승부가 벌어지는 국면을 돌연 내버리고 다른 곳에 착수하기도 한다. 마구잡이에 엉망진창, 터무니없는 기세는 상대방을 오로지 당혹케 할 뿐. 신교군이 경험했을 몇 천, 몇 만⋯⋯ 셀 수도 없는 대국 중에 이런 기괴할 뿐인 국면은 드물 터.

두고, 장고하고, 또 착점한다. 어느덧 해가 져서 사방이 어두워지자 신교군이 불러낸 반딧불이 바둑판을 밝혔다. 도끼 자루가 썩는다⋯⋯ 분명 그런다 해도 모를 만큼 시간이 흐르고 난 뒤였다.

"~~~~~!"

신교군의 입술 사이에서 새어나온 말은 사람이라면 끄응 하고 신음하는 소리이되, 신령의 목청에서는 산이 울리고 바다가 떨리는 소리로 흘러나왔다.

"장고인가?"

청해는 모르는 척 시치미를 뚝 뗀 무표정으로 천연덕스럽게 되물었다. 신교군의 미간에 새겨진 주름이 한층 더 깊게 패였다.

이윽고 신교군이 마침내 쥔 돌을 내려놓았다. 그리고 입을 꾹 다물고 고개를 돌렸다. 시선의 방향은 창 쪽이었으나 경치를 감상하기에는 너무 늦은 시간이다. 창밖은 그저 먹물을 부은 듯 새카맣다.

"졌나?"

조소하듯이 묻지만, 그 어조는 의외로 담담하다. 그러나 굴욕감을 짓씹는 신교군으로서는 그것을 분간하지 못했다. 청해는 피식 웃었다. 그 미소에 기묘하리만큼 웃음기는 없었다. 그는 바둑판 위를 갈퀴처럼 구부린 손가락으로 긁어 바둑돌을 고리짝 안에 쓸어 넣고는 바둑판 또한 던지듯이 하여 돌의 뒤를 따르게 해주었다. 이어 고리짝의 뚜껑을 덮어 발로 밀며 침상 끝에 처박는다. 정리한다기보다 쓰레기를 버리는 꼬락서니였다.

아주 난폭한 행동거지에 시선을 일별한 신교군이 또 되지도 않는 핀잔을 던지려 입을 열었을 때, 선수치듯 청해의 목소리가 튀어나왔다.

"좀 졌다고 풀 죽지 마라, 도마뱀."

"누가 풀 죽었다는 게냐."

"네 패배는 엄밀히 말해 패배라 하기도 뭣해. 나는 진지하게 승부에 임한 것이 아니라, 미친개처럼 하나하나의 수를 물어뜯은 데에 불과하다. 다음 수를 궁리한 것도 아니고, 네 수를 읽으려 한 것도 아니고, 싸움이라고는 더더욱 말할 수 없지."

맞수인 두 사람이 전력을 다해 궁리하여 종횡으로 치고받아 극적으로 이기고 장렬하게 패배한 것이 아니니 승부라 할 수도 없다. 청해가 이런 식으로 둘 때마다 언제나 듣던 타이르는 말이 걷잡을 수 없이 떠올라, 마치 그 사람이 눈앞에 있는 듯하다.

……그것이, 싫다.

눈앞의 존재가 그 사람은 아니라는 걸 뼈저리게 알고 있으니까.

이 미련. 이 집착.

"진흙탕을 구르며 추잡하게 물고 늘어지는 패배한 개. 과연 반역 죄인의 기보답지."

"다 아는 사실을 새삼 떠벌일 필요는 없다."

청해의 통렬한 자조를 오히려 불쾌한 듯이 가로막은 것은 다름 아닌 신교군이었다. 몹시 언짢은 기색이 실로 완연하다. 청해는 그 얼굴을 뚫어져라 응시했다. 어느 것이나 떠올리게 하고, 어느 것이나 잊어버리게 만든다.

"확실히……."

청해는 상 위에 무릎을 꿇듯 몸을 일으켰다. 갑작스레 취한 불안정한 동작에 청해의 몸이 휘청거렸다. 신교군은 눈을 휘둥그레 뜨고 자연스레 손을 뻗어 그 몸을 받쳤다. 그러나 청해는 그 손에 의지해 자세를 바로잡기는커녕 오히려 더욱 몸을 기대었다. 천하의 신교군이라 해도 지금은 한낱 사람의 형상에 갇혀 있다. 어느 쪽도 버티지 못하고 두 몸뚱이는 한데 겹쳐져 무너졌다.

맞닿은 살결의 감촉은 시원하다. 필시 사람이 아니다. 하지만 그래서 더욱 좋다. 이러한 만행에 구제의 도리는 없다. 처음부터 구제 따위 바라지 않았다. 해야 한다거나 하지 않아야 한다거나, 왜 하는가에 대한 숙고조차 던져버리고서… 청해는 침의의 띠를 끄르고 남자의 몸 위에 기어올랐다.

밀쳐질 것을 각오했었다. 단순히 손바닥으로 밀쳐서 침상 위에 나자빠지는 정도가 아닌, 신령이 부리는 거대한 기의 덩어리에 후려 맞아 사지수족이 뿔뿔이 흩어진다 해도 이상할 것 없는 무례비도.

그러나 신령은 잠자코 있었다. 인간이 감히 내려다보는 것을 허하지 않았던 신교군이, 지금은 아무렇지도 않게 받아들이고 있다. 그 또한 물끄러미 바라보고 있었다. 띠를 끌러 난잡하게 풀어헤쳐진 침의의 안쪽을. 병석에 누운 것이나 다름없는…… 인주人主인 황제가 다스리는 세상에서 반역을 도모했다는 역병이나 다름없는 자의 옷 안쪽은 바지나 속옷조차 제대로 갖추어 입지 않은 나신이었다. 오랫동안 감옥에 갇혀 몸을 움직이긴커녕 제대로 볕도 받지 못한 몸. 과거 황도의 거리를 패기만만하게 말 달리며 명문의 귀공자들이나 아름다운 가기歌妓와 흥소를 나누던 풍신 좋은 황자는 온데간데없다. 빛바랜 해골처럼 파리하여 볼품없이 마른 사지. 그 가운데 욕망만이 불거져 드러나 있는 광경은 흉물이나 추태 외에 형용할 길이 없으리라.

대하의 물빛처럼 녹이라고도 청이라고도 말할 수 없는 눈동자에 그 추물이 비치는 것을 보고 싶지 않아, 청해는 그저 고개를 숙이고 신교군의 옷깃에 손을 댔다. 물결이나 해초의 일렁임과 같은 무늬가 자잘하게 흩어져 있는 새파란 비단은 이 고장의 가장 추울 때조차 후덥지근한 날씨에도 서늘한 감촉을 전했다. 겹겹이 벗길 때마다 드러나는 맨살도, 띠에 달린 옥장식도, 머리카락까지도 하나같이 시원한 감촉이었다. 생명 없는 것의 차디참은 아니다. 확실한 것은 인간의 체온도 아니라는 사실이었다.

애초부터 인간이 아니었다. 이 옷가지, 이 몸, 청해의 몸에 닿아 있는 모든 것은 대하의 기를 빚어 만들어진 환상일 뿐. 이것을 만진다는 것은 대하의 강물에 손을 담그는 것과 다를 바 없다. 이것으로 쾌락을 얻는다는 것은 교주의 공기로 위안을 즐기는 것과 다르지 않다. 하지만…….

나신이나 다를 바 없는 모습으로 반라가 되어버린 신교군 위에 올라탄 청해는 몸을 굽혀 입을 맞추었다. 혀를 억지로 쑤셔 넣어 멋대로 쾌락을 끌어낼 작정이었는데 어째선지 혀끝은 치아 너머로 넘어가지 않았다. 망설임은 찰나, 이내 상대의 혀 쪽이 살며시 내밀어져 오히려 침략을 선언해왔다. 갈급한 청해와는 대조적으로 신교군은 침착하고 단호하게 입 안을 유린했다.

"흐, 음…."

부드럽고 예민한 점막이 아프도록 거세게, 또는 안달 날 만큼 부드럽게 훑었다. 신교군의 혀는 여느 사람이 닿을 수 없는 깊숙한 곳까지 청해를 메워 들어갔다. 이대로라면 목구멍이 막혀 절명할지도 모르겠다는 위기감. 그러나 두려워서 몸을 빼기보다는 알 수 없는 감각에 허리가 떨리는 것이 앞섰다.

이대로라면 또 속절없이 농락당할 뿐이다. 청해는 눈을 질끈 감고 입 안을 종횡무진 누비는 참인 신교군의 혀를 꽉 깨물었다. 환상이나 다름없는 그의 육신에 상처가 날 터는 없다. 아플 리도 없건만 그는 자연스럽게 입을 뗐다. 표정을 살필 틈을 두지 않고 청해는 신교군의 가슴, 배 위에 손을 미끄러뜨려 맞닿아 있다시피 한 두 사람의 살 사이에 손을 밀어넣었다.

"……."

손끝에 느껴지는 남자의 양물은 명백하게 흥분해 있었다. 하찮은 인간에게 깔아 눕혀져 이런 추태를 보이다니……. 그렇게 조롱하고 싶어도 그래서야 자신의 욕망까지 지적받을 뿐이므로 청해는 침묵했다. 그를 대신하듯 손가락만은 열심히 움직인다. 실로 이상적인 크기와 형태를 그리고 있는 그것을 감싸 쥐고, 비비고, 끝을 괴롭혔다. 그리고 눈앞의 차디찬 얼굴이 미간에 주름을 잡고 뺨을 상기시키고 뜨거운 숨을 토하는 것을 즐겁게 관찰하였다. 비록 신령이 펼치는 환상에 불과할지라도 즐기지 못할 이유는 없는 것이다. 행위를 거듭하면서 맞닿은 청해의 것 또한 열기를 더해갔다.

상대가 첫날밤을 맞이한 새색시처럼 잠자코 있었기에 음란한 희롱은 굴러 떨어지는 양 더하여 갔다. 그러나 청해의 손가락이 줄기를 지분거리다가 주머니를 꽉 잡을 듯이 희롱하더니 회음으로 내려갔을 때, 별안간 신교군이 몸을 일으켰다.

"이번에는 네 쪽이 수컷으로서 즐겨보겠다고?"

"불만, 인가."

"별반 상관은 없다만. 네 꼴을 보아하니 이대로는 너만 즐기고 끝나겠구나."

하, 하고 청해는 비웃으려 했다. 끝까지 버틸 수 있을지, 신령을 만족시킬 수 있을지 어떤지는 별개로 하고. 그러나 그 허세뿐인 웃음소리가 목청을 미처 빠져나오기 전에, 신교군이 선수를 치며 청해의 가슴팍에 있는 돌기를 덥썩 머금었다. 결과적으로 청해의 입술 사이로 빠져나온 소리는 한심스러운 흐느낌이었다.

"흠. 어떠냐. 가슴만으로 절정에 이르게 한다면 내 승리. 참는다면 네 승리. 이긴 쪽이 마음대로 하는 걸로."

"기를 건드리는 술수를 부리는 네가……."

"물론 그 농은 삼가지. 그까짓 술수를 부리지 않아도 네놈 정도는 충분히 울면서 애원하게 만들 수 있으니."

"해보시지."

도발은 적확하게 먹혔다. 신교군은 분노로 찌를 듯이 노려보는 청해의 눈을 아주 가까이에서 들여다보며 싱긋 웃었다.

"바둑보다 이것이 재미있구나."

신령은 본시 형태가 정해져 있지 않은 것. 죽은 자가 화하여 신령의 반열에 오르지 않은 다음에야 그 형태를 분별할 도리는 없다. 다만 물에 거하니 수족 등속과 흡사할 것이요. 산에 거하면 길짐승이나 날짐승의 형상을 취할 것이라 사람이 멋대로 믿는 것뿐. 그리고 신묘하게도 그 믿음은 이루어지는 것이다.

개중에도 신교군은 용의 등속. 천변만화하는 용종 중에서도 이무기 언저리라 할 만한 자. 그 특성으로 말할 것 같으면 세로로 길게 찢어진 동공과 차가운 피부, 그리고 후각과 촉각을 대신하는 갈라진 혀⋯⋯.

인간의 형상을 갖춘 신교군의 혀 또한 과연 그러할지 청해로서는 확인할 도리가 없었다. 입을 맞추었을 때는 이형을 감지한 바 없으나, 말 그대로 천변만화. 청해가 눈치채지 못한 사이 표변했을지도 모를 일.

아아, 그렇지만 상관없다. 신교군의 무릎에 앉아 다리로 그의 허리를 휘감고, 가슴을 농락하는 애무를 필사적으로 견디며 이를 악문 청해로서는.

"아⋯ 아, 흑⋯⋯."

"벌써 항복이냐? 빠르구나."

"닥⋯⋯ 쳣⋯⋯."

휘감는다. 빨아들인다. 날카로운 이빨 끝으로 여차하면 꽉 깨물어주겠다고 위협하는 양, 장난치는 양 끄트머리를 간질인다. 그것만으로도 허리가 울려, 몸의 심지가 쑤셔, 어지러울 만큼 달뜨게 된다.

청해는 입술이 피가 나도록 깨물어 자신을 진정시키려 했다. 순순히 희롱당하는 건 싫다. 싫은데도 이미 몇 차례나 농락당한 육체가 반응하며, 더하여⋯ 자신의 가슴에 홀린 듯이 달라붙어, 마치 엄마의 젖을 간구하는 어린애처럼 빨아대는—무표정함에도 어딘지 절박한 얼굴을 한 신령을 내려다보면서, 청해는 떠올리지 않을 수 없었다. 정엽은, 그의 형은, 아무리 몸을 능욕한다고 해도 마음은 변하지 않았다. 그러나 이 신령은 능욕할 수 없는 존재인데 그 마음이 흔들리는 것이 엿보인다.

청해 때문에.

오로지 그의 존재로.

참아야 하는가. 지금까지 쭉 참아왔는데. 형을 그리워하면서 착한 동생의 낯을 하고, 황제를 저주하면서 자못 충신을 가장하고.

패륜무도한 동생이며 자식, 천하의 손가락질을 당하는 대역 죄인이 되어서까지, 참아야 하는가.

"아……."

무아지경에 빠져 자신도 모르게 허리를 흔들어 치부를 상대의 복부에 문지른다. 청해는 타액이 흐르는 턱으로 헐떡이며, 전신을 경련하듯이 떨면서 무참한 모습으로 절정에 달했다.

"아, 아……."

그는 수치를 잊었다. 몸뚱이뿐만 아니라 그 넋마저도. 덮쳐온 감각의 분류가 청해를 실신 직전까지 몰아갔다. 그러나 그대로 기진할 겨를도 없이, 강렬한 압박이 그의 안쪽으로 침범해왔다.

"하……! 윽, 무, 슨……!"

청해는 분명 보았다. 신교군의 두 손은 여전히 그의 가슴을 더듬고 있다. 그렇다면 그의 비부를 헤집는 이것은…….

신교군의 엉덩이께에 솟아나 그의 허리를 감아돌 듯 청해의 비부까지 파고들어 있는… 꼬리. 취색을 띤 비늘에 뒤덮여 있는 그것은 옥을 아로새긴 양 아름다웠으나 결코 인간의 엉치에선 찾아볼 수 없는 것이었다.

"승부는 났다. 그러니 반칙은 아니겠지?"

"하…… 윽……."

반론의 말은 태산같이 쌓였으나 이미 벗어날 도리는 없다. 꼬리는 손가락보다도 훨씬 깊숙이, 능수능란하게 청해의 쾌락을 더듬어 찾았다. 꼬리 끝을 아주 조금 움직이는 것만으로 청해의 사지는 벼락 맞은 양 떨렸다.

"아, 으, 흐흑…… 시…… 시일……."

"싫다고? 어째서냐."

아으, 아으…… 이미 말은 나오지 않는다. 그래서인지 청해는 지푸라기를 찾는 사람처럼 손을 더듬어 신교군의 양물을 찾았다.

짐승에게 희롱당하는 것은 싫은가? 그렇게 묻는다면 청해는 고개를 저을 수 있었다.

하지만 쾌감을—오로지 쾌감만을 구하여 애완되어지는 존재로 전락해버리는 것은 싫다.

그런 쾌감을 요구한 이는 다름 아닌 자신이었는데도.

그런데도, 그런데도…….

자신의 양물을 쥐고 반쯤 퍼덕이다시피 몸을 들어 올려 회음에 갖다 대는 추태를 아낌없이 선보이는 청해를, 신교군은 서늘한 눈으로 응시했다.

인간을 모방한 환영일 뿐인 얼굴에는 상기된 기색이 없다. 호흡이 흐트러지지도 않는다. 땀도 흐르지 않는다. 표정도 희박하다. 그런데도 살풋 찌푸려지는 낯은 어쩐지 표정같이 보였다.

그는 그대로 꼬리를 뿌리치듯 내두르고, 쥐어 터뜨릴 듯이 청해의 몸을 그러안더니 그 비부에 자신의 양물을 쑤셔 박았다.

"아악! 아, 흐, 흐응……!"

유연하게 움직이는 꼬리와 달리 그저 곧추선 양물은 청해의 안쪽을 가혹하게 헤집고 들어갔다. 그러나 이미 고통인지 쾌감인지 분간하지 못하게 된 청해는 절구질이라도 하듯 날뛰었다. 분명 힘을 잃었을 사지가 어떻게 이토록 날뛰는지 그 자신도 알 수 없는 노릇이었다. 질펀하게 살 부딪히는 소리와 절규에 가까운 교성이 오두막을 쩌렁쩌렁 울리다시피 했다.

"아, 흐흑, 아흐흑! 아아아아!"

"⋯⋯."

반면에 신교군은 침묵을 지켰다. 그가 뱉을 수 있는 소리는 없었다. 폐부조차도 인간의 것과 다르게 기능해, 숨을 들이마시고 내쉬는 것조차 보는 이가 놀라지 않게끔 하는 기만에 불과했다.

대역 죄인과 남만의 지배자. 인간과 신령. 오욕의 덩어리와 신기의 덩어리.

너무나도 다른 세계. 다른 존재. 몸을 겹치고 있는 이 순간마저 깨고 나면 스러지는 꿈, 흡사 허상처럼 느껴질⋯⋯.

그렇지 않다고 고하는 듯이, 신교군은 나지막이 중얼거렸다.

"청해."

"아, 흐아, 아아아아⋯⋯."

그 말을 들었는지, 듣지 못한 것인지⋯⋯. 그는 망가진 목각인형처럼 무너져 또다시 절정을 맞이했다.

꿰매어 붙인 것 같은 하루하루. 삐걱거리는 수레바퀴와 같은 낮과 밤.

엉망진창의 잡동사니와 다를 바 없는, 그러나 안온한 유배의 나날.

그 안온함이 과연 사치라는 것을 청해가 알게 되는 날은 그리 오래지 않아 이를 참이었다.

그렇다. 청해가 생각지도 못한 곳에⋯⋯.

이를 가는 자가 있다. 칼을 가는 자가 있다.

기묘한 일이지만 청해의 반역은 결과적으로 황제에게 반대하는 세력을 일소하고 말았다. 창궁제의 찬탈을 증오해, 그가 난립하던 도관을 정리하고 도사의 지위를 끌어내린 것을 원망해(결국 국사의 지위에서 끌어내려진 것뿐이었으나), 이방의 공주를 국모인 황후로 맞이하고 오랑캐를 후대하여 왕후장상의 지위를 준 일을 저주하던 자들은 설 곳을 잃게 되었다.

그러나 설 데가 없을지언정 목숨까지 죄다 잃어버린 것은 아니었다. 황제 또한 그만큼의 생명을 근절해 피바다를 낳는 일은 삼가고 싶었거니와 그럴 가치도 느끼지 못하였던 것이다. 가까스로 목숨을 건졌을망정 하루아침에 반성과 자숙의 마음이 들 리 없다. 아니, 야욕과 기대가 컸기에 전락했다는 사실이 더욱 뼈아팠으리라.

기묘하게도 그들의 증오와 적의는 오로지 한 사람에게 향했다.

전 서규왕 건주, 자는 청해.

그들을 몰락케 한 주범이 버젓이 살아서 땅을 걷고 있는 것이 분통 터지고 무례비도하게 느껴짐은 마땅하다. 더 나아가 실상은 어떤가. 반역죄로 남만 벽지에 유배되어 있는 그를 지켜줄 이는 없다. 황제라 칭하는 절대자에 비해, 한없이 약하고 하찮은 존재.

오갈 데 없는 자가 오갈 데 없는 자를 물고 뜯는다. 그 또한 세상의 이치. 응당 추잡한 것이었으나.

하나 설령 추잡하다고 손가락으로 가리켜 이른들 그들에게는 보이지도 들리지도 않을 것이다. 따라서 그들은 행동을 개시했다.

현이 선명한 음색을 자아내며 빗소리와 어우러졌다. 물론 빗방울이 유리 기와와 부딪히며 울리는 섬세한 소리, 연꽃이 흐드러지게 핀 연못의 수면이 빗방울과 합주하는 울림과는 비할 수 없다. 억수 같은 빗소리는 가히 폭포수와 견줄 만했다. 느닷없이 하늘이 뚫린 양 쏟아졌다가 언제 내렸냐는 듯이 활짝 개는 날씨는 이 지방의 풍물이라면 풍물이다.

당연히 귀를 밀초로 틀어막은 거나 다를 바 없으니 비오는 날 음률을 즐긴다는 풍류는 근처에도 갈 수 없을 것처럼 여겨졌으나…… 기묘하게도 이 연주에 대해서만은 빗방울조차도 눈치를 살피는지 소리가 잦아들었다.

그도 그럴 것이다. 연주자는 다름 아닌 이 땅의 물과 바람을 주재하는 자. 그 이름이 드높은 신교군.

그 권능을 이런 데에 쓰는 일은 신령으로서 어떨까 저어될 지경이었으나, 청해는 구태여 그 부분에 관해 입을 떼지 않기로 했다. 힘을 남발하는 일로 따지면 이 신령이 지적받아야 할 일은 한두 가지가 아니다.

머나먼 남쪽 땅의 곡조. 황도의 가기가 연주하는 세련됨은 찾을 길이 없는 구성진 가락. 대하의 물결처럼 길고 느리게 뻗어가기도 하고, 이 땅에 살아가는 족속의 성미처럼 급하고 어지러이 몰아치기도 한다. 황도에서 음악을 곧잘 논평하는 귀에는 분명 거슬리고 천박한 것으로 들릴 터이나 청해는 그 감상을 목구멍 안쪽에 갈무리했다.

이윽고 곡이 끝났다. 골풀로 짠 방석 위에 앉아 공후를 튕기고 있던 신교군은 자신이 연주하던 물건을 자못 품평하듯이 위아래로 훑어본 다음 방구석에 던져놓았다. 우아한 곡선을 그리는 몸체를 영롱한 선이 연결하고 있다. 중원 화하에서도 다소 특이한 형태에 속하는 악기. 그것에 청해가 굳이 열광한 이유는, 정엽의 외가요 정엽과 같은 머리털 빛과 살빛을 가진 사람이 무수히 산다고 하는 서국의 악기 수금을 닮아서라는 사실을…… 이 공후를 연주한 신교군도, 이 공후를 보내온 정엽도 알 도리는 없을 터였다.

"황도의 악기도 나쁘지는 않구나. 하기야 재료가 이 땅에서 나는 자단목이니 당연한 노릇이지만."

"아무리 어설픈 나무꾼이라도 도끼가 날카로우면 나무 하는 흉내는 낼 수 있겠지."

"기껏 기를 세워주려고 했더니 이 신교군의 재주에 악담이냐?"

"천만에. 칭찬하는 거다. 원숭이가 타는 금보다는 낫다, 라고."

어쩌면 신교군은 중원에서는 찾아보기 힘든 날씨에 시달리는 청해를 위로하고 싶었던 것인지도 모르나… 그 기분에 맞추어줄 의무는 청해에게 없었다. 좋게 받아들일 데라곤 귀 씻고 다시 들어도 찾을 길 없는 청해의 어조에 신교군이 자연히 발끈한 기색으로 돌아보려는 찰나.

신교군의 몸이 벼락이라도 맞은 양 굳어졌다.

그 윤곽은 도저히 사람이 취할 수 있는 형태가 아니었다. 숨 쉬는 서슬에 어깨가 오르내리는 흔적도 찾을 길 없는 그 모습은, 차라리 바위나 돌송에 가까웠다. 사람은 저리하지 않는다. 한눈에 신령임을 알아볼 수 있게끔 하는 본색.

"왜……."

대체 무엇이 저 오만하고 제멋대로인 신령에게 인간으로 둔갑할 때 갖추는 예의격식조차 잃게 만들었는가. 청해는 그 연유를 물으려 했지만, 한편으로는 그것이 부질없음을 깨닫고 침묵했다. 그가 신령의 일에 도대체 무엇을 입 댈 수 있단 말인가?

별안간 신교군이 벌떡 일어나 오두막을 둘러보았다. 본디대로라면 대역 죄인이 허튼짓을 하지 못하게 옥죄는 술법의 결계가 펼쳐져 있어야한다. 그걸 박살낸 책임은 도리 없이 신교군이 물어야 하고…….

"한동안 밖으로 걸음하지 말거라."

그는 눈짓으로 오두막 곳곳에 간단한 결계를 펼치고, 가볍게 몸을 돌렸다. 그 직후 청년의 형상이 공기 중에 녹아들듯 사라졌다.

멍청한 신령 같으니. 천하의 대역 죄인이 위리안치된 감옥 밖으로 걸음하는 것 자체가 가당키나 한 말인가.

그러나 조소로 일축할 수 없을 만큼 기묘한 공기는 청해 또한 느끼고 있었다.

이 땅에 살아가는 이들은 폭우가 내려도 그다지 염려하지 않는다. 온몸이 쫄딱 젖어버린다 한들 이윽고 비가 그치고 해가 나고 한결 선선해진 바람이 불어오면 언제 그랬냐는 양 금방 마른다. 그리하여 비가 쏟아진다고 해서 가던 길을 멈추는 사람도 없고, 일손을 쉬는 이도 없었다.

어찌 보면 그렇기에 그들은 두 눈으로 목도할 수 있었다. 교주의 주청 위에 도사린, 한없이 불길한 검은 구름.

중원 화하의 이치에 살짝 비껴나 있는 이 땅. 족보에 이름이 올라 있는 조상 중에도 소신령이나 요괴를 흔히 찾아볼 수 있는 이곳의 백성들에게 두려움을 안겨줄 만큼, 먹구름은 섬뜩한 존재감을 뽐고 있었다. 커진다. 커져간다. 먹물보다도 짙은 칠흑은 이내 하늘을 검게 물들이고 땅으로 내려와 재앙을 흩뿌리리라……. 그런 근거 없는 두려움을 자아내는 형상.

"아아!"

그때 누군가의 입에서 탄성이 터졌다. 하지만 그것은 공포에 찬 비명이 아니었다. 그 시선이 향하는 곳은, 검은 구름과 마주하듯 홀연히 치솟아 오르는 일곱 색채의 서광.

이 땅에 발붙이고 사는 누구나 그 정체를 알고 있다. 이 대지와 물을 지배하는 자. 대하의 주인. 신교군은 무수한 상을 비추어내는 비늘을 온몸에 두른 진신으로 나타나, 눈앞의 검은 구름을 노려보았다. 그의 눈은 본연의 모습을 꿰뚫었다.

'하잘것없는 환술인가.'

저들로서는 공교로운 일이 아닐 수 없었다. 다른 누구도 아닌 신교군이야말로 환술로는 신령 중 제일을 다투는 자. 뜨거운 볕을 받은 바위 위에 풍광이 일렁이는 것과 같이, 사막에서 본 데 없는 호수가 나타나고 바다에서 불현듯 누각이 출현하는 것과 같은 신비를 자유자재로 다루는 자.

그의 눈에 검은 구름은 아이 장난보다도 치졸하고 안쓰러운 잡술이었다. 불면 날아갈 듯이 하찮다. 콧김으로라도 분다면 상황은 간단히 정리되리라. 하지만 신교군은 방심하지 않았다. 무엇보다도, 만전을 기하기 위해서라면 알아야 한다. 이 근방 출신도 아니며 연고도 없을 방사가 어째서 이런 터무니없는 행패란 말인가. 엄중하게 추궁하여 진의를 알아내지 않으면 안 된다.

고작 그 정도의 일, 신교군이나 되는 신령이 나설 필요는 없건만. 어째서 친히 행차하여 악당을 포박하는 수고를 자처하였는지.

돌이켜보면 목 뒤를 선뜩하게 만드는 불길한 예감이 들었던 것이다. 딱히 인간세상의 흥망성쇠에 마음을 두지 않은 신교군은 그 감각이 무엇인지 이해하지 못했다.

그저 이대로 두면 안 된다고 실감했을 뿐. 누구를 위해? 자신을 위해? 이 땅의 은혜를 입고 살아가는 백성들을 위해?

아니, 누구도 신경 쓰고 싶어 하지 않는 골칫덩어리. 신교군이 아니고서는 감히 가까이하려 들지 않는 역병신과 같은.

누구보다도 먼저 버려질 그를 위해…….

딱. 신교군은 자신이 손가락을 튕기는 소리에 상념에서 깨어났다. 단지 그 동작만으로 강풍이 불어 검은 구름을 흐트러뜨리며 쫓아내었다. 벌거벗은 것이나 다를 바 없는 모습으로 신교군 앞에 못 박혀 있는 자는 검은 도포를 걸친 방사. 그 얼굴을 물들인 감정은 당혹과 공포. 두말할 나위 없이 공포 쪽이 압도적이었다.

'감히 이 신교군의 땅에서 분탕질을 치다니 간이 배 밖에 나왔구나. 어디의 뭐 하는 놈이냐? 네 조상에서 후손에 이르기까지 대를 걸쳐 주벌을 받고 싶지 않다면 깡그리 고하는 편이 나으리라.'

"하, 하하…… 주벌 따위 벌써……."

방사는 입술을 비틀었다. 웃는 양 우는 양 알 수 없는 얼굴. 그리고 다짜고짜 품속에서 주부를 꺼내 신교군에게 던졌다.

신교군에게는 바늘로 손가락 끝을 찌르는 바와 같은 발악이었다. 그러나 분노케 하기에는 넉넉했다. 그는 힘차게 기를 토했다. 단순히 기의 덩어리를 뭉쳐서 던졌을 뿐이지만 인간에게는 갈비뼈가 죄다 나가고 오장육부가 으스러지기에 충분한 일격이었다.

고통으로 엉망진창이 된 얼굴의 턱 부근이 움찔거렸다. 하얀 비단 수건으로 끝에서 끝까지 닦아야만 가까스로 묻어날, 엷은 미소.

새카만 옷자락이 풀어헤쳐진다. 맨살이 드러난다. 맨살을 빼곡히 채우고 있는 것은 수천수만 자의—그러나 단 하나의 문자. 반反.

'……!!!'

그 순간 신교군은 몸을 덮친 막중한 무게에 전신을 떨었다. 태산과 화산과 종남산을 모두 몸에 얹어도 이렇게 무겁게 느껴지지는 않을 것이다.

말에는 힘이 있다. 사물의 형태를 본떠 수천 년 수만 년을 이어져 내려와 셀 수도 없이 많은 이들의 뜻을 맡아 전하는 문자의 힘은 말할 나위 없다. 그 문자에 도력을 실어 감정을, 형상을, 사물을 조작한다. 누워서 떡 먹듯이 해치울 수 있는 일은 아니다. 얼마나의 공력이, 얼마나의 희생이 들어야 이룰 수 있는 대업인지.

그러나 신교군에게 그딴 일을 계산할 여유 따위 없었다. 반하라. 하늘을 나는 것은 떨어질지어다. 정결한 것은 더러워질지어다. 영원한 것은 멸할지어다.

방사에게는 고통에 신음할 여유조차 없었다. 지상으로 추락하면서 신교군이 사자후처럼 토해낸 기의 덩어리에 그대로 직격 당했던 것이다. 그는 잘 알고 있었다. 자신은 버린 패에 불과하다는 사실과 이용당했을 뿐이라는 것도. 하지만 이런 만행이라도 하지 않으면 폐문당한 도관과 흩어져 유리걸식하게 된 사형제들, 반역죄로 육시를 당한 스승에 대한 원한은 풀 길이 없었다.

자신이 죽어도 복수는 이루어진다. 무엇보다 단순히 이 지방의 도사들을 끌어내어 일당의 거사를 방해하지 못하게 만들 뿐이었던 일이, 이토록 거물을 끌어들여 전락하게끔 만들 수 있었다는 데에 그는 오히려 통쾌함까지 느끼고 있었다.

산산조각이 난 얼굴에 어린 희미한 미소는 여름 태풍에 휩쓸려가는 나뭇잎처럼 덧없이 스러져갔다.

청해 또한 검게 물들어가는 하늘을 바라보고 있었다. 그는 스스로가 썼던 수법이기에 신교군보다도 더욱 적확하게 구름의 정체를 알아챘다. 대역을 위해 그렸던 여러 그림 중에는 저 장면도 포함되어 있었다.

그이기에 알 수 있다. 저 지경에 이르기까지 느끼는 분노. 조소. 기아

감. 그 감정, 그 생각까지도.

"……"

그는 벌떡 일어났다. 그리고 문을 박차고 뛰쳐나갔다. 이미 오두막의 쪽풀로 엮은 문은 더 이상 감옥의 문 노릇을 하지 못했다. 달아나고자 마음먹는다면 어디로든지 달아날 수 있다. 하지만 어디로? 이 드넓은 중원 화하에서 이 사내를 받아주는 곳은 어디도 없다. 어디도……

그런데도 발이 달린다. 마치 이끌리는 양.

그런 청해의 좌우로 거의 생소한 풍경이 스쳐 지나갔다. 한두 해 새 높다랗게 자라 커다란 잎으로 하늘을 가릴 듯이 드리운 나무. 필사적으로 유지하지 않으면 어느새 밀림에 먹혀버리고 마는 오솔길. 중원에서는 보배처럼 귀하게 여겨지는 파초. 이 지역 특유의 몇 사람은 앉을 수 있을 큼지막한 머윗잎, 비를 피해 나무그늘 사이에 도사리고 있는 굵직하고 알록달록한 뱀……

며칠, 몇 달이나 이곳에서 살았던가. 그러나 한 번도 눈여겨보지 않았던 낯선 풍광을 청해는 곁눈질도 하지 않고 달려 나갔다. 어디로 가야할지 똑똑히 아는 것처럼.

그 길 앞에 불현듯 무시무시한 형상이 출현했다. 이를테면 한 마리 호랑이. 기다란 이빨을 감춤 없이 드러내고 거죽에 얼룩덜룩한 무늬가 있는 야수. 일생 변고를 모르고 살아가는 평범한 이들에게는 신령이나 황제보다도 두려워 산신으로까지 여겨지는 짐승이었다.

황도에서 준마를 타고, 금으로 장식한 화살통을 비껴들며 상아로 새긴 활을 들고 다니던 호시절이었다면 모를까, 맨몸과 다를 바 없는 청해는 그대로 점심 찬거리가 될 판이었다.

그러나 청해는 멈추어 서지 않았다. 두려워하는 기색도 보이지 않았다. 그저 허허벌판을 가듯이 전진했다. 으르렁거리는 호랑이를 향해……. 그리고 슥 지나쳤다.

호랑이의 형상은 온데간데없이 사라졌지만, 청해는 고개를 돌려 확인하지도 않았다. 환영을 부려서 부족한 머릿수와 계교를 대신하는 것은 이미 숱하게 논의한 바 있었다. 그때 황도에서, 아직 그가 전락하기 전에.

점점 더 명백해진다. 청해의 입술이 움직여 조소를 그리기에 앞서, 다른 감정을 비뚜름하게 묘사하기 직전이었다.

"오래간만이군. 서규왕."

감정을 억누른 목소리가 청해의 어깨 너머에서 날아들었다. 청해는 발을 멈추고 천천히 뒤돌아보았다.

우뚝 선 사람 그림자. 이 근방에서는 보기 드문 도포 차림. 그 색깔은 불길하게도 상복처럼 희었다. 주살당한 친지들을 위한 상복 그 자체일지도 모른다. 온통 녹음으로 가득한 남만의 풍광에 너무나도 이질적인 인물이었다. 그러나 머나먼 중원 화하에서 온 청해는 그 모습이 낯설지 않았다.

"오래간만이군, 아각. 잘 지냈나?"

"마음에도 없는 안부인사는 집어치우시지. 서규왕."

폐서인된 황자에게 있어 이미 폐해진 왕호로 부르는 것만큼 가혹한 조롱은 얼마 없을 것이다. 정작 청해 자신은 전 왕호에 그다지 미련이 없었지만. 지금 그가 염두에 두고 있는 것은 전혀 다른 일이었다.

"나를 단죄하러 온 건가. 살려두어서 남은 평생 실의에 빠져 괴로워하게 내버려두는 편이 낫지 않나?"

"귀가 솔깃해지는 말이로군. 하지만 유감스럽게도 내 사형제들이 납득하지 않아. 무엇보다…….."

청해도 눈치채고 있었다. 파초 잎 아래서, 대나무 숲 사이로, 야자나무 줄기 너머, 한결같이 새하얗지만 제각각 다른 윤곽을 가진 그림자가 모습을 드러내는 참이었다. 그리고 그 윤곽이야말로 그들이 외도를 걷는 방사라는 것을 증명해주는 형상. 누구는 길게 뻗은 팔을 사마귀처럼 굽히고, 누군가는 어깨로 푹 들어간 목 언저리가 곰을 떠올리게 한다. 술수는 다양하지만 어느 것 하나 자연의 기를 일그러뜨려 당장의 이익을 취하는 수작임을 보여주지 않는 바 없다. 더하여 지금 다른 무엇보다도 그들이 열중하는 목전의 일은, 바로 청해. 구체적으로는 청해의 목.

"나도 그저 화풀이를 하고 싶을 뿐이야."

대의라든가 구원이라든가를 떠나서.

아각은 처절한 자조가 섞인 표정을 띠었다. 웃는가 우는가 분간할 수 없는 표정을.

방사들이 일제히 움직였다. 청해는 무표정한 얼굴로, 하지만 필사적인 손짓으로 수인을 맺었다. 제대로 도술을 쓰게 해주는 주구, 부주 한 장 없다. 그렇다고 몸조차도 멀쩡하다고 말하기 어렵다. 하지만 호락호락 죽어줄 마음은 일말도 없다. 왜냐하면.

"너희들의 만행을 이 땅의 신령이 두고 보지는 않을 텐데."

새삼 겁주려는 뜻은 없었다. 그러나 넌지시 떠보는 청해의 말에 아각은 그대로 넘어갔다.

"그런 걱정은 하지 않아도 된다. 애초에 우리는 살아서 교주의 경계를 넘을 마음도 없을뿐더러… 이 땅의 신령은 한동안 방해하지 못할 테니까."

"못한다고?"

"반전술. 너도 알겠지?"

물론 청해는 알고 있었다. 황동, 황성에 펼쳐진 갖은 도술과 결계를 뚫기 위해 궁리하고 또 궁리했으니까. 비록 상대가 평범한 도사라면 효과랄 것도 없고 또한 대비하면 그것으로 끝이기에 고려하지 않았지만 그 수법은 분명 강대한 신령에게는……

"으아아아아!"

뒤로부터 청해에게 다가들던 방사가 비명을 질렀다. 청해가 자신의 손을 물어뜯어 솟구친 피를 그에게 흩뿌렸던 것이다. 핏방울은 청해가 외운 짧은 주문으로 뱀의 독액이나 다름없는 성분을 품었다. 방사를 죽이거나 막을 수는 없지만, 이 자리에 있는 모두가 일순 머뭇거리게 만든 것만으로 청해에게는 큰 성과였다.

"크…… 흐……!"

청해는 다시 달리기 시작했다. 운동 부족인 몸이 고통을 호소해도 아랑곳없이, 기억을 더듬어 오로지 검은 구름이 피어올랐던 방향으로.

가서, 무슨 의미가 있는가. 가서, 무엇을 할 수 있는가.

그런 일은 아무래도 좋다. 아무래도 좋으니까—

"……!!!"

청해의 귓전에 나비의 날개가 파닥이는 듯한 희미한 소리가 포착되었다. 나비? 이 빗속에서? 그는 냅다 몸을 옆으로 날렸다. 날아든 것은 한 장의 부주. 폭풍우 속의 새처럼 힘겹게 청해가 있던 자리에 떨어져내려…… 쩌저정! 그 자리의 공기를 얼어붙게 만들었다. 내리는 빗방울이 순식간에 그 지점에서만 우박이 되었다.

땅바닥에 엎어져 기세를 찾지 못하고 버르적대는 청해를 내려다보며 아각은 그의 사형제들과 함께 천천히 걸어왔다.

"추한 발버둥은 그만두라…… 그렇게 말하고 싶지만, 발버둥 치면 칠수록 분이 풀릴 테니 오히려 응원하는 바이네. 자, 아무쪼록 한껏 한심하고 비참하게 죽어주기를 바라지. 육천의 신이여, 여기에 내리소서!"

아각의 낭랑한 부름을 듣고 청해는 몸을 떨었다.

육천신. 여섯이라고는 하나 그것이 의미하는 바는 딱히 없다. 사람이 죽고 난 뒤 명부로 가는 길목에 있다는 육도의 갈림길에서 따왔다는 설이 있을 뿐. 전쟁터에서 죽은 자의 혼백이 화하여 이루어진다는 육천신. 그들이 요구하는 것은 생피를 철철 흘리는 산 제물.

금상 황제의 치세에 육천신을 섬기어 혈식을 제사하는 풍습은 근절되었으나, 도리어 그렇기에 아각들에게 거두어져 여기까지 온 것이리라. 금상 황제의 혈육에 복수하기 위한 힘을 빌리기에는 실로 안성맞춤.

내린다. 화한다. 둔갑한다.

오로지 피와 살을 탐하는 고통스러워하는 형상. 피로 가득 찬 항아리 같은, 허연 이빨이 삐죽삐죽 돋아난 입만이 분명히 드러나 보일 뿐. 그것을 목도하면서, 청해는 달려드는 아각을 이를 악물고 응시했다.

그 모습이 돌연 시야에서 사라졌다.

"……어……?"

누구도 무슨 일이 일어났는지 바로 알지 못했다. 그만큼 전광석화같이 모든 일이 벌어졌다. 청해가 망연한 시선을 이리저리 헤매자, 비로소 하늘을 가로지르는 이형이 눈에 들어왔다.

청과 녹이 어지러이 뒤섞인 비늘로 덮인 몸.

용은 아니다. 뿔의 형태가 용의 것이 아니고, 용이 대기의 기와 접속하여 천변지이를 뜻대로 할 수 있게끔 하는 여의주도 물고 있지 않다. 그 모습을 제대로 이를테면 이 지방 고유의 신수, 교룡.

그러나 지금 그 모습은 형용컨대 참혹했다. 옥을 아로새긴 것 같은 몸뚱이에는 피가 흘러 어룽진 무늬를 만들고 있었다. 피. 그렇다, 피다. 용혈. 더군다나 흉흉하게 일그러뜨린 아가리에는 방금 물어 올린 이형이 버둥거리고 있었다. 교룡은 더욱 낯을 찌푸리면서 이빨에 힘을 주었다. 으득 하는 끔찍한 소리와 함께 아각의 몸뚱이는 축 늘어졌다. 육천신이 아니라 그 할아비라도 교룡이 물어 으스러뜨리는 데에는 견뎌낼 도리가 없었으리라.

그러나 가까스로 살아났는데도 청해의 얼굴에 기쁜 빛은 들지 않았다. 통쾌한 기색도 찾아볼 수 없긴 마찬가지다. 눈앞의 교룡은, 신령보다는 요괴나 마물에 가까웠다. 태반은 기로 만들어진 저 신령한 짐승을 누가 저리도 무참한 꼴로 만들었는가?

"신교군!"

그는 폐부가 터지도록 부르짖었다. 세상 마지막 날의 광경과 같이 무시무시한 교룡의 면상이 청해를 향했다. 하지만 청해는 두려워하지 않았다. 자신이 씹혀 먹혀 죽어버릴지도 모른다는 사실, 그딴 일은 문제가 아니다. 더 이상 저대로 내버려 두었다간 신교군은 정말로 신령의 도리에서 벗어나 요괴의 진창으로 떨어질지도 모른다.

그러나 벌떡 일어나서 겁도 없이 신교군에게 달려가려고 하는 청해를 날카로운 이빨과 발톱이 낚아채 쓰러뜨렸다. 그 광경을 눈에 담자 신교군의 형상이 더욱 흉악하게 일그러졌다.

"타락하여 요괴로 전락한 신령 따위 우리의 숙원을 가로막기에는 부족하군."

'네놈들……!'

목소리가 탁하다. 반전술과, 이형의 상대를 이빨과 발톱으로 찢고 그 혈육을 조금이라도 들이마신 영향이 명백히 드러나고 있었다. 혈식은 요괴나 그에 준하는 사령을 강하게 하고, 신령을 더럽혀 쇠약하게 만든다. 옛 문헌에는 신령한 존재를 피와 짐승의 똥오줌으로 전락시켜 본색을 드러내게 하는 일화도 몇이나 전해 내려오는 것이다.

마치 주마등처럼. 어째서 이런 생각이 연이어 떠오르는 것인가. 청해는 망연히 속삭였다. 어찌하여?

저 신령이 멋대로 참견해 온 데에 불과한데. 자신과는 일절 상관없는

데. 신령 또한 자신이 거한 땅을 침범당하지 않기 위해 나선 것일 뿐, 청해에 관해서는 일말도 우려하지 않을 터였다. 그런데도…….

그런데도, 어째서.

그는 여기로 왔는가. 그리고 왜 자신 또한 그를 찾아 헤매었는가.

"……급급여율령!"

청해는 주언을 외쳤다. 도술을 제대로 수련하지 않은 몸으로 술법을 부리는 것은 극히 위험하다. 몸 안의 기가 흐트러져 주화입마의 해를 입을 수도 있다. 적절한 부주, 혹은 법구로 해를 면하는 방도도 있지만 변방의 유배객에게 그런 호사스러운 물건이 있을 리 없다.

그러나 청해는 손을 뻗어 어지러이 흩트렸다. 허공을 면지로 삼아 손끝을 붓으로 여겨, 방울져 떨어지는 빗물을 먹물인 것처럼 한 장의 부주를 적었다.

더욱 절실한 것은 부주에 불어넣기 위한, 술법에 쓰이는 기. 그것은 청해의 몸에 축적되었던 상당한 양의 용정이 갈음하였다.

우우웅……. 바람이 분다. 그것은 칼날처럼 몰아쳐서 나뭇잎을 찢고 나뭇가지를 부러지게 하고 빗방울을 흩뿌렸다. 본시 배움이 얕은 청해가 부릴 수 있는 것은 역병을 이리저리 옮기는 데에 불과한 하찮은 음풍. 그러나 그 술법도 막대한 기에 의해 이루어지자 살을 발라내고 뼈를 부수는 삼매의 신풍이 되었다.

"으, 으아아아아아!"

"서규왕, 어디에서 이런 기를……!"

직격에 당한 방사의 몸이 말 그대로 흔적도 남기지 못하고 산산이 쓸려갔다. 남은 이들은 눈치 빠르게 뛰어 물러났지만, 그러잖아도 경악으로 놀란 낯이 더욱 일그러지는 것은 막을 방편이 없었다.

네놈은 나서지 마라, 도마뱀. 이 작자들은 내게 용건이 있으니까.

청해는 그렇게 말하려고 했다. 어쩌면 다소 우쭐했을지도 모른다.

그러나 벌어진 입에서 흘러나온 것은 목소리가 아니라 꿀럭꿀럭 넘쳐 흐르는 피.

'청해……!'

이미 알아듣기도 어려운 목소리. 그보다는 혼탁한 기의 공명이 전해진다. 그런데도 청해는 아무 대답도 할 수 없었다. 수련도 하지 않은, 심지어 오랫동안 험악한 생활을 해온 몸으로 막대한 기를 다루자 청해의 기맥에 치명적인 상흔이 남은 것이다.

그는 직감했다. 자신은 죽는다. 저 신령은 요괴로 타락한다. 하지만 누구도 도와주지 않는다. 천하의 대역 죄인과 요괴로 변질되는 신령 따위 눈여겨 볼 이는 없다.

후회하지 않는다. 돌이킬 수도 없다. 자신이 세상을 버렸기에, 세상도 자신을 버린 것뿐. 그저 그뿐일 텐데.

'무슨 일이 있어도 우리들은 우애 있게…….'

어찌하여 이제 와서 그 목소리가 들리는 듯할까.

"급급여율령."

맑고 낭랑한, 필시 억겁의 세월이 지나도 잊을 수 없을 목소리가 우레처럼 청해의 귀를 때렸다.

그 한마디에 불어닥친 바람이 방사들을 흡사 나뭇잎처럼 허공에 내던졌다. 강맹함은 청해가 부린 술법에 비할 바 아닐진대 적재적소로 날아들어 사람을 농락하는 재간은 월등히 뛰어났다.

남만의 빽빽한 수풀을 헤치고 초연히, 사람 그림자 하나가 모습을 드러내었다.

통 좁은 윗옷과 바지의 간소한 복장. 머리카락은 가볍게 뒤통수에서 올려 묶어 시정잡배의 차림과 다를 바 없다. 하지만 아무리 허술하게 입고 있어도 그 용모가 가릴 일은 없다. 긴 여행에도 그을리거나 흠 가는 일 없는 백옥 같은 살결. 가지런히 늘어뜨려져 바람결에 나부끼는 엷은 빛의 머리채. 무엇보다도 하늘빛을 그대로 물들인 듯한 청명한 눈동자.

욱, 하고 청해가 핏덩이를 토해내었다. 목구멍이며 콧구멍에 피가 들어차 있어 말할 수가 없었다. 이대로는 부를 수 없다.

"형님!"

한바탕 기침과 구역질을 하고 나서야, 청해는 고개를 들고 폐부가 터지도록 부르짖었다.

그날로부터 한 번도 허락되지 않은 이름. 백겁을, 천겁을, 혼자 되뇌었던 이름을.

신교군은 이제껏 한 번도 무겁다고 여겨본 적 없는 몸을 다잡아 가까스로 땅에 처박히는 일을 면했다. 전신을 감도는 기의 흐름이 혼탁해져 있다. 조금만 더 피와 오물을 뒤집어쓰면 그는 결코 자신을 유지하지 못한다. 지금도 아슬아슬하다. 정화수에 몸을 담그고 몇 날이고 몇 밤이고 수행을 하지 않으면 되돌리지 못할 오탁. 그러나 신교군은 자신을 다스리기보다 내심에서 끓어오르는 기묘한 감정에 침전했다.

오열하는 듯, 울부짖는 듯, 흐느끼는 듯 몸부림치며 다가붙는 죄인을 마치 자애로운 어머니인 양 정답게 감싸 안는 청년의 모습. 신교군이 환혹술로 비추어내는 모양은 지켜보는 상대가 정하는 것이기에 그 자신은 아무래도 알 수가 없다. 그러므로 이제야 비로소 알게 된 셈이다. 바로 저것이었는가 하고.

사람이 마땅히 가야 할 정도를 포기한 사내가 그럼에도 놓지 못했던 것. 그렇기에 놓을 수 없었던 것.

그 존재를 마침내 목도하고서도 신교군은 의문이 풀리는 후련함보다 뭐라 형언하기 어려운 답답함을, 괴로움을, 씁쓸함을 느꼈다.

"로스. 괜찮아?"

누군가가 그를 불렀으나 신교군은 거의 듣지도 못했다. 자신의 감정에 매몰된 탓은 물론이요, 한 번도 들어본 바 없는 호칭으로 불렸기 때문이기도 했다. 흐려진 눈동자 앞에 이윽고 누군가의 모습이 어른거렸다. 검은 머리카락을 아무렇게나 묶어 늘어뜨린, 낯선 이국의 옷을 두른 남자. 그 용모 어딘가에 청해와 비슷한 데가 있음을 신교군은 느꼈지만 생각으로 자아낼 정도로 분명치는 않았다.

"어이, 정엽. 이 녀석, 상태가―."

그 목소리가 끝맺어지기도 전에 신교군의 의식은 산란하였다.

서러울 때도, 괴로울 때도, 외로울 때도…….

아이는 해바라기가 햇살을 향하듯 그를 향해 내달렸다. 그는 태양과 같이 그저 올곧고 따스하게 내리비추어준다. 그 양지에 있는 한 슬프고 고독한 일은 없으리라고 그는 믿고 있었다.

그만이 있다면.

태양조차 저무는 때가 온다는 것을 생각조차 하지 않은 채…….

"……."

비몽사몽과 깨어남의 그 묘한 경계에서, 청해는 눈을 깜박였다. 뺨에 닿아 있는 감촉은 거칠다. 거친 천이다. 황실의 하사품인 매끄러운 비단만 걸쳐 온 그에게는 생소했으나…….

생소해? 왜? 벌써 반 년, 일개 유배객 신분으로 청해가 둘러 왔던 옷은 옛날이라면 화장실 뒤 닦이로도 쓰지 않을 만한 넝마였다.

그러므로 이 옷이 어울리지 않을 사람이라면…….

"깨어났느냐?"

올려다보는 청해의 이마를 하얗고 매끈한 손이 쓰다듬었다. 그렇게 부드럽지만은 않다. 붓을 잡고 악기를 만지며 검을 다루는 손가락은 여기저기 굳은살이 박혀 있었다. 조금 서늘한 체온이 청해로서는 지극히 기분 좋게 여겨졌다.

"형님."

왜 이곳에, 라든가 무엇 때문에 여기에, 라든가.

묻고 싶은 것은 산더미 같지만 지금은 입이 떨어지지 않는다. 청해는 그저 지난날처럼 정엽의 허리에 팔을 두르고 그 명치 언저리에 얼굴을 묻었다. 정엽은 그 머리카락을 쓰다듬었다. 마찬가지로 그 옛날에 그러하였듯이. 얼굴에 떠오른 표정은 그때와 마찬가지로 정다운 것이었으나 새롭게 덧쌓인 슬픔을 지울 수는 없었다.

"밀사의 직임을 맡아 교주 근방에 파견된 김에 들렀단다. 본래대로라면 먼빛으로 보고 떠날 참이었지만……."

지방을 돌아보면서 부정부패를 적발하는 밀사. 황제가 젊고 청신한 관리에게 보통 맡기는 그 일에 정엽만큼 어울리는 사람은 없으리라. 가장 익애하는 아들조차 냉정하게 계산해서 일을 맡기는 황제의 안목에 청해는 쓴웃음을 짓지 않을 수 없었지만 지금만큼은 드러내지 않았다.

정엽 본인은 이 직임을 맡게 된 데에 깊이 감사하고 있었다. 우선적으로 자신의 성미에도 맞는 일이지만, 무엇보다 바로 이 교주로 파견되었다는 사실이 기쁘다. 언제든, 언제라도 청해를 한 번 만나고자 했었다. 먼빛으로라도 보고 싶었다. 그런 소망을 부친인 황제는 알고 있었던 것일까.

두 사람 사이에 쌓인 것은 말로 하자면 날을 보내고 밤을 새어도 다 풀어내지 못할 것이다. 하지만 또한 풀어내고자 한다면 말이 되지 못해서 먹먹한 응어리. 그것을 느끼고 청해는 놀랐다. 그 응어리는 태산보다도 크다고 생각했다. 일생에 거쳐 자신을 짓누르고 있으리라고. 그런데 지금은 어째서 그렇게 크게 느껴지지 않는 걸까.

줄곧 이 사람만을 생각하고 있었다. 그리워했다. 저주했다.

그것이 자신의 전부라고 믿어 의심치 않았다.

그런데 마침내 만난 이때에, 어째서 다른 잡념이 떠오르는 것일까?

"……도마뱀은?"

"신교군 말이냐? 지금 무사히 몸을 피해 정양을 하고 계신다. 자세한 사정을 묻지는 못했지만……."

딱히 무리하지 않아도 이 땅을 침범한 무리들을 단죄할 방도는 얼마든지 있다. 애초에 신교군의 말 한마디라면 이 땅의 수족들이 일거에 들고 일어나 무도한 자들을 갈가리 찢어버릴 것이다. 자신이 요괴로 전락하는 위험을 감수하고서 나선다는 것은, 둘 사이의 각별한 인연을 충분히 짐작케 하는 일.

새 친구가 생겨서 잘되었구나. 그렇게 허허거리는 듯한 정엽을, 실로 샐쭉하다 형용할 수밖에 없는 얼굴로 청해가 올려다보았다.

"정말 송구한 일을 해주셨다. 네 몸이 좀 나아지거들랑 함께 감사를 표하러 가자꾸나."

"형님께서 그렇게까지 신경 쓰실 일은 아닙니다. 도마뱀도 나름대로 생각하는 바가 있어서 참견한 것이니."

그런 짓궂은 말을. 그런 표정으로 정엽은 웃어넘기려고 했다. 마치 그 옛날 황도에서 그랬듯이. 그러나 유감스럽게도 쾌활하고 성심으로 정엽을 따르던 아우는 이제 없다.

"고맙게도 도와주신 분에 대해 그런 무례한 말은 못쓴다."

"좌우간에 저 도마뱀은 제 몸을 탐하는 축생이니까요."

"엣."

바보천치처럼 무너지는 표정이 꽤나 절경이라고.

청해는 인외마도에 떨어진 대역 죄인의 몸으로도 즐길 거리를 찾아, 흡족하게 웃었다.

신교군은 눈을 떴다.

숨이 막히는 폐색감도, 오장육부가 모두 목구멍으로 올라오는 듯한 욕지기도 거의 사라졌다. 손발이 잘리는 듯 까마득히 멀어지는 감각도, 시궁창처럼 흐려지는 자신도……

그는 몸을 일으켰다. 그리고 자신이 대하의 지류, 방금 전의 폭우로 맑아진 물속에 몸을 담그고 있음을 깨달았다. 그러나 순전히 맑기만 한 것은 아니다. 수면 위에 빼곡하게 연꽃이 떠 있다. 이 지방에서 흔히 보는 크고 무성하게 자라는 수련이 아닌, 색색에 형태도 다양한 북쪽의 종자.

신교군은 망연히 손을 뻗어 그 이파리를 만졌다. 신교군의 손가락이 닿는 순간 그것은 거품처럼 꺼져 한 장의 부주가 되어 팔락팔락 수면 위로 떨어져 내렸다.

"놔둬. 그게 더러움을 빨아들인다는 모양이니까."

강가 쪽에서 낯선 목소리가 날아들었다. 아니, 신교군은 이미 들은 바 있었다. 검은 머리카락에 적동색 살빛의, 훤칠하고 건장하고 유연한, 사람보다는 맹수에 가까운 분위기가 감도는 이국의 청년을.

"웬 놈이냐."

"남의 이름을 물으려거든 자기 이름부터 밝히는 것이 좋지 않겠어? 로스."

"일전부터 계속 로스라 하던데. 이 몸은 로스가 아니다."

"내 고향에서는 너 같은 족속을 그렇게 불러. 그보다, 그러고 있을 거냐? 나한테야 좋은 구경거리지만."

신교군은 비로소 자신을 살폈다. 인간의 형상을 취한 그의 몸은 기를 다룰 여유가 없는 탓으로 늘씬한 나신이었다. 그리고 그 경계가 흐려지고 형태가 뒤섞여…… 단적으로, 하얀 살결에 드문드문 비늘이 돋아 있는 기묘한 모습이었다. 그러나 강둑에 걸터앉아 방만하게 다리를 뻗고 신교군을 내려다보는 청년은 이렇다 할 꺼림칙함을 느끼지는 않는 모양이었다.

사실 신교군도 신경 쓰지 않았다. 그에게 있어 인간이 느끼는 수치며 도덕은 그다지 의미가 없었기에. 그가 생각하고 있는 것은 줄곧 다른 데에 있었다.

"이 대하의 주인, 이름 높은 신교군에게 터무니없이 무례하구나."

"아, 난 소그드. 북쪽에서 왔지."

"초원과 바람의 백성인가. 분명 그곳에선 우리와 같은 이들을 부르는 말도 다르리라."

"응, 응. 너 꽤나 말이 통하네."

"허나 그렇게 머나먼, 물도 흙도 다른 곳에서 어찌하여 나의 땅까지 오게 되었느냐? 불측한 뜻이 있다면 마땅히 벌을 받을 것이다."

"그런 꽉 막힌 소리로 돌아오지 마. 정엽이 여기로 오게 되었다고 해서 말이야. 만에 하나의 일이 벌어질지도 모르니까 나도 따라간다고 졸랐지. 좋아서 온 거 아냐, 뭣보다 덥고."

소그드는 이미 풀어 헤쳐진 옷깃에 손가락을 집어넣어 더욱 방만하게 끌러 내렸다. 그러나 신교군은 더 이상 그의 존재에 주의하지 않았다. 그가 주의하는 것은 이방의 사내의 입술 사이에서 흘러나온 이름뿐.

형님. 청해가 그토록 애타게 부르짖던 상대.

신령이 눈살을 찌푸리고 잠자코 있는 모양을 소그드는 물끄러미 내려다보았다. 단언컨대 누구보다…… 기묘한 인연으로 이방의 땅에 모인 누구보다도, 소그드는 정사情事에 해박했다. 그러므로 정엽과는 비할 수 없을 정도로 알아차리는 것이 빨랐다.

"너, 청해라는 놈 좋아해?"

신교군의 입이 떡 벌어졌다. 본신이라서인지 벌어진 입이 상당히 커서 소그드를 감탄케 했다. 한순간이 흐르고 나서야 신교군은 생각을 목소리로 바꿀 수 있었다.

"무슨 가당치도 않은……."

"좋아하니까, 특별하니까 그렇게 눈에 불을 켜고 그 녀석을 구하려 난리친 거 아니야?"

당치 않다. 터무니없다. 얼토당토않다고…… 신교군은 끝까지 단언하지 못했다.

응, 좋아, 청해라는 놈이 이 녀석과 잘된다면 더 이상 정엽 일에 집착하지 않을 거고, 정엽도 놈에 관해서 손 놓을 수 있겠지.

신령 하나를 고스란히 고뇌로 몰아넣고서, 소그드는 매우 흡족하게 고개를 끄덕였다.

아무것도 바뀌지 않았다.

청해는 과거의 일을 들춰내지 않았고, 정엽도 현재의 일을 입에 담지 않았다. 그저 건강이나 날씨 따위의 자질구레한 일을 물을 뿐이요, 뚝뚝한 어조로 답할 따름이었다.

옛날과 같은 정다운 사이로 돌아갈 수는 없었다. 앞으로도 그럴 가망은 없다. 하지만…….

내일을 쌓아올리지 못할 리도 없다.

그런 막연한 기약과 함께, 형제는 무언의 작별을 고했다.

그리고 며칠이 흘러…….

청해는 멍하니 창밖을 보고 있었다. 벽에 난 구멍 같은 그것도 창이라 부를 수 있을 때의 이야기지만.

정엽이 떠나고 나서 일상은 일말의 변화도 없이 흘러갔다. 짜증스러울 만큼 더운 날씨도, 느닷없이 쏟아져 파초 잎을 깐 천장에서 새어 들어오는 빗물도…… 예전에는 그토록 열중해서 읽던 서책, 연주하던 악곡이 무심하게 느껴짐도 마찬가지다.

"……."

그저 넋 놓고 바라본다. 남만의 풍경을. 귀를 기울인다. 이국의 노래에. 강가 어딘가 마련된 논에서, 이 지방의 농민이 배를 저어 들어가며 부르는 노래를 후덥지근한 바람이 실어다 주었다. 물이 풍부한 이 땅에서는 굳이 화하처럼 수로를 만들고 수차를 설치하며 논두렁을 높여 물을 다룰 필요가 없다. 물론 산지로 올라가면 반드시 그렇지만도 않지만. 구불거리는 산등성이에 층층이 자리한 논은 중원에도 있는 것일지언정 규모가 월등히 컸다.

푸슬푸슬한 밥. 기묘한 맛과 모양의 과실. 예측할 수 없는 날씨와 사람들이 살아가는 방식. 중원과는 다른 이 세계에 청해는 비로소 흥미를 품었다.

달그락 하고 소리가 울렸다. 청해는 벼락이라도 맞은 양 몸을 떨었다. 방구석 쪽 상탑이라고 부르기도 안쓰러운 기물(정엽이 갖다놓았다)에 누군가가 걸터앉아 있다. 아니, 의문을 가질 필요조차 없다.

"고귀하신 신령께서 잘도 납셨군. 진창을 구르면서 뜨거운 맛을 보지 않았던가?"

청해는 구태여 돌아보지 않았다. 돌아서서 얼굴을, 비록 만들어낸 허상이라도 그 낯빛을 확인하고 싶은 기분이 강하게 엄습했지만 그는 안간힘을 다해 견뎠다.

왜 이런 충동이 치솟는 것인지. 이 감정을 무엇이라 부르는지. 청해는 몰랐다. 알고 싶어 하지도, 알려 들지도 않았다.

무엇이 됐든 이제는 의미가 없다. 이 관계는 여기서 끝이니까. 거추장스러워서. 성가셔서. 불편해서. 스스로도 실감하지 못한 이유를 꾸역꾸역 주워다 붙이면서, 청해는 억지로 결론을 내렸다.

"이쯤이야 이 몸에게는 아무것도 아니다."

"하. 고결한 몸이 요괴로 타락할 뻔했으면서도 잘도 나불대는군."

"그래서 뭘 말하고 싶은 것이냐?"

날아드는 목소리는 그저 침착했다. 그 점이 청해의 신경을 거스러미처럼 거슬리게 했다. 평소라면 벌써 발끈해서 소란을 피웠을 텐데. 그런 신교군이, 청해에게는 더 이해하기 쉬웠는데.

하지만 상대를 이해하려고 하는, 깊은 물에 몸을 기울여 들여다보는 행위는 더 이상 청해에게 의미가 없었다. 지금까지는 시간을 보내는 소일거리라도 되었지만 그마저도…… 그마저도, 그래, 질려버렸다.

"중원의 일에 참견하지 마라. 대하의 지렁이라면 지렁이답게 뻘에 머리를 파묻고 있으시지."

"감히 나불대는구나. 이 신교군을 지렁이라고?"

"대하의 주, 남만의 신령 신교군."

묘하게 냉랭히 이어지는 신교군의 말을 칼로 끊어내듯이, 청해는 그 이름을 입에 담았다.

"너는 중원의 대역 죄인에게 시시콜콜 간섭하고 참견하는 것보다, 너를 위해 제물을 바치고 제상을 차리며 축원을 읊는 백성을 생각해야 한다."

물결에 거스르지 않고 흘러가며, 대하가 내리는 풍요도 재앙도 담담히 받아들여, 매일이 부자인 양 되는 대로 살아가는 이 땅의 백성들.

청해에게는 흥미 없는 일이었다. 앞으로도 어울릴 일 없으리라. 하지만 신교군은 다르다. 천겁, 만겁, 대하가 흘러가는 한 그는 이곳에서 살아간다. 청해와는 다르게…….

"나는 물론 내 백성들에 대해 책임을 다할 것이다. 허나 너를 저버리지도 않으리라."

그러나 그토록 쉽사리 격앙하던, 대하의 거칠고 맑은 물처럼 순수했던 신교군의 어조는 단단한 바위처럼 변함이 없었다. 여전히 차마 돌아보지 못하고 그저 눈만 크게 뜨는 청해의 귀에 목소리가 비수처럼 꽂혔다.

"내가 너를…… 좋아하는 까닭이다."

그는 더 이상 참을 수 없었다.

청해는 거세게 고개를 돌렸다. 그리고 마침내 신교군을, 그 얼굴을 눈동자에 담았다.

이 땅과 이 날씨에 맞지 않는, 그러나 빛깔만큼은 시원스러운 푸른 장포. 남자다운 수려한 얼굴. 청인지 녹인지 분별하기 어려운 눈동자도 변함은 없다. 정엽의 조치가 실로 적절했기 때문일까.

하지만 완전히 적절하다고는 볼 수 없을지도 모른다. 요괴의 독기가 신령의 머릿속까지 뿌리박힌 게 틀림없다. 그러잖고서야 이런 농담거리도 되지 못할 소리를 태연하게 지껄일 리가…….

그러나 청해는 그 광태를, 헛소리를, 웃음거리를 지적할 수가 없었다. 지적하지 못하게 되었다. 마치 개구리가 뱀의 시선에 사로잡힌 것처럼, 신교군의 눈동자를 응시한 그 순간에.

북쪽에서 온 이방의 남자가 가르쳐준 사실. 처음 들었을 때에는 무슨 어처구니가 없는 말이 있나 했지만, 그것을 스스로 입 밖에 내자 신교군은 모든 것을 납득했다.

무엇보다도 그 한마디에 표정이 완전히 무너져, 얼굴빛이 저녁놀처럼 붉어지고 자신의 손발이 어디 붙어 있는지도 모르는 양 우왕좌왕하는 청해를 보자면…….

한심스럽게도 인간에게 반해버렸다든가, 누가 더 빠졌느냐라든가, 그런 일은 전혀 개의치 않을 정도로…… 기뻤던 것이다.

결結

  사락사락 내리는 눈은 각 부 관원들이 퇴청할 무렵에는 온 황도를 새
하얗게 물들였다.

  퇴청 시간이라 해도 그리 늦지는 않았다. 애초에 정월이 다가오는 이
맘때 바쁜 관청은 없다. 정월은 민간에도 조정에도 의미 깊은 휴일인 법.
따라서 한 해 동안 쌓였던 책문을 정리하고, 파기해야 할 것들을 골라 태
우는 일이 가장 중임이다. 정월 제례의 절차를 맡은 예부만이 가장 번다
했으나 올해에는 뛰어난 낭관이 있어 옛 전적을 빈틈없이 조사해 추호의
어긋남도 없이 제례가 이루어지도록 준비하였다.

  그래서 문제의 낭관 또한 정월의 한가로움을 누리게 된 형편이었다.
자신이 머무는 별채로 돌아온 그는 간단한 일 몇 가지만 부탁하고 시중
드는 이를 내보냈다. 왁자지껄한 연회도 아주 싫다고 할 정도는 아니다.
하지만 역시 홀로 감상하고 싶은 마음이었다.

  정엽은 안뜰과 격자문으로 면한 객실에 상을 두고 화로를 끼었다. 그
리고 두텁게 솜을 누빈 포를 두르고선 앉아 눈 내리는 경치를 감상했다.

  정교하게 문양을 짠 격자는 실로 액자와 같아, 안뜰의 풍광을 우아하
게 담아내고 있었다. 지금 저택의 주인은 풍류와는 까마득히 거리가 먼
인물이지만 저택을 처음 지은 이는 원림의 아름다움을 충분히 숙지했던
모양이었다. 자신이 공들여 꾸민 정원이 무지무식한 오랑캐에게 넘어갔
음을 저승에서라도 알게 된다면 어떤 낯빛을 할까.

  알 바 아니다. 정엽은 미미하게 미소를 그리며 서안에 이것저것 펼치

기 시작했다. 이름난 문방구점에서 들여온 무늬 있는 서지. 매끄러운 하얀 바탕에 은은히 피어오르는 사군자며 기화요초의 문양은 그 위에 써내려가는 글씨를 방해하지 않으면서도 우아한 정취를 한없이 돋보이게 했다. 더하여 가장 질 좋은 소나무를 공들여 태워 나온 재로 만든 순주의 먹과, 또 달을 보면서 바삐 걸음을 옮기는 나그네의 모습을 가장자리에 정교하게 새긴 유주의 벼루. 어느 것 하나 일품 아닌 물건이 없는 서안을 앞두고, 정엽은 하정서賀正書를 쓸 준비를 모두 갖추었다.

하정서란 대저 섣달 경신일에 밤을 지새우는 풍습과 마찬가지로 그리 오래되지 않은 풍류였다. 고루한 노인들은 경박하고 또 사치를 겨룬다 하여 결코 반기지 않았으나 황도의 젊은 귀공자, 아리따운 기녀들은 옛사람들을 비웃기라도 하는 양 흠뻑 즐겼다.

본래 사람들은 대략 동지부터 정월 상순에 이르기까지 직접 친지를 찾아가 새해를 축하하는 덕담을 나누었다고 한다. 그러나 그것도 선현이 소국과민을 타이르던 시절, 작은 고을에 흩어져 사는 친지를 거느린 이들에게나 가능할 터. 황도의 명문대가며 발이 넓은 관인쯤 되면 직접 방문하는 일은 도무지 여의치 않은 것이다. 지인이라 일컬을 사람이 들판을 채우고 수레로 실어 나를 판인데 먼 지방으로 부임한 처지까지 따지면 어찌할 터인가.

그리하여 새해를 축하하는 서간을 나누게 된 지 어언 몇 년이나 지났을까. 요즘 황도에서는 장인이 갖은 공을 들여 만든 서지에 귀한 향을 쐬이고, 얻기 힘든 기화요초의 꽃과 잎을 곁들여 비단으로 싼 하정서를 나누는 일이 유행이었다. 청렴한 이들을 비웃는 양 값진 기물로 겨루면서 다들 앞을 다툰다.

그러나 정엽은 경쟁할 마음이 없었다. 소식을 전하고 싶은 이들이 있다. 사연을 알고 싶은 사람이 있다. 언제나 그리운 인연. 세상의 관습이 고개를 젓고 조정의 법도가 가로막을 때에 오로지 한 장의 서간만은 구애받지 않고 넘나든다. 어쩌면 마음의 벽마저도.

"후우……."

한숨처럼 새어나오는 숨결이 하얗게 얼어붙었다. 황궁의 격자문에는 유리가 끼워져 겨울 추위에 들볶이지 않고 경치를 감상할 수 있으나 남의 별채에 얹혀 사는 처지로 그런 호화사치를 바랄 바는 아니었다. 물론 저택의 주인은 정엽이 반 마디만 꺼내도 삽시간에 꾸며줄 테지만 그렇기에 오히려 더욱 삼가게 된다.

대신 정엽은 차를 끓였다. 화로 위에 올려둔 탕관을 들어, 숙우에 끓는 물을 부어 한 뜸 식힌다. 차를 우리기에 적당한 온도가 되는 때를 헤아려 다관에 따른다. 차완을 덥히고, 차판에 물을 버리고, 첫 번째와 두 번째, 또한 세 번째 우릴 차 맛을 충분히 음미하도록 우리는 시간을 재는 요령. 실로 복잡한 절차였으나 어려서부터 갖가지 진귀한 차를 맛보아 온 정엽으로선 숨 쉬는 것이나 다름없는 생활의 일부였다.

차의 향기와 먹물의 향내가 뒤섞인다. 내리는 눈이 소리를 삼켜서인지 사위는 다만 고요하다. 그리고 하얗게 덧칠된 풍경. 속세로부터 잘라낸 듯한 세계. 지금은 이것으로 충분하다.

잘라내지 못함을 알면서도…….

"……?"

그저 고적해야 할 광경이 삽시간에 변모했다. 고아한 설경 속으로 시커멓고 커다란 이물異物이 성큼성큼 걸어 들어왔다. 그는 쌓인 눈을 무자비하게 밟아 발자국을 내고 흩트리면서 격자문 앞으로 다가와 지켜보는 사람이 식은땀 날 만큼 무신경하게 격자를 열어젖혔다. 그러고는 호랑이나 곰의 날렵함으로 방 안에 뛰어 들어왔다.

"춥지 않습니까?"

훤칠한 체구가 설경을 떡 가로막는 건 물론이거니와 머리와 어깨에 쌓인 눈이 후두둑 떨어져 삽시간에 녹아 작은 물웅덩이를 이루며 바닥을 더럽힌다. 눈 오는 밤의 운치를 발로 뻥 차 버리는 사내에게, 정엽은 원망하는 기색도 없이 물었다. 답을 이미 알고 있으면서도 사내는 싱긋 웃었다.

"별로. 눈이 오면 따뜻하잖아."

"당신다운 말이로군요. 어쩌다 문으로 오지 않고서?"

"눈이 오니까 어쩐지 신나서 말이지. 정원을 따라 걷다 보니 네가 보이잖아."

좌우림위 상장군이자 천산공. 이번에 천산왕으로 봉해진 부친을 제외하면, 화하의 황도에서 유일하게 그토록 존귀한 자리에 오른 사내는 어린애 같은 웃음을 지었다.

"앉으세요. 차를 드리지요."

체통을 지키라고 잔소리할 때는 옛적에 지났다. 정엽은 차 수건을 던져주고는 방석을 꺼내 서안 맞은편에 두었다. 하지만 소그드는 방석을 굳이 정엽의 옆에 되던져서 그의 옆에 털썩 주저앉았다.

"나는 술 쪽이 좋지만."

"유감스럽게도 미처 준비를 못했군요. 돌아가도 탓하지 않겠습니다."

"그치만 네가 주는 거라면 아무리 쓰더라도, 독이라도 마실 테니까. 뭣보다 차 끓이는 네 모습은 보고 있으면 시간 가는 줄 모르겠는걸."

"적당히 하시지요. 달라붙어서 더듬는 것도 말입니다. 손이 빗나가 끓는 물을 쏟아버릴지도 모릅니다."

"응응."

소그드는 구태여 방해하지 않고 정엽이 차 우리는 모습을 하염없이 바라보았다. 길고 풍성한 소매에 추호도 방해받지 않고, 소그드의 눈에는 뭐의 주술 도구처럼 쓰임을 모르는 물건들을 한 치의 어긋남도 없이 능수능란하게 다루어 백옥으로 만든 차완에 비취를 녹인 물 같은 빛깔의 액체를 채운다. 무엇보다도 열중하여 내리깐 눈꺼풀 사이로 엿보이는 푸른 눈과, 살짝 걷어 올린 소매 아래 드러나는 하얀 손목은 소그드에게 어떤 설경보다도 절경으로 보였다. 또한 어떤 명주名酒보다도 취하게 한다.

"자, 드십시오."

"잘 마실게. ……어라. 달잖아?"

"난귀인차라고 합니다. 젖차만큼 입에 맞지는 않겠지만."

"뭐, 괜찮아. 네가 끓여주는 건 뭐든지 달콤한걸."

정엽은 서안 위로 시선을 돌렸다. 더 이상 이야기해봤자 민망함만이 더하리라는 것을 경험으로 뼈저리게 안다. 자신이 받은 하정서를 읽고, 내용을 숙고하고, 자신이 쓸 문언에 어울리는 빛깔과 무늬가 들어간 서지를 고르고, 달필로 단숨에 써내려간다.

"뭐 해?"

"새해를 축하하는 서신입니다. 당신도 받았겠지요?"

"아아, 뭔가 잔뜩 왔다더라."

"……듣자 하니 읽지는 않은 듯하군요."

"응. 네가 보낸 것도 아니고."

"……."

여전히 화하의 관습은 따르는 시늉도 하지 않는다. 더해서 정엽의 것이라면 열심히 읽겠다는 무언의 호소가, 기대 어린 얼굴이 역으로 얄밉다. 정엽은 고개를 설레설레 흔들었다.

"읽지는 않아도 대서인代書人을 불러 답신 정도는 하십시오. 실례니까요."

"귀찮은데."

"예의 바른 아이는 상을 받지요?"

생긋 웃으며 소그드의 이마에 늘어진 머리카락을 정돈하려는 양 살며시 건드리면, 천하의 좌우림위 상장군이라도 승기는 없다.

"송무 공 같은 분은 챙겨주십시오. 평소 드러내지 않는 만큼, 속으로는 쌓아두는 일이 있을지도 모릅니다."

"그 녀석 일을 네가 신경 쓰진 마. 어찌되었든 내 부하 격이니까. 그보다 기염은 괜찮아?"

"기염 공…… 말씀이십니까?"

"아무래도 그거지."

"그렇겠지요. 어째선지 당신이 화하에 온 뒤로, 그런 쪽의 일로 번뇌하는 사람들이 많아진 기분이 듭니다."

"내가 역병신이라는 거야 뭐야."

"역병신이라는 말도 익히셨군요. 괄목상대라 해야 할지. 좌우간 그분은 저보다 결단이 빠르세요. 얼마 전에 삭주의 지방관으로 부임하길 청하셨다는군요."

"삭주라면 초원에서 가까운 곳?"

"예. 무슨 마음으로 그리하셨는지는, 아직도 심경이 번다한 듯하여 묻지 않았지만……."

"뭐가 되었든 잘됐네. 진메이가 부럽군."

"부럽습니까?"

"적어도 기염은 너처럼 도망다니지는 않는단 거니까."

"옛날 일로 책망하는 것은 그만둬 주십시오. 상처에 소금이 닿는 듯하여 쓰라리네요."

"그 밖에 또 누가 하정서를 보냈어?"

"어째서 캐물으십니까? 당신이 염려하는 꿍꿍이가 있는 분은 아무도 없습니다."

"네가 신경 쓰이는 사람을 말해봐."

"……굳이 이야기하면 인철 공일까요? 기염 공의 일을 대단히 염려하시는 것 같지만……."

"그 녀석도 절조가 없네."

"뭐든지 당신의 입장에서 생각하지 말아주세요."

찻종에서 하얗게 피어오르는 김 너머로 상대방을 바라보면서 시답잖은 말을 주고받는 일이 더할 나위 없이 즐겁다. 처음부터 방만하게 앉아 있던 소그드는 그렇다 쳐도, 반듯하게 앉아 있는 자세를 무너뜨려 서안에 팔꿈치를 기댄 정엽의 모습은 보기가 드물다. 그대로 세운 손바닥에 턱을 기대고, 부드러운 시선을 상대방에게 향한다. 그것만으로 소그드에게는 뼛골이 모두 녹아서 흘러나와도 모를 만큼 황홀한 광경이었다.

"아, 그러고 보니 예부에 당신에게 보내는 서신이 있기에 받아왔습니다."

"예부에, 나한테? 왜?"

"자당께서 보내신 서신입니다. 천산왕 일루베신 공의 인장이 있기에 정식 표문이라고 여겨졌을 터이지요. 두 분은 그저 서신이 확실히 전달되길 바랄 따름이셨겠지만……."

"눈 아프지만 내가 읽을래."

"호오. 공부의 성과를 시험하겠습니까?"

"만약 아버지 서신이라면 네가 읽는 게 싫거든."

"……당신의 질투는 대체 어디서, 왜 발동하는지 알 수 없군요."

"싫은 건 싫은 거야."

정엽은 극히 미묘한 얼굴로 건네받은 서신과 악전고투하는 소그드를 바라보았다. 사실 소그드가 정말로 질투할 만한 일이 한 가지 있다.

"헤에."

문득 소그드의 표정에 성가심과 짜증 이외의 감정이 깃들었다. 순수하게 놀라운 표정. 부모자식 간 같은 세간의 평범한 인연에 극히 무심한 소그드에게 이만큼의 반응을 끌어낼 수 있다니 어떤 곡절일까.

"일루베신 공과 자당께 무슨 변고라도 있습니까?"

"어머니가 아이를 가졌다는데."

"……화해하시자마자 빠르군요."

"멍청한 아버지가 참지 못한 탓이겠지. 흠, 나이가 나이니만큼 걱정이네. 아이를 잘 낳게 해주는 부적이나 약초 같은 거 있어?"

"바로 준비하지요."

"내가 답장을 쓸 때까지 기다려야 하니까 서두를 거 없어. 그나저나 너 엄청 기뻐 보이네."

"뭐라 해도 경사스러운 일이고, 요즘 이런 경사가 연잇는지라……."

황태자 현성이 얻은 아들, 정엽에게는 오매불망 기다리던 조카는 최근 돌을 맞이하여 제법 귀엽게 걷고 알아들을 수 없는 말을 종알거리곤 했다. 아름다운 숙부를 퍽 따라서 정엽이 방문하면 까르르 웃으면서 달려온다. 스스로는 평생 얻지 않으리라 여겼던 아이를 품에 안는 것, 글을 가르치고 무예를 연마시킨다는 장래의 기약은 정엽에게 있어 하늘로 뛰어오를 만큼 행복한 일이었다. 두 형제의 반목을 기대하던 음습한 무리들에게는 뜻밖이고도 유감천만인 일일지도 모르나.

"그리고 보니 이홍 공과 노 선사도 하정서를 보내오셨습니다."

"이홍은 기억나는데. 노 선사란 게 누구야?"

"이홍 공과 함께 붙어 다니던……."

"아, 그 녀석. 잘 지내나?"

미적지근한 대꾸였지만 까맣게 잊어버리진 않은 모양이다. 정엽은 쓴

웃음을 지으며 서신을 들어보였다.

"잘 지내시는 듯하여 무엇보다 다행입니다. 이홍 공께서는 이럭저럭 신통력을 갖추어 화산군으로서 신위를 떨치신다던가요. 노 선사는 다소나마 선인의 자질을 익혀서 인근에 이야기도 전해진다고 하더군요. 수행 중인 선인이 빨랫감을 물에 흘려보낸 처자를 도와주는 정도의 이야기지만요."

"그 녀석답네."

소그드는 무심한 말을 던졌다. 하지만 표정과 말투만으로는 분별할 수 없는 마음이 그에게도 깃들어 있는지도 모른다. 정엽도 마찬가지다. 만약 그들이 없었다면 자신의 마음과 명운으로부터 도망치던 정엽과, 무엇이 가로막든 개의치 않고 돌진하고자 했던 소그드가 재회하여 마음을 이어갈 수도 없었을 터였다. 설령 만났다 한들 또다시 부딪히고 어그러져 어떤 말로에 도달했을지 알 도리 없음이니.

어그러졌다고 한다면…….

서신을 정리하던 손길이 멈추었다. 이 서신을 난처한 표정의 예부 동료 관원으로부터 넘겨받았을 때, 정엽의 얼굴 또한 비슷한 낯이 되었으리라. 원칙을 따진다면 국법을 어기는 죄에 속하는 일. 마땅히 고발하거나, 그토록 혹독하게 다루지 않더라도 엄중히 문책하여 자중하게 만들어야 할 일. 그러나 정엽은 자로 자르듯 차마 그리하지 못했다.

"왜 그래?"

그리고 과연 소그드는 망설이는 정엽에게서 찰나의 죄책감을 즉각 들여다보았다. 이를 피해갈 방도 따위 없다. 정엽은 살며시 미소 짓고 정면 돌파를 결행했다. 백만 대군을 향해 말 한 마리로 돌격했던 전설의 장군도 이토록 용맹하진 못했으리라.

"참으로 난처한 노릇이라는 생각이 들어서요. 서신이란 마음을 돈독하게 해주기도 하지만 분란의 씨앗이 되기도 합니다."

"그러니까, 무슨 일인데?"

"예부에서는 저에게 또 다른 서신도 건네주었습니다. 보낸 이는……
천하의 대역 죄인. 함부로 서신을 보낼 수 있을 리 없겠지마는 주후를 어
떻게 구슬렸는지 표문의 형식으로 장계에 끼워 보냈더군요."

소그드는 대역 죄인이란 말이 화하에서는 듣기만 해도 피가 식고 몸서
리가 쳐질 만큼 얼마나 무서운 것인지 알지 못했다. 그러나 정엽의 담담
한 목소리 속에 깃든, 가장 가느다란 금의 현이 떨리는 듯한 감정의 동요
는 읽을 수 있었다. 소그드의 표정은 아직 쓰지 않은 서지처럼 담담했다.
하지만 이 무표정이 어떤 파란을 일으키는지 정엽은 익히 알고 있었다.
괜히 둘러대거나 부정해봤자 마른 날씨에 들불을 번지게 함이나 다를 바
없다. 정엽은 온화한 얼굴 그대로, 조금은 슬픈 듯 솔직하게 수긍했다.

"예. 청해가…… 저에게."

"왜?"

"제가 안부를 묻는 서신을 이따금 보냈기 때문이겠지요."

태어나자마자 겪은 부모의 박대도, 떠다박지르듯이 대하는 세상도, 장
성하고 나서도 폭발하는 검은 가루처럼 대하는 부족 사람들도, 짐승으로
취급하던 화하의 이른바 사대부들도—느끼게 만들지 못했던 분노를 소
그드는 경험했다. 그가 길길이 날뛰지 않은 까닭은 정엽의 침착하기 이
를 데 없는 태도, 뇌리를 스쳐 지나간…… 여간 후덥지근하지 않았던 그
남쪽 땅의 로스—사브다크.

"애인이랑 잘 지낸대?"

하마터면 정엽은 서지 위로 찻종의 차를 고스란히 엎을 뻔했다. 정엽
이 소그드를 달래는 솜씨도 날로 능숙해지지만 소그드 또한 정엽을 당혹
케 하는 실력이 녹슬지는 않은 것이다. 정엽은 원망을 띤 얼굴로 소그드

를 흘겨보았다.

"애인이라는 말은 반 마디도 없습니다만……."

"척 보면 딱 알잖아."

"봐도 모릅니다!"

"그래서 뭐래?"

배를 찢어 내장이 흘러나오게 만든 데에는 원한조차 품지 않지만 정엽을 손댄 건에 관해서는 지금도 능히 찢어 죽이리라는 심보다. 가시 돋친 소그드의 시선을 정엽은 가볍게 흘려보냈다.

"당신이 기대하는 이야기는 없습니다. 날씨가 너무 덥다느니 비가 많이 온다느니 도마뱀이 귀찮게 군다는 등의 불평뿐이죠."

"그런데 너는 기뻐 보이는군."

물을 흘려보내고자 하나 둑은 완강하다. 정엽은 한숨을 쉬었다. 오로지 허심탄회하게 털어놓아야만 저 짐승을 만족시킬 수 있다.

"이전의 청해는 불평불만을 그다지 입에 담지 않았습니다. 이제 와서 생각해보면 권세에 흥미가 없는 황자… 착한 아이를 가장하던 것이 아닐까 여겨집니다. 하지만 지금 청해는 한껏 투덜거리고 있어요. 제 서신에 구태여 답신까지 하면서. 어쩌면…… 혼자 입 다물고 있으면서 뚜껑을 닫고 안쪽에서 어그러지지 않게 된 건지도 모릅니다. 그리 생각하면 어쩐지 안심이 되는군요."

"그러니까 일일이 신경 쓰지 않아도 된다구. 잘 살고 있는 꼴 봤잖아."

"당신이 좋을 대로 지내는 것처럼, 이 염려증 또한 저의 고질병입니다. 슬슬 포기해주세요."

"그렇게 말하면 할 말은 없는데 말이지."

상탑 위에서 다리를 쭉 펴고 몸을 뒤로 젖혀 흔들흔들. 아이처럼 위태로운 모습을 연출하는 소그드를 시야 가득 담은 채, 정엽은 나무라는 말을 던지면서도 웃음을 거둘 수 없었다.

어디에도 어울리지 못하는 칠교 조각. 소그드를 만나기 전 정엽의 삶이란 바로 그러한 것이었다. 소그드는 조각을 마음껏 흩어버리고 틀을 거침없이 부수어, 정엽이 뜻대로 살아갈 수 있는 세상을 만들어주었다.

앞으로도 지난한 나날이 기다리고 있다. 족장이 새로이 선출되어 풍파를 피하기 어려울 화하와 초원과의 관계. 지금은 관인으로 승승장구하지만 그만큼 질시하는 이들도 줄을 섰으니 언제 책잡힐지 모르는 정엽의 조정에서의 처지. 아직도 불안하기만 한 황태자 현성의 입장과 갓 태어난 황태손의 장래. 화하의 정치에 간섭할 기회만 노리는 서국, 그리고 남양의 뭇 섬들……. 무엇보다도 언제까지 온전히 감출 수 있을지 모를 정엽과 소그드의 관계.

아아, 하지만 내일 일은 내일 생각하도록 하자.

"춥지 않습니까?"

"양의 꼬리가 얼어붙는 계절이 아니고서야 이 정도는 아무것도 아니지. 눈밭에서라도 잘 수 있어."

"저는 당신처럼 강골이 아니므로 눈밭을 금침으로 삼는 일은 피해주셨으면 합니다."

하정서도 내일 쓰면 된다. 내일은 틀림없이 끝없이 줄지어 다가올 테니까.

정엽은 손을 뻗어 차가워진 손가락으로 소그드의 뺨을 살짝 쓸어 만졌다. 나른하고 지루하게 쳐져 있던 소그드의 표정이 일변하였다. 그는 등을 당겨 똑바로 앉았다. 그렇다 해도 한쪽 무릎을 구부려 꼬아 앉고 다른 한쪽 다리는 내던지듯 늘어뜨린 방종한 자세가 바뀌진 않았지만.

"꼬시는 거야?"

"글쎄, 별채가 추우니 사람이 많으면 따뜻해서 좋다고 말한 것뿐입니다."

"따뜻해지는 정도로 끝나지 않을걸."

소그드가 거추장스러운 서안을 밀치거나 깔아뭉개기 전에 다행히 정엽은 오랜 경험으로 짐작하여 미리 옆으로 옮겨둘 수 있었다.

열정적인 애무를 퍼부으면서, 소그드 또한 생각하지 않을 수 없었다. 정엽이 스스로를 위해 살기를 바랐다. 굴레 쓴 소처럼, 채찍을 맞고 쟁기를 끄는 짐승처럼, 자신을 다잡고 아파도 입을 다문 채 해선 안 되는 일만 되뇌며 살아가길 바라지 않았다. 어떤 굴레도 써본 일 없이 신나게 초원을 내닫는 야생마처럼 살아온 소그드는 그토록 사랑스러운 이가 그런 고역을 감내함이 몸서리쳐지도록 싫었다. 얼마나 싫었느냐 하면, 그가 얽매여 있는 세상을 부수고 싶을 정도로.

요행히 소그드가 결의에 이르러 행동으로 나서기 전에 정엽은 스스로 굴레를 벗어던지기로 하였다. 그리고 소그드의 마음을 받아주었다. 소그드를…… 사랑해주었다. 그 사실만으로도 충분히 천산 꼭대기에 뛰어오를 만한 쾌거. 세상 그 자체를 주어도 맞바꾸지 않을 보물.

그러나 그 후로도 정엽은 여전히 사람을 돕기 위해 무리를 서슴지 않았다. 오히려 화하의 일을 마음 쓰는 데에서 그치지 않고 아득히 먼 초원, 소그드의 고향까지 시선을 보내었다.

이전의 소그드라면 필시 울컥했을 터였다. 그 이상으로, 연인을 빼앗아가려는 이 천하 만물에 대해 이빨을 드러냈을지도 모른다. 하지만 사랑은 사람을 변하게 한다. 정엽뿐만 아니라 소그드 또한 그랬다.

눈앞에서 부족 녀석들이라든가 아버지가 정엽과 의좋게 붙어 있으면 화가 왈칵 치밀지만, 정엽이 초원을—자신의 부족 사람들을, 부모를 염려하는 까닭은 자신을 사랑하기 때문이다. 그렇게 생각하면 소그드의 심지…… 욕망과는 다른 곳에서 솟구치는, 몸을 겹칠 때와는 다른 열기가 느껴진다.

몸 이외의 관계. 정엽이 늘 입에 담는 그것을, 스스로 실감할 수 있어서 소그드는 다만 놀랐다. 그렇다고 정엽의 몸을 사양할 마음은 눈곱만큼도 없었지만—.

"그렇, 게… 깨물기만 하고… 여느 때보다…… 짓궂군요…."

"정월이라고, 음, 좀처럼, 같이 자 주지 않았잖아."

"같이 잠들어 주지 않는다고 토라지다니, 아이같—웅!"

쌓이는 눈의 무게를 감당하지 못한 나뭇가지가 휘어졌다가 다시 튀어 오르는 소리. 연못에 언 살얼음이 무언가에 맞아 쩡 하고 갈라지는 소리. 그리고 그 모든 소리를 삼키는 설경은 가느다랗게 누르는 교성만큼은 가리지 못했다.

내리는 눈보다도 하얀 살결은 소그드의 손가락이 지나가는 자리마다 발갛게 물들어 어떤 경치보다도 소그드를 매혹시켰다.

서로가 서로를 받아들이는 찰나를 영원으로 삼고자.

앞으로 함께 할 영원을 찰나처럼 귀하게 여기고자.

두 사람은 서로의 눈동자에서 같은 뜻을 읽고서, 다만 마주 안았다.

〈끝〉

서풍기연담 3

초판 1쇄 발행 2019년 9월 30일

글 청령

발행인 원종우
발행처 이미지프레임

주소 (13814) 경기도 과천시 뒷골1로 6, 3층
영업부 02-3667-2653 **편집부** 02-3667-2654 **팩스** 02-3667-2655
메일 mm@imageframe.kr **웹** mmnovel.com

ISBN 978-89-6052-043-1 03810

Copyright © 청령
All rights reserved.